ABIGAËL

DU MÊME AUTEUR

La Porte
La Ballade d'Iza
Le Faon
Rue Katalin
Le Vieux puits
L'Instant – La Créüside

MAGDA SZABÓ

ABIGAËL

Traduit du hongrois par Chantal Philippe

Ce livre a bénéficié du soutien
du Musée littéraire Petőfi,
bureau hongrois du livre et de la traduction

PETŐFI LITERARY MUSEUM

VIVIANE HAMY

HUNGARIAN BOOKS
AND TRANSLATIONS
OFFICE

Titre original : Abigaël

ISBN 978-2-87858-980-1

Gina va en pension

Le changement qui intervint dans sa vie lui fit perdre beaucoup de choses, comme si sa maison avait été dévastée par une bombe.

Marcelle fut la première à disparaître. Gina l'avait toujours appelée mademoiselle, mais ne l'avait jamais vue comme la Française qui occupait la chambre contiguë à la sienne, et qui l'avait élevée pendant douze ans. Marcelle était plus qu'une gouvernante, plus qu'une employée salariée. Sa présence faisait parfois oublier qu'elle était en fait une étrangère et ne remplacerait jamais la mère que la petite fille avait perdue à l'âge de deux ans. Marcelle comprenait tout, même ce que Gina suggérait sans l'exprimer clairement, ou qu'elle ne pouvait que balbutier. Il y avait des moments où elle se sentait aussi proche d'elle que de son père. Lorsque Marcelle avait le mal du pays, si la petite fille se plaignait, elle lui répondait qu'elle devait s'estimer heureuse car elle avait encore son papa qui l'aimait plus que tout, alors qu'elle, Marcelle, avait perdu ses parents très jeune et devait gagner sa vie avec ce qu'elle avait jadis appris d'eux, sa langue maternelle. Elle ajoutait toujours que puisqu'il devait en être ainsi, c'était bien qu'elle ait trouvé un foyer dans cette maison, et même si elle ne s'était pas mariée, elle avait l'impression d'avoir une famille chez les Vitay, tout au moins un enfant. Marcelle était quelqu'un qui vous manquait quand on était loin de la maison, et Gina savait que si sa gouvernante était si bonne envers elle, ce n'était pas parce qu'elle était payée pour cela, mais parce qu'elle l'aimait.

À présent, Marcelle n'était plus là, elle était repartie pour la France. Son père lui a dit qu'elle ne pouvait plus rester, et il avait probablement raison, il ne l'aurait pas renvoyée s'il n'y avait été contraint, il savait assurément à quelle relation il mettait fin en les séparant toutes deux. C'était la guerre, avait expliqué le général, leurs pays appartenaient à deux camps opposés, ils ne pouvaient pas garder une Française sous leur toit. Quand la paix serait rétablie, elle reviendrait, et leur vie reprendrait là où elles l'avaient laissée. Marcelle n'avait même pas emporté toutes ses affaires, elle en avait emballé certaines dans des cartons que l'on avait descendus à la cave.

Tante Mimó, elle, était hongroise, pas française. Si Marcelle avait dû partir, pourquoi envoyer Gina en pension, sa tante ne pourrait-elle pas s'occuper de son éducation ? Lorsqu'elle suggéra à son père qu'elle vive avec eux s'il pensait qu'elle devait être constamment surveillée, le général secoua la tête. Si elle n'avait pas cherché à tout prix le moyen de rester à la maison, Gina aurait reconnu d'elle-même que tante Mimó ne pouvait pas succéder à Marcelle, c'était tout simplement impossible. Malgré toute l'affection qu'elle portait à sa tante, elle riait beaucoup d'elle et avait parfois l'impression d'être plus adulte à quatorze ans que cette veuve de quarante ans passés. Mais voilà, dès qu'il s'avéra qu'elle devait aussi s'en séparer, l'idée qu'elle allait la perdre fit en quelque sorte grandir sa tante et lui donna un nouvel éclat. Gina oublia tout d'un coup comme elle s'était moquée des efforts de tante Mimó pour conserver sa jeunesse passée, de son désir d'être au centre de l'attention dans n'importe quelle société, de l'avidité avec laquelle elle espérait des miracles de toute nouveauté de la mode ou de la cosmétique. Gina oublia aussi qu'avec Marcelle elles s'étaient bien vite aperçues que les fameux thés – tante Mimó donnait un thé dansant le jeudi après-midi –, auxquels le général avait toujours refusé d'assister en dépit de ses supplications, n'avaient pas pour but, comme elle le prétendait, de permettre à sa nièce, privée de sa mère, de s'habituer à la société, d'apprendre comment se comporter et de s'exercer à la danse. Non, tante Mimó voulait en fait s'amuser, montrer ses nouvelles robes, sa nouvelle coiffure – elle en changeait souvent –, tante Mimó voulait danser et si possible trouver un mari, ce pour quoi elle recevait à ses thés tant d'hommes qui auraient pu être le père ou le grand-père de Gina, et si peu de jeunes. Mais si Marcelle avait eu raison de dire qu'une fillette n'apprendrait pas de cette manière les choses fondamentales dont elle aurait besoin une fois adulte, et si elle s'était indignée à juste titre en trouvant tante Mimó secouée de sanglots parce que le coiffeur lui avait mal coupé les cheveux, il y avait une chose pour laquelle elle avait cependant eu tort. La vie exige sans nul doute discipline et dignité humaine, elle exige aussi que nous réagissions normalement à ce qui nous touche, en sachant toujours ce qui est réellement grave et ce qui n'est qu'ennuyeux, surtout en temps de guerre où une mèche coupée de travers est bien peu de chose alors que des dizaines de milliers de gens meurent de par le monde. C'est pourtant lors d'un des fameux thés de tante Mimó que Gina fit la connaissance de Feri Kuncz. Frisant la grossièreté, le lieutenant ne regarda plus personne à part elle, et à la fois abasourdie et débordant de bonheur, elle sentit, cadeau inattendu et peut-être un peu prématuré, qu'elle était amoureuse de Feri Kuncz, et voulait être un jour sa femme.

Curieusement, Marcelle ne vit pas d'un bon œil cette histoire avec Feri (la seule chose dont Gina n'osa jamais parler à son père). Tante Mimó se révéla plus compréhensive dès qu'elle se rendit compte de ce qui se tramait entre Gina et le lieutenant. Elle expliqua à sa nièce qu'il n'y avait rien de plus beau ni de plus innocent que la rosée du premier amour, dont le souvenir restait le plus lumineux, même s'il n'aboutissait pas à un mariage, et qu'elle serait volontiers l'ange gardien de cette noble et pure inclination. Ce qu'elle fut. Marcelle n'aimait pas Feri, l'histoire avec Feri encore moins. Peu de temps avant que le général lui dise qu'elle devait rentrer en France, elle avait menacé Gina de révéler à son père leurs tête-à-tête du jeudi, leurs chuchotements ; le général déclarait souvent qu'il valait mieux qu'elle soit surveillée par la Française plutôt que par son écervelée de sœur : aucun membre du corps des officiers n'avait le droit de s'approcher de sa fille, il ne manquerait plus que l'un d'eux s'avise de lui faire la cour ! En fin de compte, Marcelle n'avait rien dit, absorbée par leur séparation et les préparatifs de son départ, mais elle aurait aussi bien pu le faire, puisque après elle et tante Mimó, le lieutenant disparut à son tour. Si Gina devait quitter Budapest, comment rester en contact avec Feri Kuncz ?

Marcelle n'est plus là, demain tante Mimó et Feri non plus, et Sokoray Atala va aussi disparaître, comme emporté par un oiseau. Ce n'était pas non plus facile à accepter. Depuis qu'elle était en âge scolaire, Gina était toujours allée à l'école qui portait le nom d'Atala Sokoray, elle en connaissait la moindre pierre, le moindre recoin. C'était un établissement renommé de la capitale, les enseignants étaient compétents et très larges d'esprit ; quand tante Mimó demandait que Gina s'absente à la Sainte-Barbara ou à la Saint-Nicolas, ou pour assister à un de ses thés dansants, la directrice le permettait toujours, et il était aussi naturel qu'elle puisse aller régulièrement au cinéma ou à l'opéra. Le jour de leur abonnement, le général les rejoignait souvent au spectacle. Il se glissait au fond de la loge où Gina était assise avec Marcelle et tante Mimó, et le léger courant d'air qu'elle sentait sur sa nuque à l'ouverture de la porte, puis le grincement du fauteuil de velours rouge que son père déplaçait en s'asseyant la rendaient plus heureuse que le spectacle lui-même. En se retournant, elle souriait à son propre visage, ses yeux gris la regardaient depuis le visage du général, sous la ligne des sourcils si semblable à la sienne. Ils avaient aussi les mêmes cheveux fins, grisonnants pour le général et bruns pour Gina, la même bouche, les mêmes traits, même leurs dentures étaient semblables. Le père et la fille s'aimaient passionnément, bien qu'au cours des treize ans de vie de Gina, ni l'un, ni l'autre ne l'eût formulé de manière aussi crue, aussi primaire, et le monde n'était parfait à leurs yeux que lorsqu'ils étaient ensemble. C'est pourquoi la décision soudaine de l'envoyer poursuivre ses études dans un pensionnat de province après le départ de Marcelle sembla tellement inconcevable ; inconcevable aussi que son père restât sourd à toutes ses supplications alors qu'en temps normal elle obtenait tout de lui, et même qu'il eût décidé de son sort sans lui en avoir parlé auparavant, et l'eût seulement informée de sa décision.

S'il s'était expliqué, elle aurait accepté n'importe quoi qu'elle pût comprendre et aurait peut-être mieux supporté d'être arrachée à son univers. Au lieu de cela, en déclarant que l'air était meilleur à la campagne et qu'il était temps pour elle d'acquérir davantage que ce qu'une gouvernante pouvait lui apprendre entre les quatre murs de la maison, son père ne lui avait évidemment pas dit la vérité. Il n'avait pas dit la vérité en prétendant qu'il n'en savait pas assez pour s'occuper de sa fille, et serait donc rassuré de la savoir entre les mains d'excellents pédagogues. Tout cela était si peu plausible qu'il ne valait même pas la peine d'y réfléchir. Leur villa située sur le mont Gellért surplombait la ville et le Danube ; où l'air pouvait-il être plus sain que dans l'immense jardin au flanc de la colline, et qui pourrait lui apprendre davantage de règles de vie que Marcelle ? De meilleurs pédagogues ? Son père n'avait-il pas déjà choisi pour elle la meilleure école ? Non, le général n'avait pas dit la vérité, il voulait seulement l'éloigner, alors tante Mimó avait sans doute raison, depuis des mois elle expliquait à Gina que son frère avait changé, qu'il était devenu maussade, taciturne, et qu'il était tout simplement impossible que son service lui prît autant de temps qu'il le prétendait. Il devait y avoir une femme là-dessous, Gina verrait bien, un jour ou l'autre, le général finirait par se décider à se remarier. Se pouvait-il que la nouvelle femme ne veuille pas s'occuper d'elle ? Se pouvait-il que son père préférât une étrangère à sa propre fille ?

Après l'avoir supplié en vain pendant quelques heures, elle se tut brusquement, ne demanda plus rien, cessa de se plaindre ; cela aussi, elle le tenait de son père. Le général qui connaissait sa fille comme s'il était sa mère et non son père, savait quelle blessure, quel désarroi ce silence dissimulait. La veille de son départ, elle fit ses bagages sans une larme, sans faire de scène ; elle avait le droit d'emporter si peu de chose que cela ne lui prit pas beaucoup de temps, même sans l'aide de Marcelle. Son père, qui la veille du départ de la Française s'était rendu à la ville de province où il avait choisi sa nouvelle école, lui dit que les élèves avaient une tenue spéciale, il lui suffisait d'emporter un peignoir et du linge, on lui donnerait tout le reste sur place. Avant de fermer sa valise, elle jeta un regard circulaire dans sa chambre, ajouta son favori, un chien en velours tacheté, puis se ravisa et le remit en place. Pas de chien, le changement devait être total dans ce nouvel univers ! Ses livres, ses cahiers, tout serait nouveau, jusque-là elle allait à l'école publique, on l'envoyait à présent dans une école privée, où les livres et même les buvards étaient différents.

Ce dernier jour fut aussi celui des visites d'adieu. Ils allèrent d'abord chez sa tante, puis au cimetière.

Tante Mimó fit une véritable crise de nerfs en apprenant la raison de leur visite. Elle fut indignée d'une part d'apprendre que Gina allait être éloignée d'elle, d'autre part d'être mise au courant seulement maintenant, alors que la jeune fille partait le lendemain, et que personne ne lui avait rien dit. Gina se sentait misérable en écoutant ses interminables reproches, mais elle n'y était vraiment pour rien. Lorsque son père lui avait annoncé ce qui l'attendait, elle avait aussitôt voulu chercher aide et réconfort auprès de sa tante, mais ce ne fut pas possible. Elle courut dans le hall pour lui téléphoner, mais elle n'avait pas encore fini de composer son numéro que le général se tenait derrière elle, et lui prit le combiné des mains.

– N'en parle à personne, lui dit-il, non comme il lui parlait d'habitude, mais comme s'il donnait un ordre à un militaire. Je t'emmènerai moi-même chez Mimó. Par ailleurs, ne dis au revoir à personne, amie ou connaissance, ni même au personnel. Tu ne dois pas dire que tu quittes Budapest. Promets-le-moi !

Elle promit, incapable de regarder son père en face, tant elle souffrait qu'il la privât aussi du droit de se plaindre, et des adieux qu'elle aurait échangés avec Feri.

Pour la toute première fois, tante Mimó se brouilla pour de bon avec son frère. Lorsqu'elle se rendit compte que le général n'était pas disposé à lui révéler où il emmenait sa fille (« Tu lui écrirais toutes les cinq minutes, tu ferais tes bagages et tu irais la voir toutes les semaines. Je ne te le dirai pas, Mimó ! »), tante Mimó se leva, remercia son frère de sa visite et l'informa qu'elle ne voulait plus le voir pendant un certain temps, se mit à pleurer, embrassa Gina puis sortit en courant et en sanglotant de plus en plus fort. Ils partirent sans que Gina eût pu lui confier de message pour Feri. Cela la désespéra particulièrement ; le jeudi précédent, alors qu'elle ignorait encore la décision de son père, ils s'étaient quittés en se promettant de se revoir cette semaine au thé de tante Mimó. Il l'attendrait en vain. Son père la conduisit ensuite au cimetière. Ils se tinrent sans un mot devant la tombe de sa défunte femme, et Gina s'imagina que cet adieu n'était peut-être pas le même que d'habitude, lorsqu'ils quittaient Budapest pour un certain temps. Son père disait peut-être un adieu définitif à sa mère avant de commencer une nouvelle vie.

La soirée se déroula en apparence comme toutes les autres depuis le départ de Marcelle. Ils dînèrent, puis le général s'assit près de la cheminée pour lire, Gina tira son tabouret sous le lampadaire et prit aussi un livre. Elle regardait les lignes sans comprendre le texte et sans tourner les pages ; elle faisait seulement semblant de lire. Soudain, elle se rendit compte qu'elle n'entendait pas le bruit de pages tournées derrière elle. Au fond du grand fauteuil, on ne lisait pas non plus. Elle intercepta le regard de son père : « Parle-moi, dirent ses yeux. Dis-moi ce que tu vas faire, à quoi rime tout cela. Je l'aimerai, celle que tu amèneras à la maison, quelle qu'elle soit, puisque tu l'as choisie. Comment pourrais-je haïr celle que tu aimes ? Mais dis-moi quels sont tes projets, ne m'exclus pas de ta vie, ne laisse personne me séparer de toi. Je ne serai pas un obstacle, je t'ai toujours aimé si fort ! Il n'est pas trop tard. Ne m'envoie pas là-bas. Fais comprendre à cette femme que je serai son amie, non son ennemie. Parle-moi, père ! »

– Tu vas dans un autre monde, dit le général. C'est drôle, tout de même, tu es si souvent allée en Suisse, à Paris et en Italie avec Marcelle, et je t'ai emmenée je ne sais combien de fois à Vienne, mais tu n'as jamais vécu en province. Je t'en prie, accepte-le.

Gina ne répondit pas, qu'aurait-elle pu dire ? Son

livre glissa sur le tapis. Les soirées étaient fraîches sur la colline, on n'était qu'au début septembre, mais le chauffage était déjà allumé. Le foyer de la cheminée électrique rougeoyait comme s'il y brûlait de vraies bûches.

– C'est la seule solution, dit le général. Comprends-le, Gina, la seule. La situation ne serait pas la même si Marcelle avait pu rester. Elle était intelligente et on pouvait avoir entière confiance en elle. Moi, je suis très peu à la maison, et Mimó manque de sérieux, on ne peut pas compter sur elle. Je dois t'éloigner pour une raison dont je ne veux pas parler. Je ne suis pas plus heureux que toi, crois-moi.

La jeune fille regarda le feu et tendit les mains vers la cheminée pour les réchauffer. Elle pensait avoir deviné la raison dont le général ne voulait pas parler, mais si son père n'en parlait pas, elle ne dirait rien non plus. Cette fameuse *raison* réconforterait son père quand elle serait partie, et tout rentrerait dans l'ordre. Quand on est au pensionnat en cinquième année de lycée*, on y reste dans la plupart des cas jusqu'au baccalauréat, elle ne rentrerait à la maison que pour les vacances, à quoi bon changer d'école tous les ans ? « Tu n'as jamais vécu en province. Je t'en prie, accepte-le. » Dans quel endroit allait-il l'emmener, pour qu'il faille l'avertir à l'avance ?

– Demain matin, nous partirons de bonne heure, dit le général. Je t'emmène en voiture.

Ils se levèrent tous deux. Son père la prit dans ses

* À cette époque, en Hongrie, les études secondaires duraient huit ans. Après quatre ans d'école primaire, on entrait au lycée à dix ans en première et on passait le bac à dix-sept ans, à la fin de la huitième. *(NdT)*

bras et se pencha vers elle. « Comme il est triste, lui aussi, pensa Gina. Comme il souffre de mon départ ! Cette femme est cruelle, et pour la première fois de sa vie, mon père est faible. »

Elle monta quatre à quatre à l'étage, où se trouvaient les chambres. Conformément aux consignes de défense passive, tous les stores étaient baissés, et sa chambre, d'où elle ne pouvait voir ni la ville, ni le jardin, lui sembla soudain étrange, comme si ce n'était pas la sienne, comme si elle n'y avait pas vécu depuis sa naissance. Telle une invitée dans sa propre chambre, elle s'assit au bord du lit et observa le motif du couvre-pieds, des glands rouges sur un fond de soie verte, comme sur une prairie. « Jiny, petite Jiny, petite fée », ces mots de Feri, tels des papillons, planaient dans le silence au-dessus du couvre-lit. Gina pensa se faufiler dans le hall pour téléphoner quand même au lieutenant, l'idée était tentante, elle eut du mal à résister ; le général était au salon, près de la cheminée, les domestiques dînaient au sous-sol, personne ne l'entendrait. Elle alla jusqu'à la porte puis fit demi-tour, désemparée. Il y avait quelque chose de désespérant à être incapable de ne pas tenir parole, même si ce qu'elle avait promis était inconcevable, inhumain et inacceptable. Elle retourna vers son lit en essayant d'imaginer celui où elle dormirait le lendemain. En vain.

L'école de l'évêque Matula

Ils partirent de bonne heure le lendemain matin sans avoir dit où, ni pour combien de temps.

János, l'ordonnance du général qui avait préparé la voiture, ainsi que Róza, qui dirigeait la maison Vitay bien avant la naissance de Gina, ou Ili, la femme de chambre, imaginèrent que le général et sa fille partaient pour une dernière excursion avant la rentrée scolaire. Ils étaient encore dans le hall quand le téléphone sonna. Avant que quelqu'un ne décrochât, le général cria en sortant que quel que fût le correspondant, ils n'étaient plus à Budapest, et Gina entendit Ili répondre :

– Je regrette, ils sont déjà partis.

« C'est tante Mimó, pensa la jeune fille, elle a essayé une dernière fois. La pauvre, elle a dû avoir du mal à se lever si tôt ! »

Elle avait déjà fait ses adieux la nuit à la maison et à ceux qu'elle aimait, aussi ne jeta-t-elle pas un regard en arrière, ni vers la maison, ni vers Róza qui agitait fidèlement la main tandis que le général démarrait. À quoi bon, alors que tout et tous allaient devenir de plus en plus petits en s'éloignant ? Elle regardait droit devant, en essayant de deviner où on l'emmenait. La route qu'elle connaissait le mieux était celle du lac Balaton, parce qu'ils allaient souvent sur la côte Adriatique, mais au lieu de rester du côté de Buda, la voiture traversa le pont. « Nous n'allons pas vers le lac, pensa Gina. Les trains vers l'ouest partent de Keleti, la gare de l'Est. Est-ce que nous allons vers l'ouest ? Quelle est la plus grande ville sur la ligne de Vienne ? Győr ? Pas Sopron, tout de même ! »

Sur la place Kálvin, elle pensa à ses deux meilleures amies, Edit et Alice. Edit habitait à proximité, près de l'hôtel Astoria, Alice un peu plus loin, derrière l'église de l'Université. C'était inconcevable de les quitter ainsi, sans un au revoir, sans une explication, et de leur annoncer ensuite dans une lettre qu'elles ne se reverraient jamais. La circulation était déjà dense à cette heure pourtant matinale ; en attendant le feu vert, le général lâcha le volant et la regarda longuement d'un air grave. « Lui aussi pense à Edit et Alice, songea la jeune fille, et à ce qu'il ne m'ait pas permis de leur dire au revoir. Et il regarde quelle tête je fais. Aucune. De toute façon, ça m'est égal. »

Ils sortirent de la ville. Ils ne parlaient pas, Gina avait l'impression qu'ils n'auraient rien à se dire, et le général était concentré sur la route. Il lui paraissait étrange en civil, presque inconnu, et d'une certaine manière plus âgé qu'il n'était en réalité. Gina suivait les noms des agglomérations qu'ils traversaient, elle connaissait assez la géographie de la Hongrie pour se rendre compte qu'ils se dirigeaient vers l'est, et lorsque vers huit heures ils arrivèrent au bord de la Tisza, elle sut qu'elle avait vu juste. Ils s'arrêtèrent dans cette ville pour prendre un petit déjeuner, sans appétit, faisant assaut de politesses. Le général dit qu'il avait les jambes ankylosées à force de rester assis et proposa de faire quelques pas. Il lui prit le bras ; Gina était grande, plus grande que les filles de son âge et en se redressant elle avait à peine une tête de moins que son père. Ils se promenèrent en regardant les vitrines, le général s'arrêtait de temps en temps, lui montrait une écharpe, des gants, un foulard, n'en avait-elle pas besoin, voulait-elle qu'il les achète ? Gina refusa d'un ton vif qui la surprit elle-même. Non, ce n'était pas aussi simple, on ne pouvait pas arranger les choses comme ça ! Quand elle était petite, si elle rechignait à prendre un médicament, son père venait près de son lit, derrière Marcelle, et faisait soudain apparaître un cadeau dans le dos de la gouvernante, alors elle se dépêchait avec une grimace de dégoût d'avaler le remède administré afin d'obtenir ce que son père lui avait fait miroiter. Mais c'était du passé, de même que la rougeole, les maladies infantiles et l'inconscience. Elle était maintenant capable d'avaler le remède toute seule, sans cadeau ni menace.

Ils virent une bijouterie dans une rue adjacente. Bien sûr il n'y avait pas d'or en vitrine, l'or avait disparu dès le début de la guerre, mais quelques chaînes et médaillons en argent brillaient sur des coussinets de velours.

– Je vais quand même t'acheter quelque chose, dit le général. Arrête cette comédie. Tu n'es pas comme cela d'habitude, tu es contente de faire les magasins. Allez, viens.

Il faisait étonnamment clair dans la boutique, en fait c'était dû à une lampe très puissante sous laquelle le bijoutier réparait une montre. Le petit homme courtois fit tout son possible pour trouver quelque chose qui leur plaise. Mais Gina était une cliente difficile, elle n'aurait eu aucun mal à faire son choix, car l'assortiment modeste du petit bijoutier se composait de jolies pièces témoignant d'un exigeant travail d'orfèvre, seulement elle ne voulait pas de cadeau, elle refusait de voir sa tristesse et sa déception dissipées par une quelconque babiole. Le général finit par décider à sa place et choisit un pendentif représentant une petite lune au bout d'une fine chaîne, un bijou qui plut tout de suite à Gina malgré sa résistance lorsqu'on le lui accrocha autour du cou. C'était une petite lune sévère avec sa bouche fermée, elle n'était pas communicative, plutôt mystérieuse, prenant un air sérieux, ce n'était pas une lune d'opérette, elle n'était pas gaie. Et voilà, Gina avait quand même eu un cadeau, elle le portait à présent autour du cou, elle ne pouvait pas le reposer. Mais elle devait faire sentir à son père que cela ne changeait rien, qu'elle l'acceptait tout en ne l'acceptant pas. Elle regarda autour d'elle. Dans un des casiers, il y avait des objets en argent, des sceaux, des figurines et des cendriers. Gina montra un cendrier de forme allongée, sans ornement, et sortit son porte-monnaie. Elle avait toujours beaucoup plus d'argent de poche que son père ne lui en donnait. Tante Mimó intervenait régulièrement.

– Moi aussi, je veux t'acheter quelque chose, dit Gina. En souvenir. Pour que tu penses à moi, même si tu ne me vois pas.

Ils se regardèrent dans les yeux, puis se détournèrent soudain comme s'ils en avaient trop dit en silence. Le bijoutier les observait sans pouvoir déchiffrer leurs regards. Comment aurait-il pu savoir que les yeux de Gina disaient : « Je te rends tout de suite la pareille, sans attendre une occasion de cadeau. Et je t'offre un cendrier, père, pour que tu comprennes que c'est par pure politesse, par convenance, car je sais bien que tu ne fumes pas. Non, au cours de ce voyage, alors que je ne sais pas où et pourquoi il me mène loin de toi, tu ne peux pas me faire de cadeaux comme avant. » « Je t'en prie, répondaient les yeux du général, rends-moi la pareille comme à un étranger, si cela te plaît. Marcelle et moi t'avons appris que lorsqu'on accepte le cadeau d'un étranger, il convient de lui en faire un aussi. Un jour, tu me demanderas pardon pour cet instant. Dieu veuille que nous vivions cela l'un et l'autre. »

Ils reprirent la route. De l'autre côté de la rivière, le paysage changea brusquement. Gina ne connaissait pas l'Alföld, elle ne connaissait d'ailleurs aucune plaine, elle n'était allée que dans de grandes villes d'Europe, à la montagne ou à la mer. Elle connaissait l'existence et l'aspect de cette grande plaine par les poèmes de Petőfi, sans que les vers où le poète célébrait la *puszta* eussent trouvé chez elle d'écho particulier. Mais à présent, tandis que la voiture l'emportait vers l'est, elle ne voyait rien d'autre que des labours d'automne et de temps en temps, au loin, la tache blanche d'une ferme isolée, un bosquet de bouleaux dansants, des bois clairsemés et des eaux couleur de cuivre. Le vent se leva, le vent de la *puszta*, et il n'y eut plus autour d'eux que trois des quatre éléments, l'eau, la terre et l'air. Alors pour la première fois de sa vie elle ressentit quelque chose qu'elle ne sut ni ne voulut nommer et, bouleversée et infiniment triste, se recroquevilla sur son siège à côté de son père. Plus tard, lorsque plus rien ne fut secret et que la tristesse ne l'empêcha plus d'ouvrir des yeux extasiés sur ses grandes découvertes, elle se souvint de cette première rencontre avec l'Alföld dans l'austère clarté du soleil d'automne, si différente de la lumière douceâtre et accablante des jours de canicule.

« Árkod, pensa Gina, nous allons à Árkod. »

Elle avait une excellente mémoire, ce qu'elle avait appris en cours de géographie lui revint presque mot pour mot : « Árkod, 72 000 habitants, la plus ancienne ville universitaire du nord-est de la Hongrie ; population protestante à 97,5 % ; industrie en développement. Ses confréries étaient renommées au Moyen Âge, l'université est jumelée avec des universités d'Écosse, des Pays-Bas, de Scandinavie et d'Allemagne. Également connue pour sa grande école de commerce, le lycée réformé de garçons et l'institution pour jeunes filles qui porte le nom de l'évêque Matula, le premier établissement de Hongrie où un véritable enseignement fut dispensé à des filles par des pédagogues de métier. » Elle sentit qu'elle avait vu juste et faillit pousser un cri. Elle ne savait pas ce qu'était la ville d'Árkod en réalité, elle ne savait pas ce qu'était la célèbre institution pour jeunes filles, mais même si c'était le paradis sur terre, c'était terriblement éloigné de Budapest. Elle avait cru qu'elle ne serait pas très loin de la capitale et que si elle ne pouvait pas rentrer à la maison tous les dimanches, son père viendrait au moins la voir. Mais Árkod se trouvait presque à la frontière ! C'était bien pire que ce qu'elle avait imaginé aux heures les plus sombres. Que lui voulait-on ? Qu'avait-elle fait de mal ? Ce qui lui arrivait était inconcevable.

– Ne dis rien, dit le général sans quitter la route

des yeux. Je t'en prie, ne rends pas les choses plus difficiles. Ça l'est déjà assez comme cela.

Depuis qu'elle était au monde, ils étaient si proches l'un de l'autre qu'ils disaient souvent la même chose au même moment, ou se regardaient en riant et disaient à quoi pensait l'autre. Bon, elle ne dirait rien, c'était de toute façon sans espoir. Sentant ses yeux soudain alourdis par les larmes contenues, elle ferma les paupières. Afin de surmonter sa tristesse, elle tenta d'évaluer combien de chemin il restait à faire, comment elle serait accueillie au pensionnat, comment seraient les autres filles. Puis ses pensées se mirent à tourbillonner et se volatilisèrent. Elle se rendit compte qu'elle s'était endormie, et même qu'elle avait dû dormir assez longtemps, quand son père la réveilla. La voiture était à l'arrêt.

Gina s'étira et leva les yeux. Le paysage n'avait pas changé, les branches s'agitaient dans la même lumière pâle, mais des tours se dressaient au loin, d'innombrables tours, clochers isolés ou tours jumelles, sur un territoire relativement réduit ; on eût dit que au-dessus de la ville qui apparaissait enfin, le ciel était épinglé au sommet de tours.

– Tu t'es levée très tôt, dit le général, je suis content que tu aies dormi une petite heure. Ne m'en veuille pas de te réveiller, mais nous arrivons dans quelques minutes et je ne pourrai plus te dire au revoir en ville ni au pensionnat, je ne peux le faire qu'ici où il n'y a que toi et moi.

Elle le regarda sans un mot, allait-il enfin parler ? Mais il ne dit pas ce qu'elle attendait.

– Promets-moi de faire attention à toi. Comme si tu étais une adulte. Comme si tu n'étais pas toi, mais ta mère qui nous a quittés. Tu m'entends, Gina ?

Elle l'entendait, mais ne comprenait pas pourquoi il était soudain si inquiet. Ici, malheureusement, elle serait sous la surveillance de toute une équipe éducative et n'aurait vraiment pas besoin d'être particulièrement prudente. Son père ne s'était jamais beaucoup inquiété pour elle, pas plus quand elle montait à cheval que lors des leçons d'escrime, et à la mer, elle avait le droit de s'éloigner du bord autant qu'elle voulait, même si Marcelle ne l'accompagnait pas.

– Embrasse-moi, et quand je te laisserai à l'école, ne pleure pas, je te le demande instamment, du moins pas devant moi. Je ne le supporterais pas.

Il n'avait pas besoin de le dire, c'était superflu. Il aurait dû savoir que jamais elle ne le mettrait dans l'embarras en présence d'inconnus, ni ne dévoilerait ce qui ne leur appartenait qu'à eux deux. Ils s'embrassèrent, avec maladresse, malheureux, comme si ce qu'ils ne s'étaient pas dit avait déjà irrémédiablement changé quelque chose.

Ils repartirent et furent en ville au bout de quelques minutes. Gina ne sut dire ce qu'elle ressentait car elle n'avait jamais vu une ville comme celle-ci. Árkod ne ressemblait ni à la capitale ni à d'autres villes de l'étranger où elle était allée. Plus tard, bien plus tard, elle sut qu'en fait Árkod ne ressemblait qu'à elle-même, c'était une entité, un monde à part en noir et blanc. Le général conduisit la voiture jusqu'au pensionnat, semblant bien connaître le chemin ; ils passèrent devant une église massive aussi blanche que de la craie, au sommet de laquelle brillaient de gigantesques étoiles dorées de frais. En face se trouvait la rue Matula, au bout de laquelle ils aperçurent la grande bâtisse blanche de l'institution. « L'école aussi est massive, pensa Gina. Massive, austère, blanche. Les fenêtres sont petites, la porte cochère renforcée de ferrures, et il y a des grilles aux fenêtres. Cet endroit doit être très vieux et ne ressemble pas à une école, mais à autre chose. À une forteresse. »

On n'entrait pas comme ça dans cette forteresse. La porte aux ferrures était fermée, il fallait sonner et on mit longtemps à s'apercevoir de leur arrivée. Celui qui entrouvrit la porte et jeta un coup d'œil au-dehors était également trapu, portait moustache et avait un air sérieux. Dans l'ancienne école de Gina, le concierge était un homme rieur, toujours du côté des élèves, même quand il les grondait parce qu'elles jetaient leurs coques de cacahuètes par terre ou emplissaient les couloirs de leurs cris. Le portier leur demanda en détail qui ils allaient voir et pour quelle raison, en tournant vers eux un visage qui n'exprimait ni gaieté, ni humour, un visage immobile, le visage de pierre d'une idole. À la demande du général, il décrocha un interphone, et les laissa patienter devant la grille séparant la voûte cochère de l'immense cour, jusqu'à ce que quelqu'un, manifestement le directeur, lui confirmât qu'ils disaient la vérité, que l'on avait bien enregistré le nom de Georgina Vitay et qu'elle pouvait entrer avec son père.

Quand ils furent enfin autorisés à monter, le concierge ouvrit un battant de la grille et ils gagnèrent le premier étage par un escalier dont les marches étaient usées au milieu par d'innombrables pas. La jeune fille eut de nouveau l'impression qu'ici la blancheur était encore plus blanche qu'ailleurs, et qu'auprès de la ville gracile, preste et surpeuplée de Budapest tout ici était massif, vaste et vide ; il n'y avait aucune décoration dans les couloirs à part quelques plantes vertes, et aux murs, des citations de la Bible en lettres dorées sur des cartons noirs. Au premier étage, la porte du bureau directorial était surmontée d'un grand blason, lequel n'était pas noir et blanc pour la seule raison qu'un blason ne peut être exclusivement de ces couleurs. Sur fond d'or, deux mains se joignaient en prière autour d'une bible ou d'un psautier, au-dessous d'une devise en demi-cercle : *Non est currentis**. Gina était assez bonne en latin qu'elle étudiait depuis deux ans, mais elle ne sut pas traduire ce qu'elle lisait, ces trois mots pris ensemble ne voulaient apparemment rien dire. *Non est*, n'est pas, *currentis*, participe présent ou gérondif du verbe *currere* (courir) : *de celui qui court. Ce n'est pas de celui qui court*, ou quelque chose comme cela. Mais quoi ?

Le corridor était désert, comme si l'année scolaire ne commençait pas le lendemain, ou comme si les enseignants n'avaient pas non plus le droit de se montrer en dehors des classes ou de la salle des professeurs. Le général avait la main sur la poignée de la porte lorsqu'il sentit que Gina le tirait par la manche. Il se retourna, presque irrité. Pourquoi prolonger cet instant ? Ne sent-elle pas à quel point c'est aussi difficile pour lui ? Elle va encore le supplier de la ramener, de ne pas la chasser de la maison. Comme si c'était en son pouvoir !

– Quand vas-tu te marier ? demanda la jeune fille.

* Épître de Paul aux Romains, 9, 16 : « Cela ne dépend ni de celui qui veut, ni de celui qui court, mais de Dieu qui fait miséricorde. » Cette citation figure dans de nombreuses églises réformées de Hongrie. *(NdT)*

Il la regarda avec une telle stupéfaction que les mots n'auraient pas été utiles pour répondre. C'était Mimó, avec sa sotte imagination axée sur l'amour et les idylles, seule Mimó était capable d'avoir inventé cela. Pauvre petite, pauvre petite si malheureuse ! Elle ne croyait tout de même pas que c'était la cause de tout cela ?

– Jamais, répondit-il. Qu'est-ce que c'est que ces bêtises ? Comment peux-tu penser cela ?

Le général ne mentait jamais. Le fantôme de l'inconnue dont elle avait soupçonné l'existence s'amenuisa, se volatilisa. Son père ne voulait rien changer à sa vie. Mais alors pourquoi ne pouvait-elle rester avec lui ? Il ne lui laissa pas le temps de lui poser la question et ouvrit la porte du bureau. Ils entrèrent, ils devaient entrer, on les avait vus. Lorsqu'ils eurent franchi le seuil, Gina se trouva dans l'autre univers qu'on lui avait désigné comme le sien désormais, et le changement de sa vie fut aussi total que celui d'un enfant qui vient au monde ou d'un mourant qui rend son dernier souffle.

Les murs du bureau étaient eux aussi plus blancs que blancs, et le directeur plus noir que noir. Il n'y avait aucun tableau, seuls quelques graphiques et une carte d'Europe où étaient épinglés de petits drapeaux bleus ; Gina apprit par la suite qu'ils représentaient diverses institutions jumelées. Outre le bureau, le coffre-fort, un classeur à rideau et un aquarium de taille respectable, la pièce contenait des fauteuils en cuir noir.

Gina percevait tout dans état second, incertain, hors du monde, comme sous l'effet d'une anesthésie. Elle constata que son père et le directeur se tutoyaient comme de vieux amis, que le directeur inclina seulement la tête en la regardant, mais ne lui serra pas la main, et qu'il n'offrit de siège qu'au général. Celui-ci lui remit des documents et de l'argent pour son inscription et ses fournitures. Gina vit qu'il s'agissait d'une somme considérable ; le directeur établit un reçu puis dit au général de relire encore une fois le règlement du pensionnat et de le signer pour approbation. Le général prit un certain temps pour lire un imprimé, sans que son visage trahît s'il approuvait ou non ; quoi qu'il en soit, il signa.

– Sœur Zsuzsanna sera la préfète d'internat de ta fille, entendit Gina comme s'ils parlaient très loin d'elle et non dans la même pièce. Le courrier destiné à l'élève devra être adressé à la sœur avec mention du nom de l'enfant.

– Je l'appellerai plutôt au téléphone, dit le général. Je n'aime pas écrire, et je n'en ai pas le temps. Quand puis-je téléphoner ?

– Tous les samedis ; le jour de courrier est le samedi après-midi.

Gina en fut heureuse, ils ne seraient pas séparés. S'ils pouvaient se parler chaque semaine, elle aurait toujours quelque chose à attendre.

– Par ailleurs, tout sera comme nous en sommes convenus la dernière fois, dit le directeur.

Le général opina sans regarder sa fille, l'air d'avoir mauvaise conscience. Gina laissa errer son regard par la fenêtre. D'où elle était, elle voyait bien que la façade donnant sur la rue Matula n'était qu'une partie de l'immense bâtiment en forme de U qui s'étendait vers le fond. Le directeur décrocha le téléphone et demanda au concierge de monter les bagages de Georgina Vitay et d'envoyer sœur Zsuzsanna au bureau ; elle se demanda alors si elle serait capable d'attendre qu'on l'emmène avec la discipline et la maturité souhaitées par son père, qu'en ce moment elle comprenait encore moins que lorsqu'elle avait cru qu'il allait se remarier. Comme le directeur avait parlé d'une sœur, elle savait qu'une diaconesse viendrait la chercher ; c'est ce qu'était effectivement la jeune femme à l'air grave qui se présenta. Elle lui sourit enfin, Gina aurait aimé lui rendre son joli sourire, mais n'y parvint pas, sa bouche resta immobile. Elle voulait partir, mettre un terme à cette insupportable tension ; elle était à bout de forces. Le directeur la présenta :

– Georgina Vitay. Puis, s'adressant à elle comme à un bébé : Georgina Vitay dit au revoir à son père, au revoir au directeur et s'en va.

– Salut, murmura la jeune fille sans oser regarder le général.

– Ce n'est pas ainsi que l'on salue ses parents, dit le directeur.

– Au revoir, dit Gina dans un souffle.

Le général se leva, lui serra l'épaule et sans un mot, avec une infinie tendresse la poussa vers la porte. Elle allait sortir quand sœur Zsuzsanna la retint d'un geste. En lui souriant de nouveau, elle détacha la chaîne du cou de Gina, la nouvelle chaîne d'argent et sa lune anxieuse.

– Nos élèves n'ont pas le droit de porter de bijoux ni d'ornements, dit-elle. S'il vous plaît, général, emportez-le.

Le pendentif en forme de lune tomba en cliquetant sur la table devant le général. Cette fois encore, le père et la fille n'échangèrent pas un regard, mais gardèrent les yeux fixés sur le tapis. Le silence était tel que l'on pouvait entendre le bourdonnement obstiné d'une guêpe entrée par la fenêtre ouverte.

– Merci, dit la diaconesse.

Gina, plantée là, attendait, attendait, et ne savait pas comment saluer le directeur dans ce monde massif en noir et blanc.

– Bonne journée, monsieur le directeur, lui souffla Zsuzsanna en chantonnant comme une élève de cours préparatoire.

– Bonne journée, monsieur le directeur, murmura Gina, en rougissant jusqu'à la nuque.

Elle ne s'était jamais sentie aussi désemparée, aussi maladroite. Marcelle, tante Mimó, son ancienne école lui avaient appris tout ce qu'il fallait savoir à Budapest ; ici, elle était désorientée et incapable de deviner quoi que ce soit.

– Bonjour à vous, dit le directeur, puis il lui tourna le dos.

Zsuzsanna, chaussée de feutre, glissait en silence le long du corridor où elle conduisit Gina. La jeune fille aurait voulu se déchausser, gênée par le claquement de ses semelles de cuir. La diaconesse ouvrit une porte étonnamment basse, à la mesure d'un enfant, qui conduisait dans l'autre aile du bâtiment, à l'internat, mais Gina s'arrêta sur le seuil et se retourna. Si elle attendait un peu, elle pourrait voir son père une dernière fois, courir vers lui, se serrer contre lui, sentir la chaleur familière de son corps qui lui rappellerait la maison, son ancien univers désormais aussi lointain qu'un rêve. Mais Zsuzsanna lui prit la main et l'entraîna doucement par la petite porte.

Premières rencontres

Elle n'était jamais entrée dans un bâtiment aussi singulier, avec un tel enchevêtrement de couloirs.

Par la suite, elle apprit que la célèbre école de l'évêque Matula avait été un monastère au Moyen Âge, ce qui expliquait les murs épais, les salles voûtées et la forme étrange de certaines classes. Dans les dortoirs, des cloisons avaient été percées, abattues ou déplacées afin d'aménager des espaces de dimensions égales à partir des anciennes cellules monacales. L'aménagement était en revanche plus moderne que dans l'école d'où venait Gina, et tout était reluisant de propreté. Par la porte d'une salle de bains restée ouverte, elle vit étinceler le carrelage et la grande baignoire encastrée; Zsuzsanna la referma aussitôt comme s'il n'était pas convenable de voir, même vide, une pièce où les élèves se déshabillaient.

Elles s'éloignaient toujours plus de l'autre aile, où le général était sans doute encore en train de parler avec le directeur. Ici, les fenêtres étaient fermées, on ne pouvait pas voir le jardin à travers les vitres épaisses et rugueuses. Elles étaient parvenues à l'endroit où se déroulait la vie quotidienne de l'internat, car Gina vit enfin des élèves. Des filles, petites et grandes, occupées à ranger leurs placards se retournaient sur leur passage, et se redressaient pour les saluer. Elles portaient des blouses à manches longues qui les couvraient entièrement, des sarraus de coton noir à passepoil rouge qui descendaient jusqu'à mi-mollet, et Gina pensa qu'elle ne pourrait peut-être jamais les distinguer, elles étaient toutes pareilles, elles avaient aussi la même coiffure, les cheveux séparés par une raie médiane et tressés en nattes plus ou moins longues attachées par un cordon noir ressemblant à un lacet de chaussure.

Zsuzsanna l'emmena à la réserve où la sœur économe leur remit son trousseau. On l'envoya dans une cabine où elle dut non seulement changer de vêtements mais aussi de linge. L'économe replia sa combinaison de soie jaune où des oiseaux bleus volaient à tire-d'aile au-dessus d'un étang, avec un air de reproche, comme si les oiseaux de Gina apportaient une maladie contagieuse inconnue entre les murs de l'économat. Le nouveau linge de l'institution, les vêtements qu'on lui donna en échange des siens, la blouse aux manches doublées de manchettes protectrices qu'elle découvrit en les voyant de près, tout ce qu'on lui fournit était à la bonne taille et de bonne qualité, mais sans chic, comme si le styliste s'était ingénié à habiller les élèves de l'institution Matula de telle sorte qu'elles n'attirent pas les regards, ou si c'était le cas, que l'on constate avec horreur comment il était possible d'enlaidir une jolie robe, en confectionnant par exemple une tenue du dimanche en forme de marinière, sans décolleté en pointe, mais fermée tout en haut du cou par un col étroit où la fête est suggérée par des tulipes blanches brodées, au lieu d'un col marin et d'une cravate.

Sa valise fut vidée, et ce qu'elle apportait, pantoufles, linge de toilette, robe de chambre, peignoir de bain, tout fut examiné en détail ; rien de ses affaires personnelles ne fut accepté, elle en reçut de nouvelles à la place, ainsi qu'une douzaine de mouchoirs blancs. Elle suivit des yeux les objets qu'elle avait mis dans sa valise avec si grand soin : le rose et le bleu ciel pelucheux des serviettes de toilette, le nuage parfumé de ses chemises de nuit ravivèrent le souvenir de la maison qu'elle avait quittée, de son père, de tante Mimó, même de Marcelle, qui avait fait faire pour elle l'amusante robe de chambre moelleuse, et le peignoir de bain avec la fantastique roselière où de petits hippocampes et des crocodiles à la gueule béante étaient aux aguets. La sœur économe lui dit de ne pas prendre un air si désespéré, elle ne voulait tout de même pas lui faire croire que de telles babioles comptaient à ce point pour une jeune chrétienne. Zsuzsanna et la sœur économe se demandèrent seulement si, eu égard aux mesures d'économie qu'imposait la guerre, on lui permettrait d'utiliser sa propre brosse à dents et son savon, mais elles finirent par décider que non. Gina avait eu la brosse à dents comme la savonnette grâce à la source d'approvisionnement secrète de tante Mimó. La savonnette verte dégageait un fort parfum de camélia, quant à la brosse à dents au manche rouge cerise, la sœur économe déclara que même en faisant abstraction de la couleur, avec ses poils plantés en oblique, elle était choquante et non réglementaire. On lui donna à la place une brosse blanche sur laquelle l'économe inscrivit aussitôt son matricule de pensionnaire à l'encre de marquage, et un gros morceau de savon ménager.

– On le fabrique ici, dit Zsuzsanna, tout le monde l'utilise, même monsieur le directeur.

En enfilant les hautes bottines noires à bout large sur les chaussettes noires à côtes, Gina crut que ce serait tout. Mais elle se trompait, ce qui l'attendait l'horripila encore plus que son nouveau trousseau. Lorsque Zsuzsanna entreprit de lisser ses longues anglaises à l'aide de la nouvelle brosse à manche en bois au lieu de la sienne à monture d'argent, puis la coiffa comme les autres filles, avec une raie médiane et des nattes attachées par un lacet, Gina se mit à trembler. « Ils m'ont complètement absorbée. Je ne suis plus moi-même », pensa-t-elle tandis que sa respiration s'accélérait. Sachant ce que signifiait ce changement de rythme respiratoire chez une jeune fille, Zsuzsanna se dépêcha de finir. « On m'a même enlevé mes cheveux. Il ne me reste plus rien. »

– Ne t'avise pas de pleurer, l'avertit Zsuzsanna. Ou si tu pleures, que ce ne soit pas pour quelque chose comme ta coiffure. Cela serait indigne.

Gina ne pleura pas, mais seulement pour lui montrer qu'elle lui était si étrangère qu'elle ne lui permettait pas d'être témoin de sa souffrance.

– Voilà, dit la diaconesse, ici, c'est comme cela qu'on s'habille et qu'on se coiffe. Il faut t'y faire, c'est le règlement. Il y a une raison à cela, tu peux le croire.

– Quelle raison ? demanda Gina, parlant pour la première fois depuis qu'elle avait dit au revoir.

– Quand tu y seras assez accoutumée pour ne plus demander d'explications, je te le dirai, répondit Zsuzsanna. Tu dois aussi apprendre qu'on ne pose pas de questions sans y être autorisée. Dis au revoir, nous nous en allons.

Ses nouvelles chaussures étaient lourdes et un peu trop grandes, Gina n'y était pas habituée. En suivant Zsuzsanna sur le carrelage luisant de propreté, elle devait faire attention à ne pas tomber. La sœur économe avait enfermé ses anciennes affaires, elle transportait son nouveau trousseau dans sa valise et Zsuzsanna portait ses draps. Elle ouvrit une porte au-dessus de laquelle on pouvait lire : *Salle A, 5e-6e*. À l'intérieur, des filles assises à une longue table bavardaient. En voyant la porte s'ouvrir, elles se levèrent toutes d'un bond et saluèrent Zsuzsanna.

– C'est ici que tu viendras quand tu ne seras pas au dortoir, au réfectoire ou en classe. Ce sont tes camarades de classe, tu feras leur connaissance. Voici Georgina Vitay, dit-elle aux autres filles. Elle vient d'arriver, aidez-la.

Les filles saluèrent Gina comme elles venaient de saluer la diaconesse :

– Bonjour !

– Bonjour à vous ! murmura-t-elle en retour comme elle avait entendu le directeur le faire, et elle avait probablement bien répondu, puisque Zsuzsanna ne la reprit pas.

Elles repartirent aussitôt, Zsuzsanna la conduisit au dortoir et posa les draps sur un lit en disant que ce serait sa place, près de la porte, et qu'elle trouverait son placard dans le couloir pour y ranger ses affaires, il y avait une étiquette à son nom dessus. La clé était dans la serrure ; quand elle aurait fini, elle devrait le fermer et s'accrocher la clé autour du cou. Elle serait punie si elle la perdait.

Le dortoir n'était pas vide, deux filles étaient en train

de faire leurs lits. Elles s'arrêtèrent quand Zsuzsanna entra, se mirent au garde-à-vous comme les autres venaient de le faire dans la salle d'étude, tenant encore le drap qu'elles venaient de déplier. Zsuzsanna leur présenta Gina et s'apprêta à partir. Celle-ci prit peur à l'idée que tout commençait à présent, qu'elle allait rester seule avec ces deux filles qu'elle ne connaissait pas, qu'elle devrait leur parler, répondre à leurs questions. « De quoi es-tu faite ? demanda-t-elle en pensée à la diaconesse. Qui es-tu pour ne pas voir comme j'ai peur ? Dis quelque chose, montre que tu me plains, ou au moins que tu me comprends. Montre-moi que vous êtes humains ici, malgré vos drôles d'habitudes. Parle, pour que cela ne soit pas aussi terriblement difficile ! »

– Dieu te vienne en aide ! lui dit Zsuzsanna depuis le seuil avec son beau sourire, puis elle sortit.

« Elle aurait pu dire quelque chose de plus simple, pensa Gina, de plus personnel, qui m'aide à respirer. » Par la suite, des mois plus tard, quand elle connut mieux Zsuzsanna, elle comprit enfin que c'était la phrase la plus simple et la seule concevable pour elle ; elle était si proche de Dieu qu'elle croyait qu'il en allait de même pour Gina. Elle comprit que ce vœu laconique signifiait : « Je te plains vraiment, mon enfant, cela doit être très dur pour toi ici, et je ferai tout mon possible pour t'aider à t'accoutumer, mais je ne suis pas grand-chose, quelqu'un de plus puissant que moi doit trouver une solution. Mais Il la trouvera, sois sans crainte. »

Elle regarda autour d'elle, compta les lits, il y en avait dix de chaque côté du dortoir. Les deux filles avaient repris leur activité, elle s'y mit aussi, infiniment reconnaissante à Marcelle de l'avoir obligée à apprendre les tâches ménagères en plus de ses leçons. Elle aurait eu honte de se montrer plus maladroite que les deux autres, mais elles finirent toutes presque en même temps. Elles se dévisagèrent un moment, puis la plus petite des deux, dont les nattes aile-de-corbeau étaient si raides qu'elles semblaient tressées avec du fil de fer, s'approcha de Gina. La plus grande, une blonde, la suivit ; elle avait les yeux rougis comme si elle venait de pleurer. Elles se présentèrent, la brune s'appelait Mari Kis, l'autre Piroska Torma. Mari Kis lui demanda de quelle école elle venait, et elles furent très surprises en apprenant qu'elle venait de si loin. Gina expliqua que son père étant militaire, il était rarement à la maison et ne pouvait pas s'occuper d'elle ; elle avait eu une gouvernante française, mais celle-ci avait dû quitter le pays ; elle n'avait plus sa mère, alors on l'avait envoyée au pensionnat. Elle fut étonnée de constater que cela semblait logique, et que les autres le trouvaient naturel. Elle aurait aimé pouvoir se persuader de la même manière que le comportement du général était aussi naturel, et n'être pas obligée de croire qu'il y avait une raison spéciale pour qu'elle se retrouve élève de la forteresse.

– Moi, je n'ai pas de père, dit la blonde aux yeux rougis. Ni père ni mère, je ne les ai pas connus. J'ai grandi ici.

– Quelle ingrate ! dit Mari Kis. Tu n'as personne ? Et le directeur ? Quel bonheur d'être la nièce du directeur ! Regarde comme il s'occupe bien de son éducation, il l'a déjà fait pleurer ! Moi, mes parents sont enseignants, mais au village, alors ils m'ont envoyée ici, parce que chez nous il n'y a qu'une école élémentaire.

– Ben ça alors, un sac à main ! dit la blonde, bouche bée.

Avant de faire son lit, Gina avait posé sur sa table de nuit son petit sac orné d'un monogramme d'argent. Leur émerveillement ne la surprit pas, tante Mimó l'avait fait faire pour elle rue Kossuth pour Noël. Elle toucha tristement la peau souple du bout des doigts, cette merveille bleue était si déplacée à côté de l'affreuse tenue de pensionnaire !

– Elles ont oublié de te donner une sacoche, dit Piroska Torma. Regarde-le bien, cet objet d'art, parce qu'on va te le prendre avec tout ce qu'il y a dedans.

– Ici, on a des sacoches, expliqua Mari Kis. Les sacs à main sont interdits. Dans la sacoche, on met tout ce qu'il faut. Il faudrait que tu refasses tes nattes, tu as l'air épouvantable. Il y a une glace dans la salle de bains. Tu veux qu'on te montre ?

Qu'est-ce qu'elles disent ? On va lui prendre son sac et tout ce qu'il y a dedans ? On va lui prendre le petit album avec les photos de son père, de tante Mimó et de Marcelle ? Et de Feri en train de franchir une haie avec son cheval Bombyx ? Et son argent, un billet de cent pengős et la monnaie restée après l'achat du cendrier, et son poudrier, son agenda, son peigne, et la clé de la maison ? Il faut tout ranger, tout cacher avant qu'on ne le découvre, mais où ? Dans le lit ? Impossible. Ici, on fouille sûrement sous les matelas. Où peut-elle cacher les derniers trésors qui lui rappellent son ancienne vie disparue ?

– Bon, tu te recoiffes ? Parce qu'après on y va.

Elle glissa son sac sur son bras et suivit Mari Kis. Il n'y avait pas de poubelle dans le dortoir, elle espéra qu'il y en aurait une dans les lavabos, elle pourrait cacher le contenu de son sac dessous ou derrière, en attendant de trouver mieux. Mari Kis l'accompagna jusqu'à l'angle du corridor, ouvrit la porte de la salle d'eau et lui dit de se dépêcher, parce que Zsuzsanna comptait combien de temps prend telle activité. Quant à se recoiffer dans la matinée, c'était interdit ou exceptionnel; si elles étaient coiffées comme cela, c'était pour qu'il suffise de recourir au peigne en se levant et en se couchant.

Dans la salle d'eau régnait une odeur humide de baignoire récurée. Les fenêtres basculantes de la vaste entrée ensoleillée laissaient pénétrer l'air frais et une riche senteur d'automne évoquant les vendanges. Une grande plante verte était en convalescence dans un angle de la pièce, Gina vit des marques de maladie sur les feuilles, on l'avait mise là pour qu'elle guérisse dans cette atmosphère tiède et humide. Le rebord des fenêtres était égayé par l'éclat rouge de géraniums, les bacs étaient placés dans des jardinières doublées de fer-blanc afin que l'eau d'arrosage ne goutte pas sur la peinture. Sous l'un des lavabos il y avait une poubelle, un récipient blanc et léger tout à fait impropre à cacher quoi que ce soit. Le rouleau de papier hygiénique n'était pas dans un distributeur fermé comme chez eux. Il n'y avait pas de chauffe-eau, l'eau chaude devait arriver aux robinets depuis un point central, on ne voyait rien aux murs. Elle n'eut pas peur de monter sur la cuvette des W.-C. pour passer la main au-dessus du réservoir de la chasse d'eau : le couvercle était vissé.

C'était raté. On allait lui enlever les derniers souvenirs de son ancienne vie. Elle était trop fatiguée pour que ses yeux se remplissent de larmes. Elle n'essaya pas de se recoiffer, elle n'était pas venue pour cela aux lavabos; peu lui importait quel épouvantail on avait fait d'elle, cela ne l'intéressait vraiment pas. Allant à la fenêtre, elle tenta de regarder audehors par l'étroite ouverture au-dessus du vitrage rugueux, mais elle ne vit que le ciel, pas le jardin. Elle se mit sur la pointe des pieds et se cramponna à la jardinière, elle aurait voulu s'étirer assez haut pour que son visage atteigne l'air, le vent libre et mordant qui lui parlerait du monde dont elle serait privée Dieu sait combien de temps. Ses doigts glissèrent entre le bac de géraniums et la jardinière protectrice, elle faillit renverser le tout. Elle recula, la gorge si sèche d'excitation qu'elle se mit à tousser. Elle avait trouvé la solution.

C'était difficile, presque impossible, de sortir le bac de la jardinière. Elle n'y serait peut-être pas parvenue si elle n'avait pas pratiqué l'escrime et l'équitation, ni musclé ses bras par des exercices réguliers. Serrant les dents sous l'effort inhabituel, elle souleva le bac de géraniums sans un bruit et le posa par terre. Elle vida son réticule à l'exception du mouchoir. Si quelqu'un entrait à ce moment-là, tout serait perdu, sa vie au pensionnat commencerait même si mal que ce serait sans doute irrémédiable, mais si personne ne la dérangeait elle réussirait peut-être. Et en plus, il ne fallait pas qu'elle se hâte, car si elle ne prenait pas assez de précautions, elle aurait tout fait pour rien. Elle déposa soigneusement au fond de la jardinière l'album de photos de la taille d'un carnet, l'agenda avec son crayon, le petit porte-monnaie, le porte-clés, le poudrier, le peigne à monture d'argent; ils avaient tous pratiquement la même épaisseur. Son front se couvrit de sueur tandis qu'elle remettait en place le bac à fleurs, qui dissimula les objets comme s'ils n'avaient jamais existé. Son cœur battait si fort qu'elle en avait presque mal.

Elle recula jusqu'à la porte, observa le bac à fleurs depuis le seuil, puis en s'approchant : on ne remarquait rien. Gina savait que les géraniums étaient surélevés d'un bon centimètre, mais étant à l'origine de ce changement, elle serait la seule à s'en apercevoir. Elle était quand même parvenue à préserver quelque chose des mains de Zsuzsanna et de la sœur économe. Elle attendit que les battements de son cœur s'apaisent, mais Mari Kis l'appela, elles n'avaient en général pas le droit de rester si longtemps aux lavabos, il fallait qu'elle sorte, sinon ça irait mal. Quand elle sortit, Mari, qui l'attendait devant la porte, l'examina puis secoua la tête et lui promit de l'aider à se coiffer le lendemain, ses nattes étaient aussi mal faites qu'avant. Gina balançait le sac à son bras, et lorsqu'elles regagnèrent le dortoir, elle le posa à la tête du lit qu'elle venait de faire.

Torma était occupée à garnir de papier le tiroir de sa table de nuit. Sans se retourner, elle demanda à Gina si elle allait souvent au théâtre et quelles actrices elle avait vues ou connaissait personnellement. Cette question, tel un onguent sur une plaie brûlante, apaisa un instant sa tristesse : elle avait vu un bon nombre d'acteurs et d'actrices chez tante Mimó. Aux noms qu'elle cita, Torma abandonna son activité, se retourna et posa sur elle le regard que son oncle cherchait en vain chez elle à l'époque de l'Avent, un regard de ferveur et d'abnégation.

Elles s'aperçurent de la présence de Zsuzsanna en entendant sa voix. Elles ne l'avaient pas entendue entrer parce qu'elles parlaient fort et avec ses semelles de feutre, la diaconesse se déplaçait sans bruit. Elle apportait une sacoche noire réglementaire assez grande, brodée de deux lettres et de tulipes blanches, suspendue à un cordon noir et fermée par deux boutons de nacre.

– J'ai oublié ton sac à main, dit-elle. Donne-le-moi, s'il te plaît, Georgina.

Pour la première fois, la toute première fois depuis qu'elle s'était retrouvée dans l'univers de la forteresse, Gina eut envie de sourire, mais elle se maîtrisa. Elle tendit son sac à main, Zsuzsanna l'ouvrit aussitôt et n'y trouva bien sûr rien d'autre que le joli mouchoir à pois qu'elle y avait laissé à dessein. Elle l'informa que si elle avait besoin d'argent pour la quête ou les bonnes œuvres, elle devait lui en demander, son père avait laissé à son intention la somme autorisée pour son argent de poche de l'année ; puis elle disparut avec le réticule bleu. Mari Kis prit la sacoche aux tulipes et la tendit avec une profonde révérence à sa nouvelle camarade de classe.

– Voici un joli sac pour la ville, dit-elle. Un ravissant accessoire à la dernière mode, une création unique.

Elle le suspendit à l'épaule de Gina en pouffant de rire. Les fenêtres extérieures du dortoir étaient munies de verre cathédrale, mais les vitres intérieures étaient transparentes ; si on tendait derrière quelque chose de sombre, elles faisaient office de miroir. Ne ménageant pas sa peine, Torma s'extirpa de sa blouse et l'accrocha derrière un battant intérieur afin que Gina voie comme elle était jolie. Gina s'aperçut alors que deux clous étaient plantés dans l'encadrement de la fenêtre, les élèves de cinquième année s'étaient assuré la possibilité de se voir au moins jusqu'à la taille, puisque la glace des lavabos, trop petite, ne montrait que leur visage. En voyant de quoi elle avait l'air dans la blouse d'uniforme, elle regarda son reflet d'un air incrédule puis éclata de rire à son tour, se surprenant elle-même. Une grande asperge aux nattes brunes mal faites la fixait, engoncée dans un affreux sac noir, une sacoche à l'épaule comme un vagabond et une clé suspendue à un cordon autour du cou.

– Ne t'en fais pas, dit Mari Kis. Ce n'est pas si mal ici. En fait, c'est encore pire, mais c'est supportable. On rigole beaucoup.

– Parlons maintenant, tant que je ne suis pas punie, dit la blonde. Je suis punie presque tout le temps, et dans ce cas-là tu ne pourras pas me parler, sauf la nuit, mais ce n'est pas recommandé parce que Zsuzsanna se pointe à tout bout de champ et elle a l'ouïe aussi fine qu'un lièvre.

– Pourquoi es-tu toujours punie ? demanda Gina.

Cette Torma avait l'air si gentille qu'il était difficile d'imaginer qu'elle puisse être insolente ou faire des bêtises.

– Pourquoi ? Mais par affection, expliqua Mari Kis. Tu es idiote ou quoi ? Je t'ai dit qu'elle était la nièce du directeur, c'est son tuteur, la pauvre, et comme le bon Dieu, il châtie ceux qu'il aime. Bon, il faut y aller, on n'a pas le droit de rester au dortoir dans la journée quand les lits sont faits. La plupart du temps, on croupit dans la salle d'étude. Mais maintenant, il n'y a pas de devoirs à faire, on peut peut-être convaincre Zsuzsanna de nous laisser descendre au jardin.

Elles se dirigèrent vers la salle d'étude. Quelqu'un avait ouvert toutes les fenêtres du couloir, le soleil entrait à flots. « Peut-être, se dit Gina. Peut-être. Il n'y a pas que des adultes ici, mais aussi des filles, mes camarades de classe. Et les adultes ne sont peut-être pas tous pareils. J'aurai peut-être de l'affection pour quelqu'un, il y aura peut-être quelqu'un qui ressemble, ne serait-ce qu'un tout petit peu, à Marcelle. »

Tandis qu'elles marchaient, la clé de son placard du couloir et celle de son casier de la salle d'étude s'entrechoquaient avec un petit bruit mat auquel répondaient les clés de Mari Kis et de Torma. Gina détestait porter ses clés à un cordon autour du cou. On leur avait fourni une sacoche, pourquoi ne pas les mettre dedans ? Sinon à quoi servait-elle ?

– Les clés ne font pas partie de l'attirail de la sacoche, expliqua Mari Kis. Dans la sacoche, on met un mouchoir, le carnet de correspondance, le goûter distribué au petit déjeuner dans une pochette en toile cirée, des provisions quand on part en excursion, une bible et un livre de psaumes toute l'année et un porte-plume. Basta. Les clés autour du cou, obligatoire. Ça remplace les bijoux.

Les bijoux. Ce mot lui rappela la petite lune triste que Zsuzsanna lui avait retirée, et elle prit conscience de ce souvenir récent en même temps que d'une chose qui attira aussi l'attention des deux autres. Par la fenêtre ouverte, on entendait une mélodie venue de la rue de l'Évêque-Matula, l'arpège d'un klaxon sur lequel dans un lointain monde heureux, au-delà de tous les océans, un papa avait ajouté des paroles pour sa petite fille : *Gina jolie… Gina jolie*, disait le klaxon chaque fois qu'il appuyait dessus. *Gina jolie*, claironnait-il à présent plein de gaieté, encore, et encore, et encore, puis il ne sembla plus du tout joyeux, mais terriblement triste, et Gina se tourna vers le mur, y appuya le front afin que les autres ne voient pas son visage, parce qu'elle ne les connaissait pas assez pour se laisser aller devant elles sans en être gênée. *Gina jolie…* Le klaxon ne s'entendait plus que de loin…

à peine… plus du tout. La voiture du général sortait de la rue Matula, il devait passer devant la grande église et elle restait toute seule dans la forteresse.

– Allez, dit Mari Kis en la retournant doucement. Ne pleure pas, je t'ai dit que c'était supportable. Tu verras, on va passer un très bon après-midi. Si tu veux, Torma fera quelque chose pour qu'on s'amuse bien. Ça lui est égal, de toute façon elle est tout le temps punie.

Elles étaient si gentilles, si gentilles, mais ne parvinrent pas à la dérider. On n'entendait plus le Klaxon, mais *Gina jolie…* résonnait encore à son oreille.

– Demain, c'est l'office solennel de la rentrée, toute la ville viendra nous admirer dans la rue, et un ou deux garçons arriveront peut-être à se glisser à la tribune, dit la brune. Après, les cours commenceront et on se mariera toutes. Toi aussi, tu te marieras. Si tu as de la veine, peut-être avec l'évêque Matula en personne.

Elle ne put s'empêcher de rire en entendant cela.

La légende d'Abigaël

Le jardin était immense et elles eurent la permission de s'y promener jusqu'au déjeuner. Mari dit qu'elles s'occupaient elles-mêmes des fleurs, il y avait un jardinier, mais elles devaient aussi apprendre les travaux du jardin, de même qu'on leur enseignait la couture et tout ce qui était possible et imaginable. Selon le directeur, il n'y avait rien de pire que l'oisiveté, le chemin de l'enfer était pavé d'heures de paresse. Ici, rien à craindre, il n'y avait pas d'heures de paresse. Quand elles avaient fini devoirs et leçons, les diaconesses les interrogeaient. Il n'y avait pas de mauvaises élèves, celles qui ne suivaient pas ou ne travaillaient pas suffisamment étaient renvoyées sans appel à la fin de l'année, l'institution Matula était l'école la plus sévère du monde. Quand on avait fini les devoirs et récité les leçons, on allait travailler au jardin, à la cuisine ou à l'atelier de couture, là où on vous envoyait; on pouvait éventuellement prendre un cours particulier de musique ou de langue si c'était le souhait de parents pervers, ce n'était même pas payant. Si après tout cela on avait encore du temps libre, on pouvait lire, parce que le pensionnat disposait aussi d'une grande bibliothèque, ou faire des travaux manuels, ou une nouvelle activité occasionnelle. Chaque jour deux heures de promenade, une heure au gymnase, on n'y coupait jamais. Que Gina ne s'inquiète pas, elle ne s'ennuierait pas.

Ce qu'elle entendait de sa nouvelle école suscita en elle un double écho. Cela l'effraya, elle eut l'impression qu'une vie aussi austère et réglée minute par minute ne pouvait qu'oppresser celles que le mauvais sort amenait ici, mais en même temps il lui était impossible de ne pas se rendre compte que ces deux Matuliennes n'étaient en fait pas mécontentes. Elles ne le disaient pas, mais on voyait bien qu'elles étaient extrêmement fières de leur monde si particulier, du fait qu'il n'y ait que de bonnes élèves et que, en quittant le pensionnat, elles en sauraient visiblement bien plus que celles qui n'y avaient pas fait leurs études. Ce qui l'étonna le plus, c'est qu'il n'y eût pas à Matula d'élèves de la ville, seulement des pensionnaires, la forteresse n'était pas une école de filles comme les autres, mais une véritable institution comme il y en avait à l'étranger. Les habitants d'Árkod qui ne voulaient pas se séparer de leurs filles les inscrivaient à la ville voisine ou au lycée d'État, et une guerre permanente, parfois ouverte, parfois larvée, opposait les élèves du public et les Matuliennes. Les élèves du public les appelaient « sainte Saucisse », et celles-ci affublaient du sobriquet de « Cocorico » les élèves du lycée, qui portait le nom du biologiste Pál Kokas*. Selon une tradition de Matula, après le baccalauréat et la réception – laquelle n'avait évidemment pas lieu dans un de ces exécrables hôtels profanes, mais dans

* Nom qui pourrait se traduire par « Paul Lecoq » *(NdT)*.

la salle d'honneur de l'institution, et où l'exubérance allait jusqu'à l'octroi à chacune d'une tasse de chocolat avec de la brioche –, les lauréates qui quittaient l'établissement et pour la première fois de leur vie sortaient seules, sans être accompagnées de diaconesses, se rendaient devant le lycée et se mettaient à pousser d'affreux « Cocorico ! ». Dans un lointain passé, l'épouse du préfet de police avait fait ses études à Matula et depuis, bizarrement, il n'y avait pas un seul policier aux abords du lycée le jour du baccalauréat, si bien que les Matuliennes pouvaient coqueriquer à loisir. En revanche, il y en avait toujours un dans les parages lorsque les lycéennes venaient leur rendre leur visite et se moquaient d'elles en chantant : « Sainte Saucisse de Matula, saint Nicolas ne viendra pas. Il craint trop la damnation que lui vaudraient tes oraisons. » L'année précédente, les lycéennes avaient subi une double défaite. Lorsqu'elles eurent lancé par-dessus la clôture de l'institution une énorme saucisse de toile rembourrée couronnée d'une auréole, non seulement le directeur de Cocorico reçut une lettre indignée du directeur de Matula, mais exaspéré, il refusa l'explication de ses élèves prétendant que leur chanson avait pour seul but de se moquer des Matuliennes, et que l'auréole sur la saucisse n'avait rien d'un sacrilège. Il y avait encore bien d'autres traditions à Matula, notamment celle du mariage, également due à une ancienne élève, Mici Horn. Elle s'était fiancée alors qu'elle allait entrer en terminale, et à la rentrée de septembre, elle vint au pensionnat avec sa bague de fiançailles. Elle fut aussitôt convoquée chez le directeur pour déposer la bague jusqu'au baccalauréat : *primo*, qu'imaginait-elle pour oser introduire ce colifichet profane dans l'école ? *Secundo*, il était scandaleux, encore à l'âge scolaire, d'être en relation avec le monde des adultes, et d'inspirer à ses éducateurs le pénible soupçon que celui qui lui avait offert la bague, ce personnage de sexe opposé, devait l'embrasser, et même sur la bouche ! Mais l'interdiction faite à Mici Horn de porter sa bague ne mit pas un terme à cette affaire. La contagion se propagea, et toutes les élèves se mirent à rêver de se fiancer, à l'instar de l'audacieuse terminale. Finalement, une géniale Matulienne, en troisième année à cette époque – qui avait elle aussi quitté Matula depuis des lustres et, par une facétie du sort, était devenue actrice à Budapest –, trouva comment elles aussi pouvaient se marier : à défaut de véritable promis en chair et en os, elles épouseraient un objet, une image ou une idée. Et c'est devenu une tradition, chaque année, toutes les élèves se mariaient dans l'ordre alphabétique avec l'inventaire. Affiché près de la porte de chaque classe, celui-ci recensait tout l'équipement de la salle, reproductions, objets, matériel pédagogique, et tout ce qui y figurait était numéroté. La première dans l'ordre alphabétique de la classe recevait l'item numéro un, la deuxième le numéro deux, etc. C'était prodigieusement amusant de se marier de cette manière, les professeurs n'en savaient évidemment rien. Le directeur lui-même faisait partie de la distribution tous les ans, mais seulement en huitième année, sinon il y aurait eu pléthore d'épouses et le directeur ne pouvait en avoir qu'une. Le plus beau, c'était quand il s'adressait à sa « femme » pour une raison quelconque, il y avait de quoi se plier en quatre, seulement on ne pouvait pas rire ouvertement, car il aurait fallu donner la raison de cette hilarité. Mais le plus intéressant (figure-toi, Gina), c'est que toutes sans exception finissaient par prendre en affection celui qu'elles avaient épousé pour rire. Parfois, les inspecteurs étaient sidérés de ce qu'elles savaient de tel ou tel homme célèbre, comme celle qui avait épousé la statue en bronze de Marc Aurèle, et avait lu tout ce qu'elle avait pu trouver à son sujet afin de tout savoir sur celui dont elle était devenue la compagne. Même Torma, à laquelle en raison de sa malheureuse initiale en T était échue l'année précédente une reproduction de la première presse à imprimer, emplit son oncle de stupeur. Un jour, il remarqua de la poussière dans la classe et demanda à la pauvre Torma pourquoi elle n'avait pas fait convenablement le ménage, il y avait de la poussière sur la reproduction de la presse à imprimer – mais que pouvait-elle bien savoir de ce qu'elle avait négligé ? Alors Torma se mit à réciter ce qu'elle avait lu à la bibliothèque dans l'encyclopédie et dans des ouvrages de vulgarisation. Le directeur ouvrit de grands yeux, et pour la première fois de sa vie, il ne put dire un mot parce que Torma récitait sans s'arrêter d'une voix monocorde : « La presse à caractères mobiles a été inventée dans le deuxième tiers du XVe siècle. Les avis diffèrent quant à l'identité de l'inventeur, mais la plupart des spécialistes penchent pour Johannes Gutenberg, imprimeur à Mayence. Il pourrait aussi s'agir d'un certain Metel ou Menteli de Schlettstadt, et il est souvent question d'Albert Pfister, de Bamberg, bien qu'il ne fût qu'élève de Gutenberg. » Après la mention de Pfister, le directeur tourna les talons et prit le large, tel un bateau noir ; plusieurs élèves remarquèrent qu'il avait le front couvert de sueur tant il était ébahi. Bien sûr, Torma fut quand même punie, pas à cause de la presse, mais de la poussière.

Gina les écoutait, riait même avec elles, tout en

ayant l'impression qu'à côté d'elle, elles étaient aussi gamines que des élèves d'école primaire. Elle pensait à ses amies de Budapest, à ce qu'elles faisaient ensemble, et à Feri, surtout à lui, quand il la serrait contre lui au dernier thé dansant de tante Mimó. Il était vivant, jeune, et ce n'était pas une image. Puisque les bijoux étaient interdits, on ne pouvait évidemment pas porter de bague de fiançailles, mais pourquoi se chercher quelqu'un à qui penser ? Prendre une presse à imprimer pour mari était très drôle, mais les vrais garçons étaient bien plus distrayants.

– De vrais garçons ? dit Mari Kis, les yeux écarquillés. Où sont-ils ? Il n'y a de vrais garçons que pendant les vacances, mais qui voudrait avoir affaire à une Matulienne à qui on n'a pas le droit d'écrire, et qui même chez elle, loin d'Árkod, a peur d'être vue en train de parler à quelqu'un de l'autre sexe ? Ici, il ne peut être question d'amour que si on est prête à tout et lorsque tout vous est égal, puisque le baccalauréat approche et qu'on sera bientôt libre.

Gina hésita, allait-elle leur parler de Feri ? Finalement elle garda le silence. Non parce qu'elle ne leur faisait pas confiance, mais elle les connaissait depuis trop peu de temps. Mari Kis remarqua cependant qu'elle était impressionnée et quelque peu amusée par ce qu'elle venait d'apprendre.

– Ici, il ne faut pas se faire remarquer, dit-elle. (Torma opina.) Ma famille n'est pas riche, je ne paie qu'un quart des frais de scolarité. Si je fais l'imbécile, je perds cet avantage. Et Torma, elle n'a personne à part le directeur. Si on nous laisse tomber, qui se chargera de nos études et de notre éducation ?

Jusque-là, Gina n'avait jamais réfléchi à ce qu'impliquait le fait que son père puisse payer ses frais de scolarité, si élevés fussent-ils, et quelle différence cela signifiait dans sa vie quotidienne. Il ne lui était non plus jamais venu à l'idée que d'autres enfants se devaient d'être toujours sages et obéissants et de respecter toutes les règles de la vie scolaire, au risque de ne pas achever leurs études dans l'établissement qui les éduquait gratuitement ou presque. À présent, n'écoutant plus que d'une oreille ce que disaient les deux autres, elle se demandait comment échapper à la vigilance de Zsuzsanna quand elle écrirait à tante Mimó, afin de glisser un message à l'intention de Feri dans le texte qui serait certainement censuré. Et comment Feri répondrait-il? Lui remettrait-on la lettre? Mari et Torma essayaient de deviner quels professeurs elles auraient, et les noms qu'elles énuméraient ne lui disaient rien.

Elle marchait, les yeux fixés au sol, se creusant la tête pour trouver le moyen de prendre contact avec cet autre monde qu'elle avait quitté. Tandis qu'elle marchait tête baissée, elle trébucha et serait tombée si Mari ne l'avait pas retenue par le bras. Levant les yeux, elle vit qu'elles étaient arrivées au fond du jardin, où un haut mur de pierre fixait la limite de Matula. Dans l'épaisseur du mur était creusée une niche où se trouvait une statue de jeune fille. Ses cheveux retenus par un bandeau bouclaient sur son front gracieux, et elle tenait entre ses mains une cruche ancienne. Torma monta les deux marches en arc de cercle autour du socle et embrassa la statue sur les deux joues. Mari Kis la rejoignit et embrassa à son tour la fille de pierre, puis elles dirent ensemble :

– Salut, Abigaël!

La statue était souriante, mais son sourire était grave,

comme celui de très jeunes filles au comble du bonheur.

– Voilà Vitay, dit Mari Kis. Georgina Vitay. Elle est dans notre classe. Vous devez faire connaissance, Abigaël.

Encore un de leurs petits jeux, ça n'allait pas recommencer !

– Dis-lui bonjour, l'exhorta Torma. Allez ! C'est Abigaël, qui fait des miracles.

Alors là, c'en était trop. Gina s'éloigna, elle se sentait plus en sécurité que jamais dans la forteresse, parce que si cet univers massif était un monde austère empli d'embûches, il avait aussi quelque chose de puéril, comme si on voulait encore lui faire peur avec un Père Fouettard, alors qu'elle savait depuis longtemps que c'était l'ordonnance de son père qui se déguisait à la Saint-Nicolas.

– C'est bon, dit Mari Kis, tu la salueras une autre fois, attends seulement d'avoir des ennuis. Ici, il n'y a pas de saint protecteur ni d'amulettes, il n'y a rien, et tu ne peux pas tarabuster le Seigneur à tout bout de champ. Mais si tu t'en sors toute seule, à ton aise !

– Abigaël nous aide, expliqua Torma, tout à fait sérieuse. Même quand on a de très gros embêtements, elle nous aide. Elle nous a toujours secourues.

Tant pis, qu'elles racontent leur histoire ! À présent, Gina se sentait presque libérée, presque bien disposée. Ces deux-là étaient des gamines : Torma qui était mariée l'an dernier à une presse à imprimer, Mari Kis qui la présentait à une statue de pierre. La dernière représentation de *Don Juan* qu'elle avait vu à l'Opéra avec Marcelle lui revint à l'esprit, et son cœur se serra. Le chanteur qui tenait le rôle du Commandeur était une relation de tante Mimó, elles étaient allées le voir dans sa loge à l'entracte. Il l'avait aussi saluée comme une vraie dame.

– Rien n'est simple ici, tu verras, dit Torma. On rêve de tant de choses qui ne se réalisent pas. On a peur, parce qu'il peut toujours arriver quelque chose de terrible. Abigaël est ici depuis des centaines d'années. Je ne sais pas pourquoi nous l'appelons Abigaël. C'est son nom depuis que Matula existe. Quelqu'un le lui a donné un jour.

Bon, elles ont une statue ancienne, une belle œuvre néo-classique fin dix-huitième. Sa robe ressemble à celle de madame Récamier, la cruche est de style grec. Abigaël est une fille Empire.

– C'est Mici Horn qui a découvert qu'elle existait, et aussi qu'elle faisait des miracles. Mici Horn pleurait parce que le directeur lui avait confisqué sa bague, son fiancé était parti à la guerre et elle ne pouvait même pas porter son alliance, alors elle était là, devant la statue, à pleurer et se lamenter d'être si malheureuse. Quelques jours plus tard, en se promenant par là, elle a vu un bout de papier dépasser de la cruche. Elle l'a pris, c'était une lettre de son fiancé, mais elle a failli devenir folle car à ce moment-là la cloche a sonné, le cours de mathématiques allait commencer et elle n'avait plus le temps de lire la lettre avant la pause suivante. Elle a répondu le jour même et déposé sa missive dans la cruche d'où elle n'a pas tardé à disparaître. Et tout le temps qu'elle a été au pensionnat, elle a reçu des lettres de son fiancé et a pu lui écrire.

– Comme c'est excitant ! dit Gina.

Elle savait que son ton était blessant et révélait qu'elle ne croyait pas un mot de cette histoire, mais tout cela l'ennuyait. Elle en avait assez de cette statue qui n'avait rien d'un chef-d'œuvre, assez des deux filles, et recommença à s'inquiéter : allait-elle supporter la puérilité de ses camarades, en plus des règles occultes de la forteresse ?

– C'était il y a très longtemps, en 1914, expliqua Mari Kis. Depuis, Abigaël a toujours apporté son aide, à une seule condition : on ne doit pas en parler à des étrangers. Elle l'a écrit un jour à Dóka, qui avait renversé de l'encre sur la Bible de l'école. Elle lui a écrit qu'on ne devait s'adresser à elle que si on avait de véritables ennuis, et qu'il fallait garder le secret. Je ne sais pas comment elle fait, mais elle trouve toujours le moyen d'arranger les choses.

Quelle imagination, Abigaël qui apporte son aide ! Et tout cela dans cette forteresse où on vit comme des militaires, où il n'y a rien d'autre aux murs que des citations de la Bible. Elles sont tellement superstitieuses qu'elles pourraient aussi bien adorer des idoles.

– Évidemment, elle n'aide pas ceux qui ne croient pas en elle, dit Torma.

Puis elles changèrent de sujet et lorsqu'elles prirent le chemin du retour, Gina ne regarda pas en arrière, mais la fille Empire les suivait de ses beaux yeux comme pour les avertir de ne pas oublier qu'elle était là au cas où elles auraient des ennuis, parce que la forteresse était sévère et qu'il ne convenait pas de harceler le bon Dieu.

Le jardin sentait bon, et ses couleurs étaient rafraîchissantes après tout le noir et blanc. Une cloche sonna quelque part. La sonnerie réglementaire appelait à se laver les mains, expliqua Mari Kis, c'était l'heure du déjeuner. Torma l'avertit : quand on lui aurait désigné sa place au réfectoire, qu'elle ne s'avise pas de s'asseoir ni surtout de prendre sa cuiller, parce qu'on lisait d'abord un passage de la Bible, ensuite on chantait, puis on priait et seulement après on pouvait commencer à manger. Quand on avait fini, c'était la même chose, on ne devait pas se lever de table avant d'y être autorisé. Il était interdit de parler en mangeant, et on ne pouvait se resservir que si on vous le proposait. Les plats étaient très bons et copieux, mais il fallait toujours attendre la permission de se resservir. Pendant le repas, il ne fallait pas broncher, parce que la préposée du jour faisait la lecture d'un livre écrit par un affreux prêtre suisse, des histoires montrant comment il fallait vivre pour être une vraie chrétienne, et il fallait bien écouter parce qu'il arrivait qu'on soit interrogée après la méditation du soir. Cet après-midi, elles auraient encore quartier libre jusqu'au dîner, mais à partir du lendemain, Gina aurait l'occasion de découvrir le règlement de la maison, en fait à partir du surlendemain, car le lendemain c'était la rentrée solennelle, un événement particulier. Et demain, elle ferait la connaissance des professeurs, on lui donnerait l'emploi du temps, les manuels, les premières instructions. Les professeurs habitaient sur place, dans l'autre aile, elle les verrait plus souvent qu'elle ne le voudrait, car, si l'étude était assurée par les diaconesses, bien souvent l'un ou l'autre professeur entrait dans la salle sous prétexte d'apporter son aide.

Elles entrèrent à l'internat par une autre porte, une porte latérale, basse, cloutée d'étoiles en fer forgé. Le réfectoire était ouvert, Gina eut l'impression de n'avoir jamais vu d'endroit aussi immaculé. À l'entrée des lavabos, Zsuzsanna veillait à ce qu'elles se lavent toutes les mains et se partagent équitablement les essuie-mains propres.

Terrarium et trahison

Elles eurent effectivement l'après-midi pour elles jusqu'au dîner.

La bibliothécaire, une diaconesse, était déjà à son poste, et des sœurs s'activaient aussi à l'atelier de couture et à la cuisine, mais les élèves n'avaient pas encore d'affectation. Venant des quatre coins du pays, elles arrivaient à des heures différentes selon les trains, et il n'était pas encore possible d'organiser les activités régulières. Mais le soir, personne ne manquait, il n'y avait pas une place vide au dîner. À la méditation du soir, Gina fit enfin la connaissance d'un de leurs professeurs, le révérend chargé de l'enseignement religieux qui présidait aussi aux cultes du pensionnat.

Elle observa ce que faisaient les autres, ses camarades que Mari Kis et Torma lui avaient présentées, et s'efforça de les imiter, si bien qu'elle ne put se recueillir vraiment, ce qui la contraria. Il n'y avait pas de vie religieuse intense à la maison, son père et tante Mimó étaient catholiques, Gina avait reçu la religion de sa mère. Au lycée Sokoray Atala, où elle était allée jusqu'à présent, on incitait les élèves à assister aux offices de leur religion, mais sans contrôler ce qu'elles faisaient. L'enseignement religieux était assez formel. Gina allait rarement à l'église, il arrivait cependant que tante Mimó l'emmène à la messe, et c'était bien plus intéressant que n'importe quoi d'autre, parce que Feri les accompagnait parfois, et ensuite ils allaient se promener au centre-ville et faisaient une pause dans l'une des célèbres pâtisseries. Et maintenant, elle constatait avec anxiété qu'elle ne connaissait pas les cantiques que toutes les autres chantaient par cœur, elle ne les avait jamais appris. À la fin du culte, Zsuzsanna la présenta au révérend. Elle se tint avec embarras devant le pasteur, non qu'elle fût intimidée, mais parce qu'elle savait ce qu'il allait lui demander.

– On ne vous a pas appris de cantiques à Budapest ?

– Pas beaucoup, murmura-t-elle.

– C'est ennuyeux, dit Zsuzsanna. Ici, tout le monde connaît tous les psaumes et les chants de louange. Nous allons y remédier. Le jardinage est indispensable à la santé, mais nous pourrons nous passer de couture un certain temps. Pendant que ta classe sera à l'atelier, tu iras à la salle de musique, tu apprendras les mélodies en même temps. Tu sais jouer du piano ?

Bien sûr qu'elle savait. À Sokoray Atala, on n'enseignait pas la couture, cela ne lui manquerait pas de ne pas devoir tirer l'aiguille ici non plus. Mais était-ce mieux de rabâcher des psaumes à la place ?... Elle rejoignit les autres filles. La petite cloche sonna, elle s'habitua ensuite à l'entendre chaque fois que quelque chose commençait ou finissait.

Elle craignait qu'au moment du coucher une règle mystérieuse l'empêchât de se laver comme elle en avait l'habitude à la maison, ou de prendre un bain tous les jours, mais par chance, personne ne le lui interdit; en revanche, on ne pouvait pas s'enfermer dans la salle de bains, au lieu de cela, on accrochait à la porte une pancarte où une baignoire et une pomme de douche dessinées à l'encre de Chine signifiaient que quelqu'un prenait un bain et qu'il ne fallait pas entrer.

Gina se prélassait avec délices dans la baignoire quand on frappa à la porte; elle entendit la voix de sœur Zsuzsanna l'avertir que le temps du bain était écoulé. Furieuse, elle se frictionna avec les serviettes rêches en lin et enfila la chemise de nuit informe. Ses pantoufles ressemblaient à celles d'un ramoneur. Ses camarades étaient déjà toutes couchées quand elle entra dans le dortoir, les lampes étaient éteintes à l'exception d'une veilleuse près de la porte, juste à côté de son lit. On ne pouvait donc ni lire, ni écouter la radio, on ne pouvait rien faire du tout. Les filles chuchotaient, et dans l'obscurité, loin d'elles, elle se sentit particulièrement abandonnée. Elle aurait été contente que n'importe qui, même Zsuzsanna, entre et lui dise : « Ça va, Gina? Comment trouves-tu ton lit? Dors bien! » Mais personne n'entra, et quand Torma lui demanda si elle dormait, elle ne répondit pas bien qu'elle fût éveillée, et elle l'était encore quand tout le dortoir fut plongé dans un profond sommeil. Elle tendit l'oreille pour entendre les bruits du dehors, savoir ce que devenait la nuit ce monde inconnu. Tout était silencieux, même si quelqu'un marchait dans le couloir, on n'entendait pas ses pas. Elle ne sut pas quand elle s'était enfin endormie, sa montre s'était arrêtée à dix heures, elle avait oublié de la remonter.

Le lendemain matin, il fallut la secouer, et elle eut du mal à se lever. Mais elle se ressaisit sans se plaindre, et s'activa comme elle ne l'avait jamais fait. La petite cloche n'arrêtait pratiquement pas de signaler une nouvelle activité : il est temps de faire sa toilette, de s'habiller, d'aller à la prière, de déjeuner, plus tard la cloche les appela à la salle d'étude et sonna enfin le moment de se mettre en rang. Ce jour-là, elles devaient porter leur uniforme de cérémonie bleu marine et l'impossible chapeau qui ressemblait à celui des gardiens de chevaux, sauf qu'il n'était pas orné d'un plumet de stipa, mais d'une reproduction en plus petit du blason accroché près du bureau du directeur. Gina n'eut ni le temps, ni l'occasion de vérifier dans la glace si ce chapeau lui allait, mais en fait cela ne l'intéressait pas de savoir de quoi elle avait l'air dans ce déguisement. Il valait mieux ne pas le voir.

Elles se mirent en rang dans le corridor, puis, sur un nouveau signal de la cloche, leur cortège s'ébranla et franchit la porte ferrée de la forteresse. Elles marchaient en rangs par trois, ce qui était une bonne chose pour Gina qui pouvait ainsi rester entre Torma et Mari Kis. C'est seulement dans la rue qu'elle se rendit compte que les Matuliennes étaient très nombreuses. Leurs uniformes bleus emplissaient le trottoir sur toute la longueur de la rue. Elles étaient rangées par ordre de taille, les plus petites, les première année en tête, sous la conduite du révérend en robe pastorale, du directeur et des professeurs, précédés du drapeau de l'école que portait une grande. Les professeurs principaux restaient à côté de leur classe avec la diaconesse préfète, et quand Gina vit qui marchait à côté d'elles avec Zsuzsanna, elle fut si surprise qu'elle perdit la cadence et dut faire un pas chassé pour rattraper les autres. « Alors ? souffla

Torma. Hein ? » Elle ne pouvait pas répondre, Zsuzsanna aurait entendu, mais elle n'avait pas besoin de le faire. Torma avait parfaitement lu sur son visage qu'elle était aussi fascinée qu'elle et Mari l'avaient été la première fois où elles avaient vu Péter Kalmár. Gina reconnut qu'elles n'avaient ni exagéré, ni témoigné d'un enthousiasme superflu en lui disant la veille que leur professeur principal était le plus bel homme du monde, qu'elles étaient toutes amoureuses de lui et volaient les bouts de craie qu'il laissait au tableau. Elles lui avaient raconté que Varga, qui avait été recalée l'année précédente et dont Gina avait pris la place, avait chipé le monogramme du chapeau de Kőnig, le professeur de latin, et épinglé le grand K à sa blouse. Bien entendu, on l'avait remarqué, on remarquait tout ici – pourtant elle avait accroché le monogramme sous son bras –, et lorsqu'on lui demanda pourquoi elle portait cette lettre sous le bras, elle répondit que c'était en mémoire de Kálvin. Alors le directeur s'était lancé dans un sermon, disant que le puritanisme du fondateur de leur religion ne saurait souffrir que sa mémoire fût honorée d'une manière aussi stupide. Et Varga avait dû retirer le K séance tenante. Cela se passait au réfectoire après le déjeuner, toutes les pensionnaires étouffaient de rire, car elles savaient que ce K ne représentait pas Kálvin, mais Péter Kalmár. Quant à Edit Varga, elle regardait fixement Péter Kalmár, qui pour sa part arborait un léger sourire, car il était parfaitement au courant. Seul Kőnig ne remarquait pas ce genre de choses, mais cela ne faisait rien qu'il les remarquât ou non, car il ne disait jamais rien.

Gina n'était pas particulièrement de bonne humeur, elle avait sommeil, abattue par sa nuit d'insomnie.

Cependant, elle se sentait galvanisée par le fait qu'un professeur dont elle serait proche semblait appartenir à son ancien monde, celui de tante Mimó ; qu'un professeur – ici ! – eût l'air d'un homme, d'un vrai. Le drapeau se mit en marche, le corps des éducateurs aussi et tel un immense serpent bleu nuit, le pensionnat Matula les suivit en direction de l'église massive. Gina ne quittait pas Péter Kalmár des yeux, Mari Kis lui pinça le bras parce qu'elle venait encore de manquer un pas. Zsuzsanna le remarqua aussi, mais se contenta de hocher la tête sans un mot ; elle, bien sûr, ne regardait pas Kalmár, mais sa classe.

L'office détourna son attention, l'émut et la détendit d'une certaine manière. Dans son prêche, le révérend dit que chacune devait accomplir honnêtement sa tâche, car c'était la guerre ; l'ennemi des élèves était l'ignorance, mais en plus de leur travail, elles devaient aussi prier pour les soldats au front. Gina pensa à son père et à Feri, ses yeux s'emplirent de larmes, l'un comme l'autre pouvaient à tout moment être envoyés au front. Elle regarda les branches d'arbres qui s'agitaient devant la fenêtre et pensa que les mots du révérend étaient bien étranges : tant que nous n'aurons pas remporté la victoire finale, il nous faut nous battre ici contre nos péchés, notre négligence, notre paresse, de même que les soldats se battent là-bas contre l'ennemi. C'était curieux d'entendre un prêtre prononcer les mots de « victoire finale ». Son père, qui était pourtant militaire de carrière, n'en parlait jamais, et il n'avait jamais promis à Gina ni à tante Mimó que le pays gagnerait la guerre, comme le révérend venait de le faire. La victoire devait lui sembler si évidente qu'il ne voyait même pas l'intérêt d'en parler.

Tout le monde chantait par cœur, seule Gina devait chercher dans son livre de psaumes comme une élève de première année, et elle avait honte. Malheureusement, elle ne connaissait pas la mélodie non plus, et faisait semblant de chanter en prononçant les paroles : *Alléluia, alléluia, notre école ouvre ses portes au jeune peuple*... Elle abandonna, et regarda les autres au lieu de chanter.

Zsuzsanna et Kalmár étaient assis côte à côte, le soprano léger de Zsuzsanna se détachant des autres voix. Kalmár chantait avec ferveur, les yeux fermés, ce qui surprit Gina ; il ne regardait rien ni personne. « Elles peuvent toujours béer d'admiration, pensa-t-elle. Que ces gamines se parent de ses initiales ne l'intéresse pas. Il y a certainement des choses qui l'intéressent, mais pas l'amour d'une Matulienne. »

Pendant le prêche, elle essaya d'imaginer qu'elle rencontrait Péter Kalmár en société et se demanda comment elle lui parlerait, ce qu'ils se diraient, si elle portait une vraie robe, si elle avait le droit de se coiffer normalement, s'ils n'étaient pas à la forteresse, mais chez elle ou chez tante Mimó, et si elle pouvait vivre comme à Budapest. Aux thés de sa tante, elle avait déjà dansé avec des officiers plus âgés que lui. Comme ses cheveux blonds étaient soyeux, et quel noble profil ! Son visage avait quelque chose de militaire, si courageux, si déterminé. Gina aimait les tableaux, Marcelle l'emmenait souvent à des expositions et dans les musées, elle avait aussi visité les grands musées de l'étranger. Le visage de Kalmár était celui d'un très beau saint Georges. Elle faillit éclater de rire à cette idée. Quelle chance que les pensées ne s'affichent pas sur le visage, que dirait Zsuzsanna, que dirait n'importe qui dans ce monde massif s'il savait qu'elle pensait au chevalier suprême, à saint Georges terrassant le dragon ? Leur religion ne connaissait pas de saints.

Le pourfendeur de dragons avait les yeux bleus, pas de n'importe quel bleu, mais d'un azur profond, et ses cils noirs semblaient avoir été peints. Comme ils étaient longs ! Ce n'était pas normal pour un homme d'avoir de si beaux yeux. À présent, elle aurait bien voulu se regarder dans une glace afin de se rassurer en constatant que ses cils étaient bien plus longs que ceux de Kalmár. Malheureusement elle n'aurait pas pu le faire, même si elle n'avait pas été au temple. Son poudrier, son miroir de poche gisaient au fond de la jardinière de géraniums où elle les avait cachés, elle n'avait que sa sacoche à l'épaule, et elle ne contenait rien d'autre qu'un mouchoir.

Elle laissa errer son regard sur les bancs en cherchant qui pouvait être Kőnig, celui qui ne disait rien quand on lui volait le monogramme de son chapeau. Pour Gina, la beauté et le courage allaient de pair, de même qu'une personnalité terne avec une allure insignifiante. Elle repéra le plus quelconque des professeurs et décida que c'était Kőnig. Par la suite, il s'avéra qu'elle avait vu juste. L'homme grisonnant portant des lunettes et une veste mal coupée assis au bout d'un banc juste devant la sainte table était bien Kőnig. Sa haute taille dépassait du rang, il avait les épaules larges, mais se tenait mal, comme s'il était bossu.

Ô dieu, notre doux réconfort… C'est quel cantique, déjà ? Le chant de louanges 63, elle doit feuilleter… *accorde-nous ta protection, afin que ta voie nous suivions et vaillamment nous combattions*… « Encore la guerre ! » pensa-t-elle, tandis que l'assemblée se levait pour la prière finale. Elle récita le Notre Père et reçut la bénédiction tête baissée, sans oser regarder nulle part. Après avoir dit *amen*, elle s'apprêta à sortir du banc, mais recula vivement le pied en s'apercevant que tout le monde restait immobile, mains jointes, même les petites de première année qui savaient visiblement ce qu'elle ignorait : le culte terminé, il convenait de prier encore en silence.

Lorsqu'elles prirent enfin le chemin de retour, Zsuzsanna s'attacha aux pas de Gina. Elle avait remarqué, lui dit-elle, avec quelle dévotion elle avait participé au culte, comme elle avait été attentive au prêche et avec quelle ferveur elle avait prié.

– Je te remercie ! conclut-elle en hochant la tête avec gravité.

Gina la regarda, interdite, puis s'empourpra, honteuse d'avoir abusé Zsuzsanna, même sans le vouloir. On lui avait appris à dire la vérité, et comme elle n'était pas lâche, elle ouvrait la bouche pour avouer qu'elle ne méritait pas ces louanges quand Zsuzsanna la laissa et courut en avant. Mari Kis, qui bien sûr avait tout entendu, lui souffla :

– Tu es folle ? Tu ne vas tout de même pas démentir ! Zsuzsanna en mourra si tu lui dis que tu pensais à Dieu sait quoi.

Il était toujours interdit de parler, mais la diaconesse et Kalmár étaient loin devant, alors Torma et Mari Kis lui racontèrent à voix basse ce qui allait se passer ensuite. De retour au pensionnat, elles iraient dans leurs classes respectives. Elles s'installeraient dans un premier temps à leur ancienne place, Gina pourrait prendre celle d'Edit Varga entre Torma et Mari Kis. Un quart d'heure plus tard, le professeur principal ferait son apparition, donnerait l'emploi du temps et distribuerait les fournitures. Le quart d'heure d'attente servait à ce que les élèves respectent le silence requis et donnent la preuve qu'en dignes jeunes filles de religion réformée, elles étaient capables de se discipliner et de se taire, même sans surveillance. Un silence de mort régnait alors dans tout le pensionnat. Le directeur et les professeurs ne se doutaient évidemment pas que pendant ce quart d'heure moralisateur, les élèves à partir de la troisième année célébraient la cérémonie de mariage inspirée par Mici Horn. Les petites des deux premières années n'étaient pas encore assez mûres pour jouer à cela, elles attendaient leur professeur bras croisés dans le dos.

Lorsqu'elles arrivèrent au pensionnat, la bonne humeur de ses camarades avait quelque peu déteint sur Gina. Si, contrairement à elles, elle ne prenait pas ce jeu au sérieux car elle avait d'autres souvenirs et une autre conception de l'amour et du mariage, elle trouvait cependant amusant d'appartenir à quelqu'un ou à quelque chose pendant toute une année, même pour rire. Elles devaient monter l'escalier au pas, car les éducateurs de service se tenaient sur les paliers et les surveillaient au passage. À vrai dire, c'était la même chose dans l'ancien lycée de Gina, à ceci près que les professeurs parlaient entre eux ou lisaient pendant leur permanence et n'en faisaient pas un drame si le retour en classe était un peu agité ou bruyant. Ici, pas question de broncher, et il fallait même poser les pieds aussi délicatement qu'au cours de danse; les surveillants ne cessaient de leur répéter de ne pas taper des pieds. La classe des cinquième année n'était pas loin de la salle des professeurs. Gina, qui voyait pour la première fois une classe à

Matula, constata avec surprise qu'elle était non seulement moderne, mais aussi bien mieux équipée qu'à Sokoray Atala. En fait, cette salle ne ressemblait pas à une classe ordinaire, mais plutôt à un amphithéâtre : entre l'estrade et le mur du fond, les rangées de pupitres s'étageaient en demi-cercle de deux marches en deux marches, et d'étroits passages de chaque côté et un plus large au milieu permettaient aux élèves de gagner leur place. Des reproductions et des portraits encadrés s'alignaient en rangs serrés le long des murs, et, au point le plus élevé de la salle, derrière le dernier rang, se trouvait un appareil de projection. « Ici, pas moyen de copier, pensa Gina, mais tout le monde voit parfaitement le tableau. C'est drôle, on dirait qu'on enseigne avec des films pédagogiques. »

Torma la fit passer entre elle et Mari Kis au bout de la quatrième rangée. Elles ne lui expliquèrent plus grand-chose. Tandis qu'elles s'asseyaient, une grosse fille (Szabó, dit Torma, Anikó Szabó) prit le registre accroché à côté de la porte, et une brune maigre (Murai, dit Mari Kis) commença l'appel. Elle lisait chaque nom distinctement et s'arrêtait, alors Anikó Szabó ajoutait une pièce de l'inventaire.

– Ari.

– *Pasteur.*

– Bánki.

– *Zeus sur l'Olympe.*

– Barta.

– *Homère.*

– Cziller.

– *István Bocskai.*

– Dudás.

– *L'empereur Joseph II.*

– Gáti.

– *Rodin.*
– Jackó.
– *Jean-Sébastien Bach.*
– Kis.
– *Le groupe du Laocoon.*
– Kovács.
– *Mendeleïev.*
– Lengyel.
– *Galilée.*
– Murai.
– *Shakespeare.*
– Nacák.
– *Goethe.*
– Oláh.
– *Le notaire anonyme du roi Béla.*
– Rideg.
– *Le David de Michel-Ange.*
– Salm.
– *L'évêque Matula.*
– Szabó.
– *Friedrich August von Quenstedt.*
– Tatár.
– *Le manteau de couronnement d'Étienne Ier.*
– Torma.
– *La Via Appia.*
– Vajda.
– *Le grand graduel.*
– Terminé.
– Comment, terminé ? protesta Mari Kis. Et Vitay ?
– C'est vrai, dit Szabó en vérifiant dans le registre. Numéro 20. *Terrarium, vide.*

Ah non, pas ça ! Au début, c'était drôle, plus amusant même qu'elle ne l'avait imaginé : Torma, mariée à la Via Appia, où elle s'était tant de fois promenée avec Marcelle, et qu'elle revoyait à présent, tandis qu'elles franchissaient la Porta Sebastiana vers le lointain mausolée de Cæcilia Metella ; ou bien Mari Kis qui n'avait pas un, mais trois époux puisque le *groupe du Laocoon* était composé de trois statues, et même de quatre en comptant le serpent – il y avait de quoi rire aux larmes ! Les filles étaient pliées de rire au sujet de leurs maris, bien sûr elles riaient en silence, mais cette hilarité étouffée rendait l'atmosphère de la classe d'autant plus survoltée et tendue, comme si elles étaient toutes ivres. Rideg, assise devant Gina, se lamentait : son mari n'avait qu'une tête, et en effet la reproduction du *David* de Michel-Ange n'en montrait pas davantage, il y avait de quoi se tordre de rire, quelle déveine d'avoir un mari qui s'arrêtait au cou ! Mais dès que Szabó eut désigné celui de Gina, elle cessa d'être ravie. Autant elle aurait trouvé amusant qu'une autre épousât un terrarium vide, autant elle se sentit vexée. Elle se leva aussitôt pour protester et demander qu'on lui donne un autre mari, elle ne voulait pas d'un terrarium vide, elle ne se prêterait pas à de telles bêtises.

– Ça ne marche pas, murmura Szabó sans aucune colère, plutôt disposée à donner des explications. Il est interdit de choisir ou d'échanger, c'est la règle du jeu. Tu as le numéro 20, c'est ça qui te revient. C'est comme ça.

– C'est la loi, chuchota Murai.

La loi, tu parles ! Gina haussa les épaules et répondit que ce n'était pas la loi, mais de la stupidité. Si elle ne pouvait pas avoir d'autre mari, elle ne jouait plus, elle abandonnait le jeu.

– Tu ne peux pas, reprit Szabó à voix basse. Ce

n'est pas possible. On se marie toutes, c'est la coutume ici. Tu crois que je suis mieux nantie avec Friedrich August von Quenstedt? Je ne sais même pas qui c'est.

– Je ne veux pas de ce terrarium, dit Gina. Je ne joue plus, vous n'avez pas compris?

– Arrête! dit Mari Kis en secouant la tête. Qu'est-ce que c'est que ces histoires? C'est une de nos principales traditions depuis que Mici Horn s'est mariée, et c'est vraiment amusant. Si c'est un terrarium, eh ben c'est un terrarium. Est-ce qu'un terrarium ne peut pas être humain? Je n'ai jamais vu quelqu'un comme toi.

Mari Kis ne pouvait que chuchoter, son ton n'était donc ni cassant, ni sentencieux. Cela mit pourtant Gina en rage. Si Mari n'avait jamais vu de fille comme elle, eh bien elles allaient voir! Gina était susceptible, Marcelle le lui reprochait souvent. Cette fois, la contradiction eut pour effet qu'elle parla sans réfléchir.

– Je ne veux rien, je ne participe à rien et je n'ai rien à faire de vos coutumes idiotes. Moi, j'ai un véritable amoureux!

– Un amoureux, tu parles! objecta Torma. Comment pourrait-il te faire la cour alors que tu es enfermée avec nous entre ces quatre murs! Arrête donc de râler! Pourquoi est-ce que tu ne ris pas?

Oubliant que le silence était de rigueur, Gina rétorqua à voix haute qu'elle ne pouvait rire qu'à des choses sensées, mais qu'ici tout le monde semblait idiot. Elle n'était pas habituée à un tel entourage, ses amies de Budapest étaient toutes normales. Ses soupirants aussi. Elle n'en avait qu'un, mais cela sonnait mieux au pluriel.

Le silence se fit soudain, un silence tel que Gina

aurait dû prendre conscience qu'il n'avait rien de naturel, même à Matula. Mais concentrée sur elle-même, sur sa rage, sur ses émotions, elle n'y prêta pas attention. Elle aurait voulu arracher le lacet de ses nattes, se précipiter dehors et tambouriner à coups de poing sur la porte aux ferrures pour qu'on la laisse sortir.

– C'est bon, murmura Szabó. Si c'est ce qu'elle veut. Ce n'est pas la règle, mais tant pis. Vitay ne joue pas avec nous, Vitay n'a pas de mari. C'est une vieille fille.

Gina crut qu'elle allait exploser. Elle avait mille fois imaginé son futur mariage. Elle toisa la grosse Szabó, ses jambes courtaudes, ses formes lourdes boudinées dans la blouse.

– C'est toi qui resteras vieille fille ! cria-t-elle sans s'apercevoir que les regards s'étaient détournés d'elle : la classe avait remarqué quelque chose et regardait dans une autre direction. Qui voudrait de toi, espèce de gros tas ? Qui voudrait t'embrasser ?

Szabó ne rougit pas, elle blêmit. Gina sentit aussitôt qu'elle n'aurait pas dû dire cela. Szabó était vraiment grosse, d'une obésité maladive. Elle ne répondit pas – elle n'aurait pas pu le faire même si l'injure ne l'avait pas laissée sans voix, car la classe se leva tout à coup. Gina, sur l'estrade avec Murai et Szabó, tournait le dos à la porte. Elle se retourna : Kalmár se tenait sur le seuil.

– Qu'est-ce que c'est que ce ton ? Qui hurle ici de manière si inconvenante ? Quel est votre nom ?

La classe était au garde-à-vous. À présent, il eût été bon que quelqu'un lui vienne en aide, la défende ou lui donne simplement une explication. Mais elles restaient toutes plantées là, muettes, les yeux fixés sur Kalmár, et comme Gina venait de les renier en tant que camarades de jeu, les cinquième année la reniaient à leur tour alors qu'elle avait besoin d'aide.

– Quel est votre nom ? redemanda Kalmár. Je ne vous ai encore jamais vue ici.

– Georgina Vitay, murmura-t-elle.

– Vous hurlez pendant le quart d'heure de silence, et qui plus est de telles inepties ?

– C'est une nouvelle, dit doucement Torma.

Le cœur de Gina s'emplit de reconnaissance. Torma avait pris la parole, et pourtant elle était mariée à la Via Appia.

– On peut dire que vous vous êtes bien présentée ! Et vous, Szabó et Murai, que faites-vous sur l'estrade avec le registre ?

Szabó et Murai n'étaient plus nulle part, elles avaient disparu comme des flocons de neige au coin du feu. La communauté protectrice les avait absorbées, Gina restait seule sur l'estrade. Personne ne voulait d'elle. Kalmár s'assit au bureau et, pensant sans doute qu'il ne serait pas recommandé d'accorder trop d'attention à ce déplaisant épisode juste le jour de la rentrée, il déclara d'un ton neutre, presque avec indifférence :

– La braillarde, dehors !

Il n'eut pas à le dire deux fois, Gina s'élança. Elle tremblait comme si elle avait de la fièvre. Elle détestait tout dans cette nouvelle école avec une violence dont elle ne se serait pas crue capable. Elle fondit en larmes et, appuyée à la rangée de portemanteaux qui bordait le mur sur toute la longueur du corridor, pleura de rage et se barbouilla le visage en s'essuyant les yeux de la main, parce que son mouchoir était dans la sacoche restée sur le banc.

Elle n'entendit pas qu'on lui parlait, c'est seulement lorsqu'une main se posa sur son épaule qu'elle se rendit compte qu'il y avait quelqu'un à côté d'elle. Elle leva les yeux, c'était Kőnig.

– Qu'y a-t-il, petite ? demanda-t-il. Que vous est-il arrivé ?

C'est à lui qu'elle devait donner des explications, à lui qui tolérait que l'on vole le monogramme de son chapeau ? Elle ne dit rien, s'éloigna de lui autant que possible et pleura encore plus fort, comme si elle ne pouvait s'arrêter.

– Qu'est-ce qu'il se passe ici ? demanda une autre voix.

Ce corps noir replet, ce visage figé et dépourvu de toute expression : le directeur, un adversaire plus digne.

– Que fait Georgina Vitay dans le couloir ? demanda Gedeon Torma.

– Je crois qu'elle ne se sent pas bien, dit aussitôt Kőnig. Elle ne se sent pas bien, la pauvre petite.

Non, pas lui, il ne devait pas la défendre ! Gina se redressa et dit qu'elle avait été mise à la porte.

– Mise à la porte ? Dès la première heure ? Et pour quelle raison, si je puis me permettre ?

Elle n'hésita qu'un instant, puis elle lança à la face du directeur : parce qu'elle avait refusé d'épouser un terrarium. Elle sut que, de toute sa vie, elle n'oublierait jamais la tête qu'il fit alors.

– C'est un jeu, expliqua Kőnig sans qu'on le lui demande. Elles sont encore jeunes, les fillettes jouent souvent à se marier.

– C'est extrêmement intéressant, dit le directeur. Mais je ne vois pas le rapport. Comment en êtes-vous venues à jouer pendant le quart d'heure de silence ?

Et qu'est-ce que c'est que cette histoire de terrarium ? Ne me regardez pas comme ça ! Répondez !

– Toute la classe s'est mariée pendant le quart d'heure de silence, dit Gina dans un souffle.

Les yeux de Kőnig frémirent derrière ses grandes lunettes et Gina comprit que c'était la seule chose qu'elle n'aurait pas dû dire : elle venait de trahir le secret des Matuliennes, la tradition inspirée par Mici Horn, qui était restée ignorée des éducateurs depuis 1914. Mais elle ne le regretta qu'une seconde. Cela lui était bien égal, et celles qui avaient voulu la forcer à accepter un terrarium ne méritaient pas d'égards.

– C'est passionnant ! dit le directeur en ouvrant la porte de son bureau. Vous allez tout me raconter depuis le début. Donc les cinquième année ont célébré des mariages une demi-heure après l'office solennel de rentrée. Venez, Vitay.

Il ouvrit la porte et entra, suivi de Gina. Kőnig voulut les accompagner, mais le directeur lui dit qu'il voulait s'entretenir seul avec Vitay et referma poliment derrière eux.

En quarantaine

Lorsqu'elle eut révélé en détail ce qui l'avait tant indignée, Gina n'était plus en colère mais seulement désespérée, parce qu'elle avait rendu possible ce qui venait de se produire, parce qu'un rien, une bonne plaisanterie, l'avait mise hors d'elle à ce point. La pauvre Szabó avec son affreux petit corps trapu, comment avait-elle eu le cœur de la blesser ? Elle, et les autres qui l'avaient tout de suite accueillie et avaient partagé avec elle la seule chose qui adoucissait leur vie derrière ces murs austères : leurs jeux, leurs plaisanteries, leur folie ? Quel stupide orgueil lui avait fait dire qu'elle ne voulait pas de terrarium, qu'elle ne jouait plus ? Elle décida, si elle s'en sortait, de ne plus faire la fière, et de demander sincèrement pardon à Szabó et à toutes les autres.

Quand elle eut fini, le directeur garda le silence un moment, puis dit qu'en raison de la conduite déplorable qui lui avait valu d'être mise à la porte elle était privée de sorties pendant deux semaines, elle n'aurait le droit de se promener qu'au jardin, mais pas en ville. Il n'avait encore aucune idée de la sanction qu'il réserverait à la classe de cinquième année, ce qu'il venait d'entendre était si scandaleux, si abominable et indigne d'une communauté de jeunes filles élevées dans une institution renommée aux mœurs parfaitement chrétiennes qu'il devrait probablement convoquer l'ensemble des éducateurs, voire le conseil d'administration. Pour le moment, il allait reconduire Gina dans sa classe, afin de procéder tout de suite à son enquête.

Kőnig attendait toujours dans le couloir, le directeur ne l'honora pas d'un regard. Gina était presque malade de remords. Si seulement elle n'avait pas impliqué la classe, si seulement elle avait tenu sa langue ! Mais c'était trop tard, elle avait encore parlé sans réfléchir, comme tant de fois. La classe était figée au garde-à-vous lorsqu'elle entra avec le directeur. Elle n'osa pas aller à sa place, puisqu'elle venait d'être mise à la porte, elle resta appuyée au chambranle, comme un triste invité. Kalmár vint au-devant du directeur et lui serra la main en s'inclinant profondément. Il regarda à peine Gina. Cela aussi lui fit mal.

– Alors, il paraît qu'on se marie, dit le directeur. Montrez-moi le registre, afin que je sache qui a eu la chance d'épouser les élèves de cinquième année.

Le registre était sur le bureau où Szabó l'avait posé, Kalmár le prit sans comprendre. Lorsque le directeur lui répéta ce que Gina lui avait avoué, Kalmár baissa les yeux comme s'il ne voulait plus, n'osait plus regarder ses élèves. L'homme noir parcourut l'inventaire et Gina fit l'expérience de ce dont Torma et Mari Kis lui avaient tant parlé : ce que c'était lorsqu'il se mettait à crier. Il hurla son indignation d'une voix qui n'avait presque plus rien d'humain : des dieux païens, de pieux évêques, des poètes et savants allemands morts depuis longtemps, des monuments romains avaient contracté mariage avec des élèves dont l'éducation lui était confiée! Celles-ci avaient les yeux fixés sur leurs pupitres, Gina apprit par la suite qu'on le leur avait inculqué : lorsqu'on était réprimandée, il fallait garder les yeux baissés, en signe de remords et d'humilité. Mais, comme surgissant d'une eau profonde, l'étroit visage éveillé de Mari Kis apparut parmi les têtes inclinées, et non seulement elle releva la tête, mais elle leva aussi la main : elle avait quelque chose à dire. C'était d'une audace telle que le directeur en resta sans voix. Mari se leva, déclara qu'elles demandaient pardon à la direction de l'école ainsi qu'à monsieur le professeur principal, mais ce qu'avait dit Georgina Vitay reposait sur une erreur. Elles n'auraient jamais eu l'intention de jouer de manière si inappropriée avec de grands personnages, ni même des objets de l'inventaire, seulement Georgina Vitay avait le mal du pays et elles avaient voulu la distraire. La jeune Budapestoise était si triste, elles avaient voulu la faire rire avec des pitreries. À présent, elle se rendait compte qu'elles n'auraient pas dû tromper Georgina Vitay, même avec les meilleures intentions, parce qu'en faisant cela elles avaient offensé l'esprit de leur école, et c'est pourquoi elle demandait humblement pardon à monsieur le directeur et à monsieur le professeur principal, ainsi qu'à Georgina Vitay. Pour sa part, elle n'avait pas pensé à mal, et elle regrettait du fond du cœur ce qu'il en était résulté. Elle avait mis Murai et Anikó Szabó dans la confidence et leur avait demandé leur aide, mais le reste de la classe n'était pas au courant. Il ne s'agissait évidemment pas d'une tradition, mais malheureusement, Vitay n'avait pas compris leur plaisanterie bien intentionnée et s'était mise en colère au lieu d'en rire, ce pour quoi elle lui demandait encore pardon.

Le visage de l'homme noir se détendit sous l'effet du soulagement. Cette plaisanterie stupide et puérile était plus tolérable que l'idée qu'une coutume aussi sacrilège fût en vigueur dans son établissement depuis la Première Guerre mondiale ! Il informa Mari Kis que pour cette plaisanterie de mauvais goût qui portait atteinte à la réputation de l'école Matula, elle serait elle aussi privée de sorties pendant deux semaines, et que puisque Szabó et Murai l'avaient si complaisamment aidée à mettre en œuvre cette ineptie, elles ne devraient pas laisser leur fidèle amie être la seule punie. Par ailleurs, que Mari Kis prenne garde, les candidates ne manquaient pas pour prendre sa place presque gratuite au pensionnat ; encore une bonne blague de ce genre et elle perdrait cet avantage. Sur ce, l'homme noir sortit, suivi des yeux par la classe au garde-à-vous.

Kalmár fit signe à Gina de regagner sa place. En se rasseyant entre Torma et Mari Kis, son cœur battait à tout rompre. Elle voulut leur dire quelque chose, mais Kalmár commença à distribuer les manuels, les cahiers, et ce qu'il fallait pour écrire. Elles les rangèrent sans pouvoir dire un mot. Mais lorsque la distribution fut achevée, elles se rendirent à la salle d'étude en rangs par trois, elle put enfin leur parler. Elle murmura d'abord à Mari Kis de ne pas être fâchée, Mari dit qu'elle ne l'était pas, puis la laissa là. Elle demanda aussi pardon à Murai et à Szabó, l'une et l'autre l'assurèrent qu'elles ne lui en voulaient pas du tout. Elle leur en fut reconnaissante, ces filles étaient vraiment bien. Il lui fallut du temps pour comprendre que « Je ne t'en veux pas » signifiait : « Je ne te connais pas, tu n'es pas l'une des nôtres, tu ne comptes pas. Tu n'existes plus pour nous. Tu n'es personne. »

Gina était au centre de la vie de son père, et dans une certaine mesure, de sa tante; dans son ancienne classe, elle n'était certes pas la première, mais une bonne élève que l'on appréciait et qui comptait. Et voilà qu'elle se retrouvait toute seule dans ce monde massif, elle n'avait personne pour lui faire des reproches ou lui venir en aide, personne. Le comportement des autres n'aurait rien révélé à un étranger, pendant le déjeuner, elles lui passèrent poliment le sel ou la corbeille à pain quand elles s'aperçurent qu'elle les cherchait des yeux, mais dès que la classe se retrouva seule, Gina eut l'impression d'être sous une cloche de verre qui la séparait des autres et même de l'air. Elle essaya encore de faire la paix avec elles, puis elle se tut et feuilleta ses manuels en se disant qu'elles finiraient par revenir à la raison, la situation était si absurde que cela ne durerait pas. Elle s'était déjà fâchée avec d'autres, mais cela ne durait jamais longtemps, elles boudaient un moment, s'évitaient, puis éclataient de rire et tout rentrait dans l'ordre. Mais cette fois, les heures passaient et la panique s'empara d'elle. Elle avait compté sans la terrible discipline de ces Matuliennes. Elles n'étaient pas comme les autres, on les avait dressées dès l'enfance à se taire. « L'institution Matula est l'un des tout premiers établissements du pays ! » Les mots de Mari Kis lui revinrent en mémoire, et l'idée, tout simplement inconcevable, d'être peut-être obligée désormais de vivre ainsi parmi elles lui emplit les yeux de larmes de désarroi.

À cinq heures de l'après-midi, la classe se mit en rangs pour la promenade. Zsuzsanna était au courant de la sanction ; elle secoua tristement la tête et parla longtemps avec Mari Kis. Celle-ci écouta tête baissée, lèvres tremblantes, sans se défendre. Puis les filles se mirent en route, coiffées de l'impossible chapeau, sacoche aux tulipes à l'épaule, comme un essaim d'insectes bleus tous identiques, tandis que Mari Kis, Szabó et Murai restaient au jardin. Elles bavardaient, riaient même, Gina marcha d'abord derrière elles, puis elle fit une tentative pour venir à côté d'elles. Elles ne la renvoyèrent pas, mais cessèrent de parler et tracèrent une marelle sur la large allée, puis entamèrent un jeu compliqué que Gina ne connaissait pas mais qu'elle apprit aussitôt. Comme aucune ne l'invita à jouer, elle les regarda un moment, absorbées par leur marelle, et partit se promener seule dans le jardin.

À part la sœur de service qui leur jetait de temps en temps un coup d'œil par la fenêtre ouverte du bureau de permanence, la forteresse semblait morte. Gina marchait, touchait çà et là une fleur, et essayait de se persuader qu'elle ne souffrait pas de ce qui était arrivé. En flânant, elle regardait par les fenêtres ouvertes, par la grille du corridor, dont Torma lui avait dit la veille (la veille ? Il y avait dix ans, cent ans, Dieu sait quand !) qu'elle restait fermée parce qu'elle menait aux logements où vivaient les professeurs célibataires et le directeur, contrairement aux diaconesses et aux éducatrices qui vivaient à côté d'elles. Elle passa la tête entre deux barreaux et guetta, mais ne vit personne. Que faisaient les professeurs à cette heure ? Ceux qui n'étaient pas de service devaient être en ville où il y avait de tout, théâtres, cinémas, amis. Les professeurs n'étaient pas obligés de rester tout le temps à la forteresse. En se détournant de la grille, elle se retrouva face à Abigaël. Tout ce qui flambait en elle l'indisposait contre la statue souriante, elle ne voulait pas voir cette faiseuse de miracles avec sa cruche ! La tradition de Mici Horn ! Si seulement cette Mici Horn n'avait jamais existé !

En percevant des mouvements du côté du portail, elle sut que les bienheureuses qui étaient allées en ville étaient de retour et se précipita à leur rencontre. Mari Kis, Murai et Szabó ne lui adressaient plus la parole, mais la colère des autres s'était peut-être apaisée, l'une d'elles pourrait avoir pitié d'elle et la remarquer, plantée là, à espérer qu'on lui parle enfin et qu'on lui pardonne. Mais même le regard de Torma glissa sur elle, seule Zsuzsanna rajusta le lacet de ses nattes et lui demanda comment s'était passé l'après-midi. Bien, répondit Gina, et elle sentit son sang devenir amer.

Au dîner, elle essaya d'écouter la lecture. Il était question, dans une langue archaïque, de l'évolution spirituelle d'une orpheline à l'âme noble qui vivait en 1827 à Genève, mais Gina ne put suivre. En voyant les visages fermés de ses camarades, elle pensa que si elle avait accepté le mari qui lui était échu, elle aurait au moins un terrarium auquel penser et ne serait pas si terriblement seule.

Quand elles allèrent se coucher, elle tendit l'oreille aux chuchotements dans l'obscurité. Les autres parlaient du directeur, se demandaient si Kalmár allait se marier un jour et se félicitaient d'avoir obtenu des informations tout à fait sûres quant à l'âge de la préfète : en dépit de son air juvénile, Zsuzsanna avait trente ans passés. Il était aussi question des nouveaux manuels et d'une sortie organisée tous les ans à l'automne, mais il n'était pas certain qu'elle aurait lieu cette année, car au cours de la promenade, Zsuzsanna avait exceptionnellement parlé et leur avait dit de ne pas trop espérer, l'évêque n'ayant pas encore décidé s'il autoriserait une excursion en temps de guerre avec la menace des bombardements. Ce serait pourtant merveilleux d'aller au domaine où elles jouissaient d'un peu plus de liberté. Elles parlaient de tout, sauf du registre et de Gina. Gina n'existait pas, n'avait pas existé, elles ne l'avaient pas vue. Sa nuit fut dense et pesante, comme un châtiment.

La journée ne fut pas moins pénible. La première heure de cours était celle du professeur principal, autrement dit un cours d'histoire, mais elle se passa à toutes sortes d'autres choses. Mari Kis demanda à être assise devant, elle avait l'impression que sa vue avait baissé ; Torma se leva aussi et dit qu'elle pensait être devenue hypermétrope pendant les vacances, il lui semblait que du fond de la salle, elle verrait mieux le tableau. Kalmár nota dans son rapport journalier à Zsuzsanna qu'il faudrait faire examiner ces deux élèves par le médecin, et qu'en attendant il les déplaçait temporairement, l'une de quelques rangs en avant, l'autre vers le fond. « Il ne se rend pas compte, pensa Gina rouge de honte, qu'elles ne veulent pas rester à côté de moi. Pourquoi ne s'en rend-il pas compte ? »

La deuxième heure fut un cours normal, avec madame Gigus. Elle se passa mieux pour Gina, car le professeur s'occupa d'elle, voulant tester ses connaissances en allemand. Cela ne lui posa aucun problème ; Marcelle était alsacienne et parlait l'allemand aussi bien que le français. La classe semblait sourde à leur dialogue, pourtant Gina s'efforça de parler non seulement sans fautes, mais aussi en termes choisis. Mais elle n'impressionna personne, la classe regardait le tableau d'un air ennuyé. Madame Gigus félicita Gina et appela ensuite Szabó. Gina se rendit aussitôt compte que celle-ci n'était pas douée pour les langues, elle parlait avec l'accent hongrois et se trompait constamment sur l'accord de l'adjectif. À Sokoray Atala, Gina aidait volontiers ses camarades, à présent elle se demandait si elle devait proposer son aide à Szabó. Mais elle n'osa pas, elle avait déjà essuyé assez de refus. Elle pourrait y revenir plus tard, quand les autres se seraient calmées.

Pour l'instant, la classe ne se calmait pas. Les Matuliennes avaient enfin un jeu qui ne venait pas de Mici Horn : les cinquième année s'amusaient à expérimenter comment mettre quelqu'un à l'écart sans que personne ne le remarque de l'extérieur. C'était plus difficile au cours de gymnastique, lorsqu'elles devaient faire certains exercices deux par deux. Mais là aussi, elles avaient trouvé une solution. Bánki, la partenaire désignée de Gina, fit semblant de se tordre la cheville pour ne pas être obligée de travailler avec elle, et quand elle n'eut pas d'autre moyen, elle lui lâcha carrément le bras et la laissa tomber. Si Gina n'avait pas été si agile, elle aurait pu se faire très mal.

Les jours passèrent, la guerre se durcit. Gina connaissait à présent tous leurs professeurs et contrairement à ce qu'elle aurait cru, elle les aimait bien, à l'exception de Kőnig. Elle travaillait beaucoup, plus qu'elle ne l'avait jamais fait, afin d'entendre de bonnes paroles, au moins de la part des enseignants. Jamais elle n'avait été aussi avide de compliments qu'à cette période de sa vie. Elle n'aurait su dire pourquoi elle éprouvait de l'antipathie pour Kőnig, elle était sans doute influencée par ce que lui avaient dit Mari Kis et Torma – quand elles lui parlaient encore. L'institution ne connaissait que la main de fer. Kőnig était gentil, il notait généreusement ; si une élève se mettait à pleurer en classe pour une mauvaise note, il était prêt à la rattraper en l'interrogeant à nouveau le lendemain. Les filles se plaignaient constamment de la discipline, mais on la leur avait si bien inculquée que dès qu'un des éducateurs lâchait la bride et se montrait moins sévère que les autres, elles se moquaient de lui. Elles se permettaient même de jouer des tours à Kőnig. Un jour, elles cachèrent ses lunettes et firent semblant de les chercher fébrilement. Sur l'estrade, Kőnig les complimentait : elles étaient si attentives, gentilles, polies ; pendant ce temps, elles se passaient les lunettes de main en main sous les tables en pouffant de rire. Les lunettes ne parvinrent pas à Gina. « Elles ont peur que je les lui rende », pensa-t-elle avec amertume.

L'année scolaire avait commencé le lundi, et jusqu'au samedi, le jour du courrier, la situation ne changea pas. Les six derniers jours furent cependant moins pénibles, car elle savait que le samedi après-midi elle entendrait la voix de son père et pourrait enfin se plaindre. Son père la conseillerait, lui dirait comment faire pour que les choses rentrent dans l'ordre. Il trouvait toujours une solution, c'était impossible qu'il ne trouve rien cette fois. Il serait certainement attristé de la savoir si seule au pensionnat, mais elle ne pouvait pas le lui cacher, car qui sait combien de temps ce boycott pouvait encore durer, et à la longue ce serait carrément insupportable.

Le samedi, dès que la classe fut revenue de la promenade de l'après-midi, toutes se rendirent à la salle d'étude et Zsuzsanna donna à chacune une feuille de papier à lettres. Gina n'en eut pas, Zsuzsanna l'envoya à la salle de musique apprendre les psaumes, afin qu'elle ne reste pas oisive en attendant l'appel de son père.

Lorsqu'à l'âge adulte il lui arrivait de penser aux cantiques de son enfance, ils ne lui revenaient jamais seuls en mémoire, mais associés à des bruits et des senteurs, l'immanquable odeur de savon ménager qui emplissait les couloirs de Matula, les portes qui s'ouvraient et se fermaient sans bruit, les mouvements nerveux de ses doigts sur le clavier, même son visage à cette époque. Elle faisait semblant de se concentrer sur le texte qu'elle était censée apprendre, mais elle était à autre chose, comme si tout son être n'était qu'une oreille guettant la sonnerie saccadée de l'interurbain. Elle attendit longtemps, la petite cloche appelait les préposées du jour à mettre le couvert du dîner, quand Zsuzsanna vint enfin la chercher et lui dit de se dépêcher : son père était au téléphone. Elle claqua le couvercle du piano et se précipita. Elle fut particulièrement contente en voyant la diaconesse se diriger vers le bureau. Son père avait dû appeler chez le directeur, au moins leur conversation se déroulerait loin des pensionnaires.

Zsuzsanna la retint devant la porte du bureau. Gina s'arrêta, mais eut du mal à dissimuler combien il lui était difficile d'obéir. Ne pouvait-on pas la laisser tranquille ? Depuis lundi, elle n'avait parlé normalement à personne dans cet épouvantable pensionnat, ce n'était pas le moment de la sermonner alors que son père était enfin à l'autre bout du fil !

– Georgina, dit la diaconesse, tes camarades ont dû te dire que le pensionnat ne transmet pas le courrier s'il contient des plaintes.

Gina la regarda sans comprendre. Elle avait si peu parlé avec Mari Kis et Torma qu'elle ne savait vraiment rien de ce détail.

– Les parents sont loin, ils ont leurs soucis et leurs difficultés. En leur communiquant nos petites contrariétés quotidiennes, nous ne ferions que les inquiéter. Dans une école, il se passe toujours quelque chose qui peut chagriner une élève pendant une heure ou deux, mais l'expérience montre qu'avant que la lettre où elle s'en plaint ne parvienne à ses parents, le problème est oublié depuis longtemps et elle les aura inquiétés pour rien. Comprends-tu ce que je veux dire ?

Non, Gina ne comprenait toujours pas.

– Vous ne devez raconter à vos familles que ce qui va bien, reprit la préfète. Seulement ce qui peut faire plaisir aux parents. Ce qui va mal, très mal, c'est nous qui les en informons, une fois par trimestre, officiellement. Il y a certes des difficultés à commencer l'année scolaire dans une nouvelle école, mais à part cela, tu n'as aucune raison de te plaindre. Et même si tu en avais, tu ne dois pas en faire état au téléphone, de même que tes camarades ne doivent pas l'écrire dans une lettre. Le général se préoccupe des problèmes de notre pays, ne lui dis rien dont il ne puisse se réjouir.

Gina eut l'impression que cela dépassait l'imagination ou les limites du supportable. Un rêve peut parfois être si cruel, si désespéré, si effrayant que l'on doive gémir ou crier jusqu'à ce qu'on vienne nous secouer. Zsuzsanna ouvrit la porte du bureau, Gina la suivit en tremblant d'impuissance. Elle ne fut pas surprise de voir que la pièce n'était pas vide. Gedeon Torma, l'homme noir, était assis à sa table de travail, téléphone en main, et en la voyant, il dit :

– Je vous passe l'élève.

Elle dut aller tout près de lui pour prendre le combiné. Là, entre le directeur et Zsuzsanna qui l'observaient tous deux, elle sentit ses mains refroidir au point qu'elle pouvait à peine tenir le téléphone. La voix de son père lui parvint de très loin, comme s'il parlait de l'autre bout du monde.

– Bonjour, dit le général. Tu vas bien, ma chérie ?

– Oui.

– Alors, ce n'est pas si terrible, non ?

– Non.

– Comment sont les autres filles ? Tu t'es fait une amie ?

Elle ne répondit pas.

– Allô, dit la voix lointaine. Tu es là ? Je t'entends à peine. J'ai demandé comment étaient les autres.

– Elles sont gentilles, dit-elle en étouffant presque.

– Torma m'a dit que tu allais bien, et qu'ils étaient très satisfaits de ton travail. Il m'a communiqué tes résultats, tu n'as que de très bonnes notes.

– Je travaille beaucoup.

– Allô, Szeged, dit une voix de femme. Vous parlez encore ?

– Encore une minute, dit le général. Fais bien attention à toi, mon petit. Róza t'a fait des gâteaux, tu les recevras la semaine prochaine, ça ira ?

– Papa ! cria-t-elle. (Le directeur leva la tête en l'entendant crier, comme si elle avait frappé du poing sur la table.) Je t'en supplie, viens me voir ! Viens !

– Dès que possible, dit la voix lointaine. Pour l'instant, je ne peux pas. Mais je t'appellerai toutes les semaines. Salut, mon petit.

La ligne crachota, il y eut un claquement, puis quelqu'un demanda : « C'est terminé ? » et la communication fut coupée.

« C'est fini, pensa Gina en regardant le combiné comme si elle n'en avait jamais eu un en main. Il ne sait pas à quel point c'est fini. Ça aussi, ils m'en ont privée. On ne me donne pas de papier à lettre, mais même si j'en avais je ne pourrais pas écrire la vérité. Et cela ne sert à rien de téléphoner, puisque je ne peux parler qu'entre deux gardiens, comme une prisonnière. La classe me rejette. Je n'ai pas le droit de me plaindre. Que vais-je devenir ? »

Elle sursauta comme si on l'avait appelée. Le directeur parlait peut-être depuis un moment :

– … s'est déjà produit, encore que de manière exceptionnelle, qu'une élève ait d'elle-même l'idée de remercier son directeur et sa préfète de ne pas avoir dit à son père, afin de ne pas l'inquiéter, qu'elle était punie pour son comportement inqualifiable, mais…

– Merci, murmura-t-elle. Merci beaucoup.

– Georgina Vitay peut sortir, dit le directeur.

Gina le salua et suivit Zsuzsanna dans le corridor. Lorsqu'elles entrèrent à l'internat, la préfète s'arrêta devant la porte du foyer. Gina entendit de la musique, *Une petite musique de nuit* de Mozart, le premier morceau profane qu'elle entendait depuis qu'elle était enfermée dans la forteresse. Apparemment, on donnait un concert après la correspondance. La préfète passa la tête par la porte pour s'assurer que tout était en ordre, les cinquième année étaient rassemblées autour du gramophone. Salm choisissait des disques.

En voyant les deux arrivantes, elles se levèrent, Zsuzsanna leur fit signe de continuer à écouter et referma la porte. Son regard empreint de gravité et d'intelligence scruta le visage de la jeune fille, puis elle demanda :

– Quelque chose ne va pas, Georgina ?

Gina secoua la tête. Non.

– Tu ne sembles pas particulièrement heureuse. Quelqu'un t'a fait du mal ?

– Non.

– Je peux faire quelque chose pour toi ?

Non, elle ne pouvait pas l'aider. La seule chose qu'elle aurait pu faire, c'est de la laisser seule au téléphone, mais elle ne l'avait pas fait.

– Je sais bien, dit la préfète, que ton humeur est sous l'effet de ce malheureux début d'année où nous avons tout de suite dû te punir, mais prends exemple sur Mari Kis, Szabó et Murai qui supportent bravement leur punition et n'en font pas un drame. Avec le temps, la honte d'être privée de sorties ne te pèsera plus autant.

Mais qu'est-ce qu'elle s'imagine ? Elle ne croit tout de même pas que c'est cela qui me rend triste ! Gina se sentait capable de se venger de toutes celles pour qui elle était transparente depuis lundi, et Zsuzsanna elle-même ne pardonnerait pas à ces bonnes chrétiennes d'être assez impitoyables pour ne pas pouvoir ni vouloir lui pardonner. C'était une minuscule lueur d'espoir, mais elle l'aidait à respirer, cette fois, elle ne s'était pas laissée aller comme lundi, et ne les avait pas trahies. Pourtant elle sentait que Zsuzsanna lui aurait rendu justice, et l'aurait crue. Si elle avait su que Mari Kis avait menti et que la classe avait vraiment célébré leurs mariages, qui avec l'évêque Matula, qui avec le grand graduel, la diaconesse leur aurait infligé une punition à la mesure de sa sévérité. Les filles l'apprécieraient-elles si elle le leur disait ?

– Dieu te vienne en aide, dit Zsuzsanna en guise d'adieu.

Gina entra au foyer, la musique venait de s'arrêter et Salm cherchait un autre disque. Gina s'assit à côté de Cziller qui se leva aussitôt et éloigna sa chaise. Devant cette injustice, Gina ne put s'empêcher de protester :

– Reste ! Je n'ai rien fait, cette fois. On m'a demandé ce qui n'allait pas, mais je n'ai rien dit. Je n'ai pas dit comment vous étiez avec moi, et pourtant mon père me l'a demandé, et Zsuzsanna aussi.

De nouveau le silence, ce terrible silence que les cinquième année étaient capables de produire quand elles le voulaient. Gina crut qu'elles n'allaient même pas lui répondre, mais Mari Kis prit la parole :

– Tu n'as pas pu le dire à ton père parce qu'une Matulienne n'a pas le droit de se plaindre, on te l'a sûrement dit, même les première année le savent. Que tu aies daigné te taire devant Zsuzsanna, tu le considères peut-être comme un bon point, mais pas nous. Tu es lâche, Vitay, tu n'as pas osé parler parce que tu sais que si tu nous trahis encore une fois cela ira très mal pour toi, si mal que tu finiras par t'enfuir de Matula.

Salm mit un disque de Beethoven. La *Cinquième Symphonie*. Mari Kis s'accouda sur la table, ses nattes tombèrent en avant, elle semblait plonger dans la musique comme dans un fleuve infini où elle trouvait la sérénité. Elle ne regarda pas Gina, personne ne la regardait, elle restait là, le cœur battant à tout rompre.

« Mari Kis, ma meilleure ennemie, tu m'as quand même aidée, tu m'as donné la solution que je n'étais pas capable de trouver. Si je ne peux pas demander l'aide de mon père, et si vous ne m'acceptez pas, il me sera impossible de vivre ici. À Budapest, j'expliquerai tout à mon père, il me pardonnera, et si je ne peux pas rester à la maison il me cherchera un autre bon pensionnat. Merci de m'avoir montré ce que je dois faire. Je vais m'enfuir d'ici. »

Préparatifs d'évasion

S'enfuir, mais comment ?

Seule son intention était claire. Elle ne pouvait pas sortir de la forteresse sans être accompagnée, et pour le moment elle ne pouvait pas sortir du tout, même avec d'autres. Elle ne connaissait pas encore la ville, puisqu'elle venait d'y arriver, mais on lui avait déjà interdit de franchir le portail. Le lendemain matin, elle se dépêcha d'accomplir toutes ses tâches pour avoir le plus de temps libre possible. Elle fit le tour de la cour, examina le portail, le mur de clôture, les fenêtres à la recherche d'une issue. Une fois dehors, elle pourrait demander à un passant le chemin de la gare. Il faudrait qu'elle récupère ses vêtements personnels ; à l'époque heureuse où les autres lui parlaient, elle avait appris l'importance de l'institution Matula dans la cité, tout le monde à Árkod savait que les Matuliennes n'avaient pas le droit de sortir seules, et n'importe qui pourrait l'interpeller et la ramener au pensionnat en la voyant seule et en uniforme dans la rue. Mais il était impensable que l'économe lui rende ses affaires, alors elle devrait s'échapper comme elle était. Elle ne mettrait pas de chapeau, ôterait ses chaussettes, ces affreuses chaussettes caractéristiques de Matula, et sa blouse. Il ne resterait qu'une inélégante tenue de tous les jours qui n'attirerait peut-être pas l'attention.

Pour entreprendre quoi que ce soit, il fallait naturellement qu'elle connaisse un peu cette ville, elle n'avait vu que le chemin jusqu'à l'église blanche. Mais le principal était de sortir. Comment faire ? Franchir le mur ? Impossible. Elle connaissait la disposition du bâtiment. Il y avait une porte latérale métallique sans poignée, et bien entendu fermée à clé. Toutes les fenêtres sur la rue étaient pourvues de grilles. Elle ne pouvait atteindre l'extérieur que si le concierge lui ouvrait la porte principale.

Mais oui, le concierge !

Elle se souvenait de l'homme replet et maussade qui les avait accueillis. Elle traversa le jardin en courant entre les deux ailes du bâtiment en forme de U jusqu'à la voûte du porche où se trouvait la loge, juste avant la grille du portail intérieur. Si elle se liait d'amitié avec cet homme, en allant le voir souvent afin qu'il ne s'étonne pas de ses visites, ne serait-il pas possible de s'emparer de la clé et de se glisser au-dehors ? Elle ne pourrait évidemment pas prendre son manteau, mais peu importe qu'il pleuve, pourvu qu'elle sorte !

Elle s'approcha et guetta par la porte vitrée. Le concierge lisait le journal, tournant le dos à la porte. Sur le mur opposé était accroché un panneau empli de clés, parmi lesquelles, juste au milieu, Gina distingua une grosse clé ancienne, sans doute celle du portail. Dans son ancien lycée, elle s'entendait bien avec le gardien qui vendait toutes sortes de choses dans sa loge, des bonbons, des bretzels, du lait, des cahiers, des crayons. Pourquoi ne pas essayer de s'attirer les bonnes grâces de celui-ci ? Cela pourrait marcher. Elle ferait tout son possible.

Le concierge posa son journal comme s'il avait senti qu'on l'observait. Il se retourna et en voyant la fille qui l'épiait, il sortit aussitôt et lui demanda ce qu'elle voulait. Gina ne sut que dire et se contenta de lui sourire sans trouver de réponse sensée. Elle ne pouvait pas lui déclarer sans préliminaires qu'elle le trouvait très sympathique et qu'elle aimerait bavarder avec lui ! C'était trop tôt. Impossible.

– Retournez là-bas, je vous prie, dit-il d'un ton dépourvu de colère et même d'énergie, mais avec une froideur qui ne souffrait pas la contradiction. Il est interdit de venir près de la loge. Vous n'avez pas lu le règlement intérieur ?

Elle ne l'avait pas lu, pourtant des exemplaires encadrés étaient accrochés partout, aussi bien dans les couloirs que dans les dortoirs. Mais en voyant la liste de tout ce qui était obligatoire et permis, elle avait éprouvé une telle répugnance qu'elle avait renoncé à le lire jusqu'au bout. Elle regagna l'internat en courant et entreprit d'étudier le texte dactylographié : *Lever à 6h30 en semaine, à 7h30 les dimanches et jours de fête. Petit déjeuner...* C'est l'emploi du temps, elle le connaît. *Les pensionnaires ne doivent pas emprunter ni échanger d'argent entre elles. Il est interdit d'avoir de l'argent sur soi.* Ce n'est pas de ça que parlait le vieux là-bas. *Il est interdit de fréquenter le personnel de l'institution...*

Voilà. C'est cela. Pour quelle raison, c'est évident. Si on fréquente le personnel, on peut devenir l'amie d'une femme de ménage, du concierge, du jardinier qui peuvent faire passer du courrier clandestinement ou feindre de ne rien voir quand vous franchissez le portail. C'est sans espoir, elle ne peut pas compter sur le gardien, il faut trouver autre chose. Pour l'instant, elle n'a rien d'autre à faire qu'attendre. Ensuite, elle sera si sage, si appliquée, si docile et même si gaie que tout le monde croira qu'elle s'est accoutumée à l'institution et même qu'elle s'y plaît. Et à la première occasion, elle quittera le rang et disparaîtra dans la rue. En revanche, pour cela, il faut qu'elle connaisse l'ordre des promenades, les trajets, qu'elle sache quels porches, magasins, bâtiments publics seraient susceptibles de lui servir de refuge ou de passage. Alors, patience !

Pendant ce temps, dans la salle des professeurs, tous ceux qui enseignaient en cinquième année déclarèrent à l'unanimité que tout allait de mieux en mieux. Vitay, la nouvelle qui venait de Budapest, s'appliquait de manière exemplaire et la classe faisait preuve d'un zèle comparable, comme pour rivaliser avec elle ou démontrer qu'une Matulienne de souche ne pouvait se laisser distancer par une élève venue d'un autre établissement. Madame Gigus qui les connaissait depuis l'année précédente et leur enseignait l'allemand et le français, félicita en particulier Kalmár d'avoir aidé la classe à surmonter la période difficile de la puberté. L'année précédente, on avait encore toutes les peines du monde à les tenir, à présent elles avaient un comportement convenable et travaillaient bien. La petite Vitay parlait le français et l'allemand aussi bien que sa langue maternelle, et sœur Zsuzsanna pouvait en témoigner, les autres élèves s'entraînaient mutuellement pour ne pas se laisser dépasser par la nouvelle, si bien qu'elles faisaient des progrès sensationnels. Kalmár souriait d'un air modeste, convaincu que cette évolution venait de ce qu'il était le professeur principal de cette classe : les filles cherchaient à lui faire plaisir, à le séduire par leur comportement exemplaire ; quant à Vitay, elle voulait lui faire oublier dans quelles pénibles circonstances il avait fait sa connaissance. Comme elles étaient toutes amoureuses de lui, il ne pouvait imaginer que la guerre secrète qu'elles menaient contre Vitay absorbait tant ses élèves, qu'il n'occupait plus vraiment leurs pensées.

La deuxième semaine de punition pour Mari Kis, Murai, Szabó et Gina touchait à sa fin. Tous les samedis après la dernière heure, au cours d'un bref conseil présidé par le directeur, les professeurs principaux et les préfètes rapportaient ce qui s'était passé dans leurs classes. Ce deuxième samedi, tout le monde dit tant de bien des cinquième année qu'après un petit temps de réflexion, le directeur déclara que si la classe ne relâchait pas ses efforts on pourrait envisager de lui réserver la fameuse invitation d'octobre – les professeurs échangèrent des sourires. Kalmár regarda autour de lui avec fierté, madame Gigus approuva, le révérend dit qu'il n'y voyait aucun inconvénient, même Gertrúd Truth, le professeur de gymnastique qui n'était jamais satisfaite et exigeait toujours plus qu'il n'était réaliste, opina et ne vota pas contre. Le directeur mit ses pédagogues en garde : il ne faut rien leur dire à l'avance ! Tout le monde approuva, car, plus d'une fois, il était arrivé qu'une récompense montât à la tête d'une classe complimentée. C'est Kőnig qui insista le plus sur la nécessité de garder le secret, mais quand la réunion fut terminée, il se précipita à l'internat où les pensionnaires étaient déjà au réfectoire, attendant les professeurs pour commencer le repas. Seules les diaconesses mangeaient à la table des élèves. Les professeurs avaient une table à part sur une estrade, ce qui chagrinait les élèves, dont l'appétit était en outre gâté par l'idée qu'ils pouvaient voir d'en haut qui répandait sa soupe sur la nappe ou qui faisait tomber la bouchée de sa fourchette. Kőnig alla tout droit vers les cinquième année et leur fit part de la décision. Les visages s'épanouirent, seule Gina ignorait quelle était cette invitation d'octobre, mais il n'aurait servi à rien de poser la question, et elle se résolut à attendre. Quelqu'un prononça le nom de Mici Horn, ce qui l'exaspéra. Elle n'avait jamais vu cette Mici Horn, mais elle ne pouvait plus supporter d'entendre son nom.

Elle avait aussi son opinion sur Kőnig. Il avait commencé par dire qu'il ne devait pas leur révéler cette nouvelle, mais qu'il le faisait quand même pour les mettre en garde : elles ne devaient pas compromettre ce plaisir attendu par un stupide tour de leur façon. Qu'un adulte fût incapable de tenir sa langue, même dans leur intérêt !

Ce fut un samedi gris et sans joie. Son père l'appela dans l'après-midi, non de Budapest, mais cette fois de Sümeg. La conversation se déroula exactement comme la semaine précédente, cependant Zsuzsanna et Gedeon Torma témoignèrent par la suite que Vitay était moins triste, plus détendue.

Le lendemain matin, la préfète préparait la table, l'air soucieux. Comme c'était dimanche, le petit déjeuner avait lieu à huit heures. Zsuzsanna s'entretint longuement avec sœur Erzsébet puis sortit. Lorsqu'elle revint, le visage radieux, elle se dirigea tout droit vers Gina. Elle était allée chez le directeur. L'interdiction de sortir prenait fin le lundi soir, mais les fautives allaient manquer une seconde fois le culte, qui renforçait leur âme pour toute une semaine, alors

Zsuzsanna avait demandé si elle ne pourrait pas les y emmener quand même. Le directeur décida qu'elles pouvaient aller à l'église. Et compte tenu de la conduite exemplaire dont elles avaient fait preuve ces deux semaines, elles pourraient aussi prendre part à la promenade de l'après-midi, puisqu'elles étaient déjà autorisées à sortir le matin pour assister à l'office.

Les quatre filles s'en réjouirent, mais pas autant que Zsuzsanna. Elles s'habillèrent et se mirent en route, Gina de nouveau entre Mari Kis et Torma. Elles se parlaient à voix basse par-dessus sa tête, mais cela lui était égal, leur conversation ne l'intéressait pas. Elle observait la rue avec d'autres yeux que la première fois, cherchant quelles possibilités de s'échapper s'offraient sur le trajet jusqu'à l'église. Elle observa ensuite l'église à la recherche d'un endroit par où elle pourrait éventuellement s'éclipser. Elle se rendit bientôt compte que c'était le lieu le moins approprié. Chaque classe occupait une section de bancs, les membres du conseil presbytéral se tenaient près des issues, et si elle faisait semblant de se trouver mal, cela ne servirait à rien, Zsuzsanna quitterait aussitôt le culte pour la raccompagner.

Après l'office, elles eurent quartier libre, et à la fin du déjeuner on leur distribua le courrier. Le colis promis par son père la semaine précédente était arrivé. En allant chercher le grand carton empli de biscuits, elle eut presque l'impression de voir Róza ranger avec soin les gâteaux de ses mains qui fleuraient bon le sucre, la farine et la confiture. Son père avait dû avoir un peu de temps, car il avait écrit l'adresse lui-même : *À l'attention de sœur Zsuzsanna pour ma fille Gina*. C'était bien son écriture. Peut-être n'avait-il pas jugé assez militaire de figurer lui-même comme expéditeur avec son nom et son grade, car il avait mis le nom de son ordonnance. *Expéditeur János Tóth, Monor*. Décidément, son père voyageait beaucoup en ce moment.

Les pensionnaires ne pouvaient consommer seules ce que leur famille leur faisait parvenir, les convenances voulaient que l'on partageât. Gina offrit des gâteaux d'abord à Zsuzsanna, qui prit une petite étoile saupoudrée de sucre, mais la posa à côté de son assiette sans la manger.

– Un plat, des assiettes à dessert, ordonna-t-elle à Bánki, la responsable du jour. Vous avez le droit de manger les gâteaux de Georgina.

Bánki rapporta de la cuisine un grand plat rond et vingt assiettes à dessert. Zsuzsanna alla à la fenêtre, regarda le jardin où madame Gigus se promenait bras dessus, bras dessous avec Eszter Sáfár, l'institutrice de la petite section, et portait une robe aux couleurs vives au lieu de sa blouse noire de travail. Absorbée par la robe bleu clair et les hauts talons de madame Gigus, Zsuzsanna ne fit pas attention à ce qui se déroulait derrière elle. Bien qu'elle n'eût aucun doute sur ce qui allait se passer, Gina entreprit de faire circuler le plat. Elle le tendit à Ari, assise en face d'elle. Sans même un « Non merci », Ari détourna la tête. Sa voisine, Salm, murmura : « Pas la peine, j'en veux pas. Bouffe-les toute seule, tes gâteaux ! »

Gina restait plantée là avec son plateau, humiliée, désemparée. Si elle attirait l'attention de Zsuzsanna sur leur refus, elle les trahirait de nouveau. Mais la diaconesse ne voyait rien de ce qui arrivait, les yeux fixés sur le jardin, elle admirait une robe.

Elle se retourna enfin et vit avec étonnement que le plat était plein.

– Tu en as offert ?

– Elle en a offert, répondit la classe d'une seule voix.

– Tout le monde en a eu ?

– Tout le monde, assura la classe.

– Et il en reste autant ? Alors vous avez été bien modestes. Je vais les distribuer.

Elle prit le plat, compta les biscuits et en déposa deux sur chaque assiette. Gina en eut trois. À présent, le plat était vide.

– Dites merci ! ordonna Zsuzsanna.

– Merci, Vitay ! chantonna la classe.

– De rien, murmura Gina.

Zsuzsanna retourna vers le passe-plat. Mari Kis mit les deux biscuits dans sa poche et après elle, toutes les autres sans exception firent de même. Gina, qui s'était forcée à prendre un macaron au miel, sentit qu'il devenait amer dans sa bouche et eut du mal à l'avaler. Puis, en sortant du réfectoire, elle cacha les deux autres gâteaux au creux de sa main et alla les jeter dans les toilettes.

Les funérailles eurent lieu le lendemain. La classe travaillait au jardin l'après-midi ; à l'aide de bêches et de râteaux, elles préparaient une partie du potager. Szabó fit un tas de feuilles mortes et de brindilles sèches. Mari Kis rassembla les mauvaises herbes du carré qui lui était attribué, et en les poussant vers Szabó avec son râteau, elle sortit ses deux gâteaux de sa poche et les posa sur le tas de feuilles.

– Prêtes ? demanda Szabó triomphante.

– Prêtes ! répondit Mari Kis.

Gina vit toutes ses camarades une à une déposer

sur le tas de Szabó les pâtisseries qui d'habitude leur manquaient tant et dont elles avaient tant envie. Elles les recouvrirent de feuilles et de brindilles, Bánki mit le feu au bûcher et, telle une opulente prêtresse de l'Antiquité attisant le feu sacrificiel, Szabó tisonnait de temps en temps le tas fumant avec un bâton afin que le feu ne s'éteigne pas. Elles voyaient que Gina les regardait, elles guettaient sa réaction, mais elle assista au sacrifice jusqu'au bout sans ciller et tint bon jusqu'au coucher. Pourtant, une fois la lumière éteinte, elle se mit à pleurer sur les pauvres gâteaux innocents qu'elles avaient brûlés. Elle pleura, pleura tout en se haïssant de ne pas être plus forte, puisque de toute façon, elle allait les quitter dès que possible. Elle n'aurait pas dû s'exposer à leurs sarcasmes. Mais elle sanglotait désespérément, en suffoquant, sans pouvoir s'arrêter, et tout en pleurant à chaudes larmes, elle s'étonna que ces filles eussent si peu de cœur, pour qu'aucune ne vînt voir ce qu'elle avait.

Elle sursauta quand la lumière s'alluma, quelqu'un se pencha sur elle. Devant ses yeux brûlants de larmes se tenait Zsuzsanna, une Zsuzsanna transformée pour la nuit, sans coiffe, vêtue d'une robe de chambre d'un gris décent; elle venait sans doute de se peigner, car ses longs cheveux blonds ondulaient librement sur ses épaules. Son apparition était si belle et si inattendue que Gina arrêta de pleurer.

– C'est toi qui pleures? demanda Zsuzsanna en s'asseyant au bord du lit. On t'entend jusque dans le couloir. Il est tard, presque minuit. Que s'est-il passé, Georgina?

Gina fut incapable de répondre, elle ne le voulait d'ailleurs pas. Elle tendit la main et attrapa le bras de Zsuzsanna. Le règlement lui revint en tête : il est interdit de toucher les éducateurs, et en sentant Zsuzsanna tressaillir, elle sut qu'elle y pensait également. Mais la préfète ne retira pas son bras, et resta assise au bord du lit.

– Ne pleure pas, dit-elle. Tu n'as aucune raison de pleurer. Tout va bien à l'école, ton père t'a téléphoné samedi, il n'y a aucun problème à la maison. Je sais, c'est à cause du colis. En vous rappelant la maison, ces colis vous donnent le mal du pays, c'est pourquoi je n'aime pas qu'on vous en envoie. Allons, ne pleure plus.

Elle lui parlait doucement, chuchotant presque. Gina lui serrait le bras de plus en plus fort et cette fois Zsuzsanna s'efforça de le dégager.

– Tu vas réveiller les autres. Tais-toi, Georgina.

Elle se leva et regarda autour d'elle. Les filles semblaient dormir, mais son œil exercé déchiffra le message secret de leurs visages aussi clairement que si leurs lèvres muettes l'avaient exprimé : « On sait qu'elle pleure, mais on s'en fiche. »

– Une élève de cinquième année a tant de chagrin, et ses camarades de classe ne s'inquiètent pas pour elle ? Cela ne témoigne pas de grandeur d'âme ! (La voix douce de Zsuzsanna résonnait à présent comme des lames d'acier s'entrechoquant sous un vent glacial.) Une classe d'une telle indifférence ne mérite pas d'être invitée au goûter de Mici Horn. Je sais que vous êtes au courant. Monsieur Kőnig nous a dit qu'il vous en avait parlé.

Rien ne bougea pendant un moment. La classe continuait de donner le change. Puis les filles se mirent peu à peu à bâiller et à se frotter les yeux. Bánki dit :

– Non, vraiment ? Si j'avais su que la pauvre Vitay ne dormait pas, qu'elle avait du chagrin…

Alors celles qui trouvèrent place se rassemblèrent autour de son lit, et Gina se remit à pleurer, encore plus fort, parce que Zsuzsanna ignorait que leur sollicitude n'était que de la comédie.

– Consolez Georgina, dit Zsuzsanna. Si je la trouve encore en larmes dans une demi-heure, j'en rendrai la classe responsable. Il y a bien des choses qui ne lui sont pas encore familières, elle n'a pas l'habitude de vivre loin de son père. Le colis lui a donné le mal du pays. Aidez-moi à la réconforter. Racontez-lui les goûters chez Mici Horn.

Elle sortit. Celles qui s'étaient penchées sur elle, ses plus proches voisines, Mari Kis, Torma, Szabó et Bánki s'assirent sur le lit de Torma et la regardèrent.

– Allez-vous-en ! dit Gina. Je n'ai besoin de personne, de vous non plus !

– Tu crois qu'on veut de toi ? demanda Mari Kis. Et maintenant, il faut qu'on te distraie, comme un roi insomniaque, pour que tu ne sois pas triste la nuit !

– Et qu'en plus on te parle des goûters de Mici Horn ! dit Szabó indignée. Tu peux toujours courir !

– Il faut le faire, dit Torma en secouant la tête. Zsuzsanna va vérifier, elle lui demandera.

– C'est vrai, dit Murai. Bon, alors écoute, minable. Une fois par mois, Mici Horn invite une classe à goûter chez elle. Une classe tout entière. C'est incroyable ce qu'elle sert, un vrai festin ! Et il y a des jeux, quelquefois on danse aussi, et tout est si beau qu'on en est ébloui. Mici Horn a une magnifique maison à deux pas de la gare et même la clé n'est pas une clé ordinaire, à l'extrémité, il y a une petite tête qui rit. À partir d'octobre, Mici Horn donne un goûter la quatrième semaine de chaque mois, et elle invite toujours la meilleure classe. Nous n'y sommes encore jamais allées, ce sera la première fois de notre vie. Alors sois à la hauteur, que nous ne soyons pas obligées de rester ici à cause de toi, sinon tu le sentiras passer !

Gina les regarda un moment puis se retourna brusquement et tira la couette par-dessus sa tête. Son cœur battait si fort qu'elle s'imaginait qu'il faisait tressauter la couverture. Lorsque Zsuzsanna revint, toute la classe était réveillée, les filles chuchotaient, s'agitaient, bavardaient, Gina dormait comme un bébé, ses larmes séchées, les joues fraîches. Elle s'est calmée, constata Zsuzsanna en hochant la tête et, ce qu'elle n'eût jamais fait dans la journée, elle caressa le front de la jeune fille. Elle ne savait pas que derrière ce front veillait l'idée libératrice, apaisante, réconfortante, de s'échapper du goûter chez Mici Horn la dernière semaine d'octobre. Si une classe entière grouille dans une seule maison, par surcroît si proche de la gare, on peut en sortir comme on y est entré. Au pire par une fenêtre du rez-de chaussée ou du sous-sol. Dans une maison particulière, il ne doit tout de même pas y avoir des grilles à toutes les fenêtres.

Chez Mici Horn. L'évasion

Les jours passèrent rapidement.

Maintenant qu'elle avait un plan concret et que l'espoir de s'échapper était réel, l'attitude des autres la contrariait moins. Quant aux éducateurs, elle se rendit compte qu'elle en regretterait certains. Notamment Kalmár, qui enseignait si bien l'histoire qu'il faisait briller les yeux de son auditoire. Lorsqu'il parlait de l'amour de la patrie, Gina aurait voulu prendre les armes et, toute fille qu'elle était, partir au front pour soutenir les soldats. Kalmár comptait dans sa nouvelle vie, et si le souvenir de Feri rayonnait toujours depuis l'heureux monde disparu, Feri était au loin, inaccessible, Kalmár était proche et bien visible.

Elle détestait les cours de Kőnig, c'était pourtant un excellent professeur, cultivé et parlant bien. Gina se surprenait parfois à apprécier ses explications, mais sa conscience n'admettait pas ce qu'elle entendait : elle rejetait Kőnig et avec lui, ce qu'il enseignait. Les vertus classiques, si éclatantes et convaincantes lorsque Kalmár les décrivait, devenaient ternes dès que Kőnig en parlait au cours de latin, car pour elle le caractère de Kőnig n'était pas compatible avec les éminentes vertus viriles, et encore moins avec le désarroi amoureux de Catulle. Kőnig était tout sauf ce que l'on appelle un caractère romain, et en ce qui concerne l'amour, il ne serait certainement pas encore célibataire à cinquante-deux ans s'il avait su éveiller la passion dans les cœurs féminins. Il se montrait toujours plus sensible que ses élèves à ce qu'il enseignait, cette identification à la poésie et son enthousiasme pour le « beau idéal » n'avait rien de viril non plus. Ce qui agaçait le plus Gina, c'est qu'à ses cours il se passait des choses qui n'arrivaient jamais avec les autres professeurs. Au moindre signe d'agitation dans la classe, Kalmár n'avait aucun problème pour mettre au piquet des élèves de cinquième année. Si Kőnig tentait de leur infliger la même sanction, cela tournait à la comédie : les punies riaient et faisaient des grimaces, d'autres emportaient un livre et lisaient dans son dos, et par ailleurs, au bout d'un moment, Kőnig lui-même se sentait gêné, s'inquiétait de sa sévérité, trouvait que l'humiliation avait assez duré et présentait carrément des excuses à celles qu'il avait envoyées au coin.

Gina aimait bien Gertrúd Truth; pourtant elle les ménageait si peu que Gina pensait ne plus avoir de peau sur les mains après avoir grimpé à la corde, et si une élève lui disait qu'elle avait le vertige aux agrès, elle n'était jamais disposée à en tenir compte. Gina aimait aussi Kerekes, le professeur de mathématiques, pourtant ses cours tournaient souvent au cauchemar, car au moment où on s'y attendait le moins, il lui prenait la fantaisie d'interroger sur le programme de troisième ou de quatrième année, ce qui les obligeait à aller de temps en temps dans la salle d'étude de ces classes demander aux diaconesses comment calculer pourcentages et intérêts. Si elles avaient oublié,

Kerekes leur en aurait fait voir de toutes les couleurs. Éles qui enseignait les sciences était comme son nom, qui signifie entre autres *caustique*, mais Gina l'aimait bien aussi ; avec sa blouse blanche, il lui rappelait son médecin, et l'odeur caustique des produits chimiques était aussi inhérente à l'air du laboratoire, l'univers d'Éles, que le parfum l'était à tante Mimó. Elle appréciait aussi tous les travaux pratiques à faire chez Éles : il leur confiait l'entretien du terrarium veuf, entre-temps enrichi d'occupants, ou du grand aquarium, ou bien elles récoltaient des fruits ou travaillaient au jardin. Elle aimait moins Hajdú, le professeur de musique, mais toujours mieux que Kőnig. Hajdú était irascible, d'une ironie parfois blessante, et il croyait sincèrement que le chant était la matière la plus importante. Gina devait beaucoup travailler pour suivre son rythme effréné, car il s'avéra bientôt qu'à Budapest elle avait non seulement appris beaucoup moins de chants religieux que les Matuliennes, mais que sa connaissance des œuvres chorales de Bartók et Kodály avait des lacunes. Les Matuliennes savaient les chants de Kodály sur le bout des doigts, elles avaient bénéficié d'un véritable enseignement de l'histoire de la musique, et elles étaient notées en chant religieux et en identification de morceaux que Hajdú leur faisait écouter sur le grand gramophone de l'école. Ce qui sauva Gina, bien qu'elle ne sût pas encore la plupart des psaumes, c'est sa bonne connaissance des classiques, due aux concerts où elle allait souvent avec tante Mimó et Marcelle. Elle se reposait des fatigues de toute une journée aux cours de madame Gigus ; elle n'avait besoin d'apprendre ni leçons, ni vocabulaire, et effectuait thèmes et versions en quelques minutes. Zsuzsanna lui avait demandé d'aider celles qui en avaient besoin dans la salle d'étude ; elle avait dit oui, tout en sachant que personne ne lui demanderait son aide. Effectivement, personne ne vint. Quand elles avaient un devoir un peu plus difficile à faire, chacune s'isolait derrière des remparts de livres, de cahiers, de dictionnaires et s'en sortait tant bien que mal, mais seule. Un jour, le directeur vint faire une inspection, juste pendant le cours de Kőnig. Celui-ci appela aussitôt Torma, qui fut si troublée par le regard noir et perçant de son oncle qu'elle ne reconnut pas les formes grammaticales les plus simples, et le directeur nota lui-même dans le registre : *N'a pas travaillé. Insuffisant.* Après qu'il fut parti, Kőnig posa les mêmes questions à Torma, et elle résolut cette fois sans faute ce qu'elle n'avait pas su auparavant, alors Kőnig écrivit sous la remarque du directeur : *A rattrapé. Très bien.* Même Torma le regarda de travers, alors qu'elle aurait dû lui être reconnaissante, et Gina se surprit à secouer la tête tandis que Kőnig, l'air radieux, notait sa réhabilitation sous la remarque du directeur. Elle en eut honte, car les autres avaient pu voir qu'elle partageait leur avis en ce qui concernait Kőnig, mais elle non plus ne voulait plus faire cause commune avec elles, alors qu'elles affectaient de lui parler dans l'intérêt du goûter chez Mici Horn. Chaque fois que Zsuzsanna apparaissait, l'une d'elles allait voir Gina, lui demandait si elle se sentait bien, si elle souhaitait de la lecture, et lorsqu'elles avaient le droit de parler à mi-voix dans la salle d'étude ou au réfectoire, ses deux voisines Mari Kis et Torma se mettaient à lui réciter en souriant la liste des prépositions latines suivies de l'accusatif, ce qui, de loin, avait l'air d'une conversation amicale. Au début, Gina souriait aussi, mais elle sentait que ses muscles étaient tendus jusqu'aux oreilles. Ensuite, elle fut plus indifférente, le goûter de Mici Horn approchait de jour en jour, d'ici là elle tiendrait, coûte que coûte.

Comme il l'avait promis, le général téléphonait toutes les semaines, ils échangeaient des banalités qu'on peut dire en présence de témoins. Gina apprenait que tout le monde allait bien chez eux, de même que tante Mimó et sa compagnie. Elle ne lui demandait plus de venir la voir, elle s'étonnait seulement que le général, qui la connaissait si bien, ne se doute pas qu'elle avait des ennuis, alors qu'elle ne disait que des choses impersonnelles et que ses phrases n'avaient rien à voir avec la manière dont elle parlait à Budapest, ni avec celle d'une pensionnaire qui raconte ses journées. Elle n'eut pas d'autre colis et s'en réjouit, l'autodafé des pâtisseries de Róza lui avait suffi.

Le goûter de Mici Horn était fixé au dernier dimanche d'octobre. À la fin des cours du samedi, tout le pensionnat se rendit à la salle d'honneur où le directeur fit la synthèse des résultats du mois. Le travail des cinquième année s'était révélé le meilleur depuis la rentrée. Leur repentir, leur conduite exemplaire et leurs efforts soutenus avaient fait oublier la regrettable indiscipline du premier jour, et en récompense, elles pourraient donc participer au goûter qu'une chère ancienne élève de l'établissement offrait d'octobre à juin à la meilleure classe du mois. Départ à quinze heures trente, retour à dix-neuf heures trente, accompagnateurs désignés : la préfète et le professeur principal.

Ce samedi après-midi était aussi radieux qu'un jour d'été, les fleurs d'automne coloraient le jardin de leur splendeur. Comme d'habitude, elles firent leurs devoirs pour le lundi tout de suite après le déjeuner. Gina les fit tous consciencieusement, apprit même la récitation de latin, pourtant elle savait que cela ne lui servirait à rien. Pendant qu'elle travaillait, on l'appela au téléphone ; cette fois la conversation avec le général dura moins longtemps. Son père n'avait visiblement rien d'important à lui dire, et elle ne voyait pas l'intérêt de débiter des phrases banales sous surveillance. Le surlendemain matin, elle serait à la maison.

Quand elle fut prête, elle descendit au jardin, cette fois pour un véritable adieu. Elle ne vit Zsuzsanna nulle part, et rien ne bougeait derrière la grille fermant l'aile des professeurs. C'était une veille de fête, temps libre béni. Elle flâna jusqu'à la statue, s'assit et regarda le jardin. Elle tenait un livre sur ses genoux, mais elle ne lisait pas, il ne servait qu'à éviter qu'un professeur passant par là fasse preuve de bienveillance en lui envoyant de la compagnie afin qu'elle ne se sente pas seule. C'était *Le petit Chose* d'Alphonse Daudet, en français, elle le savait presque par cœur, et si quelqu'un lui avait demandé de quoi il parlait, elle aurait aussi pu répondre en français. Plongée dans ses pensées, elle entendit des pas sur le gravier de l'allée derrière elle. Elle se retourna, et qui voilà ? Aradi, Aradi de huitième année, la présidente des élèves qui portait le drapeau à la cérémonie de la rentrée. Elle marchait lentement, le visage empreint d'un profond désarroi.

Gina se poussa pour lui faire une place, heureuse que cette élève de terminale ait échoué à ses côtés. Aradi lui parlait toujours quand elles se rencontraient. Gina n'avait pas à craindre qu'elle fasse semblant de ne pas la voir ou qu'elle lui récite les prépositions latines. Grâce à la redoutable aptitude au mutisme des Matuliennes, la classe de cinquième année gardait son secret, le châtiment que les filles réservaient à la traîtresse ne regardait pas les autres pensionnaires, ainsi il y avait moins de risques qu'une étourdie d'une autre classe raconte à un éducateur la vie singulière de Georgina Vitay.

Aradi s'assit à contrecœur à côté de Gina et lui répondit brièvement, puis soudain, elle lui demanda d'aller voir dans la salle d'étude des terminales si elles avaient fini leurs devoirs. C'était un prétexte si évident pour l'éloigner que Gina s'inquiéta : les huitième année avaient peut-être appris qu'elle était mise à l'écart par sa classe et avaient décidé elles aussi de ne plus lui adresser la parole. Elle se leva, blessée, mais l'insistance avec laquelle Aradi l'exhorta à se dépêcher lui suggéra qu'il s'agissait sans doute d'autre chose. Elle courut comme on le lui avait demandé, mais s'arrêta aussitôt derrière une grande urne en pierre qui la dissimulait entièrement. Impossible que cette grande ait un rendez-vous ici, alors elle avait un secret, mais lequel ?

En voyant le papier qu'Aradi sortit de sa poche, Gina perdit d'un coup le respect qu'elle vouait à la présidente des élèves. Comment Aradi, celle qui portait le drapeau, n'avait-elle pas honte ? Elle était venue à Abigaël avec une bêtise quelconque et allait glisser son message dans la cruche de la statue. Autant ne pas voir ça ! Gina courut à la salle des terminales, qui bien entendu avaient fini leurs devoirs depuis longtemps et se défoulaient au gymnase, ce qu'Aradi savait parfaitement. Lorsqu'elle revint au jardin, la présidente des élèves vint à sa rencontre avec l'air soulagé de quelqu'un qui est parvenu à se débarrasser d'un souci. Gina lui répéta ce que lui avait dit la préfète de huitième année, la classe faisait de la gymnastique au sol avec Gertrúd Truth, elles devaient rencontrer les Cocoricos en compétition et avaient obtenu l'autorisation de s'entraîner exceptionnellement. Elle ajouta qu'Aradi devrait se dépêcher avant que son absence ne soit remarquée. Aradi partit en courant en direction du gymnase et Gina se retrouva seule au jardin.

Quel pouvait être le secret d'une grande fille superstitieuse ? Gina courut plonger la main dans la cruche. Elle trouva tout de suite le message d'Aradi : *Je sais que nous ne devons nous adresser à toi qu'en cas de graves ennuis, mais ce qui m'arrive est très grave, crois-moi Abigaël. J'ai oublié dans mon cahier de maths la photo de Jani prise avant qu'il ne parte pour le front, celle où nous sommes dans les bras l'un de l'autre. Que va-t-il m'arriver si on la trouve ? Comment vais-je passer mon bac ? Je suis boursière, si on m'envoie dans une autre école, nous ne pourrons pas payer les frais de scolarité, je serai fichue. Viens à mon secours, Abigaël !*

Comment n'a-t-elle pas honte, elle qui porte le drapeau ! Gina remit le papier en place, bien qu'elle eût plutôt envie de le froisser. Maintenant, Abigaël va descendre de son socle et, de son pas de pierre, se rendre à la salle des professeurs, ouvrir l'armoire où sont les cahiers, prendre la photo dans celui d'Aradi et la lui faire parvenir ; ensuite elle se donnera un coup de peigne et tant qu'à faire, elle sortira dans la rue et ira au cinéma. Gina était si furieuse que le temps d'aller chercher, puis de manger le croissant et la pomme du goûter, elle ne fit que penser à la grande de terminale comme à un bébé.

Après la promenade, sœur Erzsébet assurait la surveillance, c'était le jour de congé de Zsuzsanna. Les cinquième année réunies au foyer s'interrogeaient mutuellement sur l'Écriture sainte – encore une tradition matulienne, Gina l'apprit par la suite : avant le goûter chez Mici Horn, la classe invitée se faisait un devoir de mettre à l'épreuve sa connaissance de la Bible pendant les heures de repos du samedi, afin de faire preuve de reconnaissance et d'humilité. C'est Bánki qui interrogeait. Gina admirait depuis longtemps l'assurance avec laquelle elle identifiait chaque citation, quel personnage avait dit cela, qui en était l'auteur. Elle savait que personne ne lui demanderait rien. Elles ne l'interrogeaient jamais, pourquoi le feraient-elles justement ce jour-là ? Gina savait aussi que sœur Erzsébet serait tellement ravie de leur pieuse occupation qu'elle pouvait tenter ce qu'elle devait absolument faire à ce moment-là. Le soir, Zsuzsanna serait de retour, elle se promenait souvent dans les couloirs, inspectait les lavabos, beaucoup plus attentivement qu'Erzsébet. Lorsqu'une question particulièrement difficile fut posée, et que toutes se concentrèrent pour trouver la réponse, Gina sortit sur la pointe des pieds dans le dos d'Erzsébet. Malgré son envie de courir, elle prit garde de ne pas se hâter. Elle se glissa dans la salle de bains, et le cœur battant, en faisant le plus vite possible, elle souleva le bac de géraniums et récupéra les objets qu'elle avait cachés au fond de la jardinière. Ils étaient un peu humides, sans doute à cause d'un arrosage négligent, mais intacts. Elle remit le bac en place, puis alla au dortoir et glissa le tout sous son matelas, à l'exception du billet de cent pengős. Mais elle ne partirait pas sans dire au revoir. Elle arracha une feuille de son agenda et écrivit de sa plus belle écriture : *Je vous déteste toutes. Continuez vos petits jeux idiots dans cette prison, moi je m'en vais. Vitay.* Elles trouveraient son message en défaisant son lit.

Elle cacha le billet de cent pengős dans sa chaussure, elle le mettrait dans sa sacoche en allant se coucher. Son père écrirait ensuite à l'institution qu'il l'avait changée d'école et demanderait à Zsuzsanna de lui renvoyer à Budapest les menus objets qu'elle avait laissés sous son matelas et les affaires que l'économe conservait.

Elle parvint à regagner le foyer, certaine que personne n'avait remarqué ses quelques minutes d'absence. Erzsébet ne se retourna même pas quand elle ouvrit et referma la porte.

Le soir, on projeta un documentaire géographique qui l'intéressa. Elle était plus calme, plus sereine que jamais. Kalmár donnait des explications, car le film était malheureusement muet, le projecteur de l'école n'étant pas équipé pour le son. Elle alla se coucher la première et se retourna tout de suite, elle voulait réfléchir, repasser en revue ce qu'elle avait à faire. Elle entendit son nom parmi les chuchotements, les autres parlaient d'elle, mais ce qu'elles disaient ne l'intéressait absolument pas. Le nom d'Aradi, tel un poisson brillant, émergeait lui aussi des conversations étouffées. Elle n'en avait rien à faire non plus, Aradi avait baissé dans son estime.

Couchée la première, elle se leva aussi la première le dimanche matin. Après s'être lavée et habillée, elle alla dans le couloir à l'endroit où elles se mettaient en rang. Elle avait mis le billet dans sa sacoche en se déshabillant la veille au soir. Au temple, elle se surprit à dire une tout autre prière que le révérend ; elle ne demandait qu'une chose, réussir ce qu'elle n'allait pas tarder à entreprendre. Les cinquième année ne rentrèrent pas à l'internat tout de suite après le culte avec les autres pensionnaires mais partirent exceptionnellement en promenade, puisque ce jour-là le goûter remplaçait leur sortie de l'après-midi. Le visage de Gina exprimait une harmonie et une bonne humeur inhabituelles qui attirèrent l'attention de Zsuzsanna. Elle lui dit qu'on voyait combien elle était heureuse, mais cela se comprenait, car rencontrer Mici Horn était un grand événement. « Je m'en fiche, pensa Gina. Toutes les traditions de Mici Horn sont des idioties, mais cette fois je ne lui en veux pas, parce que sans le savoir elle va m'aider à m'échapper. »

L'après-midi, Kalmár conduisit la classe, tandis que Zsuzsanna fermait la marche. Avec son habit de cérémonie et son petit bonnet blanc comme neige sur son énorme chignon, elle était elle-même d'une beauté hiératique. Bien qu'elle eût d'autres choses en tête, Gina fut frappée de voir à quel point Zsuzsanna et Kalmár allaient bien ensemble. Salm avait composé le bouquet de fleurs que la classe apportait à Mici Horn, et l'avait donné à Kalmár pour qu'il l'admire, mais il l'avait remis à Gina en déclarant que comme elle n'avait encore jamais rencontré la femme exceptionnelle qu'était Mici Horn, le plaisir de lui offrir les fleurs lui revenait. À l'âge adulte, Gina se souvenait encore du regard assassin que Salm lui lança en apprenant que Vitay, la bannie, offrirait le bouquet qu'elle avait arrangé avec tant d'art et d'enthousiasme.

Elles avaient mis leurs manteaux, car au moment de leur départ le ciel s'était couvert et le temps avait tourné à la pluie. Gina s'en réjouit, le ciel gris de plomb ne pouvait qu'être son allié. Par ailleurs, il était important pour elle d'avoir un manteau, elle comptait voyager la nuit et n'avait pas envie de faire le long trajet jusqu'à

Budapest en claquant des dents dans le gilet de laine noire, seul vêtement permis lors des sorties jusqu'en novembre. Le soir, l'obscurité sera totale, et s'il se met à pleuvoir, les passants presseront le pas sans s'occuper de ce qu'une Matulienne peut bien faire toute seule à la gare. Árkod est une ville assez importante, il y a certainement plusieurs trains au départ pour la capitale, si elle a de la chance, elle pourra en prendre un qui parte tout de suite.

Le trajet était différent de leurs promenades. En approchant de la maison de Mici Horn et de la gare, Gina sentit son excitation augmenter de minute en minute. Elles tournèrent à droite dans une rue adjacente et traversèrent une place au centre de laquelle se dressait une statue de femme sans bras, au visage empreint de souffrance. « Tiens, à Árkod aussi, il y a une *Hongrie pleurant ses enfants perdus** » pensa Gina. Kalmár lui demanda de prendre quelques roses du bouquet et de les déposer au pied du monument.

Une autre fois, elle se serait réjouie de cette mission, comme de tout ce qui pouvait la distraire, ne fût-ce que quelques instants, de la sempiternelle routine. Maintenant cela ne comptait plus, elle était trop préoccupée par ses problèmes, mais elle était prête à faire ce qu'on lui demandait pour contenter Kalmár. Elle sortit du rang et examina le monument en cherchant où poser ses roses afin qu'elles fassent le meilleur effet. Son regard s'arrêta sur une petite plaque blanche apposée sur le piédestal, indiquant sans doute qui en

* Statue de Hungaria mutilée, érigée dans la plupart des villes de Hongrie sous la régence de l'amiral Horthy (1920-1944) afin de rappeler la « mutilation » du territoire consécutive au traité de Trianon (1920). (*NdT*)

était l'auteur. « C'est curieux que le nom du sculpteur soit indiqué ici. Normalement, il le grave lui-même dans la pierre », pensa-t-elle. Elle déposa les roses au pied de la statue mutilée et comme elle se penchait, ses yeux se trouvèrent à la hauteur de la plaque. En fait, il ne s'agissait pas d'une plaque, mais d'une feuille de papier collée, une sorte de très grande étiquette comme celle du registre des notes, où on avait écrit à l'encre de Chine ces phrases revendicatrices :

NE VERSEZ PAS INUTILEMENT LE SANG HONGROIS !
VOUS AVEZ PERDU LA GUERRE,
GARDEZ VOS FILS POUR UN AVENIR PLUS SENSÉ.

Elle fixa l'inscription d'un regard incrédule. Kalmár lui demanda ce qu'elle attendait, elle se retourna, l'air si stupéfait qu'il laissa la classe et vint près d'elle. Il se pencha vers l'inscription, puis appela Zsuzsanna et envoya Gina rejoindre les autres. Il avait le visage rouge comme si on l'avait giflé.

Ce fut un instant délicieux, elle seule savait ce qui se passait, personne d'autre de la classe. Aucune d'elles ne pouvait se permettre de sortir du rang pour aller voir ce que le monument avait de si curieux. Gina jeta un sourire de défi à Mari Kis et à Torma, mais ne dit rien. La classe tint bon elle aussi, personne ne lui posa de question, mais l'air se refroidit soudain autour d'elle comme si on venait de la faire entrer dans une pièce restée sans chauffage tout un hiver. « Ça ne fait rien, pensa-t-elle. D'ici deux heures au maximum, je ne vous verrai plus. »

Au cours de défense nationale*, Kalmár avait déjà

* Enseignement de tendance nationaliste, obligatoire en Hongrie pendant la Seconde Guerre mondiale. (*NdT*)

expliqué qu'en temps de guerre des éléments ennemis essayaient d'influencer l'opinion publique, mais elle n'avait jamais pu s'imaginer comment ils procédaient réellement. Elle venait de le voir. Ce n'était pas exactement un tract, comme on le leur avait expliqué en cours, mais plutôt ce qu'on appelait de la provocation. Que dirait le général quand elle lui en parlerait ?

Zsuzsanna tournait le dos à la classe, on ne pouvait pas voir sa réaction à ce que Kalmár lui montrait. Ils tinrent conseil à voix basse, puis Zsuzsanna revint près du rang et annonça que le professeur principal avait quelque chose à faire. Elles continueraient d'avancer, en marchant lentement afin qu'il les rejoigne devant la maison de Mici Horn. La classe se mit en route à l'allure d'un cortège funèbre imposée par Zsuzsanna. Szabó se retourna, Zsuzsanna dit :

– On regarde devant soi !

Ainsi elles ne pouvaient pas voir ce qui se passait près du monument. « Il doit être en train de l'arracher, pensa Gina. Ensuite il ira chercher un policier pour le signaler. C'est ce qu'il faut faire, il nous l'a dit en cours. Il est vraiment comme un saint Georges, le chevalier de la Hongrie pleurant ses enfants. » La pluie se mit à tomber doucement. Les rares passants pressaient le pas. « C'est cela, dépêchez-vous, pensa Gina. Moins il y aura de gens dans la rue, mieux cela vaut pour moi. »

La maison de Mici Horn était plus loin qu'elle ne pensait, mais peut-être avait-elle cette impression parce qu'elles avançaient avec une lenteur inimaginable. Kalmár les rattrapa effectivement et reprit sa place en tête comme s'il ne s'était rien passé. Personne n'indiqua à Gina quelle était la maison de Mici Horn, mais en la voyant, elle sut que c'était celle-là. Cette ancienne de Matula qui avait toujours des idées extraordinaires ne pouvait vivre que dans cette maison de contes de fées, haute et étroite, avec un étage et une mansarde légèrement en saillie comme si elle voulait voir ce qui se passait dans la rue. Ses hautes fenêtres étaient encastrées dans de profondes encoignures, il n'y avait pas de porche, mais un perron couvert dont la porte rouge-brun ouvrait directement sur la rue, avec une énorme boule de laiton en guise de poignée. On ne voyait pas de jardin, il y en avait peut-être un derrière, mais Gina vit quelque chose qui lui plut bien davantage : un sous-sol dont les fenêtres, toutes dépourvues de grilles, se trouvaient au niveau du trottoir. La gare était effectivement à proximité, on sentait la fumée des trains ; elle n'aurait même pas à demander son chemin, il suffisait de suivre la fumée. Ah ! quelle chance que Mici Horn habite justement si près des voies ! C'était absurde de l'appeler juste « Mici Horn », mais aucune des filles ne disait « madame », alors qu'elle devait être très âgée. Si elle était en terminale et fiancée en 1914, au début de la Première Guerre mondiale, elle devait avoir aujourd'hui quarante-sept ou quarante-huit ans. Une petite vieille !

Zsuzsanna sonna. La porte s'ouvrit aussitôt, comme si l'hôtesse des Matuliennes avait guetté leur arrivée par la fenêtre. La personne qui leur ouvrit en souriant ne ressemblait en rien à la Mici Horn que Gina s'était imaginée, grassouillette et s'esclaffant à tout bout de champ. Elle était mince, gracieuse, elle portait une élégante robe d'après-midi, et pas un seul cheveu gris ne déparait sa chevelure soignée. Elle avait des yeux magnifiques à l'éclat vert de pierres précieuses. Lorsque Kalmár lui baisa la main, Gina oublia un instant ce qu'elle s'apprêtait à faire et s'imagina que ses études finies il se pourrait qu'un de ses anciens professeurs lui baise la main, après l'avoir harcelée pendant toute sa scolarité (va chercher de la craie, où est le registre de notes, pourquoi le chiffon du tableau n'est-il pas mieux nettoyé ?). Elle pensa aussi que cette Mici Horn était peut-être meilleure qu'elle ne l'avait cru, ce n'était pas rien d'offrir tous les mois un goûter et des distractions à tant de filles ; en outre on ne pouvait *vraiment pas* la qualifier de moche, car aussi surprenant que ce fût, elle était bien plus jolie que tante Mimó.

Les cinquième année se montrèrent incroyablement sages et disciplinées. Elles déposèrent leurs manteaux sans un mot dans l'entrée et passèrent au salon sans bousculade, ce que Zsuzsanna apprécia d'un signe de tête. Lorsque Gina entra à son tour, en voyant où vivait Mici Horn, elle comprit tout à coup ce qui l'affectait, outre tous ses autres problèmes, entre les murs de la forteresse. La beauté, l'harmonie auxquelles elle était habituée lui manquaient dans ce monde austère et sans grâce où les objets n'étaient qu'utilitaires. Le salon de Mici Horn ressemblait au leur et à celui de tante Mimó.

Kalmár présenta Gina, qui tendit les fleurs à Mici Horn, et celle-ci lui demanda si elle était pour la première fois en pension. Elle répondit oui, s'attendant à un commentaire du genre : quelle chance d'être ici, tant qu'à aller en pension, autant choisir l'institution Matula, le centre du monde, qui remplace père et mère. Mais Mici Horn ne dit rien, elle posa juste sa main délicate sur le bras de Gina, qui comprit que ce geste signifiait : « Ma pauvre petite, cela ne doit pas être facile pour toi ici ! » Elle sentit aussi le charme étrange de cette femme agir sur elle comme quiconque se trouvait en sa présence. Mais elle ne voulait pas aimer Mici Horn, et lutta contre la sympathie qui naissait en elle.

Puis une effervescence bruyante et joyeuse emplit le salon où six petites tables étaient dressées pour le goûter avec de l'argenterie et de la belle porcelaine. Mici Horn annonça qu'on allait pouvoir commencer, car plus vite on aurait fini de manger, plus il resterait de temps pour les jeux. Zsuzsanna dirigea la mise en place, elles devaient s'asseoir dans le même ordre qu'au réfectoire, si bien que Gina se retrouva en face d'Ari, entre Torma à sa droite et Mari Kis à sa gauche. Elles étaient très bien placées, tout près de la table principale que la maîtresse de maison partageait avec Kalmár et Zsuzsanna. Il fallait aller chercher le thé à un samovar d'argent où l'eau chantait sans relâche. Mici Horn versa à chacune une tasse de vrai thé rouge et parfumé, qui n'avait rien du breuvage insipide qu'on leur servait à Matula. Gina le but avec délices et avala une quantité inconvenante de sandwiches empilés sur des plateaux à chaque table, car elle savait qu'elle n'aurait rien d'autre à manger avant d'arriver à Budapest. En fait, d'autres qu'elle ne dîneraient sans doute pas ce soir-là, au moins les deux responsables, Zsuzsanna et Kalmár qui, s'étant aperçus de son absence, la chercheraient. D'après ce que dit Mari Kis, Gina comprit que la photo dans un cadre d'argent sur la cheminée était celle du fils de Mici Horn, tombé l'année précédente sur le Don. Mari ajouta que, curieusement, elle ne s'était pas remariée après la Première Guerre mondiale, où son mari avait succombé à une maladie contractée au front, parce qu'elle n'avait pas voulu d'un beau-père pour son fils; mais belle comme elle était, elle pourrait toujours se marier, maintenant que son pauvre fils n'était plus.

Elle ne les écoutait que d'une oreille, se demandant à quel moment elle irait demander à Zsuzsanna où étaient les toilettes. Elle ferait semblant d'avoir mal au cœur pour explorer la maison, et dès qu'elle trouverait le bon soupirail, elle s'échapperait tout simplement par le sous-sol. Elle s'éclipserait à trois reprises, chaque fois un peu plus longtemps, et la quatrième fois, elle ne reviendrait pas. Pour le moment, elle ne pouvait pas bouger, il fallait attendre la fin du goûter. Tandis qu'Ari, Torma et Mari Kis recensaient les prétendants que Mici Horn avait éconduits, Gina tendit l'oreille vers la table des adultes :

– Encore ? demanda Mici Horn. Et où, cette fois ?

– Au monument de la Douleur, répondit Kalmár.

– C'est incompréhensible qu'on ne trouve pas le coupable, dit Mici Horn.

– On finira par l'arrêter, dit Zsuzsanna.

– L'autre jour à l'église, j'ai trouvé un billet dactylographié sur mon banc, dit Mici Horn. Je l'ai lu, pensant qu'il s'agissait d'une invitation pour le thé d'une société féminine ou d'une information de la paroisse. En fait, c'était un extrait d'une émission de Radio Moscou. J'ai cru me trouver mal. Il y en avait sur tous les bancs.

– Il faut espérer qu'on l'attrape bientôt, déclara Kalmár. Les canailles comme lui ne méritent que le peloton d'exécution. Je l'ai signalé à la police, depuis un homme monte la garde là-bas, si jamais ce type revenait. Nos fils versent leur sang au front et lui, il démoralise l'opinion publique en adressant des provocations à leurs mères.

Tout en remuant son thé, Mici Horn leva les yeux vers la cheminée. Sur la photo au cadre d'argent, le garçon souriant, en chemise à col ouvert, tenait son cheval par la bride. Il ressemblait à sa mère et d'après ce portrait, Gina pouvait parfaitement s'imaginer l'amie d'Abigaël, la Mici Horn de dix-huit ans qui riait si fort qu'on l'entendait, paraît-il, jusqu'à la loge du concierge.

– Je voudrais assister à son exécution, dit Kalmár.

– Monsieur Kalmár ! s'exclama Zsuzsanna, sur le ton qu'elle employait pour reprocher à une élève un écart de langage ou une indiscipline.

Kalmár baissa la tête, puis la releva et défia Zsuzsanna du regard. « Celui-là, tu ne l'intimideras pas, pensa Gina. C'est un homme, il nous parle de défense nationale en classe. Il n'est pas du genre à se laisser faire, il serait capable de régler leur compte pour de bon aux ennemis de la patrie. » Mici Horn eut un léger sourire comme pour détendre l'atmosphère, et effleura de la main la sonnette à côté de son assiette. Une vieille femme entra, portant un grand plateau de pâtisseries. Sa tenue était celle d'une domestique, mais Gina fut aussi intimidée que s'il s'était agi d'une princesse. En même temps, elle s'en voulut d'avoir pu imaginer qu'une dame aussi fortunée que Mici Horn vivait seule dans cette maison. À l'évidence, il devait y avoir d'autres employés. Peu importe, elle trouverait bien au sous-sol une pièce vide par où elle pourrait s'échapper.

Passant de table en table, la vieille femme déposa des gâteaux dans chaque assiette. Mici Horn lui donnait des instructions sans se lever, et elle annonça aux pensionnaires qu'elle avait prévu une tombola cet après-midi. Si elles ne voulaient plus de thé et si elles avaient assez mangé de pâtisseries, qu'elles apportent leurs assiettes et leurs tasses sur la desserte et quand les tables seraient vides, la responsable de semaine pourrait distribuer les cartes qui se trouvaient dans un coffret à droite sur la cheminée. C'est elle qui tirerait les numéros, car elle tenait à ce que monsieur le professeur et sœur Zsuzsanna jouent également. Il y avait de nombreux cadeaux, on pouvait gagner beaucoup de choses, le carton à chapeau sur le tabouret de piano débordait de lots. Les filles débarrassèrent les tables rapidement et sans bruit, et chacune reçut une carte de tombola. « C'est cela, jouez donc, pensa Gina. Ça vous ira bien de gagner cinq plumes ou un bristol avec une citation de la Bible en lettres dorées ! Moi, cet après-midi, je joue à un jeu bien plus excitant. »

Zsuzsanna la regarda d'un air désapprobateur lorsqu'elle se leva et vint lui parler à l'oreille.

– À l'estomac ? chuchota la préfète. Oui, va. Veux-tu que je t'accompagne ?

– Non, répondit Gina quelque peu gênée, car Mici Horn et Kalmár s'étaient arrêtés de parler et l'observaient.

– Il y en a en haut et en bas. Mais toi, descends au sous-sol, n'utilise pas celles de madame Mici.

Ça, elle pouvait en être sûre ! En sortant, elle entendit Zsuzsanna dire à Mari Kis de jouer avec leurs deux cartes jusqu'à ce qu'elle revienne. Quelle excellente idée ! Une chance qu'elle n'y attache pas d'importance, car pour l'empêcher de gagner, Mari se garderait bien de réclamer un numéro en son nom. Mici Horn protesta et demanda la carte de Gina, c'est elle qui jouerait à sa place, il ne fallait pas imposer cet effort supplémentaire de concentration à sa petite camarade. Gina sortit dans le hall.

Elle regarda autour d'elle. Comme partout ailleurs, les fenêtres étaient obturées par du papier de défense passive, mais on y voyait quand même très bien, car l'escalier était éclairé. Elle descendit au sous-sol. Elle ne vit pas la vieille femme mais l'entendit s'affairer quelque part, un parfum de vanille flottait dans l'air, elle devait faire des gâteaux. Gina jeta un coup d'œil dans deux pièces et trouva ce qu'elle cherchait dans la troisième. Elle tâtonna à la recherche de l'interrupteur et alluma la lumière. Ici aussi, la fenêtre obturée de papier noir excluait le monde extérieur. Dans la salle d'eau du personnel, la baignoire se trouvait le long du mur de la rue, en grimpant sur le bord elle pourrait ouvrir la fenêtre située légèrement en hauteur, se hisser sur l'appui et, en une minute, elle serait dehors.

Elle tira la chasse d'eau comme si elle avait utilisé les toilettes et sortit de la pièce. Dans le hall, elle n'aurait qu'à tendre la main pour prendre son manteau, ce n'était pas un problème non plus. Elle ne mettrait pas son chapeau, trop matulien, il attirerait l'attention, le manteau se remarquerait moins dans l'obscurité. Lorsqu'elle revint au salon, Mici Horn avait gagné pour elle deux gaufrettes. Elle les mit tout de suite dans sa sacoche, particulièrement reconnaissante, ce serait bien pour le voyage. Quelqu'un dit : « Écoutez, le tonnerre ! » et la vieille femme qui entrait avec un autre plateau de pâtisseries confirma qu'il pleuvait à verse.

Gina attendit vingt bonnes minutes avant de demander la permission de sortir à nouveau. Cette fois, Zsuzsanna lui tâta le front pour voir si elle avait de la fièvre. Mici Horn demanda si elle devait lui donner un médicament, Kalmár détourna la tête, peut-être parce qu'étant un homme il était gêné d'entendre cette conversation. Mari Kis et les autres lancèrent à Gina des regards de joie mauvaise lorsque

Zsuzsanna lui interdit de reprendre des gâteaux. Toutes se réjouissaient visiblement qu'elle fût malade juste le jour où on leur offrait un si somptueux goûter. Mici Horn s'occupa cette fois encore de sa carte de tombola, mais elle ne gagna rien.

Lorsqu'elle sortit pour la dernière fois, elle ne demanda pas la permission, mais elle entendit la préfète dire qu'il vaudrait peut-être mieux qu'elle raccompagne cette petite malade au pensionnat, monsieur Kalmár rentrerait plus tard avec les autres. Mici Horn objecta qu'elle ne les laisserait pas sortir par ce temps, cela ne ferait pas de bien à cette petite, Zsuzsanna pouvait au moins attendre que la pluie s'apaise. Gina comprit qu'il était temps de passer à l'action, la consciencieuse Zsuzsanna allait ruiner son plan, la suivre à la salle de bains ou la ramener au pensionnat.

Le moment des adieux était donc venu. Elle regarda la classe une dernière fois. Curieusement, l'image qu'elle emporta ne reflétait pas vraiment l'univers de Matula : les filles assises sur des chaises tapissées de soie parmi des objets d'art se régalaient de délicieuses pâtisseries ; rien de massif, ni de noir et blanc, mais du feu dans la cheminée et l'éclat de l'argenterie. Que de splendeur ! Zsuzsanna était ce jour-là d'une beauté exceptionnelle, et Kalmár encore plus viril depuis qu'il avait réclamé la tête du provocateur inconnu. Adieu, l'impitoyable, la détestable Mari Kis ; adieu, Torma, Ari, Salm, adieu, tout le monde. Feri lui sembla soudain plus réel et Budapest plus proche que jamais. Elle repensa au terrarium, mais cela ne l'agaçait déjà plus.

La vieille femme traversa le hall avec un plat de porcelaine empli de pommes au four. Gina attendit qu'elle soit entrée au salon, décrocha son manteau et descendit en courant à la salle de bains. Cette fois, elle ne devait pas allumer la lumière et se dirigea à tâtons. Voilà la baignoire, il faut grimper, s'accrocher à l'appui de la fenêtre. Gagné! Elle ouvrit la fenêtre sans difficulté. Se hisser sur l'appui fut un peu plus malaisé, mais grâce à Gertrúd Truth, ses muscles étaient en parfait état. Elle passa la tête par l'ouverture, regarda de tous côtés, mais il n'y avait personne dans la rue, seule la pluie tombait désespérément. Enfin dehors, elle referma les battants puis se mit à courir dans cette rue inconnue, à peine éclairée, où elle avait senti la fumée des trains en arrivant.

Elle était libre! Elle aurait voulu crier de joie, mais bien sûr, elle ne pouvait pas le faire. Au bout de la rue, elle aperçut une grande place dans la lueur bleue des lampes de défense passive et sut tout de suite qu'elle était tout près de la gare, car dans la lumière diffuse, elle vit non seulement l'enseigne du *Restaurant du chemin de fer*, mais un bâtiment bas et allongé avec un hall ouvert, qui ne pouvait être que la gare. Bien que chaque minute fût précieuse, elle ralentit le pas, craignant qu'on ne l'interpelle : pourquoi une jeune fille seule courait-elle à perdre haleine vers la gare, sans parapluie, ni chapeau sous la pluie battante? Elle fit les derniers pas un peu plus vite, si quelqu'un l'arrêtait, elle dirait qu'elle avait peur de manquer son train qui était au départ. Elle entra dans le hall, un seul guichet était ouvert. On aurait pu croire qu'aucun train ne circulait. « Mon Dieu, pensa-t-elle. Pourquoi n'y a-t-il pas plus de monde? Il doit bien y avoir un train maintenant ou dans peu de temps! »

Elle sortit son billet de cent pengős et le poussa sur la tablette du guichet.

– Je voudrais aller à Budapest, dit-elle à l'employé somnolent. Quand y a-t-il un train ?

– Dans une heure et demie, répondit l'employé en bâillant. S'il n'a pas de retard.

– Il n'y en a pas plus tôt ?

– Plus tôt ? C'est déjà un miracle qu'il y en ait un. Vous ne savez pas que depuis le début de la guerre il n'y a plus qu'un train par ligne ?

Elle ne le savait pas. Ils étaient venus de Budapest en voiture. Sidérée, elle fixa le visage indifférent de l'employé qui se frottait à présent les yeux ; visiblement, tout ce qui l'intéressait, c'est qu'il avait sommeil. Comme un écho à son bâillement, un sifflement et un halètement se firent entendre dehors. Gina regarda par la porte menant sur le quai, un train fumait sur la première voie.

– Où va celui-ci ? demanda-t-elle, si excitée qu'elle pouvait à peine articuler.

– À Dömölk. Départ dans deux minutes. C'est dans la direction opposée.

– Cela ne fait rien. Donnez-moi un billet pour Dömölk. Vite !

L'employé le lui donna, en se disant que certains avaient bien de la chance de pouvoir voyager, juste comme ça, sans se soucier de la destination. Budapest ? Non ? Eh bien alors Dömölk ! Il n'y a pas à dire, rien ne vaut la jeunesse... Mais elle est bien nerveuse, elle lui a pratiquement arraché des mains les billets de dix qu'il lui rendait. Si elle était si pressée, elle n'avait qu'à pas payer avec un billet de cent. Et la voilà qui traverse le hall en courant. Oh, et puis qu'elle aille au diable !

« Partir d'ici, n'importe où ! » pensait Gina tout en courant. Elle serait en sécurité à Dömölk. Soit elle y trouverait cette nuit même un train pour Budapest, soit elle téléphonerait à la maison le matin. Il y avait des unités militaires partout, elle se présenterait au plus haut gradé et demanderait qu'on lui permette d'attendre que son père vienne la chercher. Il fallait avant tout s'éloigner d'Árkod, où on pouvait la rattraper et l'enfermer à nouveau. Le dallage du hall était mouillé, sans doute par les voyageurs descendus d'un train précédent. Gina glissa et faillit tomber à genoux. Voilà la sortie, le train est là. Il doit rester quelques secondes des deux minutes annoncées. Elle va avoir ce train, monter à bord.

En passant la porte, elle heurta violemment quelqu'un qui entrait dans le hall. S'il ne l'avait pas rattrapée, elle serait certainement tombée. Elle voulut s'excuser, mais l'autre la devança :

– Pardon, dit Kőnig. Je ne vous ai pas fait mal ? Je suis vraiment navré. Où allez-vous si vite ?

Il la regardait en clignant des yeux d'un air embarrassé. Son chapeau et son manteau dégoulinaient de pluie. Gina ne parvint même pas à pleurer. Dehors, sur la voie une, le train pour Dömölk s'ébranla.

L'échec. Le général

Son père n'aimait pas la chasse, il n'y prenait aucun plaisir, Feri était en revanche un chasseur passionné et Gina buvait ses paroles lorsqu'il racontait ses exploits aux thés de tante Mimó. À ce moment-là, une curieuse remarque du lieutenant lui revint à l'esprit : « Lors de grandes chasses, il se produit parfois une chose stupide, c'est qu'un animal soit abattu par un chasseur du dimanche, précisément celui qui ne sait pas se servir d'un fusil, mais qui a juste eu de la chance. » À l'époque, en dansant, elle n'avait pas été d'accord avec lui, à son avis, peu importait à la pauvre bête par qui elle était abattue. À présent, en cet horrible instant où le train pour Dömölk s'éloignait de la gare, elle sentit qu'elle avait tort. En réalité, le gibier ne se moquait pas de qui lui ôtait la vie. Il devait être moins humiliant d'être la proie d'un grand chasseur que d'un quelconque Tartarin. Si seulement elle avait été rattrapée par le directeur, par Hajdú, par Gertrúd Truth – à qui elle n'aurait d'ailleurs pas pu échapper, puisque tout le monde savait qu'elle pourrait encore se distinguer lors de championnats d'athlétisme –, voire Kalmár lui-même, Éles, n'importe qui, quelqu'un de valable. Mais Kőnig ! Justement lui !

Elle tremblait entre les grandes mains qui retenaient ses épaules ruisselantes avec une force insoupçonnée. Kőnig entreprit de la ramener à l'intérieur. Elle se laissa entraîner, il n'aurait servi à rien de résister. Lorsqu'ils furent dans le hall, Kőnig lui prit la main comme à un petit enfant qui ne sait pas encore bien marcher et lui parla doucement : quelle surprise de la voir ici et quelle chance qu'ils se soient rencontrés ! La pauvre petite avait perdu son chemin, n'est-ce pas, elle s'était égarée ? Elle avait dû être séparée de son groupe, c'est évident. Les cinquième année étaient reçues ce jour-là chez Mici Horn. Tout cela, c'est à cause du black-out, on ne voit plus où on met les pieds. Une chance qu'il soit allé à la gare demander si dans les conditions actuelles de circulation il était possible d'organiser sans risque une excursion d'une journée. Bon, mais il allait lui montrer le chemin, elle ne se perdrait plus à présent.

Gina regarda son visage naïf. Elle savait que Kőnig était d'une crédulité légendaire qui pouvait lui permettre de s'échapper, peut-être pas à ce moment-là mais plus tard, une autre fois, une autre occasion se présenterait bien. Mais jusqu'à ce qu'ils arrivent à Matula, elle devait absolument se taire afin de ne pas se trahir. D'ici là, elle devait trouver ce qu'elle raconterait à Zsuzsanna, car la préfète n'était pas le candide Kőnig. Ils avaient traversé le hall de la gare et s'apprêtaient à affronter la pluie quand l'employé ensommeillé sortit de sa guérite. Il les regarda avec curiosité puis eut un sourire contraint, comme si même remuer les lèvres lui fût pénible.

– Alors, vous n'avez pas eu le train de Dömölk ?

Comment ça se fait ? Quand je vous ai donné votre billet, il était encore en gare.

Gina crut que son cœur s'arrêtait de battre. Ce malheureux allait la trahir sans le vouloir.

Kőnig considérait l'homme en uniforme avec intérêt et bienveillance, comme s'il n'avait jamais vu d'employé des chemins de fer.

– Vous devez faire erreur, dit-il aimablement. Vous confondez la petite Vitay avec quelqu'un d'autre. La petite Vitay n'allait nulle part.

– Ah, elle n'allait nulle part ? s'indigna l'employé. Je lui ai moi-même donné son billet, et elle a pris ses jambes à son cou. Elle a encore dans la main la monnaie que je lui ai rendue sur son billet de cent, avec le ticket. Vous me prenez pour un imbécile ?

C'était fini. Fini pour de bon. Dans sa frayeur, elle avait oublié de remettre l'argent dans sa poche, elle l'avait gardé en main avec le billet de train.

– Mais non, voyons, dit Kőnig en attrapant la main droite de Gina. Il dégagea de ses doigts glacés les billets de dix pengős et le ticket de train et les mit dans sa poche. Cela devait être une autre fille qui lui ressemble. Où donc notre petite aurait-elle voulu aller ? Elle s'est perdue, la pauvre, elle n'est pas d'ici, elle ne connaît pas la ville. Encore heureux que nous nous soyons rencontrés.

L'employé les regarda alternativement sans un mot, puis il tourna les talons et rentra dans sa guérite en claquant la porte. Gina sentit la main qui serrait la sienne l'entraîner avec une force inchangée, elle se laissa conduire, le visage impassible. Elle s'était trompée, Kőnig n'était pas aussi bête qu'elle le croyait. Il lui avait pris l'argent et le billet de train afin de ne pas avoir à la dénoncer. Il n'était pas assez courageux pour oser l'aider à fuir, mais trop sentimental pour la trahir. Alors faisons comme s'il ne s'était rien passé, la jeune Vitay n'a pas voulu contrevenir au règlement, la jeune Vitay est une bonne petite, pas besoin de réunir le conseil pour elle, ni de la renvoyer.

La renvoyer ? La renvoyer !

Elle en resta sidérée. Comment n'y avait-elle pas pensé ? Si on fait quelque chose de très, très mal, on passe en conseil de discipline, auquel les parents sont aussi convoqués, et si on ne peut pas se justifier de manière convaincante, on est exclu de l'école. S'il s'agit d'une faute très grave, on n'est plus admis dans aucun établissement du pays, si c'est moins grave, on s'en sort en changeant d'école. Mais avec le général Vitay, on se gardera de compromettre définitivement les études de sa fille. On le priera de bien vouloir la confier à une autre institution. C'était l'œuf de Colomb, rien n'était perdu, au contraire, tout commençait maintenant.

Ils étaient à présent sur la place. Kőnig avançait au pas de charge, sans lui lâcher la main, mais Gina s'efforçait désormais de suivre docilement son allure, elle était même presque gaie. Elle avait de la boue jusqu'aux genoux à force de patauger dans les flaques, mais cela lui était égal, elle était même contente d'être trempée, d'avoir l'air négligé d'une vraie fugitive. La place était toujours déserte, mais en approchant de la rue de Mici Horn, elle aperçut Zsuzsanna dans la lueur d'une lampe de défense aérienne. Elle n'avait ni manteau ni parapluie et était aussi trempée qu'eux.

– Gina, dit-elle, utilisant son diminutif pour la toute première fois. Où étais-tu ? J'ai cru que tu t'étais trouvée mal dans la salle de bains, je suis allée te chercher, mais quand je ne t'ai trouvée nulle part dans la maison, j'ai couru dans la rue sans rien dire à personne. Je n'ai même pas pris de parapluie, mais qu'importe, te voilà enfin ! Où étais-tu ?

– Je me suis sauvée, dit Gina. Sa voix n'était pas si posée qu'elle l'eût voulu ; non qu'elle eût peur, mais elle était nerveuse et avait envie que cette comédie se termine le plus vite possible. Monsieur Kőnig m'a rattrapée à la gare, je voulais rentrer chez moi.

– Allons, voyons, dit Kőnig. Cette enfant est malade. Dès que nous serons de retour, il faudra la faire examiner par la doctoresse. Elle voulait s'enfuir, allons donc ! C'est vrai que la pauvre petite errait du côté de la gare, mais comment aurait-elle su où aller ? Je n'ose imaginer ce qui serait arrivé si nous ne nous étions pas rencontrés.

Zsuzsanna sembla vouloir dire quelque chose, mais elle garda le silence. Elle prit l'autre main de Gina, comme si elle craignait qu'elle ne se dégage de l'étau de Kőnig et ne disparaisse à nouveau.

– Mon billet est dans la poche de monsieur Kőnig, avec l'argent qu'on m'a rendu sur mes cent pengős. Regardez dans son pardessus, tout ce qu'il m'a pris est là.

Kőnig et Zsuzsanna parlèrent en même temps. Il dit :

– Elle doit avoir de la fièvre, la pauvrette. Je lui aurais pris quelque chose ! Elle aurait eu de l'argent et un ticket ! C'est ridicule !

Et Zsuzsanna, froidement, presque en colère :

– Comment oses-tu dire de telles choses de monsieur le professeur ? (Gina les regarda alternativement d'un air impuissant.) Elle doit être malade, dit la préfète en réfléchissant à haute voix. Elle est sortie à plusieurs reprises du salon, puis elle a disparu. Mais ce qu'elle raconte !

– Je vous l'ai dit, c'est la fièvre. Comme elle est brave, cette pauvre petite. Elle n'a pas voulu ennuyer Mici Horn et a préféré rentrer toute seule. Malheureusement, elle a pris la mauvaise direction. Mais comment aurait-elle pu connaître le chemin ?

– Si seulement elle n'était pas aussi têtue, si insoumise ! dit Zsuzsanna, comme si Gina ne les entendait pas. En fait, je devrais la punir, elle sait bien qu'elle n'a pas le droit de sortir sans être accompagnée, mais puisqu'elle a vraiment fait preuve d'abnégation en ne voulant pas gâcher le plaisir des autres, je trouverai peut-être un moyen de l'éviter.

Gina sentit qu'elle n'avait jamais détesté personne autant que ces deux-là, l'assommant Kőnig à l'indulgence excessive et Zsuzsanna, la sainte pas très futée, qui l'entraînaient, la tenant chacun par une main. Cette fois, c'est Kőnig qui sonna. La vieille femme leur ouvrit et joignit les mains en les voyant tous trois ruisselants de pluie. Elle se lamenta si bien que Mici Horn abandonna ses invitées et vint voir ce qui se passait. Un regard lui suffit, elle calma sa gouvernante en quelques mots et la renvoya à la cuisine. Kőnig lui demanda mille fois pardon de s'imposer, mais il avait par hasard rencontré la petite Vitay qui, étant malade, s'était perdue en voulant rentrer au pensionnat. Il l'avait soutenue jusqu'à la maison avec l'aide de sœur Zsuzsanna. Gina, raide, lèvres serrées, regardait Mici Horn. Elle n'essaya même pas de dire qu'il n'y avait pas un mot de vrai dans tout cela, et qu'elle s'était tout simplement fait prendre. Elle sentait que Mici Horn feindrait de la croire innocente, tout comme Kőnig, et qu'elle la récompenserait peut-être même pour avoir fait preuve d'un tel altruisme. Elle ne pouvait pas lutter contre tous ces adultes. Elle parlerait à Zsuzsanna une fois rentrée au pensionnat. Même si Kőnig avait escamoté son billet de train et son argent, elle aurait une autre preuve de son évasion : quelle chance qu'à cause de cette peste de Mari Kis, elle ne soit pas partie sans laisser une lettre d'adieu !

La partie de loto était finie, il fallait de toute façon y mettre un terme, car la permission de sortie touchait à sa fin. Les cinquième année se mirent en rang, Kalmár sermonna gentiment Gina, elle n'avait agi ni intelligemment, ni dans les règles ; il n'y a pas de honte à avoir mal à l'estomac, au contraire, cela inspire la compassion ; elle avait vraiment eu tort de s'aventurer dans une ville qu'elle ne connaissait pas, mais bon, on allait s'occuper d'elle à l'infirmerie. Gina faisait très attention à ne pas faiblir et à ne pas montrer son désespoir, car la classe l'observait. Maintenant, elle voulait aussi que Mari Kis et les autres croient qu'elle était vraiment bonne et altruiste, et ne se moquent pas d'elle parce que Kőnig, justement lui, avait fait échouer sa tentative d'évasion. Les parapluies firent leur apparition, Mari Kis et Torma la prirent chacune par un bras pour la réchauffer, comme Zsuzsanna le leur demanda, et Gina tenait le parapluie au-dessus d'elles. La vieille femme revint et répartit le reste de gâteaux dans les sacoches. Kalmár donna l'ordre de prendre congé, la porte d'entrée se referma. On entendit au loin le bref sifflet d'un train, puis plus rien d'autre que la pluie.

Zsuzsanna leur avait interdit de parler, mais elles le faisaient quand même à voix basse. Szabó murmura derrière elles qu'elle ne s'était jamais aussi superbement amusée de toute sa vie, et que tout ce thé tenait formidablement chaud, on ne sentait même pas l'humidité de l'air. C'était évidemment dit à l'intention de Gina; même si elle ne la sentait pas trembler aussi bien que Torma et Mari Kis, Szabó savait qu'elle ne devait pas être particulièrement à l'aise dans ses vêtements trempés. Mais Gina n'en fut même pas peinée, elle avait des soucis bien plus préoccupants que leurs piqûres de moustiques.

On revenait par le même chemin qu'à l'aller. Un policier était en faction près de la statue de la Douleur; il dirigea sur elles le rayon bleu de sa lampe torche et fit un salut militaire en reconnaissant Kalmár. Les roses étaient toujours au pied de Hungaria mutilée, mais l'inscription avait disparu. Torma et Mari Kis murmurèrent que Kalmár allait sans doute parler avec le directeur de l'excursion d'automne. Elles auraient bien voulu savoir ce que pensait la préfète, mais celle-ci arborait toujours un visage impassible. Elles devaient marcher au pas, comme à chaque sortie, mais ce n'était pas facile avec toute cette pluie. De temps en temps, Mari Kis se trompait exprès, et en faisant un pas chassé pour rattraper, elle donnait un coup de pied dans la bottine de Gina.

De retour à la forteresse, les cinquième année furent envoyées au foyer. Les classes invitées au goûter de Mici Horn ne dînaient généralement pas, et n'auraient d'ailleurs pas pu. Elles eurent la permission de jouer ou de lire jusqu'à la méditation du soir, mais Zsuzsanna prit Gina à part. Elle demanda à Mari Kis d'aller au dortoir chercher ses affaires de toilette et sa chemise et de les leur apporter à l'infirmerie, puis elle envoya Torma avertir la doctoresse.

Kőnig s'éclipsa tout de suite, sans doute pour aller

se changer ou prendre un bain de pieds chaud, Kalmár abandonna aussi la classe, pourtant il était le moins mouillé de tous les adultes. À l'infirmerie, la sœur responsable regarda Zsuzsanna et Gina d'un air effaré, se demandant visiblement laquelle des deux elle devait mettre au lit : Zsuzsanna était au moins aussi trempée que la petite Budapestoise, et elle semblait avoir autant besoin de soins et d'un lit chaud.

Gina se déshabilla. À peine s'était-elle glissée sous la couette, la doctoresse était là. Zsuzsanna lui expliqua qu'elle l'avait mise au lit à cause de violentes douleurs gastriques. La doctoresse l'ausculta, lui examina la langue et la gorge. Gina se laissa faire sans résister, elle n'allait pas expliquer à tout le monde qu'elle n'avait rien à l'estomac et que, si elle était allée à plusieurs reprises aux toilettes, c'était pour une tout autre raison. Elle le ferait quand elle serait seule avec Zsuzsanna. C'était quand même drôle que la doctoresse lui fasse tirer trois fois la langue en se demandant pourquoi elle n'était pas chargée, et finisse par lui prescrire une diète sévère le lendemain. L'état de ses vêtements trempés l'inquiétait davantage ? Ridicule. On devait lui prendre la température cinq fois par jour ? À leur guise. Si elle avait de la fièvre, on lui apporterait de la tisane et un calmant ? Pourquoi aurait-elle de la fièvre ? Elle eut la permission de lire jusqu'à neuf heures si elle en avait envie. Gina dit qu'elle ne voulait pas lire, mais qu'elle avait quelque chose à dire à sœur Zsuzsanna.

– Plus tard, dit la doctoresse. D'abord, sœur Zsuzsanna doit aller se changer de la tête aux pieds si elle ne veut pas tomber malade.

Zsuzsanna promit de revenir bientôt et Gina resta seule. Pour plus de sûreté, la sœur infirmière laissa un livre à côté d'elle (un autre exemplaire de l'assommant roman édifiant dont on leur faisait la lecture pendant les repas), mais Gina se pelotonna dans son lit et ferma les yeux. Maintenant qu'elle pouvait enfin se laisser aller, elle se sentait épuisée comme jamais elle ne l'avait été. En guettant le retour de la préfète, elle réfléchit à ce qu'elle devait lui dire et en quels termes. Zsuzsanna était aussi inflexible que les Saintes Écritures. Lorsque Gina lui mettrait en mains la preuve de ce qu'elle avait prévu de faire, même si la préfète avait eu un jour de l'affection pour elle (on ne pouvait jamais savoir si Zsuzsanna aimait quelqu'un sincèrement ou seulement par devoir), elle réprimerait son éventuelle compassion et irait aussitôt révéler au directeur qu'elle avait tenté de s'enfuir. Elle en était aussi sûre que d'être en ce moment au lit. Zsuzsanna n'était pas Kőnig, elle était dure. Peut-être une solution se présenterait-elle d'ici quelques jours. On ne pouvait plus l'empêcher de parler franchement à son père. Quand le général apprendrait la vie que lui faisait mener sa classe, il la retirerait du pensionnat, même si on lui permettait généreusement de rester. Il ne tolérerait pas que l'on tourmentât sa fille.

Elle attendit longtemps le retour de Zsuzsanna. Celle-ci avait remis sa robe grise de tous les jours et ses chaussures éculées, et au lieu de sa coiffe, elle portait une serviette en turban sur la tête. Malgré son état d'esprit du moment, Gina ne put s'empêcher d'ouvrir de grands yeux devant cette étrange Zsuzsanna enturbannée. Bien sûr, elle avait les cheveux mouillés, et comme ils étaient très longs elle n'avait pas encore eu le temps de les sécher.

– Comment te sens-tu ? demanda-t-elle. Elle tira une chaise auprès du lit et s'assit. Tu sais, Mici Horn est d'une incroyable gentillesse. Figure-toi qu'elle est venue il n'y a pas cinq minutes, à cette heure tardive, pour demander de tes nouvelles. Tu n'as pas froid, Georgina ? Tu n'as pas mal à l'estomac ? Tu n'as pas envie de vomir ?

Oh, que non, elle avait faim. Mais peu importait. Ce qui comptait, c'est qu'elles se comprennent enfin. Et qu'on lui fiche la paix avec Mici Horn.

– Qu'avais-tu à me dire ? Tu n'as pas le droit de manger. Même si tu as l'impression d'avoir faim, ce n'est pas vraiment de l'appétit, et de toute façon, tu ne pourrais rien manger avec un estomac dans cet état.

– Mon estomac n'a rien du tout, dit Gina. Je n'étais pas non plus malade chez Mici Horn. Je voulais simplement voir où était sa salle de bains et par quelle fenêtre je pourrais m'échapper pour aller à la gare et enfin rentrer chez moi.

Zsuzsanna se pencha et lui tapota le front.

– Je n'ai pas de fièvre. J'avais presque réussi quand monsieur Kőnig m'a rattrapée. Vous savez bien comment il est, il ne supporte pas que quelqu'un ait des ennuis. Il a caché mon billet de train et mon argent, et il vous a menti en disant que je m'étais perdue.

– Qu'est-ce que tu racontes ? demanda Zsuzsanna. Comment oses-tu dire que monsieur Kőnig est un menteur ? Et d'ailleurs, qu'est-ce que c'est que cette histoire ? Tu ne veux tout de même pas me faire croire que tout cela est vrai, qu'une Matulienne est assez retorse pour se glisser par une fenêtre comme un voleur, et qu'il faille la rattraper à la gare ! Si c'était vraiment le cas, tu ne resterais pas une semaine de plus chez nous, nous serions obligés de te renvoyer.

– S'il vous plaît, allez au dortoir et regardez sous

mon matelas, dit Gina. Vous y trouverez une lettre, je n'ai pas voulu partir sans un mot d'adieu. Vous croirez peut-être cette lettre, sœur Zsuzsanna. Elle est sous le deuxième matelas, avec d'autres affaires, mon poudrier, mes photos, mon agenda. Lisez ce que j'ai écrit à la classe, et ensuite, s'il vous plaît, demandez à mon père de venir me chercher.

La mine désapprobatrice de Zsuzsanna reflétait son combat intérieur : irait-elle ou non ? Devait-elle accorder assez de crédit à cette histoire absurde pour se rendre au dortoir des cinquième année et vérifier que la petite disait vrai ? Son visage exprima soudain une si profonde tristesse que même à cet instant d'extrême tension, Gina se demanda si elle souffrait. Était-elle à ce point blessée de voir que Gina était mauvaise, et coupable selon ses critères ? Se pouvait-il que Zsuzsanna l'aimât quand même ?

La diaconesse sortit. Gina la suivit en pensée : « Elle est au bout du couloir de l'infirmerie. Maintenant elle passe dans le grand corridor. Elle approche des dortoirs. Voilà celui des cinquième année. Que vont dire Mari Kis et Torma quand elle fouillera mon lit et y trouvera la lettre ? Ça m'est égal, ce qu'elles diront. Ça m'est égal qu'elles finissent par savoir que j'ai voulu m'enfuir, l'essentiel c'est que j'arrive à sortir d'ici, même quelques jours plus tard. » Elle remonta la couette, parce qu'elle frissonnait, et non de nervosité. Apparemment, elle avait aussi pris froid.

Zsuzsanna revint bientôt, accompagnée de la sœur infirmière. Cela surprit Gina, pour elle, la conversation qu'elles devaient avoir maintenant n'avait pas besoin d'une tierce personne. Et Zsuzsanna avait les mains vides. Où était la lettre ? Dans sa poche ?

– Cette enfant va mal, dit Zsuzsanna à l'infirmière.

Elle délire et s'accuse des choses les plus invraisemblables. Donnons-lui de l'aspirine et un demi-comprimé de somnifère, elle dormira jusqu'au matin.

Gina repoussa la main de l'infirmière qui lui tendait l'aspirine. Zsuzsanna lui saisit la main et la tint fermement.

– Calme-toi, Georgina. Qu'est-ce que c'est que ces manières ! Avale ce comprimé, s'il te plaît ! Il n'y avait évidemment rien dans ton lit, ni lettre, ni rien d'autre. Pourquoi y aurait-il eu quelque chose ? Tu as peut-être même oublié ce que tu viens de raconter.

Gina dégagea sa main de celle de Zsuzsanna et bondit hors du lit en hurlant, les deux femmes parvinrent à peine à la maîtriser. Elle cria que la lettre avait été volée par Mari Kis, à qui on avait demandé d'apporter sa chemise de nuit, ou par Zsuzsanna elle-même qui s'était entendue avec Kőnig pour la priver aussi de sa dernière possibilité d'évasion. Elle détestait tellement tout le monde ici qu'elle pourrait les tuer tous.

– Mon Dieu, gémit la sœur infirmière. Voilà qu'on l'aurait volée ! Et la coupable serait Mari Kis qui est élevée chez nous depuis qu'elle a dix ans, voire sœur Zsuzsanna elle-même ! Mon Dieu, la pauvre petite, dans quel état est-elle ! Tuer, quel vilain mot ! Avale ton médicament, mon enfant, tu es bien malade.

Elle immobilisa les deux bras de Gina qui céda et ouvrit la bouche. Si la lettre et ses affaires avaient disparu, elle n'avait plus aucune preuve. Elle n'était plus qu'une gentille petite, une malade que la fièvre faisait délirer et elle n'avait aucun moyen de s'échapper ; il était donc plus sage de prendre ce somnifère, ainsi le monde disparaîtrait à ses yeux. Elle avala les comprimés puis resta allongée, les yeux fermés, sans un mot, et ne répondit plus à aucune question. Elle sentit qu'on lui glissait un thermomètre sous l'aisselle, puis qu'on le retirait, et entendit l'infirmière dire à Zsuzsanna : « Hélas, beaucoup. » La porte s'ouvrit et se ferma, se rouvrit, se referma, elle garda les yeux clos, elle ne savait pas qui était à son chevet. Une fois, elle eut l'impression que Zsuzsanna se penchait tout près d'elle, alors la colère et la déception qu'elle éprouvait à l'égard de la diaconesse l'emportèrent sur la torpeur due au somnifère, et elle voulut lui échapper en se reculant de l'autre côté du lit mais, terrassée par le médicament, elle s'endormit.

Elle s'éveilla le lendemain la tête lourde et la bouche pâteuse, l'infirmière secoua la tête en lisant le thermomètre : Gina avait une forte fièvre. Zsuzsanna ne vint pas la voir, seule la doctoresse passa, l'examina de nouveau, et dit qu'elle avait une inflammation de la gorge, heureusement pas folliculaire, mais les visites étaient déconseillées, car elle éternuait et toussait aussi. C'était vrai, elle avait du mal à déglutir et devait se moucher en permanence. Elle ne se sentait pas bien, elle n'avait ni faim, ni envie de lire, en fait elle ne pouvait même pas rassembler ses idées tant elle avait de la fièvre. Elle restait allongée, les membres en plomb, comme un détenu qui sait qu'il a en vain creusé un tunnel, un rocher lui barre le passage, il ne pourra pas s'évader de son cachot.

Zsuzsanna vint l'après-midi, elle lui apporta des fleurs de la part des filles, dit-elle. « J'imagine, pensa Gina, avec quel plaisir et quel amour elles les ont cueillies, et quels bons vœux ces fleurs sont censées exprimer. » La doctoresse passait trois fois par jour, mais hormis l'infirmière et Zsuzsanna, elle ne vit personne pendant les quatre jours que dura la fièvre.

Elle put se lever le cinquième jour, elle avait encore un peu de température, mais le lendemain elle n'en avait plus du tout. Zsuzsanna lui dit qu'elle pourrait retourner au dortoir le soir même, la doctoresse l'autorisait à quitter l'infirmerie. Gina l'écouta comme si elle ne s'adressait pas à elle et comme s'il s'agissait de quelqu'un d'autre. Zsuzsanna observa attentivement son visage amaigri et dit à l'infirmière d'avertir la cuisine que pendant quelques jours Vitay aurait un régime particulier.

Le dernier après-midi qu'elle passa seule à l'infirmerie, loin des autres, mais tout à fait guérie, fut long et ennuyeux. Elle attendit qu'on vienne la chercher pour l'emmener au bureau : c'était samedi, le jour où son père appelait. Elle se demanda quand et comment Zsuzsanna la punirait, ou bien considérait-elle vraiment que tout ce qui était arrivé était dû à la maladie, si bien qu'elle passerait outre ? Gina ne voulut même pas penser à ce qu'allait être sa situation dans la classe. Si Mari Kis, en venant chercher sa chemise de nuit, avait fouillé sous son matelas et pris la lettre et les affaires qu'elle avait cachées, qu'allait-elle en faire ? Tout en réfléchissant, elle regardait par la fenêtre de l'infirmerie, et se rendit compte que le temps, épouvantable le jour du goûter chez Mici Horn, était redevenu ensoleillé, il faisait exceptionnellement doux et les arbres avaient encore beaucoup de feuilles ; d'autres années, ils perdaient toutes leurs feuilles d'un seul coup vers la fin octobre, comme s'ils avaient reçu un ordre secret.

Cinq heures passées. Gina s'étonna qu'on ne l'ait pas encore fait venir chez le directeur, son père devait avoir du mal à obtenir la communication. Elle commença à mettre dans le sac à linge sale les affaires qu'elle avait portées à l'infirmerie et revêtit sa tenue d'école. Elle était en train d'attacher la ceinture de sa blouse quand elle entendit un pas ferme dans le couloir, une démarche qui n'était pas celle des Matuliennes. On frappa à la porte, c'était étrange, personne ne frappait jamais à la porte des pièces réservées aux pensionnaires. C'était peut-être un ouvrier, le plombier – l'infirmière avait dit le matin qu'un robinet fuyait. Gina dit : « Entrez ! » et se tourna vers la porte à présent grande ouverte. Zsuzsanna entra la première, suivie du général, en civil, comme lorsqu'il l'avait amenée ici. Gina se jeta dans les bras de son père et éclata en sanglots.

À la pâtisserie Hajda

Ni l'un ni l'autre n'essayèrent de la calmer. Lorsqu'elle se fut quelque peu apaisée, elle s'essuya les yeux et remarqua que la diaconesse avait apporté son manteau, son chapeau et sa sacoche. Elle regarda son père, puis de nouveau Zsuzsanna, comme si elle ne voulait pas en croire ses yeux.

– Comme tu le vois, au lieu de téléphoner, le général est venu te voir, dit la préfète. J'en suis très heureuse, parce que cette grippe ou je ne sais quoi t'a bien plus éprouvée que nous ne l'imaginions. Tu es nerveuse, d'humeur sombre.

– Pouvons-nous partir ? demanda le général. Je n'ai que peu de temps, je dois retourner à Budapest aujourd'hui même.

– Bien entendu. Habille-toi, Georgina. Monsieur le directeur t'autorise à sortir. Voici ton billet de sortie, tu dois être de retour à six heures précises.

« Tu peux toujours attendre, pensa Gina dont les mains tremblaient si fort que la préfète l'aida à boutonner le col de son manteau. À six heures, je serai depuis longtemps dans la voiture de mon père, en route pour Budapest. Tu ne me verras plus jamais. Si on me laisse sortir, c'est que tu n'as répété à personne ce que je t'ai avoué. Alors, tu pensais vraiment que la fièvre me faisait délirer, et tu as cru Kőnig, pas moi. Maintenant, je vais tout dire à mon père, et tel que je le connais, l'époque de Matula sera terminée pour moi. Il ne laissera pas son enfant dans une classe où des filles comme Mari Kis la tourmentent depuis le début de l'année. »

Son père était loin d'être de bonne humeur, mais lorsqu'il la vit dans son manteau de pensionnaire, sa sacoche à l'épaule, il put à peine réprimer un sourire. « Attends de tout savoir, pensa Gina. Ce n'est qu'une apparence, qui suffit déjà à faire bondir une personne de goût, mais quand je t'aurai dit ce qu'il en est réellement ici... On n'a même pas le droit de se plaindre à ses parents, toutes les lettres des pensionnaires à leur famille sont censurées. »

Zsuzsanna leur dit au revoir depuis la porte de la cour, mais quand ils eurent fait quelques pas sur l'allée de gravier, elle rappela Gina. La jeune fille obéit à contrecœur, elle voulait franchir le plus vite possible la porte à ferrures.

– Je veux juste attirer ton attention sur le fait que ton père est accablé de soucis concernant le pays, et que la vie des grandes personnes n'est pas facile. Ne rends pas celle de ton père encore plus difficile, Georgina. Si quelque chose ici n'est pas comme tu le voudrais, ne t'en plains pas. Fais en sorte qu'il reparte rassuré et d'humeur sereine. Je ne l'ai pas ennuyé avec toutes les sottises que tu as proférées quand tu étais malade, monsieur le directeur lui-même n'a fait que ton éloge et n'a rien dit de ton comportement déplorable du jour de la rentrée. Fais que ce petit moment soit une joie pour ton père. Tu as compris ?

Oh, Zsuzsanna, la sévère Zsuzsanna ! Gina la regarda comme si elle-même était l'aînée, et non l'inverse. « Qu'est-ce que tu imagines ? Que je ne vais pas partir en courant, à l'air libre, lorsque s'ouvre enfin une porte sur laquelle je tambourine des deux poings depuis des semaines ? Que par humilité, altruisme ou Dieu sait quelle vertu que vous inculquez à vos élèves avec une verge de fer, j'aurai le tact de mentir à mon père ? » Elle ne répondit ni oui, ni non, mais se contenta d'incliner poliment la tête d'un mouvement presque mondain moins à sa place à Matula que dans l'univers de tante Mimó. La préfète fit demi-tour et ferma la porte tandis que Gina retournait en courant vers son père.

L'air était doux, presque printanier, le soir tombait. Bien que ce fût samedi, presque un jour férié, les élèves de cinquième année se livraient dans la cour à une corvée dont le directeur avait dû leur faire la surprise. Sous la direction de sœur Erzsébet, elles pelletaient du coke, sans doute livré le matin, par la trappe de la cave à charbon. Elles remarquèrent que Gina et son père se dirigeaient vers le portail. En voyant Erzsébet, Gina se mit par habitude au garde-à-vous et adressa les salutations réglementaires. Le général s'inclina. Sœur Erzsébet, jugeant que Vitay avait fait preuve d'un comportement irréprochable et d'une politesse digne d'une Matulienne, donna l'ordre à la classe de se mettre au garde-à-vous et de répondre aux salutations. En étouffant de rage, les filles serrèrent contre elles leurs pelles noires de poussière, souhaitèrent en hurlant le bonjour à Georgina Vitay et au monsieur qui l'accompagnait et lui ressemblait tellement qu'il ne pouvait qu'être son père, et qui allait faire avec elle une jolie promenade et sans doute la gaver de choses délicieuses ; pourtant elle tirait au flanc depuis le dimanche précédent avec une indigestion, et elles devraient consacrer leur cher temps libre à lui faire rattraper les cours qu'elle avait manqués. Le concierge examina longuement le billet de sortie, avertit Gina de rentrer à l'heure exacte et leur ouvrit le portail. Ils étaient enfin dehors dans la rue Matula, tous les deux, libres, sans témoins.

Elle avait si souvent pensé à ce qu'elle dirait à son père quand ils se reverraient enfin que, dès qu'ils eurent pris place à la pâtisserie Hajda, elle se répandit en un flot de paroles. Le général l'écouta, le visage impassible, comme il avait coutume d'accueillir les mauvaises nouvelles, en regardant sa fille qui ne touchait pas à son assiette de gâteaux. Ce qu'elle lui disait aurait dû normalement s'accompagner de larmes, mais elle ne pleura pas, en fait elle ne se plaignait même pas : elle faisait un rapport. Elle énuméra les raisons pour lesquelles il devait la retirer tout de suite de Matula : elle ne pouvait plus rester ici, ses communications étaient surveillées, elle n'avait pas le droit de faire état de ses problèmes, ni oralement, ni par écrit, ni au téléphone, sa classe l'avait exclue, personne ne lui adressait la parole, elle ne pouvait pas vivre ainsi, ce n'était pas possible.

Mon Dieu, quelle histoire ! Ces traditions de l'institution Matula, la vengeance de cette classe qu'elle avait trahie dans un élan de colère ! Gina offensée, Gina délatrice, Gina trop fière pour accepter d'être l'épouse d'un terrarium ! Le général repoussa l'assiette de gâteaux dont il ne supportait plus la vue. Avant de prendre la route, il avait consulté au ministère de la Guerre les véritables rapports du front, ceux qui n'étaient jamais communiqués au public. Mort et désolation, défaites, retraite, mesures désespérées d'une politique insensée, et voilà en plus les lubies moyenâgeuses de l'institution Matula et les brimades d'une bande de gamines dont le seul souci était que dans un moment d'égarement, Georgina Vitay avait laissé échapper quelque chose qu'elle aurait dû taire. « Non, mon enfant, non, pensa le général. Je ne peux rien pour toi, quelle que soit la peine que j'ai pour toi. Je ne peux pas t'emmener. »

Lorsqu'il avait décidé d'envoyer Gina à Árkod, il n'avait évidemment pas envisagé qu'elle n'aurait pas d'amies, qu'elle serait complètement seule et que même ses soupirs seraient censurés, il ne pouvait pas le savoir à l'avance. Qu'importe, les choses finiront bien par s'arranger avec la classe, elle s'y intégrera tôt ou tard. Il savait que sa fille attendait une réponse, non avec l'espoir, mais avec la conviction qu'elle ne pourrait qu'être favorable. Il la serra contre lui pour éviter son regard, ne pas voir son visage se décomposer sous l'effet de la déception. Il la prit par les épaules et lui dit de ne pas lui demander cela, il ne l'emmènerait pas, il ne pouvait pas la ramener à la maison pour le moment.

Gina se dégagea des bras de son père comme s'il l'avait frappée au lieu de lui parler. Il s'attendait à voir de la tristesse dans ses yeux, mais il n'y avait que dureté et rébellion.

– Alors je m'échapperai de nouveau, dit-elle. Je le ferai autant de fois qu'il le faudra pour qu'ils me renvoient. C'est mieux comme ça ?

S'échapper ? De nouveau ? Elle l'avait donc déjà fait ? Le général devint blanc comme un linge. Alors elle lui raconta aussi cet épisode. Il l'écoutait, horrifié comme il ne l'avait jamais été. Les bouderies, le terrarium, les traditions, la censure, tout cela n'était qu'un jeu, des tours puérils, des punitions puériles pour des fautes puériles. Mais ce qu'il entendait à présent, son évasion par la fenêtre du sous-sol, sa course vers la gare dans une ville inconnue, c'était autre chose, la possibilité d'un danger mortel, pour son enfant, pour lui-même, éventuellement pour des milliers d'autres personnes. Alors il devait lui dire la vérité, remettre son secret entre ses mains de petite fille, un secret qu'il gardait en espérant que l'amour de son enfant lui donnerait la force de ne jamais le révéler. Il fallait qu'il parle, car s'il ne le faisait pas Gina tenterait encore de s'enfuir, et si elle parvenait à se réfugier à Budapest, et si quelqu'un, si une seule personne découvrait d'où elle venait, il ne pourrait plus la ramener à Árkod. Or il n'y avait pas dans tout le pays d'autre institution où il pût être certain que nul ne la retrouve, ni qu'elle ne puisse joindre personne, à part lui-même.

Gina s'adossa sur sa chaise et serra les mains de son père. Elle était enfin souriante, elle avait proféré sa plus grande menace et sentait qu'elle n'était pas restée sans effet. Cela ne serait pas facile, mais c'est elle qui gagnerait. Ils allaient retourner au pensionnat, demander ses affaires à la sœur économe, et s'il le fallait, elle prendrait poliment congé de tout le monde, sauf de Kőnig, auquel elle ne pourrait jamais pardonner.

Le général se leva. Ce n'était pas logique, pourquoi se levait-il, et pourquoi tournait-il la tête de tous côtés ? Mais le général se leva et explora la salle du regard, cherchant s'il y avait d'autres clients à proximité. Il n'y en avait pas. À l'évidence, les deux couples d'amoureux ne voulaient pas plus que lui de témoins de leurs chuchotements, ils occupaient les boxes les plus éloignés à droite et à gauche. Quant à la compagnie qui semblait fêter un anniversaire familial, elle était trop nombreuse pour tenir dans un box, et tous parlaient autour de tables rapprochées près de la vitrine. En le voyant inspecter les lieux, le patron, monsieur Hajda fut vexé, s'imaginant sans doute que le père de la petite Matulienne (que pouvait-il être d'autre, ils se ressemblaient tant ?) n'était pas satisfait de sa place et cherchait un box plus beau ou plus propre. Comme s'il y avait un établissement plus agréable et mieux tenu que son salon de thé ! Cet étranger ignorait manifestement que cette pâtisserie était la meilleure d'Árkod, tant qu'il n'y avait pas eu de difficultés d'approvisionnement on trouvait chez lui de véritables chefs-d'œuvre, et qu'il le croie ou non, même des officiers venaient ici, c'était le seul endroit qu'ils avaient le droit de fréquenter à Árkod. À cette heure-ci il n'y en avait pas encore, ils ne venaient pas en début d'après-midi, mais plus tard. Cette inspection avait quelque chose de vraiment blessant. Pour ne plus voir cela, il se retira dans son laboratoire et lorsqu'il ouvrit la porte, une odeur sucrée se répandit dans la salle. L'heureux et doux parfum du paradis de l'enfance, de gâteaux et de crème, s'associa pour toujours dans la mémoire de Gina au moment où le général se rassit à côté d'elle et lui dit doucement : « Ma petite fille, tu ne peux pas partir d'ici, ni maintenant, ni jamais, tant que la guerre durera. »

Il parlait à voix basse et avec une tristesse distanciée, le ton sur lequel il évoquait la mère de Gina. Cette fois elle prit vraiment peur. Personne ne l'aimait plus que son père, et s'il ne la ramenait pas à la maison même en sachant qu'elle était malheureuse, rejetée, qu'elle s'était enfuie et même qu'elle voulait recommencer, c'est qu'il y avait quelque chose qu'elle ignorait, quelque chose qu'il allait à présent lui révéler, et qui serait comparable à une condamnation à perpétuité s'abattant sur un innocent. Sans qu'il eût besoin de le dire, elle sut que sa décision était définitive et que même un flot de larmes n'y changerait rien.

– Des vies dépendent de ce que je vais te dire. Je n'ai pas voulu te mettre au courant, non que je n'aie confiance en toi, mais je ne voulais pas t'effrayer ni t'imposer des soucis que je te croyais trop jeune pour porter. Mais si je te laisse ici sans explications, en t'ordonnant simplement de rester sans que tu saches pourquoi, tu te sauveras peut-être de nouveau, ou tu te mettras à douter de moi et de l'affection qui nous lie. Alors je vais parler, mais cela aura son prix. À partir de cet instant, tu ne seras plus une enfant, Gina, tu deviendras une adulte et plus jamais tu ne pourras vivre comme les autres enfants. Je remets ma vie entre tes mains, avec la tienne et celle d'autres personnes. Sur quoi jures-tu de ne pas nous trahir ?

La jeune fille recula, mais n'évita pas le regard de son père. Tous deux étaient pâles, le général sentit les mains de sa fille refroidir entre les siennes. « Il est interdit de jurer, dit la voix réprobatrice de Zsuzsanna à l'oreille de Gina. N'invoque pas en vain le nom du Seigneur. » Elle était à présent si loin de Matula et des règles de l'institution. « Que va-t-elle répondre ? se demanda le général. Elle n'a pas encore quinze ans. Que va-t-elle répondre ? Et même, le fera-t-elle ? »

– Sur ta vie, dit Gina. Je t'aime plus que tout au

monde, et je n'ai pas de mère, tu as toujours été ma mère aussi. Je le jure sur ta tête.

Elle avait donc compris. Gina reprit des couleurs, elle avait surmonté le premier choc.

– Gina, nous avons perdu la guerre. En fait nous l'avons perdue dès qu'elle a commencé, car elle a été engagée dans de mauvais buts, avec de mauvais moyens. Nous avons déjà tant perdu que Dieu seul sait quand le pays se relèvera, et pourtant nous n'en sommes pas encore à la fin. Il ne nous reste rien d'autre à faire que d'essayer de sauver ce qui peut encore l'être avant que les Allemands n'occupent le pays, sauver la population, les villes, les hommes au front. Nous qui savons ce que nous avons à faire, nous voulons mettre un terme à la guerre. Si nous y parvenons, beaucoup plus de gens resteront en vie, Budapest et les autres villes seront épargnées, ainsi que ce qu'il reste de l'armée. Sinon, les pertes en vies humaines et les destructions matérielles continueront, et je risque d'y passer, ainsi que mes compagnons.

Elle ne voyait plus son visage, il s'était détourné et regardait la vitrine, la grande baie vitrée de monsieur Hajda, avec son rideau de dentelle qui évoquait la paix, le bonheur et des dégustations de glaces en famille. Mais le général savait qu'elle l'observait comme elle ne l'avait jamais observé de sa vie.

– La résistance est active dans le pays, une résistance civile et militaire. Je suis l'un des officiers qui ont organisé la résistance militaire. Si nous échouons, si je suis arrêté, on s'en prendra à toi, et je ne suis qu'un homme qui craint pour son enfant. Si on exerce un chantage sur moi en menaçant de t'enlever et de te torturer, je n'aurai peut-être pas la force de me taire. Je ne peux pas prendre le risque que les ennemis de notre action se servent de toi. Il ne faut pas que nous nous retrouvions dans une situation où l'on essaiera à travers toi de me contraindre au déshonneur, ou que, si je ne parle pas et qu'ils te tuent, tu sois victime du fait que j'aie tenu parole.

Gina ouvrit les lèvres comme pour répondre, mais elle garda le silence. Elle serra la main de son père ; une poignée de main de camarades, courageuse, réconfortante, qui fit du bien au général.

– Mimó manque de sérieux, il y a toujours du monde chez elle, si on retrouvait ma trace, n'importe qui t'y découvrirait tout de suite. Mais on peut aussi t'attirer au-dehors avec un faux appel téléphonique ou une fausse nouvelle, ou te tendre un piège n'importe où à Budapest, et t'enlever de force dans la rue. Pendant des mois j'ai cherché un endroit aussi fermé qu'une prison, et j'ai enfin trouvé l'institution Matula, où je ne t'écris pas et d'où tu ne m'écris pas non plus, afin que le nom d'Árkod n'attire pas l'attention chez nous. Je t'appelle chaque semaine d'une ville différente, je vais en civil à la poste demander le numéro du pensionnat, et quand j'ai la communication, je ne dis pas mon nom, je dis seulement que je voudrais parler à Gina. Ici, tu ne peux pas sortir sans surveillance, personne ne peut entrer, c'est le seul endroit dans tout le pays où tu peux attendre en sécurité que nous mettions un terme à la guerre et que je te ramène enfin à la maison. Tu t'es enfuie d'ici l'autre jour ; si tu avais réussi, et si une fois à Budapest tu t'étais plainte, ne serait-ce qu'à une seule personne, des épouvantables pratiques de Matula, je ne pourrais pas te ramener ici car ton lieu de résidence ne serait plus secret, et si le pire arrivait et que je sois soupçonné, tu serais peut-être dans quelques mois un otage dont je ne pourrais racheter la vie qu'au prix de mon déshonneur. C'est cela que tu veux ?

Gina secoua la tête. Pour la première fois de sa vie, elle ressemblait à sa mère, et pourtant elle avait hérité les traits de son père. Il retrouva le regard de son épouse disparue depuis longtemps. « C'est fait, pensa-t-il en regardant sa fille. Je m'en doutais, ton enfance est passée, tu as mûri, ma pauvre petite. »

– Ici, tu peux compter sur une autre personne que moi. Je t'ai confiée à lui quand je t'ai amenée à la rentrée. C'est le chef de la résistance civile de cette ville. *(– Encore ? Et où, cette fois ? – Au monument de la Douleur. NE VERSEZ PAS INUTILEMENT LE SANG HONGROIS ! VOUS AVEZ PERDU LA GUERRE, GARDEZ VOS FILS POUR UN AVENIR PLUS SENSÉ.)* Si c'est lui qui t'appelle, tu peux partir, tu dois même le faire, car cela signifiera que l'on a retrouvé ta trace et qu'il t'envoie ailleurs pour te cacher.

– Comment saurai-je qui c'est ? murmura Gina.

– Tu le connais depuis longtemps, mais tu ne sais pas que c'est lui. Tu serais bien étonnée si tu le savais. Tu veux toujours que je te ramène à la maison ?

– Non, répondit Gina dans un souffle.

– S'il arrive que je ne puisse pas téléphoner, n'essaie pas de m'écrire, ni de me joindre. Attends. Si c'est possible, j'appellerai toutes les semaines, ou je viendrai, sinon, c'est que j'aurai une raison de rester loin de toi. Quoi qu'il en soit, reste calme. Tu me le promets ?

– Oui.

– Disons-nous au revoir maintenant. Tu as encore du temps, mais je dois retourner à Budapest. Si je devais ne plus te revoir (sa voix ne trembla pas, il y avait si souvent pensé), alors tu sauras que je t'ai aimée, et tu sauras que je suis mort pour délivrer le pays d'une guerre qui n'aura pas de héros, seulement des victimes. Embrasse-moi et partons.

Les lèvres de la jeune fille étaient inertes et froides. Le général frappa son verre avec sa fourchette, monsieur Hajda apparut et jeta un regard réprobateur sur les assiettes intactes. Le général suivit son regard.

– Combien êtes-vous dans ta classe ? demanda-t-il à Gina.

– Vingt, avec moi.

– Vingt élèves, et la gentille préfète blonde. Nous allons les gâter.

– Papa, elles n'accepteront pas. J'ai déjà essayé.

– Fais un autre essai. Il n'est pas de colère qui dure éternellement.

Le visage de monsieur Hajda s'éclaira : il avait à emballer les gâteaux restés sur les assiettes plus trente autres. Il en fit deux paquets que Gina eut du mal à emporter. Ils ne parlèrent pas dans la rue, la jeune fille gardait les yeux fixés devant elle sans regarder son père, le général regardait aussi la rue, la ville massive noire et blanche à laquelle il confiait son trésor le plus précieux. Une ville austère, digne de confiance.

– Je ne t'accompagne pas, dit le général devant le portail. Rentre toute seule, sinon ce sera encore plus difficile.

– Bien.

– Tu n'oublieras pas ?

– Non.

– Tu sais tout à présent. Tu seras obéissante, même si tu sens que tu n'en peux plus ?

– Je tiendrai bon.

Ils ne s'embrassèrent pas. Gina ne pleura pas, mais ne sourit pas non plus.

– Tu as juré ! dit encore son père.

Elle hocha la tête.

Puis le général sonna et la grande porte aux ferrures s'ouvrit. Gina entra aussitôt et le concierge, comme s'il avait saisi ce qui se passait entre eux, ne referma le portail que lorsqu'elle eut disparu dans le corridor. Ainsi, pendant quelques instants, le général put-il encore voir sa fille, un paquet encombrant à chaque main, marcher sans se retourner, comme si cela rendait la séparation moins difficile. Elle marchait vers l'internat un peu voûtée, semblant porter le poids du monde sur ses épaules.

Un message d'Abigaël

Elle ne prit pas le chemin de l'infirmerie, mais du dortoir. Elle voulait faire disparaître les gâteaux avant de subir une nouvelle offense, mais Zsuzsanna, qu'elle rencontra dans le couloir du foyer, ne lui en laissa pas la possibilité. La préfète s'étonna qu'elle eût si peu profité de son temps de sortie, n'était-elle pas rentrée plus tôt parce qu'elle se sentait mal ? Gina la rassura, son père et elle avaient parlé de tout ce qui était important, mais il avait dû retourner à Budapest. Elle dut déposer à la cuisine les gâteaux qui par ailleurs firent plaisir à Zsuzsanna. La classe avait eu un travail supplémentaire, dit-elle, en ce moment, les filles prenaient un bain pour se débarrasser de la poussière de charbon, et quand elles seraient prêtes, elles viendraient goûter, ces friandises leur feraient du bien après leur corvée. « De toute façon, elles ne les mangeront pas, pensa Gina. Elles vont les jeter. » Mais cela ne lui fit plus rien.

La nouvelle Gina, celle qui venait de voir le jour à la pâtisserie Hajda, ne mesurait pas la vie aux offenses et aux brimades, ni à la quantité de gâteaux non consommés. Elle s'efforçait d'intégrer ce que son père lui avait révélé, et ce n'était pas quelque chose que la conscience pût s'approprier tout de suite. Elle fut heureuse lorsque Zsuzsanna lui dit que puisqu'elle avait encore droit à une heure de liberté, elle pourrait aller à la salle de musique après le goûter; qu'elle emporte son psautier et sa bible, afin de lire quelques passages de l'Écriture sainte et étudier les cantiques, mais si elle en avait envie, elle pourrait jouer du piano.

Gina accrocha son manteau dans le couloir désert et entra aux lavabos pour se laver les mains. Elle savait où étaient les autres, elle entendait leurs voix derrière les portes fermées des cabines de bain. Celles qui avaient fini devaient être dans la salle d'étude, on les entendait chanter. Cela la fit sourire bien qu'elle ne fût pas de bonne humeur. À la grande joie des diaconesses, les cinquième année avaient pris l'habitude de chanter des cantiques pendant l'heure dite de silence : de temps en temps, quelques-unes d'entre elles entonnaient un psaume à pleins poumons afin que les autres puissent bavarder tranquillement sans se voir reprocher de perdre de précieux instants de méditation à de vains papotages. À présent, leurs jeux, leurs petites fourberies, leurs piques étaient bien loin d'elle. Gina qui avait la confiance du général Vitay, Gina initiée à un secret où planait l'ombre de la mort souhaitait rester seule; et si tant est qu'on puisse mettre un nom sur ce qu'elle éprouvait envers ses camarades qui échangeaient plaisanteries puériles et chagrins passagers sous le manteau de cantiques, c'était plus de l'envie que de la colère. Elles en avaient de la chance, leur plus grand souci était de trouver quel bon tour elles joueraient le lendemain à Kőnig sans risquer d'être punies! Et comme elles allaient se réjouir de lui asséner un grand coup en jetant aux ordures les gâteaux de monsieur Hajda ! « Nous avons perdu la guerre, nos soldats se font tuer pour rien et ceux qui tombent ne sont que des victimes, des victimes... Nous nous battons pour un but fallacieux, notre guerre n'est pas légitime. Kalmár enseigne autre chose, il a manifestement une opinion différente, mais ici tout le monde pense différemment de ceux que j'ai connus jusque-là. À l'exception de quelqu'un que je ne connais pas, ou plutôt que je connais en ignorant qu'il est le chef de la résistance civile. »

Quand elle fut prête, elle prit son livre de cantiques et sa bible, les autres avaient aussi fini leur toilette et se précipitèrent au goûter. Sœur Erzsébet était en train de distribuer les pâtisseries en plus de la pomme et du croissant habituels.

– Quand on a bien travaillé, dit-elle aux cinquième année extasiées, on mérite une bonne surprise.

Elles engloutirent tout en un rien de temps, et Gina entendit Nacák dire que le pensionnat était atteint de démence sénile, le Jugement dernier devait être proche, parce que ce qui arrivait avait sa place dans le livre de l'Apocalypse. Récemment, les septième année avaient été désignées pour une corvée comparable, un jour où l'institution préparait des colis pour le front, et à titre de distinction, le directeur leur avait proposé de mettre leur ration hebdomadaire de pommes et de sucre dans les colis des soldats.

– Des pâtisseries, murmura Jackó, Erzsébet doit être amoureuse, c'est nouveau pour elle et ça lui a fait perdre la tête.

Gina pria en secret pour qu'elles croient cela, et elle pensait s'en sortir sans une nouvelle humiliation, mais Erzsébet gâcha tout par amour de la vérité. Les cinquième année au garde-à-vous remercièrent dûment pour le goûter, et la responsable du jour déclara qu'elles étaient reconnaissantes à monsieur le directeur et à l'administration pour l'estime particulière manifestée sous forme de friandises, mais qu'elles seraient heureuses de participer à l'avenir à n'importe quelle tâche sans récompense particulière, car le Seigneur aimait les mains laborieuses ; alors Erzsébet secoua la tête et annonça que les gâteaux avaient été offerts à la classe par le père de Georgina Vitay, c'était lui qu'il fallait remercier. Il y eut une seconde de silence, puis la responsable du jour commanda de nouveau le garde-à-vous, les visages se tournèrent vers Gina et, avec une froideur à humilier un homme d'État, la responsable clama la formule de circonstance :

– Nous remercions du fond du cœur le père de Georgina Vitay pour sa gentillesse !

Sur ce, Erzsébet dit que les élèves pouvaient quitter le réfectoire pour l'atelier de couture où elles feraient du raccommodage jusqu'au dîner, à l'exception de Georgina Vitay qui avait encore quarante-cinq minutes de temps libre. Les filles sortirent, Gina se rendit à la salle de musique, s'assit face à la porte et attendit. Elle savait qu'il allait se passer quelque chose, aussi certainement que si on l'avait prévenue. Oh, si seulement c'en était fini avec cette offense, non qu'elle en souffrît, mais elle n'avait pas le temps de jouer à cela, elle devait réfléchir, intégrer ce que son père lui avait appris.

Il n'y avait donc pas d'issue. Elle devait rester, quoi qu'il arrive, quelle que soit l'attitude des autres à son égard. Jusque-là la forteresse n'était qu'une prison pour elle, mais elle savait désormais que c'était aussi un refuge. Un refuge épouvantable, mais elle devait tenir bon, et la première condition était de faire enfin la paix avec la classe et d'obtenir que Mari Kis lui rende les affaires qu'elle avait trouvées sous son matelas, surtout la lettre. Il n'était plus question de se faire renvoyer, comme elle l'avait envisagé devant l'impossibilité de s'enfuir. Mais si par colère ou par vengeance, Mari remettait la lettre, cette stupide lettre d'adieu, à un professeur ou à Zsuzsanna, elle n'échapperait pas à l'exclusion. Comment obtenir de Mari Kis, sans révéler le secret de son père, qu'elle ne la mène pas à sa perte en faisant un mauvais usage de ce qu'elle avait trouvé, et qu'elle lui pardonne enfin ? Si elle essaie de lui parler, Mari lui tournera le dos aussitôt sans lui répondre. En fait, son comportement est inexplicable : que prépare-t-elle, qu'attend-elle ? Cela fait six jours depuis le goûter de Mici Horn, six jours que Mari a trouvé la lettre, elle aurait dû la remettre depuis longtemps à la préfète. Il faudrait lui parler entre quatre yeux, calmement, mais quand ? C'est impossible, Mari Kis ne lui en donnera jamais l'occasion.

Elle en eut pourtant la possibilité. L'agression à laquelle elle s'attendait à cause des gâteaux était effectivement en marche et Mari Kis portait les armes au nom de la classe. Lorsqu'elle entra dans la salle de musique, elle referma la porte derrière elle et se dirigea tout droit vers le piano où le psautier de Gina était ouvert sur le pupitre. Mari Kis décrocha sa sacoche de l'épaule, l'ouvrit et en déversa le contenu sur le piano : une pluie de pièces de dix et vingt fillérs.

– Dix-neuf fois trente fillérs, dit Mari Kis. Un gâteau coûte trente, du moins c'était le prix la dernière fois que nous sommes allées à la pâtisserie ; s'il a augmenté entre-temps, dis-le-moi, on trouvera la différence.

– Rends-la-moi, dit Gina sans regarder l'argent. Je t'en prie sur tout ce que tu aimes, sur tout ce qui compte pour toi. Rends-la-moi. Si tu veux, je nettoierai tes chaussures toute l'année, ou je ferai ce que tu veux, n'importe quoi. Colle-moi une pancarte dans le dos avec l'inscription « idiote », « traîtresse » ou ce que tu veux, je te promets que je me promènerai avec dans le jardin. Mais pour l'amour de Dieu, Mari, rends-la-moi !

Mari Kis la regarda. C'est une Vitay tout à fait différente qui lui rendit son regard, une Vitay qu'elle n'avait jamais vue. Folle ou ivre.

– C'est notre argent pour la quête de demain à l'église, saleté ! Demain, à cause de toi les cinquième année jetteront leurs boutons de manteau dans le tronc, sinon, où trouver d'ici demain autant de boutons couleur nickel ? Si Zsuzsanna s'aperçoit que ce n'est pas de la monnaie que nous donnons à la quête, ça ira mal pour nous. Ce serait peut-être mieux si tu nous dénonçais avant en lui disant de faire bien attention. Nous n'avons pas un fifrelin de plus que ce que je viens de t'apporter ; jusqu'à Noël, Zsuzsanna ne nous donnera sur notre argent de poche que ce qu'il faut pour la quête et les bonnes œuvres.

– Tu peux faire de moi ce que tu veux pour cette lettre, dit Gina. N'importe quoi, tu entends ? Si ça te chante, bats-moi, je ne riposterai pas, ou fais-moi tomber au gymnase du haut de l'espalier, ou si tu préfères, je me laisserai tomber toute seule et dirai que c'était un accident, et si tu as de la chance je me casserai même une jambe. Tu ne vois pas de quoi je parle ? Rends-moi la lettre que tu as trouvée dans mon lit. Je te donne tout le reste, le peigne, le poudrier, l'agenda, le porte-monnaie, même la clé, bien que je me demande ce que tu peux faire de la clé d'une maison que tu ne connais pas. Tu entends ? Dis-moi ce que tu veux pour cette lettre. Vous ne serez pas obligées de me parler, je n'ai pas envie que vous m'acceptiez, je ne veux rien d'autre que cette lettre.

– Moi, j'ai trouvé quelque chose dans ton lit ? dit Mari Kis indignée. Je n'ai jamais vu un tel culot ! Tu nous as fait manger tes sales gâteaux, on les a mangés innocemment parce qu'on ne savait pas que tu essayais encore de t'imposer, et quand on te les paie parce qu'on ne veut rien de toi, même si on devait jeûner des jours entiers, faut encore que tu la ramènes ! Alors comme ça, je suis une voleuse ? Mais si j'avais trouvé quelque chose dans ton lit quand je t'ai apporté ta chemise de nuit, tu crois que je l'aurais escamoté ? Tu as le culot de dire qu'il y avait quelque chose dans ton lit, alors qu'il n'y avait rien ? Eh bien attends, Vitay ! Si tu t'imagines que tes calomnies vont te sortir du pétrin, alors tu ne connais pas les cinquième année !

Et Mari Kis sortit en trombe – oubliant dans sa colère qu'il fallait marcher sur la pointe des pieds, et bien se tenir, et aussi qu'elle n'était pas censée être avec Vitay qui avait encore du temps libre pendant lequel elle s'édifiait l'âme en lisant la Bible et en faisant de la musique – et claqua si violemment la porte que le tableau de la cathédrale de Genève accroché au-dessus du linteau tressauta dans son cadre comme s'il voulait se précipiter à terre. Gina suivit des yeux la sortie de Mari Kis. Elle ne douta pas un instant de sa sincérité, Mari n'avait rien vu dans son lit, elle n'avait pris que sa chemise de nuit. Alors c'est Zsuzsanna qui avait trouvé ses affaires quand elle l'avait envoyée chercher la preuve de son projet d'évasion. Elle pouvait respirer, car si la préfète n'avait rien dit c'est qu'elle voulait la protéger, elle avait sans doute déchiré la lettre et caché les autres objets pour ne pas la trahir. La noble, la belle, la sévère Zsuzsanna ! Son cœur débordait de reconnaissance. La classe la détestait, et quand elles sauraient de quoi elle avait accusé Mari Kis, elles la détesteraient encore plus. Peu importe, elle tiendra bon.

Elle ramassa les pièces et en emplit ses poches à ras bord ; en sortant, elle devrait tenir sa bible devant elle pour les dissimuler. Elle emporterait l'argent le lendemain dans sa sacoche et ferait en sorte d'être la première à donner à la quête, et si quelqu'un la remarquait, elle dirait qu'on l'avait chargée de mettre toutes les oboles de sa classe dans le tronc. Alors ces bécasses ne tenteraient rien avec leurs boutons ; leur supercherie aurait de toute façon été découverte sinon le jour même, du moins à l'ouverture du tronc, et la nouvelle en serait revenue à l'institution Matula. À quoi bon ?

L'ancienne Gina aurait jubilé si les choses avaient mal tourné, elle aurait montré avec ostentation ses trente fillérs à chacun des professeurs pour prouver qu'elle n'avait rien à voir avec cette histoire de boutons, et aurait laissé avec bonheur la classe s'empêtrer dans les difficultés. Mais maintenant, elle était peinée d'avoir de nouveau attiré des ennuis aux filles, et une fois de plus indigné et blessé l'innocente Mari Kis.

Elle ouvrit le couvercle du piano et se mit à jouer une mélodie austère. *Dans ta grande colère* « Il y a autre chose derrière ce que montrent les actualités.

Du sang versé pour rien. » *ne me réprimande pas, Seigneur* « Tante Mimó n'en a pas la moindre idée. Au cours de défense nationale, Kalmár a dit que celui qui cherche à influencer l'opinion publique contre la guerre… » *quand tu me regardes avec amour et affliction* « …est un traître. Celui qu'on prend pour un traître est le véritable héros. C'est à lui qu'on m'a confiée. C'est certainement lui qui a posé les tracts sur le banc d'église de Mici Horn, et l'affiche sur le monument de la Douleur. Kalmár se trompe. On l'a trompé. » *Ne me châtie pas, Seigneur.* « Il ne faut pas que l'on retrouve ma trace. Je veux ressembler aux autres comme les gouttes d'eau se ressemblent. » *Dans ta grande colère* « Mon père doit pouvoir agir sans être inquiété. Il ne faut pas qu'ils puissent me prendre en otage pour faire pression sur lui. » *ne me réprimande pas.* « Il faut sauver les soldats. La guerre a été engagée dans un but fallacieux. Les partisans de mon père veulent sauver le pays. » *Quand tu me regardes avec amour et affliction* « Je serai forte. Je serai sage. Pourvu que mon père et les siens réussissent ! Pourvu que nous sortions de tout cela vivants ! » *ne me châtie pas, Seigneur !*

– Tu ne chantes pas ? demanda la voix de Zsuzsanna derrière elle.

Gina n'avait pas remarqué qu'elle était entrée. La reconnaissance qu'elle venait d'éprouver envers la préfète faillit l'inciter à se précipiter vers elle, vers celle qui l'avait sauvée alors qu'elle ignorait l'importance de cette affaire. Mais elle ne bougea pas, elle savait qu'elle se ferait rappeler à l'ordre. Les pensionnaires n'avaient pas le droit de toucher ni d'embrasser leurs éducateurs. Et elle sentait que si Zsuzsanna l'avait sauvée sans en parler, elle voulait qu'elle se taise aussi.

– L'heure est passée, dit Zsuzsanna. Tes camarades ont terminé leur couture, vous pouvez aller jouer dans la salle d'étude. Va ranger tes affaires.

Gina sortit en marchant avec précaution, serrant sa bible contre elle et veillant à ne pas faire tinter les pièces qui emplissaient ses poches. Zsuzsanna ne la suivit pas, alors elle alla jusqu'au dortoir et versa la monnaie dans sa sacoche. Elle se glissa discrètement dans la salle d'étude, bien consciente que l'heure et demie de jeux que le règlement autorisait le samedi soir jusqu'au dîner ne serait pas une partie de plaisir pour elle. Les cinquième année avaient de très méchants petits jeux et cette fois, elles purent s'en donner à cœur joie, car le surveillant de service était Kőnig, qui ne remarquait jamais rien. Le jeu consistait à ce que l'une sorte pendant que les autres décidaient qui elle représentait, et quand on la faisait revenir, elle devait poser des questions pour deviner quel personnage elle était censée jouer. Une comptine désigna Oláh pour sortir. Elle se dépêcha, Kőnig somnolait, Dieu sait sur quoi il méditait, elles pouvaient être certaines qu'il n'entendait pas un mot, et que, même s'il les entendait, il ne comprendrait pas ce qui se passait.

Mari Kis désigna Gina du menton. « C'est cela, jouez donc, pensa-t-elle, jouez, vous qui êtes si chanceuses. Jouez à Oláh dans le rôle de Vitay pour bien montrer par les questions et les réponses à quel point je suis infecte. Jouez donc si cela vous fait plaisir. Nos soldats meurent pour rien au front, et le pays ignore la vérité. Vous aussi. »

On courut chercher Oláh qui posa la première question à Torma :
– Personne ou chose ?
– Personne, répondit Torma en souriant.
– Réelle ou inventée ? demanda Oláh à Ari.
– Réelle.
– Salm, fille ou garçon ?
– *Feminini generis*. Fille.
– Lengyel, je la connais ?
– Malheureusement.
– Rideg, suis-je une Matulienne ?
– Tu crois l'être.
– Vajda, est-ce qu'on m'aime ?
– Comme la peste.
– Ah, et pourquoi, Kis ?
– Parce que tu es méprisable.
Les yeux d'Oláh s'illuminèrent. « Elle a trouvé, pensa Gina. Qui cela pourrait-il être sinon moi, qu'elles aiment comme la peste, une fausse Matulienne qui n'est pas une des leurs et qui est méprisable ? »
– Mais qu'est-ce que j'ai fait ? demanda Oláh en laissant errer ses yeux rieurs sur le cercle de ses camarades qui lui répondirent par le même regard. Qu'est-ce que j'ai bien pu faire, Vitay ?
– Tu as trahi par bêtise, répondit Gina à voix basse.
Tous les regards se tournèrent vers elle et fixèrent son visage impassible. Vitay ne pleurnichait pas, Vitay ne se mettait pas en colère, elle n'était pas non plus embarrassée, Vitay ne niait rien, ne faisait pas semblant d'ignorer ce dont il était question, et si étrange que cela leur parût, les filles ne purent s'empêcher de penser que Vitay jouait avec elles, mais à la manière dont un adulte prendrait part à de tels enfantillages. Mais dans ce cas, cela n'avait plus

aucun sens. Si elle ne souffrait pas, si elle n'était pas offensée, à quoi bon tout cela ? Oláh était déconcertée, elle attendait une autre réponse, plus larmoyante, plus rageuse qui lui aurait permis d'enfoncer plus encore son poignard invisible. Quelle question poser, maintenant ? Elle pensait que ce serait plus amusant.

– J'ai trouvé, dit-elle à contrecœur. Qui sort ?

Selon la règle du jeu, c'est celle dont la réponse avait suggéré la solution qui devait sortir. Faire sortir Vitay ? Jouer avec elle ? Mais à quoi ? Et comment ? Elles ne pouvaient pas faire deviner le même personnage, et il ne manquerait plus qu'elles la laissent prendre plaisir au jeu ! La classe garda le silence. Même Mari Kis ne trouvait pas de solution.

Le silence, ou plus exactement l'absence de bruit, tira Kőnig de sa somnolence.

– Qui était-ce donc, demanda-t-il, pour qu'on ait trouvé si vite ?

– Jules César, dit Szabó, hargneuse. Mais on ne joue plus. Est-ce qu'on peut parler ?

– Bien sûr, dit Kőnig en se replongeant dans ses pensées. Gina alla à la fenêtre et s'accouda au rebord. Le rideau de défense passive l'empêchait de voir le jardin, mais au moins, elle était loin des autres, et n'était pas obligée d'entendre Mari Kis leur raconter son dernier méfait qui surpassait tous les autres. Elle essaya d'imaginer que l'on pouvait ouvrir toutes les fenêtres, toutes les rues étaient baignées de lumière, il n'y avait ni guerre, ni mort, ni lourds secrets, ni danger, ni destruction. Elle pensa à son père, à la voiture qui roulait loin d'ici vers Budapest, de temps en temps le klaxon claironne : « Gina jolie… » Elle pensa aussi à Feri, qui savait certainement tout ce que son père savait, il était plus intelligent que n'importe qui, il faisait partie de l'entourage de tante Mimó et parlait toujours avec admiration du général. Il avait souvent demandé la permission de venir voir Gina à la maison, mais chaque fois qu'il en parlait, le général lui répondait qu'aucun officier ne venait chez lui, pas même le lieutenant Kuncz. Peut-être avait-il tenu Feri à distance pour ne pas le mettre en danger, bien qu'un lieutenant risque moins d'être suspecté qu'un général.

La cloche appela au dîner. Kőnig craignait toujours de prendre froid et on se moquait de lui parce que même s'il ne traversait pas la cour, mais juste le couloir, il mettait une écharpe et un manteau, qu'il accrochait à la poignée de la fenêtre. Comme la classe s'apprêtait à partir au réfectoire, il prit son manteau et constata avec stupéfaction qu'il n'avait plus un seul bouton. « Dieu du ciel, la quête de demain ! Elles ont commencé leur collecte en volant les boutons de Kőnig », pensa Gina. Et bien que son cœur fût empli de soucis, elle faillit éclater de rire en voyant la mine de Kőnig et le zèle hypocrite que Mari Kis déployait autour de lui : avait-il pris le tramway, parce que dans la cohue il arrivait que les boutons soient arrachés, mon Dieu, de si jolis boutons gris clair, on aurait dit des pièces de monnaie, ce sera difficile de les remplacer. Kőnig se lamenta, puis comme toujours, il se résigna et conduisit la classe au réfectoire.

Gina ne mangea que la moitié de son dîner en excipant de sa maladie, pourtant elle avait un régime diététique, mais elle ne put même pas manger les cerises en compote. Zsuzsanna lui demanda à qui elle voulait les donner, elle regarda devant elle sans pouvoir répondre, elle savait que de toute façon les autres les refuseraient. Alors le monstre gourmand se manifesta à la table des professeurs : Kőnig réclama la compote de Vitay. Tous ses collègues baissèrent les yeux, ainsi que le directeur, qui pourtant avait visiblement du mal à se retenir de le réprimander pour sa gloutonnerie. Gina se précipita avec son assiette de compote et la déposa devant Kőnig ; qu'elle disparaisse, elle ne pouvait plus la voir, et qu'au moins elle n'ait pas à expliquer pourquoi la classe n'en voulait pas. Madame Gigus murmura quelque chose à Eszter Sáfár, Kalmár hocha la tête. « Ce Kőnig, chuchota Murai, il est capable de tout ! » Les filles lui en voulaient particulièrement, parce sa gourmandise évitait à Vitay de mendier pour caser ses fichues cerises en compote.

Le calme régna pendant la méditation du soir. Le révérend parla de ce qui pare la femme chrétienne et des traits qui la caractérisent. « De même qu'un rosier est paré de fleurs odorantes, une chrétienne se pare des belles vertus de longanimité, de douceur et d'amour du prochain. » « Depuis que je suis au monde, j'ai toujours été sauvage, impatiente, et je n'ai jamais su aimer ceux qui me font du mal, réfléchit Gina. Maintenant révérend, j'acquiers ces vertus, et c'est un militaire qui me les apprend : mon père. C'est par amour pour lui que j'essaie d'être douce et patiente. » Elle leva les yeux, ce qui n'était ni convenable ni permis, et son regard rencontra celui de Torma, qui détourna la tête, et Gina apprit bien plus tard que curieusement, Piroska Torma pensait la même chose d'elle-même : elle n'était parée d'aucune de ces vertus, de même que personne d'autre dans la classe, alors comment pourraient-elles communier à Noël si elles ne pardonnaient pas à cette Vitay ?

Cette fois elles ne prirent pas de bain avant d'aller

se coucher, puisqu'elles l'avaient fait après avoir pelleté le charbon, si bien que Zsuzsanna autorisa une heure de lecture ou de conversations à voix basse, selon ce qu'elles préféraient. Dormir de nouveau au dortoir représentait pour Gina un changement bienvenu après son isolement à l'infirmerie, pourtant personne ne lui adressa la parole. Elles en étaient même au point de ne pas parler d'elle, et ne faisaient plus de remarques blessantes, comme si elle n'existait pas. Elle ne prit pas de livre, et se pelotonna dans le lit où elle n'avait pas dormi depuis une semaine. Elle pensa à son père, à leur conversation, à tout ce qu'elle avait appris au cours de Kalmár ou dans son ancienne école, et à ce qu'on disait de la guerre chez tante Mimó. Les filles gloussaient, pendant que Salm montait la garde à la porte, Szabó, la petite grosse, exécutait en chemise de nuit une danse compliquée, et les autres étaient pliées de rire autour d'elle. Gina aurait voulu s'endormir vite mais n'y parvint pas, au cours de cette journée il s'était passé trop de choses sur lesquelles il lui fallait réfléchir, de plus elle sentait que son lit avait quelque chose de différent, pourtant elle l'avait refait à fond le dimanche précédent. Ah, mais bien sûr, Zsuzsanna avait entre-temps fouillé sous les matelas, et elle ne l'avait visiblement pas bien remis en place.

Il était tard, seule la veilleuse était allumée, les filles dormaient, fatiguées de jouer et de rire. Gina devait se lever pour remettre son lit en ordre, il fallait qu'elle dorme, qu'elle soit forte et en bonne santé, elle avait promis de faire attention à elle. Elle sortit de sous la couette, replia le drap et souleva légèrement le matelas du milieu. Elle glissa la main audessous mais retira vivement ses doigts, comme si elle avait rencontré une lame de couteau. Elle resta un moment recroquevillée, le cœur battant, puis se ressaisit et sortit tout ce qui se trouvait sous le matelas. Elle déposa sur le drap le poudrier, le peigne, l'agenda, le porte-monnaie, l'album de photos, la clé de la maison, tout ce qu'elle avait laissé la dernière fois, ainsi que la lettre, sa lettre d'adieu qu'elle avait supplié Mari Kis de lui rendre. Sa lettre était là, intacte, c'était bien la feuille arrachée à son agenda : *Je vous déteste toutes. Continuez vos petits jeux idiots dans cette prison, moi je m'en vais. Vitay.* Mais le texte avait augmenté.

QUAND TU AS VOULU T'ENFUIR, JE SAVAIS QUE TU NE PARTIRAIS PAS SANS LAISSER UNE LETTRE D'ADIEU, ALORS, DÈS QUE TU ES REVENUE DE CHEZ MICI HORN, J'AI PRIS TES AFFAIRES ET CE MALHEUREUX MESSAGE. DÉCHIRE-LE ET FAIS LA PAIX AVEC TA CLASSE, ELLES NE SONT PAS SI MAUVAISES. SI TU AS DES ENNUIS, POURQUOI NE T'ADRESSES-TU PAS À MOI ? TU N'ES PAS LA SEULE DONT JE GARDE LE SECRET. ABIGAËL.

Alerte aérienne

Elle resta longtemps recroquevillée près de son lit, mais finit par se redresser et se mit à genoux, le visage posé sur le drap à côté de la lettre et des objets qui lui rappelaient la maison, puis elle ferma les yeux, comme si ses paupières étaient alourdies par cette découverte, ou la vérité trop aveuglante pour en supporter la vue. Abigaël, toi qui fais des miracles, toi qui viens toujours à notre secours, qui dénoues nos misérables petits soucis, comment n'ai-je pas tout de suite découvert ton secret la première fois que j'ai entendu parler de toi ? Pourquoi, en méprisant la crédulité des autres, en les traitant de stupides gamines, ai-je pensé qu'à ta figure de pierre se rattachait un conte, une légende, un jeu insensé de plus, comme il y en a tant à l'institution Matula ? Pourquoi n'ai-je pas compris que dans cette sombre jungle de lois, de règles et d'interdits, quelqu'un, non une figure de pierre, mais un être véritable se dissimule derrière ta statue Empire et vient en aide à qui en a vraiment besoin ? Abigaël, la classe ne pardonne rien, et ici l'affection – si tant est que mes éducateurs en aient pour moi – est lointaine, impersonnelle, matulienne, elle procure la sécurité, mais pas de chaleur. Je me suis échappée d'ici, j'avais tellement besoin d'un contact humain. J'ignorais que je n'étais pas seule, que quelqu'un se souciait de moi, me secourait, veillait sur moi sans que je m'en doute, sans même que je le demande, et même si j'en doutais.

Qui es-tu, Abigaël ? Qui est celui ou celle qui vit avec nous à Matula, nous accompagne chaque jour, nous gronde ou nous sourit, participe à nos vies et est si proche de nous qu'il ou elle peut entrer sans attirer l'attention dans un dortoir, fouiller nos poches ou feuilleter nos cahiers, qui écoute nos chuchotements, qui pense à chacune de nous, et à qui personne ne pense ? Ici, entre ces murs massifs, quelqu'un vit masqué, dissimulant ses véritables traits, il ou elle crie après nous, nous harcèle, tantôt onctueux, tantôt impitoyable, afin d'agir d'autant plus librement sous son déguisement. Un être qui tient compte de ce que nous sommes toutes loin des nôtres, bien souvent dépassées par tout ce que l'univers de Matula exige de nous, nous tendant de si nombreux pièges que l'on ne peut qu'y tomber. Qui es-tu, Abigaël, dont personne n'a vu le véritable visage, dont seuls les actes sont connus entre ces murs, et ce depuis 1914 ? Et d'ailleurs, est-ce toi qui entendis Mici Horn pleurer, ou y avait-il alors quelqu'un d'autre à ta place ? Y a-t-il sans cesse une nouvelle Abigaël, comme il y avait toujours une Sibylle de Cumes pour transmettre son terrible héritage à une jeune prêtresse qui reprenait sa tenue et ses pratiques ? Quel est ton âge ? Es-tu un homme ? Une femme ? Quel est ton vrai visage ? Est-ce que je t'aime, ou est-ce que je te crains lorsque je te vois tous les jours ? Comment me connais-tu assez bien pour avoir compris que je voulais m'enfuir et que je ne le ferais pas sans un mot d'adieu ? Et si tu ne l'as pas deviné ni déduit, comment pouvais-tu savoir ce que j'ai fait ? Comment as-tu entendu ce que j'ai dit à Zsuzsanna à l'infirmerie ? Ah, comme j'aimerais te voir, te prendre la main ! Je ne peux même pas te remercier pour ce que tu as fait. Qui es-tu, Abigaël ?

Elle rouvrit les yeux. La lettre était là, près de son visage, mais même par sa forme, le message d'Abigaël ne révélait rien. Tout le monde à l'institution savait écrire en capitales, les diaconesses, les pédagogues et même les élèves. C'était une écriture spécifique de Matula imitant à la perfection la netteté et la régularité des caractères d'imprimerie. L'écriture ne fournissant aucune indication, Gina devait suivre une autre piste pour résoudre le mystère d'Abigaël. Qui est celui ou celle dont la personnalité implique le plus qu'il ou elle ne considère pas comme un péché tout ce qui est généralement considéré comme tel à Matula ? Qui est assez joueur pour se travestir, et assez courageux pour risquer d'être démasqué par un de ses collègues ayant une conception différente de l'éducation ? Qui est assez ingénieux et a suffisamment de pouvoir pour se procurer les moyens, parfois très divers, nécessaires à son action d'assistance ?

Agenouillée devant ses petites affaires, elle cherchait, cherchait, sans avoir la moindre idée. Abigaël ne serait pas Abigaël si il ou elle pouvait se trahir par son comportement, ce devait donc être quelqu'un qui n'aurait pas l'air d'être Abigaël, par exemple Gedeon Torma avec ses effrayants rugissements et ses incroyables exigences, ou Zsuzsanna au puritanisme parfois confondant, voire Kalmár, si réservé, si distant, si sévère ; n'importe lequel des enseignants, assez ingénieux, assez preste, capable de réagir à la vitesse de l'éclair, et assez bon comédien pour ne s'être jamais trahi en veillant, bras écartés, sur tout l'effectif de l'institution afin de rattraper une pensionnaire qui glisse sur la poutre cheminant entre les milliers d'interdits de Matula, et de la soutenir jusqu'à ce qu'elle ait repris pied.

Minuit.

« Oui, Abigaël, j'y vais. Tu veux que je dorme, je le sais. »

Elle se releva, enfila sa robe de chambre, ramassa la lettre et ses affaires retrouvées et alla sur la pointe des pieds aux lavabos. Elle déchira d'abord la lettre en si petits morceaux qu'il serait impossible de la reconstituer, puis remit ses biens au fond de la jardinière. En revenant, elle ne rencontra personne, rien ne bougea au dortoir. Elle rajusta son lit et se recoucha. Cette fois, elle put s'endormir ; pour la première fois depuis qu'elle était brouillée avec la classe, elle sentit qu'ici, entre les murs massifs, quelqu'un pensait à elle et souriait en imaginant sa réaction en retrouvant ses affaires.

Le lendemain matin, les grognements des autres lui firent comprendre que la cloche les avait réveillées une demi-heure plus tôt que d'habitude. Elles ne comprenaient pas ce qui se passait, mais l'apprirent quand Zsuzsanna les fit mettre en rang : elle leur annonça que ce dimanche, ce n'était pas le révérend qui prêcherait, mais un prêtre de la ville, un des fleurons de la faculté théologique d'Árkod, un grand prédicateur. On comptait sur leur comportement exemplaire, et les préfètes les avait réveillées plus tôt parce qu'elles voulaient s'assurer que chacune des pensionnaires serait à la hauteur de cette occasion spéciale par une tenue irréprochable, et qu'elles iraient écouter la Parole divine dans un état de propreté exemplaire et coiffées avec une grâce modeste faisant honneur à cet hôte distingué. Zsuzsanna avait de la grâce modeste une conception incompatible avec les tentatives désespérées des filles : au moins le dimanche, alors qu'elles allaient paraître devant les habitants d'Árkod en promenade, elles s'efforçaient de détourner la coiffure prescrite de nattes à lacets en un arrangement plus esthétique mais conforme au règlement. Cependant, la préfète faisait refaire presque toutes les nattes. Salm murmura qu'elles avaient l'air de s'être accroché derrière les oreilles des souris crevées, avec un lacet à la queue en signe de deuil. En d'autres occasions, la perspective de devoir franchir le portail dans une tenue plus affreuse qu'il n'était supportable aurait suscité davantage d'indignation, mais ce jour-là la classe avait d'autres soucis. Mari Kis et les autres jugèrent aussitôt ce que cet événement exceptionnel signifiait pour la quête. Lorsqu'un personnage si éminent prêchait, on en avait déjà eu l'exemple, ce n'étaient pas les membres du conseil paroissial, plus ou moins âgés et bigleux, qui surveillaient la quête, mais les enseignants, et Dieu les préserve que le tronc destiné aux offrandes des cinquième année soit confié à Gedeon Torma ou à Éles, aux yeux si perçants qu'il voyait à travers les murs. Mari Kis commença à avoir sérieusement peur, elle murmura quelque chose à Murai puis sortit en courant. Gina devina où elle allait et pourquoi. On s'apprêtait à partir et elle n'était toujours pas revenue à sa place. Bien qu'elle n'eût aucune raison de lui vouloir du bien ou de s'inquiéter pour elle, Gina se demanda ce qui se passerait si Zsuzsanna donnait le signal du départ alors que Mari n'était toujours pas avec elles. Mais elle revint au dernier moment, reprit sa place habituelle à la gauche de Gina et murmura à Torma que ça n'avait pas marché. Elle avait fait le tour des classes, demandant si par le plus grand des hasards quelqu'un avait reçu secrètement de l'argent de parents en visite la veille et était disposé à le prêter. Mais aucune des pensionnaires n'avait sur elle un sou vaillant hormis l'offrande du dimanche. Gina aurait voulu lui dire de ne pas s'inquiéter, elle avait dans sa sacoche toute la somme déversée devant elle la veille d'une manière si blessante, il n'y aurait pas de problème, elle ferait tout pour leur éviter de mettre dans le tronc, à la vue d'un professeur, les boutons volés à Kőnig ou à Dieu sait qui. Mais elle ne dit rien, non pour prolonger l'anxiété de Mari Kis, mais parce qu'elle n'osa pas lui adresser la parole. Depuis qu'elle l'avait accusée à tort, la colère de Mari Kis était plus impitoyable que jamais.

Plus tard, à l'âge adulte, le souvenir de ce dimanche revint souvent à l'esprit de Gina. Elle n'écouta pas un mot de tout l'office, et elle savait que ses camarades de classe n'étaient pas plus attentives. Elles faisaient acte de présence, regardaient leur montre en cachette pour ne pas se faire prendre par Zsuzsanna, et toutes n'avaient qu'une idée en tête : qui surveillerait le tronc devant la porte latérale par laquelle leur classe devait sortir ? Il se peut que le prédicateur invité ait composé un prêche particulièrement beau pour l'édification de leurs âmes, mais les cinquième année entendirent à peine le Notre Père, et sur le chemin de la sortie, aucune d'elles n'aurait pu dire, dans le grondement de l'orgue, quel était le cantique final, qu'après des années d'exercice elles entonnaient pourtant machinalement dès qu'elles entendaient la mélodie à l'orgue. D'habitude, il fallait les reprendre, car elles se précipitaient vers la sortie d'une manière peu convenable à l'église, mais ce jour-là, elles marchaient si lentement que Zsuzsanna leur intima à voix basse d'être un peu plus énergiques. À la porte latérale de gauche, près du grand tronc en bois, telle une horrible vision, se tenait un personnage en noir encore plus terrifiant que Gedeon Torma : le révérend en personne. Gina entendit Mari Kis siffler entre ses dents en le découvrant. Le révérend les attendait patiemment, posant sur elles le regard grave et affectueux qu'il réservait à ces jeunes filles douces, calmes, bien élevées, un bon terrain pour les graines qu'on y semait. Torma poussa un gémissement de peur, mais l'orgue résonnait si fort que seule Gina, qui marchait à côté d'elle, l'entendit.

– Doux Jésus, murmura Torma, que va-t-il arriver s'il se rend compte que ce sont des boutons ?

À ce moment-là, elles ne pouvaient avancer qu'en file indienne dans l'étroit passage entre les bancs. Selon l'ordre prescrit, Ari aurait dû atteindre le tronc la première, elle fit un pas vers le révérend en blêmissant, alors Gina sortit du rang, courut vers l'avant et la dépassa. À ce moment-là, Zsuzsanna était à l'autre bout de la file, et ne pouvait ni la rappeler à l'ordre, ni lui demander ce qu'elle faisait. Ainsi Gina parvint-elle sans encombre près du tronc et ouvrit sa sacoche. Elle en sortit une poignée de monnaie qu'elle fit tomber dans le tronc ; les autres, en file indienne derrière elle, ne pouvaient pas avancer avant qu'elle eût fini. Tout le monde voyait ce qu'elle faisait, en premier lieu le révérend qui inclina la tête pour indiquer qu'il en prenait acte, et lorsque Gina eut déversé toute la monnaie dans le grand gosier de bois, il fit un pas de côté pour laisser passer toute la classe de cinquième année. Elles sortirent en hâte sans un bruit et se rangèrent trois par trois. Gina ne dit rien, elles ne lui posèrent pas de questions, seule Zsuzsanna vint près d'elle et lui dit que la prochaine fois qu'elle voudrait accélérer la sortie et exprimer l'unité de la classe en collectant à l'avance l'argent de la quête, elle devrait en demander l'autorisation, car si sa solution se révélait ingénieuse, elle n'avait cependant pas à entreprendre quoi que ce soit sans en parler à sa préfète.

Mari Kis et Torma gardèrent le silence, et bien que les exemples en fussent rares, les cinquième année ne dirent pas un mot avant d'être revenues au dortoir pour déposer leurs manteaux et leurs sacoches. Alors elles se mirent à parler toutes en même temps à voix basse, Gina sortit dans le couloir, elle ne voulait pas entendre leurs discussions. Lorsqu'elle ne put rester davantage, de crainte qu'une diaconesse ne la voie traîner dehors au lieu d'attendre l'heure du déjeuner dans la salle d'étude, elle revint sur ses pas. Entretemps, elles avaient pris leur décision : refus unanime. Cela ne la surprit pas, elle n'en souffrit même pas trop, et en écoutant Mari Kis, elle pensa qu'elle n'avait pas agi pour être félicitée mais parce qu'elle n'aurait pas supporté qu'elles aient de nouveau des ennuis, précisément à cause de ces fichus boutons.

– Si tu crois que nous allons nous pâmer de reconnaissance, tu te trompes complètement, dit Mari Kis. On ne t'a rien demandé, et ne t'imagine pas que tu peux jouer à celle qui a sauvé la classe. (Gina regarda Mari, ne dit rien et ne baissa pas les yeux.) La mère de Nacák vient la semaine prochaine, Nacák a promis qu'elle lui demanderait en cachette une grosse somme, alors on te rendra tes sales fillérs. Mets-toi bien dans la tête que tu ne pourras pas nous avoir avec tes pâtisseries, ni ton dévouement. Même si tu marchais sur la tête, on ne voudrait pas de toi, on se fiche de toi.

– C'est bon, dit Gina. Je ne l'ai pas fait pour cela. Rendez-moi l'argent si vous voulez, je le donnerai pour les missions ou les cadeaux de Noël des soldats. Je ne veux pas de vos aumônes, je ne veux rien de vous. Par ailleurs, excuse-moi d'avoir cru hier que tu m'avais pris quelque chose. J'ai été idiote, une fois de plus.

Mari Kis lui tourna le dos comme pour lui signifier qu'elle n'avait pas besoin de ses excuses, qu'elles la laissaient de marbre et ne changeaient rien. Mais pour la deuxième fois, Torma regarda Gina d'un air pensif; Salm, Csató et même Murai firent de même, longuement et en réfléchissant. Il ne se passa rien d'autre et les filles se remirent à bavarder entre elles, Gina prit un livre et lut jusqu'au déjeuner. Parcourant le couloir à pas pressés, Zsuzsanna ouvrit la porte de la salle et lui dit qu'elle pouvait consacrer ce dimanche au repos, mais que le lendemain elle devrait travailler pendant son temps libre, elle avait manqué une semaine entière.

Le déjeuner fut un peu plus solennel que d'habitude et s'acheva de manière inattendue.

Après les grâces, Gedeon Torma informa l'institution que Georgina Vitay, consciente que le culte de ce dimanche requérait un comportement particulièrement exemplaire, et afin d'accélérer la sortie, avait collecté à l'avance les offrandes de ses camarades de classe – comme pour souligner leur communauté fraternelle – et déposé elle-même, et en leur nom et en leur lieu et place, les vingt fois trente fillérs dans le tronc de la quête. La classe de cinquième année avait ainsi pu sortir la première de l'église, et ce, d'une manière bien plus convenable qu'à l'accoutumée. Même si elle a agi sans autorisation, l'ensemble des éducateurs considère que son geste, tout en étant pratique, a aussi favorisé une belle sortie, et pour cette raison enjoint toutes les classes à désigner chaque semaine une responsable des offrandes qui sera chargée d'exercer la vertu de charité au nom de sa classe, selon l'idée de Vitay.

Communauté fraternelle… Cette fois, Torma ne la regarda pas. Gina ressentit de nouveau le sentiment glacial et suffocant d'être isolée sous une cloche de verre et elle en souffrit quand même, parce qu'elle n'y était vraiment pour rien. Comment aurait-elle pu se douter que son action au secours de la classe aurait un tel succès ? Zsuzsanna lui souriait, Erzsébet également, Zsuzsanna semblait sincèrement heureuse que le nom de Gina fût associé à autre chose qu'à des remontrances. L'après-midi, elle resta seule dans la salle d'étude jusqu'à la promenade, la classe ayant obtenu sans lui en faire part l'autorisation d'aller jouer au ballon au gymnase. Lorsqu'elles se mirent en rang pour la promenade, Zsuzsanna s'inquiéta de cette douleur au bras qui l'avait empêchée de jouer avec les autres, et la gronda gentiment :

– La prochaine fois que tu te blesses en tombant dans le corridor, tu dois m'en parler, ou à la doctoresse, on ne peut jamais savoir s'il s'agit d'une simple douleur ou d'une foulure. Tu peux vraiment mieux bouger ton poignet ? Tant mieux, mais il faut quand même faire attention, sois prudente.

Oh, ces filles ! Comment pouvaient-elles mentir de la sorte ?

À présent, le but de la promenade lui était indifférent, elle ne cherchait plus à découvrir la ville, cela n'avait plus d'importance. Le jour précédent lui paraissait aussi lointain que si elle n'avait pas vu son père depuis un an. La pâtisserie Hajda devant laquelle elles passaient était son paradis perdu, c'est là qu'elle avait éprouvé pour la dernière fois espoir et bonheur, qu'elle avait cru pouvoir quitter ce milieu où on lui en voulait si implacablement, où les choses se retournaient contre elle même quand elle pensait bien faire, et où à chaque pas elle s'enlisait encore plus profondément. Elle aurait du mal à vivre ici en attendant de pouvoir partir. Mais elle attendrait. Elle l'avait promis.

La fin de l'après-midi se déroula comme d'habitude, les bienheureuses qui avaient des camarades s'installèrent dans leur salle commune, celles qui avaient été désignées entonnèrent un cantique afin que les autres bavardent à leur aise, elle se réfugia au jardin dans l'intention d'aller jusqu'à la statue d'Abigaël. Elle cueillit quelques chrysanthèmes d'un jaune éclatant, pensant les mettre dans la cruche, pour remercier Abigaël de son message et de son aide. Mais elle n'y parvint pas car, près de la statue, elle rencontra Kalmár qui lui demanda d'un ton brusque ce qu'elle faisait au jardin à cette heure-ci, elle n'avait pas le droit de se promener seule et devait rentrer sur-le-champ. Tout en courant, ses fleurs désormais inutiles à la main, une idée insensée lui vint à l'esprit : et si Kalmár était celui qu'elle cherchait ? Ne l'avait-elle pas toujours vu comme un saint Georges, un chevalier ? S'il était vrai qu'Abigaël était en fait une succession d'Abigaël, s'il y avait toujours quelqu'un pour reprendre ce rôle, pourquoi ne serait-ce pas Kalmár, si courageux, si adroit, si jeune ? Elle entra au foyer et essaya de creuser cette idée ; où Kalmár pouvait-il aller sans se faire remarquer depuis l'aile des professeurs ? Partout. Il avait aussi bien accès à l'école qu'à l'internat.

Le dîner fut calme, ennuyeux, l'histoire de la jeune Suissesse à l'âme noble fut encore plus sombre et pesante. Après la méditation, Gina ne chercha pas à participer aux occupations de la classe, elle prit son bain et se coucha la première, elle ne voulait que se mettre au lit, se laisser enfin aller et dormir. Elle n'avait pas beaucoup dormi la nuit précédente, et la matinée n'avait apporté que de l'agitation, le sommeil serait peut-être réparateur. Elle s'assoupit bientôt, les autres aussi. Le silence et la paix régnaient à l'institution Matula.

À une heure du matin, les sirènes retentirent.

Elles surent tout de suite ce que cela signifiait. Kalmár, le responsable de la défense passive avait formé tout le pensionnat, même les plus petites savaient ce qu'il fallait faire en cas d'alerte. Elles avaient fait suffisamment d'exercices le mois précédent pour attraper leur trousse de défense passive toute prête et se mettre en rang ; chez les grandes, chacune savait à quelle section elle devait se présenter pour accomplir son service. Elles savaient également que le commandant de défense passive de la ville sonnerait l'alarme à plusieurs reprises la nuit afin que la population s'exerce et entende les sirènes sans panique, au cas où un véritable bombardement se produirait. Les cinquième année avaient beau en connaître le hurlement, elles furent si perturbées d'être réveillées en pleine nuit qu'elles s'agitèrent inutilement dans le dortoir, et si Zsuzsanna n'était pas venue aussitôt aider à s'habiller celles dont les mains tremblaient trop, peut-être la confusion et l'agitation eussent-elles été encore plus grandes. Mais elles furent en rang dans les temps et se dirigèrent vers la cave. Seules les deux classes supérieures étaient affectées au brancardage, aux premiers secours et au service du feu, et les sixième année portaient les messages. Les cinquième année n'ayant pas de tâche particulière descendirent dans la cave aménagée en abri, où les ampoules bleues étaient allumées. Tous les enseignants étaient déjà en bas. Certaines des plus petites pleurnichaient, les plus grandes affichaient des visages effrayés, elles ne vivaient pas cette alerte comme un simple exercice, elles ressentaient seulement ce qu'il y avait d'anormal à être sorties du lit pour se précipiter à la cave, sous terre, parce qu'un jour des bombes pouvaient leur tomber dessus. Zsuzsanna s'installa en face de la porte pour protéger les élèves du souffle d'une explosion imaginaire. Les cinquième année s'assirent sur des bancs descendus du gymnase et s'adossèrent aux murs centenaires. Mari Kis tendit la main et se cramponna à Szabó, Szabó à Bánki et ainsi de suite, dix-neuf filles puisant de la force dans la chaleur de leurs mains. La chaîne était interrompue en un seul endroit, entre Torma et Mari Kis, où Gina était assise : aucune de ses voisines ne la toucha, et elle ne regarda ni à droite, ni à gauche. On entendit courir dans le couloir ; Aradi, de terminale, entra en trombe et annonça que depuis le poste d'observation on avait vu nettement lancer des plaquettes incendiaires, les pompiers étaient en route. Kalmár fit aussi une apparition, casqué, masque à gaz à l'épaule, il était magnifique, plus saint Georges que jamais. Gina ne voyait rien, mais elle entendit une explosion au loin. Zsuzsanna dit que les gens de la ville avaient détruit un bâtiment désigné à l'avance afin de faire des exercices d'extinction et de premiers secours.

C'était un jeu, mais personne ne le ressentait comme tel. « Seigneur, sauve-nous de la mort ! » pensa Gina. On entendit quelqu'un courir de l'autre côté de la porte, puis des pas plus lourds suivirent, Zsuzsanna alla voir et dit calmement que les huitième année apportaient à la doctoresse des blessés fictifs sur des brancards. « J'aurais dû leur être reconnaissante de jouer avec moi, de m'apprendre quelque chose dont on peut rire, quelque chose qui n'a rien à voir avec la guerre, les bombes, la mort et le danger, le terrarium qu'elles voulaient me donner. Que j'ai été bête ! Bête et orgueilleuse ! » « Et si demain ce sont de vraies bombes qui tombent ? se demandait Mari Kis. Mon père est au front, mon frère aussi, et nous, on n'a pas voulu manger les gâteaux de Vitay. » « Je n'ai pas de parents, pensait Torma. Je ne sais pas ce que c'est que d'avoir des parents. Mon oncle n'arrête pas de me maltraiter, mais si un jour une bombe tombe vraiment sur Matula et qu'il perd la vie, je n'aurai plus personne, et si le pensionnat brûle je n'aurai plus de maison non plus. » Zsuzsanna releva la tête d'un air interdit lorsque Gina bondit soudain et se posta face à la classe en criant :

– Pardonnez-moi si vous le pouvez, j'ai terriblement honte pour tout, et s'il vous plaît, donnez-moi le terrarium !

Zsuzsanna regardait la petite Budapestoise pleurer, elle entendait aussi les sanglots de Mari Kis, de Torma et de Szabó qui s'étouffait.

– Toi aussi, Gina, pardonne-nous, dit Mari Kis en pleurant. Pour les gâteaux et les boutons.

Et la préfète la vit sauter au cou de Vitay et l'embrasser fougueusement. On entendit au-dehors Kalmár crier aux septième année de se dépêcher, il fallait éteindre un incendie dans l'aile nord. Zsuzsanna serra les lèvres pour ne pas réprimander ses élèves qui s'étaient toutes levées sans autorisation et se pressaient autour de Vitay qu'elles embrassaient tour à tour. Elle finit quand même par leur ordonner de regagner leurs places, et Vitay, les yeux fermés, la tête posée sur l'épaule grassouillette de Szabó, se rassit, non à sa place désignée mais à la suivante, et attendit, cramponnée à la blouse de Mari Kis, que les sirènes sonnent la fin de l'alerte.

Une journée à la campagne

Bien des années plus tard, lorsque tous les événements de la forteresse appartinrent au passé, lorsque les souvenirs de la guerre, de l'histoire et de ceux dont elle avait peur, qu'elle méprisait ou pour lesquels elle s'enflammait ne furent plus que des ombres parmi d'autres souvenirs, la période qui suivit cette fameuse nuit lui semblait la plus belle de sa vie chaque fois qu'elle l'évoquait. Les soucis qu'elle se faisait pour son père ne lui laissaient aucun répit et il lui manquait toujours aussi cruellement, mais elle pensait de moins en moins à la capitale, à son ancien milieu, au lycée Sokoray Atala ou à ses amies, et un jour, elle se surprit à penser que si elle pouvait voir son père plus souvent, retrouver régulièrement Feri et tante Mimó, elle resterait avec plaisir et aussi longtemps qu'il le fallait à Árkod. L'école en noir et blanc ne l'effrayait plus, elle dormait en paix sous ses voûtes basses.

Elle avait des sœurs. Dix-neuf. Après le début d'année mouvementé et tous les conflits douloureux, elle vivait avec les autres dans une union qu'elle n'avait jamais connue et dont une des raisons était que les classes étaient de réelles communautés qui partageaient tout, le bon et le mauvais, sans distinction. L'autre raison résidait dans l'univers de Matula : sortie de son isolement, désormais en compagnie d'amies et de camarades, Gina avait reconnu qu'il était formidablement excitant de vivre dans une forêt d'interdits. Tels des renardeaux affamés, elles devaient se tenir constamment sur le qui-vive, afin de grappiller un peu de plaisir malgré les règles et la surveillance permanente, en une quête incessante où vingt dos et vingt paires d'épaules se soutenaient, vingt jeunes corps avides de rire et d'amour. À présent, Gina comprenait à quel point ce qui est bon devient plus intense encore quand il faut se battre pour l'obtenir; quelle force on acquiert à vivre comme une cordée d'alpinistes, dans la sécurité de la corde invisible qui les reliait toutes, à éprouver ensemble bonheur et chagrin, à s'enthousiasmer ensemble, à espérer, attendre, s'inquiéter ensemble, à aider ensemble celui qui en a besoin. Après l'exercice d'alerte, quelque chose avait aussi changé dans ses rapports avec les adultes, elle s'était rendu compte qu'ils n'étaient pas des ennemis, mais des adversaires, comme au cours d'éducation physique, lorsque la classe se divisait en deux équipes de dix qui jouaient l'une contre l'autre. Cette compétition permanente avec les adultes était presque distrayante, il fallait les contourner, les feinter, leur donner le change pour finir par leur prendre la balle grâce à une habile manœuvre.

Si elle avait pu parler plus souvent à son père, elle aurait mieux supporté de ne pas le voir, mais le général s'en tenait à son appel téléphonique hebdomadaire et ne renouvela pas sa visite. En retrouvant la confiance de la classe, Gina avait craint qu'on ne lui demande pourquoi son père et elle communiquaient de cette curieuse manière au lieu de s'écrire, mais les filles ne réagirent pas comme elle l'avait imaginé. La censure visant à épargner les parents rendait impossible d'écrire de véritables lettres, et si les cinquième année aimaient recevoir du courrier, elles n'avaient plus aucune envie de toujours écrire le même compte rendu ennuyeux, si bien qu'elles se déclarèrent prêtes à renoncer sans regrets à la correspondance si elles pouvaient entendre une fois par semaine la voix de leur père ou de leur mère.

À présent, elles savaient presque tout d'elle : Marcelle, l'univers de Sokoray Atala, les thés dansants, tante Mimó et bien sûr Feri. De même qu'elle avait adopté le terrarium, la classe adopta Feri, et chacune rêvait du lieutenant comme s'il était son amoureux et non celui de Gina. Elles parlaient de lui longtemps après l'extinction des feux, Gina leur décrivait en détail ses yeux, ses cheveux, son uniforme, ce que cela faisait de danser avec lui, et à quoi elle pensait quand il humait ses cheveux en lui disant qu'il ne connaissait personne dont les boucles fussent si parfumées. Elle leur raconta que Feri lui avait baisé la main et l'avait suppliée de faire en sorte que son père lui permette de venir la voir à la maison, car ce n'était pas une vie si l'on ne pouvait pas se parler tous les jours. Anna Bánki était d'avis que Gina devait l'épouser au plus vite, si possible avant le baccalauréat, en temps de guerre on se mariait souvent jeune. Le révérend pourrait les unir ici, et elle devrait avoir une robe à faire enrager le directeur, où chaque centimètre carré de soie serait couvert d'ornements scintillants. D'ailleurs Gedeon Torma n'aurait rien à dire, une tradition particulièrement *noble* voulait que toute

Matulienne célébrât son mariage dans la salle de prière de l'institution, et non en ville. Mici Horn aussi y avait épousé son fameux fiancé. Elle aimait cette école, assura Bánki, elle y venait souvent sans raison particulière et parcourait le jardin, juste pour le plaisir de le voir. Le concierge l'adorait, comme tout le monde, même Gedeon. Mici Horn pouvait venir quand elle le voulait, sans s'être annoncée. Gina ne l'avait-elle pas vue dans les murs ?

Gina ne l'avait pas vue, mais cela ne l'intéressait guère, le souvenir de Mici Horn la faisait encore souffrir, et malgré sa gentillesse à son égard, même si les choses n'avaient pas pu se passer autrement, le nom de Mici Horn était associé dans sa mémoire au souvenir de son échec. Elle n'avait pas la moindre envie de la voir déambuler dans les couloirs ou le jardin. En revanche, c'était agréable de jouer avec l'idée du mariage, seulement le terrarium – qu'elle entretenait avec un soin dont Éles la félicita à plusieurs reprises – était pour l'heure une relation bien plus réelle que Feri : la promesse faite à son père lui interdisait de lui écrire, même si elle parvenait à se procurer une enveloppe et à faire sortir sa lettre clandestinement du pensionnat. Et même sans l'interdiction de son père, elle n'en trouverait pas le moyen, Zsuzsanna les faisait passer au pas de charge devant les boîtes à lettres et elles devaient marcher au bord du trottoir, si bien qu'il eût fallu des bras de quatre mètres de longueur pour les atteindre. Mais Feri n'en vivait pas moins avec elles, tout comme l'étudiant en philosophie de Murai ou le Samuka de Salm – il s'appelait en réalité Pál, mais il fallait dire Samuka, parce que selon la tradition matulienne, Samuel était le surnom de tous les étudiants en théologie. Par ailleurs, il s'avéra qu'en plus du mari fourni par l'inventaire, toutes, excepté Torma, avaient à l'extérieur quelqu'un à qui penser, un jeune homme en chair et en os dont elles pouvaient parler, qu'elles pouvaient comparer avec les idéaux des autres ; elles rêvaient de le rencontrer pendant les vacances, voire d'échanger quelques phrases loin des yeux et des oreilles inquisitrices de Matula. Les cinquième année avaient aussi un sentiment commun : elles étaient toutes, sans exception, amoureuses de Péter Kalmár.

C'était un sentiment désintéressé, non parce qu'elles savaient d'emblée qu'il était sans espoir, mais parce qu'elles tenaient tant à Kalmár qu'elles ne cessaient de se creuser la tête pour savoir qui était sa bien-aimée et comment elles pourraient l'aider à trouver le bonheur avec elle. Elles savaient parfaitement que la relation de Kalmár – s'il en avait une – ne pouvait être moins secrète que leurs maris de l'inventaire. Kalmár était surveillé par le directeur de la même manière qu'elles l'étaient par leur préfète ; s'il faisait la cour à quelqu'un, il ne pouvait le faire que dans l'intention de l'épouser, et pas trop longtemps car ce n'était pas convenable : soit les professeurs de Matula ne faisaient la cour à personne, soit ils se mariaient rapidement et quittaient l'internat pour un logement en ville. Bien qu'elles ne pussent le suivre au-delà du portail, elles pensaient que Kalmár ne devait pas avoir de fiancée, puisqu'il ne portait pas d'anneau. Il fallait donc chercher ailleurs celle qui hantait ses pensées, peut-être tout près, entre ces murs.

Le jour de l'excursion, elles surent qu'elles avaient vu juste.

Lorsqu'elle était tombée sur Kőnig au cours de sa

tentative d'évasion, Gina n'avait guère fait attention à ce que son professeur expliquait sous la pluie battante à propos d'une excursion. La classe lui apprit par la suite que deux fois par an, à l'automne et au printemps, on les emmenait aux environs de la ville où l'institution possédait des terres, une vigne et un verger. Cette sortie avait toujours lieu en octobre, la plupart du temps pour les vendanges, mais cette année on était dans l'incertitude depuis la rentrée : l'évêque les autoriserait-il ou non à partir ? Kőnig fut finalement dépêché en éclaireur, avec la mission d'examiner les lieux et de chercher sur place où abriter les pensionnaires en cas d'alerte aérienne, ainsi que de se renseigner sur la circulation des trains. À son retour, il rapporta que le pressoir, trop exigu, ne pouvait entrer en ligne de compte, le corps de logis encore moins, et les chais n'offraient pas non plus d'espace suffisant, mais il y avait à proximité un bois où l'on pouvait se cacher en cas de besoin. Il était par ailleurs peu probable qu'une vigne et un verger des environs d'Árkod subissent une attaque aérienne en novembre 1943. L'autorisation fut donc donnée, bien qu'un bon mois plus tard qu'à l'accoutumée. Kalmár annonça la sortie aux élèves en les mettant en garde de ne rien commettre qui obligerait à les en priver. Les cinquième année durent se contenter de soupirer de bonheur et ne se permirent de crier qu'une heure plus tard, au cours de gymnastique, lorsque Gertrúd Truth leur lança le gros ballon en constatant avec satisfaction l'énergie avec laquelle s'exprimait leur noble passion de l'exercice physique, alors qu'en réalité elles se roulaient par terre en chahutant sans s'occuper du ballon et avaient tout autre chose en tête que la gymnastique : une journée à la campagne qui rompait le quotidien de la forteresse, quelle promesse de merveilleuses possibilités ! Les pensionnaires firent preuve toute la semaine d'un comportement irréprochable, et lors de l'évaluation du samedi, aucune sanction ne fut annoncée. Le dimanche se passa comme d'habitude : Dieu merci, le jour du Seigneur ne devait être consacré ni aux voyages, ni au travail physique, si bien que la sortie fut fixée au lundi, jour ouvrable que le directeur déclara jour de congé. À l'exception du concierge, tout le monde était de la partie, le personnel de cuisine aussi bien que les femmes de ménage ; personne n'étant malade, la doctoresse se joignit aux professeurs. Lorsque le portail se referma derrière le cortège, Gina pensa que la forteresse n'avait jamais été aussi déserte depuis qu'elle y vivait, il ne restait que le concierge dans sa loge et Abigaël au fond du jardin.

Il n'y avait pas eu de nouvelle manifestation d'Abigaël, et si une autre en avait bénéficié celle-ci n'en avait pas parlé davantage que Gina. Pourtant, elle y pensait souvent, essayant d'imaginer le vrai visage, le visage secret que dissimulait la statue. Si elle avait le moyen de guetter nuit et jour aux abords de la statue, elle pourrait voir qui prenait son message dans la cruche, mais elle savait que c'était irréalisable. Il n'était pas recommandé de traîner trop longtemps dans les parages, la statue était visible depuis les logements des professeurs, et quelqu'un qui resterait la plupart du temps près de la niche Empire se ferait tôt ou tard remarquer. Elle aurait sans doute épié en vain dans la journée, car le personnage qui vivait parmi elles sous le masque d'Abigaël devait agir la nuit, lorsque les portes et les fenêtres sont closes et que les pensionnaires sont dans leurs dortoirs. Abigaël savait vraiment tout ce qui se passait à Matula, l'évasion de Gina en était un exemple. Ce bavard de Kőnig avait dû claironner qu'il avait trouvé à la gare la petite Vitay trempée jusqu'aux os après le goûter chez Mici Horn. En l'apprenant, Abigaël avait aussitôt compris de quoi il s'agissait en réalité et était intervenue en conséquence. Le message d'Abigaël et leur relation étaient les seules choses dont elle n'avait pas parlé à la classe, même lorsque les filles lui furent devenues indispensables – curieusement, non pour leur cacher qu'elle était si furieuse contre elles qu'elle aurait pu prendre la fuite, mais parce qu'elle était incapable de leur avouer que Kőnig ne l'avait pas trouvée, mais attrapée, qu'il avait menti pour elle par lâche bienveillance, et qu'il l'avait traînée jusqu'au pensionnat. Elle se sentait si humiliée d'avoir été sauvée de l'exclusion par Kőnig et en même temps d'être sa victime qu'elle ne s'en était pas encore remise.

Le pensionnat était en marche vers la gare. Les élèves comme les professeurs portaient une tenue de travail, les filles avaient un foulard sur la tête, et bien que ce petit matin frisquet de novembre semblât promettre une belle journée, elles étaient équipées pour la pluie et le froid : au lieu de l'habituelle sacoche, chacune avait reçu un sac à dos pour emporter son panier-repas, un imperméable, une veste supplémentaire et des gants de travail. Elles empruntèrent la rue où habitait Mici Horn. En passant près du monument de la Douleur, Gina jeta un coup d'œil machinal, mais il n'y avait pas d'affiche. Les fenêtres de Mici Horn étaient ouvertes, mais elle ne vit que la vieille femme qui secouait un chiffon à poussière et leur fit signe de la main. Il fallut attendre un moment à la gare, quelques voyageurs sommeillaient sur les bancs de la salle d'attente en guettant leur train, il était encore très tôt, il faisait à peine jour. Maintenant que les classes étaient alignées côte à côte et non les unes derrière les autres, Gina pouvait mieux observer les éducateurs. Kőnig portait un vieux loden, une culotte de golf, une écharpe autour du cou et une casquette à la drôle de forme. Kalmár, naturellement tête nue, était fringant ce matin-là dans un élégant costume de sport couleur rouille au pli impeccable. Kőnig allait d'une classe à l'autre, comme s'il n'avait pas décidé à laquelle il se joindrait, mais on ne l'invita à rester nulle part. Il demanda aux cinquième année si elles étaient contentes de partir en excursion, elles répondirent avec une courtoisie glaciale, si bien qu'il les laissa aussi et fit les cent pas dans la salle d'attente. Comme il faisait sombre, il chercha un interrupteur et alluma la lumière. Il déambulait, bâillait, regardait à droite et à gauche, quand soudain, il s'immobilisa et s'exclama :

– Ça alors !

Les autres suivirent son regard. Gina posa une main sur sa bouche, comme pour s'empêcher d'exprimer ce qui venait à l'esprit. L'un des murs de la salle d'attente était entièrement recouvert d'affiches pour la guerre, au milieu du panneau se trouvait aussi une carte de la Hongrie tronquée entourée des régions séparées, au-dessous de laquelle était écrit en grosses lettres noires :

NON, NON, JAMAIS !

Quelqu'un avait ajouté en lettres noires, apparemment tracées au pinceau pour être bien lisibles, un texte qui, avec les trois premiers mots, entourait la carte de la Hongrie :

NON, NON, JAMAIS !
NE LIVREZ PAS VOS FILS AUX MAINS DU BOUCHER HITLER !

Le directeur lança à Kőnig un regard meurtrier. Gina l'entendit siffler entre ses dents :

– Quel besoin avez-vous de faire ce scandale ? Si vous voyez quelque chose, prenez-en note sans rien dire et alertez tout de suite le chef de gare, mais ne le montrez pas aux enfants !

Les voyageurs regardèrent le mur en clignant des yeux, plusieurs d'entre eux se levèrent pour s'approcher de l'affiche. Alors le directeur commanda « Demi-tour ! », si bien que toutes, jusqu'à la plus niaise des première année, remarquèrent ce qu'il y avait au mur. Puis Kőnig disparut, peu après on entendit claquer des brodequins, mais leur train entrait en gare, il fallait monter en voiture. Elles ne virent pas les soldats grimper sur un banc et essayer d'arracher l'affiche, dont on s'aperçut par la suite qu'elle n'était pas fixée au mur par des pointes, mais que quelqu'un l'avait enduite d'une colle extrêmement puissante.

Le résistant d'Árkod, à qui son père l'avait confiée !

Elle sentit son cœur battre si fort qu'elle crut que cela se voyait sous sa blouse. Elle se trouvait pour la deuxième fois devant la trace de sa main. Comme il devait être courageux, téméraire ! Il avait dû venir la nuit, monter sur le banc et tracer son texte à toute vitesse avant qu'on ne le remarque. Si seulement elle pouvait le voir, savoir qui il est ! Mais son visage restait tout aussi mystérieux que celui d'Abigaël.

Une fois dans le train, il n'était évidemment pas possible de parler de ce qu'elles venaient de voir, tout au plus un professeur pourrait-il se permettre de faire une remarque, et tous les yeux de la classe de cinquième année se tournèrent vers Kalmár, parce que c'était lui qui parlait le mieux, le plus virilement, de la guerre. Mais à ce moment-là, il ne pensait pas à l'affiche et ne remarqua pas les regards interrogateurs de la classe, parce que le sien était fixé sur Zsuzsanna. Elle s'apprêtait à s'asseoir, il tira son mouchoir et essuya la banquette d'une propreté douteuse, en la regardant de telle façon que les cinquième année en eurent le souffle coupé. Ce n'étaient plus des soupçons, des conjectures, mais une certitude. Ainsi, Kalmár était amoureux de Zsuzsanna, c'est elle qu'il avait choisie, cette sainte austère qui chaque matin enfermait ses boucles blondes sous sa coiffe – en vain, il est vrai, car à midi, elles dépassaient immanquablement sur son doux front qu'elles éclairaient de leur lumière dorée. Et afin que ce voyage fût un événement encore plus inoubliable, elles virent en même temps autre chose qui fit oublier à Gina le résistant d'Árkod : Kőnig qui tournait autour d'elles, n'ayant pas encore trouvé de place ni de portemanteau où accrocher son sac à dos, s'était rendu compte de la même chose, et il changea immédiatement d'expression, son visage s'assombrit. Zsuzsanna et Kalmár se mirent à étudier la répartition des tâches de la journée pour les cinquième année. Leurs visages étaient si proches que chacun devait sentir le souffle de l'autre. Kőnig se détourna, il avait enfin trouvé un crochet libre et se débarrassa de ses affaires.

C'était plus beau que toute beauté et plus excitant que toute excitation ! Kőnig, ce bouffon, n'a-t-il pas fait la grimace en voyant Kalmár et Zsuzsanna rapprocher leurs têtes ? Serait-il amoureux sans espoir ? Ou jaloux ?

– On a le droit de chanter ? demanda Nacák, ravie.

Et Kalmár envoya Bánki demander au directeur la permission de chanter.

Lorsque Bánki revint avec une réponse positive, Mari Kis demanda à Zsuzsanna quel était son chant préféré. La préfète hésita, comme si elle n'était pas sûre qu'il lui fût permis d'avoir un chant préféré, puis elle répondit qu'elle aimait les chansons d'amour du folklore, dites *chansons de fleurs*. Alors les cinquième année entonnèrent la chanson du muguet, *« Sej-haj, gyöngyvirág… »*, si bien que le professeur de musique vint d'un autre compartiment et les écouta en souriant, car l'amour, la jeunesse et la joie jaillissaient de leurs jeunes gorges plus joliment et plus librement que lorsqu'il les dirigeait. Zsuzsanna écoutait, les yeux fermés, Kalmár se leva soudain et s'éloigna comme s'il ne pouvait supporter d'être aussi près d'elle. Kőnig ouvrit son sac à dos et examina le contenu de son panier-repas ; le directeur, venu lui aussi écouter les cinquième année, secoua la tête en le voyant faire. Tout le monde comprit qu'il était choqué par ce manque de tenue, puisqu'avant de partir il avait été précisé que personne ne devait toucher aux provisions avant le déjeuner.

– Il noie son chagrin dans le saucisson ! chuchota Torma.

Et elles s'étranglèrent de rire en se poussant du coude, si bien que Zsuzsanna ouvrit les yeux, et le directeur, voyant que Torma était à l'origine de cette hilarité incongrue, l'envoya au coin jusqu'à l'arrêt suivant. Sur ce, sa silhouette noire sortit du compartiment.

Le train avançait en cahotant, mais même cela était merveilleux, tout était merveilleux. Le soleil, déchirant enfin les nuages, dorait le paysage automnal. Elles descendirent au deuxième arrêt et, après un bref trajet à pied, arrivèrent au domaine qu'une ancienne élève avait légué à l'institution Matula ; une partie des récoltes alimentait la cuisine du pensionnat, la vente du reste permettait d'accueillir gratuitement quelques élèves. Gina savait qu'elles n'étaient pas venues pour s'amuser, tout au moins pas seulement pour s'amuser : la première moitié de la journée était consacrée au travail. Elle connaissait les principes éducatifs de Gedeon Torma, selon lesquels il ne sert à rien d'avoir l'esprit vif si le corps est indolent ; elle s'était accoutumée à ce que le directeur les épuise parfois en leur imposant diverses corvées en plus du travail scolaire, car à Matula on voulait qu'elles apprennent de bonne heure à respecter le travail manuel. En arrivant au domaine, les plus grandes, qui avaient déjà participé aux vendanges ou à d'autres récoltes d'automne, savaient ce qu'elles avaient à faire, seules les première année avaient besoin d'instructions. Il n'y eut ni cavalcades, ni agitation, pas même de cris, les professeurs principaux et les préfètes avaient en mains la répartition des classes et l'organisation du travail ainsi qu'un plan du domaine indiquant l'emplacement assigné à chaque groupe et ce qu'il avait à y faire. Toutes déposèrent leurs affaires et se changèrent à l'endroit prévu dans la maison de l'ancienne élève, qu'occupait désormais l'intendant du domaine avec sa famille. Gertrúd Truth distribua des sacs, des caisses, des paniers, des échelles et quelques hottes aux chefs de groupe, et résuma l'organisation du travail. À l'exception des deux petites classes, elles devaient changer d'activité toutes les heures : pendant une heure, elles récolteraient des pommes, puis elles sortiraient des pommes de terre et des légumes de la cave et des fosses, l'heure suivante elles en rempliraient des sacs et des corbeilles puis les emporteraient aux charrettes. Les petites serviraient de messagères auprès de la direction qui superviserait le travail depuis le pressoir. Tel le grand prêtre d'une cérémonie, le directeur en personne ouvrit la première fosse et, pendant un quart d'heure, passa les légumes à son assistante, Aradi. Puis il aida aux pommes de terre en montrant comment les trier en trois tas : les plus belles étaient destinées au front, le deuxième tas à la cuisine de Matula, et le troisième, de qualité moyenne, à l'orphelinat.

Le domaine n'était pas assez étendu pour qu'on n'en ait pas une vue d'ensemble, mais il avait l'inconvénient d'être coupé en deux par la voie ferrée. S'il ne circulait pratiquement aucun train sur cette ligne secondaire, le haut remblai était cependant difficile à escalader avec les paniers et les hottes, surtout pour celles, notamment les cinquième et sixième année, qui récoltaient les pommes tardives et les noisettes loin du pesage, de l'autre côté de la voie. Les petites n'avaient pas le droit de traverser, et les instructions étaient transmises de l'autre côté par une préfète ou un professeur. Les cinquième année s'affairaient rapidement et avec plaisir autour des pommiers, bien que les préposées au déplacement des échelles eussent sué sang et eau pour transporter celles-ci par-dessus le remblai; les cueilleuses juchées sur les échelles ne cessaient de regarder en bas pour voir si Kalmár faisait attention à elles. Gina n'était pas affectée à la cueillette, mais au triage. Elle respirait avec bonheur le parfum des pommes et s'amusait elle-même du sérieux avec lequel elle réfléchissait à quel tas elle destinait chaque fruit. Les professeurs se relayaient sur le remblai pour surveiller la voie ferrée afin d'arrêter les élèves si un train apparaissait.

La circulation se limita à un train de marchandises et un train militaire. Quand ce dernier passa, même le travail cessa, les soldats qui chantaient se turent un instant en voyant les pensionnaires. Tous les visages se tournèrent vers ces lycéennes au travail : les hommes qui partaient au front regardèrent les filles et les arbres fruitiers. Ce fut une des expériences qui ne prirent de sens que plus tard dans la mémoire de Gina. Tous ces soldats soudain muets, les yeux fixés sur elles – elle comprit plus tard qu'en voyant les Matuliennes, ces garçons qui partaient au-delà de la frontière avaient pensé à leurs enfants ou à leur famille, ils avaient pensé à leur lopin de terre, à leur jardin, au grand ordre de la nature qui fait mûrir les récoltes en automne, et à laquelle les hommes obéissent depuis la nuit des temps ; et c'est ce que ces soldats auraient fait eux aussi, si le train ne les avait pas emmenés pour tuer ou être tués. À ce moment-là, Hajdú était de service sur la voie, il se posta au bord du talus et donna le signal, alors les classes de cinquième et sixième année qui travaillaient un peu plus loin entonnèrent *L'armée est en marche pour défendre notre beau pays* en agitant la main à l'intention des soldats qui leur répondirent et reprirent leur chant. Gina ne chantait pas, elle regardait le train en pensant à son père, à l'inscription sur le monument de la Douleur, à l'affiche qu'elle avait vue le matin même à la gare. Elle resta là, sans bouger, jusqu'à ce que Zsuzsanna lui demande ce qu'elle attendait. « Se doute-t-elle que celui qui risque sa vie chaque jour à Árkod dit la vérité, qu'il veut aussi sauver ceux qui partent à la guerre, se demanda Gina. Se doute-t-elle qu'il y a dans ce pays un père qui s'est séparé de son enfant pour agir dans le même but sans avoir peur pour elle ? » Zsuzsanna revint à la charge et lui demanda si elle avait entendu : son heure de tri était finie, elle devait aider aux paniers et au transport.

C'est vers la fin de l'heure suivante que se produisit ce que nul n'oublierait jamais, non seulement ceux que cet événement toucha de près, Zsuzsanna, Kalmár, le directeur et Kőnig, mais aussi ceux qui y assistèrent. Les cinquième année étaient déjà passablement fatiguées, elles transportaient de grands paniers de pommes par-delà la voie ferrée jusqu'au pressoir, Kőnig était cette fois de service sur le remblai, Zsuzsanna et Kalmár travaillaient avec les filles. Kőnig dansait d'un pied sur l'autre et tenait sa casquette à deux mains car le vent s'était levé. Gina savait qu'il était là mais ne le voyait pas, elle observait Zsuzsanna et Kalmár. Celui-ci dit quelque chose qui dut déplaire à Zsuzsanna, car elle se leva soudain, se retourna pour ordonner à Cziller de venir aider le professeur principal et posa son panier par terre. Elle alla vers le tas des plus belles pommes, puis envoya Oláh chercher une hotte et cria à Kalmár de continuer le transport avec Cziller, elle venait de se rappeler qu'il fallait une hotte de pommes pour monseigneur l'évêque. Gina sentit que Zsuzsanna ne voulait plus entendre Kalmár, mais que lui avait-il dit ? Cziller, en extase, suivit Kalmár dont le visage se ferma, et Zsuzsanna entreprit de remplir sa hotte. Elle était plus belle que jamais, parfaitement à sa place dans le paysage en se livrant à une activité humaine, de simples travaux d'automne. Sa hotte était pleine à ras bord, les pommes rouges sourirent dans son dos lorsque Torma et Mari Kis l'aidèrent à passer les bretelles.

Kalmár et Cziller avaient depuis longtemps franchi la voie quand Zsuzsanna se mit en chemin, suivie de Gina et Bánki chargées d'une grande corbeille. Elle pressa le pas et atteignit la voie à la hauteur de Kőnig. Celui-ci posa sur elle un regard ensommeillé et, en même temps que la classe, vit sa longue jupe s'accrocher à un morceau de fer dépassant entre les rails; Zsuzsanna perdit l'équilibre et tomba en arrière, entraînée par le poids de sa hotte. Les épaules et les bras de Kőnig tressaillirent, comme si l'idée de la rattraper pour l'empêcher de perdre l'équilibre traversait sa conscience, mais il ne fit que la regarder, désemparé. Alors Zsuzsanna tomba sur la voie et, sous les yeux horrifiés de la classe, roula au bas du remblai, de l'autre côté qu'elles ne pouvaient plus voir depuis les pommiers.

Par la suite, Gina prit conscience qu'à ce moment-là elle était déjà assez matulienne pour ne pas crier. D'ailleurs, personne ne cria. Les yeux eurent une quantité de choses à enregistrer en l'espace d'un instant : Zsuzsanna qui disparaît, la classe entière qui jette les paniers et se précipite vers la voie ferrée, Kőnig qui rougit, puis blêmit, le mouvement par lequel il a failli bondir vers la préfète, mais seulement failli, parce qu'il s'est ravisé et s'est contenté d'avancer au bord du talus d'où il l'a suivie des yeux avec effroi. On entendit aussi une voix de l'autre côté du remblai, un mot que l'émotion priva de son corollaire « sœur » – Kalmár, depuis longtemps passé de l'autre côté avec Cziller, s'écria : « Zsuzsanna! » Kőnig assistait bouche bée à ce que les cinquième année ne pouvaient pas voir au pied du talus, quand soudain un train apparut derrière lui, et si les filles ne s'étaient pas mises à hurler, il serait resté là, plongé dans la contemplation de Zsuzsanna, jusqu'à se faire écraser. Il reprit enfin ses esprits et se retourna, poussa un cri de peur et dégringola au bas du talus. À ce moment, madame Gigus rejoignit les cinquième année, venant de l'autre côté des pommiers où elle récoltait les dernières noisettes avec une partie des sixième année. Sur le ton spécifique de Matula, qui ne devait trahir ni peur, ni passion – auquel, comme tout le monde l'avait entendu, ils étaient deux à avoir dérogé, Kalmár par amour et Kőnig par lâcheté –, elle leur ordonna de reprendre immédiatement le travail, et dit à Gina d'aller voir de l'autre côté dès que le train serait passé, afin de rapporter à la classe ce qui était arrivé à leur préfète. Cela ne devait pas être grave, mais dans le cas contraire, la doctoresse et les deux professeurs étaient là avec la trousse de premiers secours, et sœur Zsuzsanna serait certainement la première contrariée d'apprendre qu'elle avait semé la perturbation. Le train passa en haletant, le machiniste, sortant le haut du corps par la fenêtre de la locomotive, brandit un poing menaçant en guise de chaleureux message, manifestement adressé à Kőnig qui venait d'exécuter un pas de danse devant lui. Dès que la voie fut libre, Gina escalada le remblai en courant et s'arrêta à l'endroit où Kőnig se tenait auparavant, et d'où elle pouvait voir tout le terrain.

Les pommes rouges de l'évêque étaient répandues dans l'herbe. Zsuzsanna, que l'on avait débarrassée de sa hotte, était allongée sur les genoux de Kalmár, et la doctoresse lui tenait le poignet. Kőnig les observait, un peu à l'écart près de la trousse à pharmacie. Il n'y avait pas d'autre éducateur à part le directeur, le travail continuait, les septième et huitième année triaient les pommes de terre en silence comme s'il n'était rien arrivé. La doctoresse imbiba de liquide un coton qu'elle fit respirer à Zsuzsanna, dont le front saignait un peu. Celle-ci ouvrit les yeux et revint à elle d'une manière toute zsuzsanienne, avec raideur et discipline. Elle ne soupira pas et ne posa pas de question.

– Zsuzsanna, dit Kalmár, vous n'avez rien ? Pouvez-vous vous lever ?

Ses paroles n'auraient pas pu être plus simples, ni plus professionnelles, mais le ton… Se rendant compte de sa position, la préfète se redressa, non sans mal, et ne répondit pas à Kalmár, comme si elle ne l'avait pas entendu. Elle essaya de plier le bras, puis de se lever avec précaution, soutenue par la doctoresse. Elle dut sentir quelque chose au front, car elle y porta la main puis en regardant ses doigts, s'étonna qu'ils soient rougis.

– Je vais arranger ça tout de suite, dit la doctoresse. Vous vous êtes éraflée sur un caillou. Heureusement vous n'avez rien, mais il faut vous reposer. Vous auriez dû mettre des vêtements ordinaires pour travailler, une jupe moins longue. Monsieur Kőnig, vous êtes le seul à avoir les mains à peu près propres, aidez-moi à soigner sœur Zsuzsanna.

Kőnig, honteux, marmonna qu'il ne supportait pas la vue du sang. Kalmár s'empara de la trousse de secours et, du haut du remblai, Gina l'entendit proférer d'une voix particulièrement haineuse cette phrase sacrilège dont pas un seul mot n'avait sa place à Matula :

– Si tu n'étais pas aussi empoté, tu l'aurais retenue ! Fiche le camp d'ici !

– Vitay regagne sa place, dit le directeur.

Gina recula mais elle vit encore Zsuzsanna rougir tandis que Kőnig, plus vieux et plus abattu que jamais, fit demi-tour et reprit son poste de surveillance sur la voie. Elle vit aussi le directeur murmurer d'un air furieux à l'oreille de Kalmár, la doctoresse emmener Zsuzsanna, en d'autres termes elle assista à l'étonnant jeu auquel l'institution Matula était passée maître : il ne s'est rien passé, et s'il s'est passé quelque chose, ce n'était pas ainsi, il n'y a eu ni vilains mots, ni impulsions regrettables, ni déclarations déplacées, et s'il y en a eu, ce n'était pas entre des membres de l'équipe éducative. Gina rejoignit sa classe et dit que Zsuzsanna allait bien. Elles reprirent le travail. Peu de temps après, Kőnig disparut de la voie, remplacé par le directeur en personne, puis Kalmár revint, le visage impassible, mais marchant d'un pas si nerveux que Cziller, qui restait sa partenaire à la place de la diaconesse, avait du mal à le suivre.

Elles ne revirent Zsuzsanna qu'au déjeuner, lorsque tous les travaux furent achevés. Elle avait un pansement au front mais elle se déplaçait avec la même grâce que si elle n'avait pas eu d'accident. Kőnig s'isola, il s'assit tout seul à l'écart, et cette fois le directeur ne l'invita pas à le rejoindre. Gina eut le sentiment que cet homme ne méritait pas que l'on gaspillât une quelconque émotion à son égard. Détester Kőnig ? Plutôt ne pas le voir ! Kalmár ne s'installa pas non plus à côté de Zsuzsanna, mais avec les filles, et à présent, Gina connaissait suffisamment Matula pour savoir qu'après l'avoir tenue sur ses genoux et insulté son collègue à cause d'elle, il devait prendre garde au moindre de ses gestes.

Après le déjeuner, il y eut un moment de repos, puis il ne fut plus question que de distractions : ballon et autres jeux auxquels Zsuzsanna se joignit. Sa jambe lui faisait encore un peu mal, dit-elle, si bien qu'elle ne courut pas, mais elle participa aux jeux de société et rit beaucoup quand les réponses au jeu de « Je t'en veux » étaient particulièrement drôles. Kőnig ne joua avec aucune des classes, pendant un moment il disparut même tout à fait. C'est seulement au retour qu'elles le revirent, dans le train, mais il se tint encore à l'écart des cinquième année. Toutes les classes entonnaient à présent le même chant, les filles étaient fatiguées et heureuses, grisées de senteurs de terre et de pommes. Zsuzsanna se leva soudain comme pour aller vérifier quelque chose, Mari Kis et Gina la suivirent en catimini, n'allait-elle pas voir Kalmár ? Celui-ci était dans un autre compartiment avec le directeur qui l'avait convoqué, sans doute pour lui expliquer – selon Szabó – comme il avait coutume de le faire avec Torma, ce qu'étaient la respectabilité, la décence et les bonnes manières.

Mais Zsuzsanna rejoignit Kőnig.

Gina et Mari Kis ne les voyaient pas, Kőnig devait être sur le quai où Zsuzsanna l'avait suivi, et ils étaient cachés par le mur des lavabos qui faisait saillie. Mais elles purent les entendre, car les autres venaient de finir leur chant, et la messagère n'avait pas encore indiqué aux cinquième année quel chant Hajdú avait choisi ensuite.

– Monsieur Kőnig, dit Zsuzsanna. Vous ne venez pas avec nous ? Il y a une place libre.

– Merci. L'air est meilleur ici.

– Avez-vous déjeuné ?

– Bien entendu. J'aime manger.

– Cela me ferait quand même plaisir que vous veniez.

– Dieu vous en tiendra compte, dit Kőnig. Votre bonté surpasse encore les critères de Matula.

Zsuzsanna n'ajouta rien et regagna son compartiment, précédée de justesse par Gina et Mari Kis, stupéfaites de l'impertinence de Kőnig, lequel devait toutefois, dans son dépit, ruminer les conséquences de la glorieuse assurance dont il avait fait preuve ce jour, car à supposer qu'il eût quelque espoir, il avait définitivement gâché ses chances auprès de Zsuzsanna, même s'il n'avait pas eu Kalmár pour rival. Lorsque Zsuzsanna eut regagné sa place, Gina et Mari Kis lui demandèrent, bien que ce fût extrêmement périlleux, si elles pouvaient aller se laver les mains, et elles se glissèrent dans le wagon du directeur. Par une étroite fente, elles suivirent la conversation. Gedeon Torma pérorait, le visage sombre, devant un saint Georges à l'attitude raide, presque militaire, qui arborait l'expression extatique d'un martyr, tandis que Torma le tourmentait.

– Ça fera un beau mariage ! chuchota Mari Kis, avec ravissement. Une chance que les diaconesses aient le droit de se marier !

Un portrait grotesque

L'histoire de Kalmár et Zsuzsanna était devenue la nouvelle question centrale.

Les cinquième année décidèrent qu'ils devaient se marier, mais elles ignoraient comment les aider à atteindre leur but le plus tôt possible. Elles ne tardèrent pas à se rendre compte qu'elles ne pouvaient pas faire grand-chose pour eux. C'est en vain qu'elles rêvaient de trouver un moyen pour qu'ils soient un peu plus souvent réunis, leur vie obéissait à des règles si strictes qu'en dehors des repas ou de la proclamation des résultats le samedi, ils ne devaient pas être vus ensemble s'ils ne voulaient pas susciter de remarques embarrassantes. Zsuzsanna restait presque constamment entre les murs du pensionnat, et lorsqu'elle se rendait au foyer des diaconesses, à l'évêché ou chez le dentiste, elle laissait toujours un numéro de téléphone à la sœur de permanence et indiquait même à l'élève responsable où on pouvait la joindre au cas où une cinquième année aurait besoin d'elle. Il était donc impensable qu'elle aille en ville autrement que par obligation ou pour remplir une mission. On ne pouvait pas en dire autant de

Kalmár. Il habitait dans l'aile des professeurs, de l'autre côté de la grille du couloir, d'où une autre porte donnait accès à la rue, et pouvait donc aller et venir à sa guise quand il n'était pas de service. Cependant, leurs horaires ne concordaient pas, comment faire en sorte qu'ils se rencontrent sans témoins, à moins qu'ils ne s'en occupent eux-mêmes, ce qui, connaissant Zsuzsanna, n'était guère probable. Personne ne doutait que la préfète ne fût pas indifférente à ce qui illuminait le visage de Kalmár dans le train ; les cinquième année ne pouvaient imaginer que Péter Kalmár ne puisse plaire à Zsuzsanna puisqu'il plaisait tant à chacune d'entre elles, et elles passaient des heures entières à analyser les possibilités. Le soir, lorsque la préfète entrait inopinément dans le dortoir pour les faire taire, c'était à la fois drôle et consternant, car leurs conversations témoignaient cette fois d'un altruisme que Zsuzsanna attendait de leur part dans d'autres domaines de la vie. Comment aurait-elle pu se douter qu'elles organisaient son mariage, se demandant comment la coiffer pour cette grande occasion, et quel genre de coiffure était d'ailleurs possible avec de si longs cheveux. C'est Torma qui en savait le plus sur les mariages célébrés à Matula, elle avait à peine sept ans quand elle était venue vivre avec son oncle et avait connu d'anciens employés, retraités depuis, qui étaient arrivés à l'institution au début du siècle ; ils avaient assisté au mariage de Mici Horn, le tout premier mariage de Matula, dont Kőnig aurait été l'un des témoins. Aucune ne voulut le croire, pourtant Torma jura ses grands dieux, ce qui jeta un froid, car jurer pour des choses sans importance était un très grave péché. Torma affirma que le prédécesseur du concierge actuel, qui avait pris sa retraite deux ans auparavant, disait toujours que même Jésus ne comprenait pas comment Kőnig avait pu devenir une telle lavette, il n'était pas comme ça dans sa jeunesse. Elles ne crurent pas Torma, ou, plus exactement, elles la crurent en pensant que l'employé s'était moqué d'elle. Que Mici, précisément Mici Horn, ait permis au jeune Kőnig d'être témoin à son mariage, non, c'était tout à fait invraisemblable. Murai conseilla à Gina de prendre elle aussi Kőnig pour témoin quand elle épouserait Feri, si leur mariage avait vraiment lieu à Matula. Debout près de la sainte table, tenant d'une main un panier-repas et de l'autre sa casquette à oreillettes, il écouterait, les larmes aux yeux, Gina jurer fidélité éternelle à Feri. En fin de compte, si Mici Horn l'avait fait, elle aussi devrait respecter cette tradition. Elles trouvèrent l'idée si drôle qu'elles faillirent en tomber de leurs lits ; Gina dit en gémissant qu'elle avait mal au ventre à force de se retenir de rire et qu'elle les remerciait de leur sollicitude, mais qu'en échange de la tradition « Kőnig est mon témoin », elle leur en offrirait une autre, en fin de compte où était-il écrit que Mici Horn et ses suiveuses fussent les seules à instaurer les coutumes matuliennes ? Les filles, captivées, l'écoutèrent raconter que dans son ancienne école, celles qui n'avaient pas bien appris leur leçon échappaient dans la plupart des cas à l'interrogation en donnant un coup de pied à la statue d'Atala Sokoray, dont l'établissement portait le nom ; mais Salm, que le tirage au sort du registre avait mariée à l'évêque János Matula, fondateur de leur pensionnat, se mit aussitôt à protester, hors d'elle, hurlant que personne ne donnerait de coups de pied à son époux, sous peine d'avoir affaire à elle. Cela les fit encore tant rire qu'elles en eurent mal aux mâchoires. Murai demanda à Gina de bien vouloir, compte tenu de l'extrême susceptibilité de madame János Matula née Gizella Salm, leur proposer une autre coutume du lycée Sokoray Atala. Sur le moment, Gina n'eut pas d'idée, mais le lendemain, alors qu'elles écrivaient une rédaction au cours de Kőnig, un souvenir lui revint et son visage s'illumina, si bien qu'il lui demanda ce qui la transportait à ce point, et s'il était possible qu'une composition de hongrois eût sur elle un effet si exaltant.

Kőnig avait changé depuis l'excursion, il était moins souriant, engageait moins souvent la conversation avec les élèves, comme si, honteux de son comportement lamentable, il ne voulait plus s'entretenir avec personne. Gina ne lui répondit pas – ce qu'on ne pouvait se permettre qu'avec Kőnig –, et en se penchant de nouveau sur son devoir, elle donna un coup de coude à Mari Kis, qui avait repris sa place auprès d'elle, tout comme Torma, leur vue étant redevenue normale depuis qu'elles étaient réconciliées. Mari comprit qu'elle venait d'avoir une idée et qu'à la pause, lorsqu'elles feraient semblant de réciter leurs leçons en marchant en cercle deux par deux dans le couloir, comme le prescrivait le règlement, elle lui exposerait cette chose sensationnelle à laquelle elle venait de penser. Mais, pour le moment, la sonnerie était encore loin, Gina n'arrivait à rien avec sa rédaction, et elle devait s'appliquer si elle voulait la finir honorablement. À Matula, elles avaient toujours deux heures pour les compositions, la première était consacrée au brouillon. On pouvait lire le sujet au tableau : « Lettre pour le front. » Gina écrivait la même chose que toutes les autres, encourageant les héros à résister sur le champ de bataille et leur promettait qu'à l'arrière, elles aussi feraient du bon travail dans leur domaine. Elle exhortait aussi les soldats à ne pas épargner leur sang, car cette guerre était menée dans un but sacré, et si la victoire finale exigeait qu'ils se sacrifient, ceux qui resteraient en vie garderaient fidèlement leur souvenir. Quand elle fut enfin lancée en écrivant ce que Kőnig attendait d'elles, et que l'on écrivait dans tous les établissements scolaires de Hongrie en novembre 1943, elle sentit sa bonne humeur se dissiper. En regardant les têtes penchées sur les cahiers, elle pensa que chaque nuit elles parlaient vraiment de tout, sauf de la guerre, qui pourtant se déroulait aussi au tréfonds de leurs consciences. Elles avaient presque toutes un proche au front, mais leurs chuchotements ne concernaient que l'amour, les professeurs et les devoirs, et à part elle, personne dans la classe ne se demandait pourquoi la guerre avait éclaté et comment elle finirait. Il y avait des vêtements de deuil parmi les uniformes, c'était la seule tenue non réglementaire autorisée sous la blouse. Le père d'une première année était tombé au cours de l'été, ainsi que celui d'une septième année; les orphelines fondaient parfois en larmes en pensant à eux, mais n'allaient manifestement pas jusqu'à se demander si les choses n'auraient pas pu se passer autrement. La lucidité que Gina devait à son père était un fardeau particulier pour elle. Aux cours d'histoire et de défense nationale, Kalmár avait brossé un portrait épouvantable de ceux qui sapaient l'unité nationale par leurs doutes ou leur résistance, soulignant avec éloquence la nécessité de la guerre, laquelle réclamait certes des sacrifices mais serait en fin de compte bénéfique, martelant que si la nation se battait pour la victoire, nous pourrions enfin faire régner l'ordre autour de nous en Europe, et récupérer nos possessions légitimes. S'il n'y avait pas eu cette conversation décisive avec son père à la pâtisserie Hajda, Gina ne penserait pas autrement, puisque c'est ce qu'elle avait toujours entendu à Budapest, au lycée comme chez tante Mimó.

Ce serait bien qu'il y ait à Matula quelqu'un comme son père, qui connaisse la vérité et lui donne de véritables informations sur la situation, afin qu'elle sache combien de temps la guerre pouvait encore durer et quand la vie normale reprendrait son cours. Mais à Matula, tout le monde s'enthousiasmait pour la Hongrie en armes, du moins en apparence, et Kalmár était un orateur si talentueux que Gina devait parfois se ressaisir et veiller à ne pas oublier ce que son père lui avait dit. C'était d'autant plus difficile que les déclarations de Kalmár étaient beaucoup plus séduisantes que l'amère objectivité du général, et elle était convaincue que l'ardeur de Kalmár était sincère, il pensait réellement ce qu'il leur enseignait. Elle avait parfois de la peine pour son professeur principal, en pensant à la terrible déception qu'il éprouverait en découvrant lui aussi la vérité et en comprenant qu'il avait été l'apôtre d'une tuerie inutile. Le pauvre, comme il sera abasourdi d'avoir été trompé ! Il faut espérer qu'à ce moment-là il aura épousé Zsuzsanna, elle pourra alors soigner son amour-propre.

Pendant la pause, elle exposa à Bánki et à Salm une coutume de Sokoray Atala qu'elles pourraient reprendre. Dans son ancienne école, une grande avait un jour eu l'idée d'écrire deux versions d'une rédaction, l'une conforme à ce que l'école demandait, l'autre pour un usage privé. C'était une fille intelligente qui n'avait pas froid aux yeux, ses parents l'élevaient bizarrement, bien qu'elle ne fût encore que lycéenne ils l'emmenaient partout avec eux, au dancing, au cabaret; bien sûr, personne n'en savait rien, et il valait mieux ne pas penser à tout ce qu'elle pouvait encore faire. Cette fille n'était pas seulement téméraire, elle était aussi la meilleure en rédaction. Les sujets scolaires l'ennuyaient au plus haut point, alors elle écrivait toujours deux versions parce qu'elle aimait beaucoup plaisanter. En classe, elle rédigeait « joliment » ce qu'il fallait, et à la maison, elle s'amusait à récrire le tout pour elle-même et pour ses camarades. La version secrète, celle de la maison, passait de main en main, les filles se tordaient de rire en la lisant. Par exemple, si le sujet était « Une soirée à la maison », elle faisait une description touchante de la famille réunie : elle joue du piano, fredonne de vieilles chansons pour sa bonne maman qui sommeille près du poêle; ensuite elle va se coucher de bonne heure, non sans dire un chapelet au lit, et, lorsqu'elle s'endort, elle voit encore en rêve les chers visages de ses parents. En revanche, sa rédaction secrète révèle que dans sa famille c'est sa grand-mère qui préfère aller au cabaret; elle fait encore très jeune et est bien plus dynamique que sa maman, elle fume nuit et jour comme un pompier et prépare les meilleurs cocktails de la famille; elle est aussi contre l'école et lui serine d'abandonner ce stupide lycée, à quoi bon passer le bac, elle ferait mieux de s'amuser, toutes ces leçons doivent être mortellement ennuyeuses. Par ailleurs, lorsque cette grand-mère danse à ses jours de réception, même les cavaliers les mieux entraînés finissent par jeter l'éponge. Le soir, on ne voit jamais son père, impossible de savoir où il va. Quant à sa mère, elle est chez sa couturière, à l'association féminine ou au théâtre, quand ce n'est pas au salon de coiffure. Elle ne se souvenait pas qu'ils eussent jamais dîné ensemble. Par bonheur, ils aimaient tous aller au dancing ou au cabaret, si bien que la famille parvenait quand même à se retrouver, car son père, sa mère, sa grand-mère et elle-même y allaient régulièrement ensemble.

Salm et Bánki comprirent tout de suite quelles formidables possibilités offrait cette tradition de Sokoray Atala, et lorsqu'au bout des deux heures Kőnig écrivit au tableau le sujet du devoir à rendre « Portrait. Représenter un caractère avec des mots », Bánki se mit à couiner, puis présenta ses excuses, disant qu'elle avait le hoquet. Dans le cadre d'un portrait, expliqua Kőnig, elles pouvaient décrire n'importe qui de leur connaissance. L'après-midi, tandis qu'elles faisaient leurs devoirs pour le lendemain, les cinquième année savaient toutes ce que serait leur jeu suivant, et Zsuzsanna s'étonna que la rédaction leur prenne tant de temps, mais elle ne pouvait évidemment pas se douter que cette fois elles écrivaient deux textes, le deuxième, destiné au dortoir, sous le buvard afin qu'elle ne s'aperçoive de rien.

Dans la rédaction officielle recopiée dans les cahiers, elles firent presque toutes le portrait de leur père ou de leur mère. Gina hésita, puis se décida pour une autre personne. Elle ne se souvenait pas personnellement de sa mère, on lui avait seulement parlé d'elle. Son père ? Depuis qu'elle connaissait ses véritables activités, elle ne pouvait imaginer le représenter dans un devoir scolaire comme un zélé patriote. Elle ne pouvait montrer ce qu'il était vraiment, en secret, et n'avait pas envie de décrire le personnage qu'il était en apparence, alors elle choisit de faire le portrait de Marcelle. Son plan fut vite établi. Dans l'introduction, elle expliqua pourquoi elle avait choisi Marcelle ; dans le développement, elle décrivit l'aspect de la Française, puis sa personnalité, enfin leur relation. En conclusion, elle dit combien elle souhaitait qu'après la guerre Marcelle reprenne sa place dans la villa du mont Gellért. Mari Kis fit circuler sous la table de la salle d'étude une feuille de papier où chacune devait noter qui elle décrivait dans la rédaction secrète. Lorsque le papier parvint à Gina, elle vit que la plupart avaient nommé Kalmár, Torma le directeur, deux Mici Horn, quatre Zsuzsanna ; seule Szabó avait choisi Gertrúd Truth, avec laquelle elle avait des problèmes parce qu'elle était incapable de grimper à la corde – et le professeur de gymnastique faisait constamment des remarques sur les jambons de Szabó, en disant qu'elle n'était bonne qu'à la vie de harem, où elle pourrait passer la journée vautrée sur des coussins à attendre le sultan en mangeant des sucreries. « La prochaine fois, elles choisiront mieux, pensa Gina. Comment tourner Kalmár et Zsuzsanna en dérision puisque nous les aimons bien ? Le directeur est un personnage effrayant, ce n'est pas non plus un bon sujet. Pourquoi personne n'a-t-il pensé à Kőnig, le modèle le plus approprié de ce genre de portrait ? »

Lorsque l'évêque entra dans la salle A, salle d'étude commune aux classes de cinquième et de sixième année, personne ne s'en aperçut, sauf Zsuzsanna. Il était accompagné non seulement du directeur, mais aussi du révérend et de quelques membres de l'équipe pédagogique. La longue table des cinquième année étant la plus proche de la porte, l'évêque adressa un signe de la main aux sixième année, puis, voyant une place libre à côté de Dudás – celle de Gáti qui était absente –, il s'y assit, presque en face de Gina, Mari et Torma. Gedeon Torma, le révérend et les professeurs restèrent derrière lui, et, sur un signe de la préfète, la moitié des élèves se levèrent pour leur laisser leur place. Les cinquième année, plus mortes que vives, regardaient l'évêque, qui se montrait aussi simple et aussi aimable que s'il n'était pas un personnage plus éminent encore que le directeur.

– Fermez vos cahiers, ordonna Zsuzsanna. Vitay, Kis, Torma, allez chercher des sièges au parloir.

Elles sortirent en chancelant. Chacune prit deux chaises, il n'en fallait pas davantage, l'évêque était déjà assis et seuls le professeur de musique, madame Gigus, Kalmár, Kőnig et madame Sáfár, professeur principal des deuxième année, accompagnaient le directeur.

– On est fichues, dit Torma. S'il ouvre mon cahier et soulève le buvard, je suis fichue, je vais me faire virer.

– On sera toutes virées, dit sombrement Mari Kis. S'il lit à propos de notre chère préfète qu'elle n'est pas protestante, mais bouddhiste, et qu'en réalité ce n'est pas une diaconesse mais une actrice qui fait retraite ici pour se préparer à son prochain rôle, je suis bonne pour rentrer chez moi dès ce soir.

– Ils ne peuvent pas renvoyer tout le monde, dit Gina. (Elle avait les mains froides et crispées d'énervement. Une fois de plus, elle avait mis la classe en danger !) Non, ça n'existe pas !

– Tu crois ça ? gémit Torma. Pauvre idiote ! On est

à Matula, ici, pas à Sokoray Atala où on peut aller au dancing et où les grands-mères préparent des cocktails. Tu n'as toujours pas appris dans quel monde nous sommes ici ? Si mon oncle se prenait en flagrant délit, il se renverrait lui-même !

Comme elles approchaient de la salle A avec leurs chaises, elles entendirent des rires. Torma, les yeux emplis de larmes, récita un Notre Père à toute vitesse et Kis, la téméraire, l'effrontée, murmura sans pouvoir s'arrêter : « Jésus, Jésus, doux Jésus… » Gina se ressaisit la première et pensa que s'ils riaient, ce n'était peut-être pas si grave. Mais dès qu'elle entra dans la salle, ses mains refusèrent de lui obéir et les deux chaises tombèrent bruyamment par terre. L'évêque faisait la lecture, et bien que sa belle voix de baryton trahît que le texte l'amusait beaucoup, c'était encore lui le plus discipliné, car toute l'assemblée de la salle A était en proie à l'hilarité. Les sixième année hurlaient de rire, tous les professeurs souriaient et même Kalmár riait à gorge déployée. Seule Zsuzsanna avait l'air grave, presque triste, et gardait les yeux baissés. Kőnig se mouchait, on ne pouvait voir son visage. Gina était incapable de bouger. L'évêque lisait sa rédaction, non pas celle qu'elle avait recopiée de sa plus belle écriture dans son cahier de devoirs, mais son texte secret. Il en était à peu près à la moitié.

– … *il suit la mode avec une attention particulière, comme le montrent sa remarquable casquette à oreillettes et ses cravates choisies avec goût. Seuls son héroïsme, sa virilité martiale et son courage déjà légendaire surpassent la pétillante vivacité de son esprit, objet de l'admiration générale. Il supporte la vue du sang avec un tel flegme qu'il se reconvertit, paraît-il, au métier de chirurgien. Dès qu'il sera en possession de son nouveau diplôme, il courra demander la main de l'élue de son cœur, laquelle dira oui sans hésiter, car comment résister à ce héros, auquel n'importe qui peut confier sa vie, à moins qu'un train n'arrive et que les pommes soient bonnes à récolter.*

– C'est grotesque, dit madame Sáfár qui s'occupait de ses deuxième année le jour de l'excursion et n'avait été témoin de rien. Franchement grotesque.

– N'y a-t-il pas là quelque chose de sarcastique, de méprisant ? s'inquiéta le révérend.

– Si, dit l'évêque, bien sûr. Ce portrait a manifestement été conçu comme une caricature. Qui en est l'auteur ? Et d'ailleurs, de quoi s'agit-il ? Ce n'est tout de même pas un devoir de hongrois ?

L'auteur contemplait le sol. Elle sentait que tous les yeux étaient fixés sur elle, aussi bien ceux de Kalmár et de Zsuzsanna que de Kőnig, et du directeur, de sa classe et des sixième année. « Mon Dieu, pensa-t-elle, faites que je ne sois pas renvoyée ! Si je ne peux pas rester ici, que va-t-il advenir de mon père ? »

Le directeur tendit le bras par-dessus la table et prit le cahier de Torma. Celle-ci failli se trouver mal, tout le monde vit le sang refluer de son visage.

– *Un homme noir en costume noir rit noir, éternue noir et rêve en noir*, lut le directeur. Qu'est-ce que c'est que ces sottises ? Monsieur Kőnig, êtes-vous au courant ?

« Seigneur, se dit Gina. Pourvu qu'il ne se soit pas reconnu ! Dans quel pétrin ai-je encore entraîné Torma ? »

– Oui, répondit Kőnig d'une voix enchifrenée. Tout

ce noir, ça rappelle un peu Babits*. Le sujet du devoir est un portrait. Un portrait normal ou grotesque.

– Ah bon, dit l'évêque en reposant le cahier de Gina. Mais ne sont-elles pas encore un peu jeunes pour cela ? À mon avis, c'est en septième et huitième année que l'on doit s'essayer au style grotesque. Je n'ai rien contre le fait d'agrémenter l'enseignement par des devoirs amusants, il y a assez de soucis et de tristesse par ailleurs, mais il faut veiller à ce que le grotesque ne devienne pas blessant. Qui était le modèle de – il regarda l'étiquette du cahier – Georgina Vitay ?

– Qui était le modèle de Georgina Vitay ? demanda le directeur en guise d'écho noir après un instant d'hésitation.

Torma poussa un profond soupir et tous les professeurs, la diaconesse et les deux classes surent que la crise était passée. Gedeon Torma avait pesé le pour et le contre : devait-il éviter le scandale en saisissant le fil ténu que lui tendait Kőnig, même au risque de devenir complice de son laxisme, ou bien devait-il vitupérer que deux élèves de cinquième année avaient si gravement manqué au respect obligatoire qu'elles étaient passibles de la sanction la plus sévère, en laissant l'évêque et le révérend penser que de telles abominations étaient possibles à Matula ? Si, par crainte de l'évêque, il entrait dans le jeu de Kőnig et adhérait à son explication, Vitay et Torma s'en sortaient, ce qui suivrait serait une affaire interne, leur

* Mihály Babits (1883-1941), poète, écrivain et traducteur (Sophocle, Dante, Shakespeare), membre de la première génération de la revue *Nyugat*. Poète intellectuel, humaniste et profondément religieux, il est aussi l'auteur de romans à thèmes religieux et autobiographiques.

sanction se déroulerait entre ces quatre murs et à l'insu de l'évêque.

Que devait-elle répondre ? Elle n'avait pas d'idée. Son regard effrayé fit le tour des visages. Kalmár avait les yeux brillants, elle ne l'avait jamais vu aussi content. Zsuzsanna était prostrée au bout de la table, on ne voyait que sa coiffe, mais pas son visage. « Nous l'avons trompée, juste sous son nez, pensa Gina. Elle ne s'est pas rendu compte que nous écrivions deux rédactions, mais sous le buvard elle ne pouvait rien voir. »

Le silence était pesant, insupportable. Alors quelqu'un répondit à sa place. Kőnig. À sa voix, elle entendit qu'il souriait. Il expliqua qu'il s'agissait d'un personnage imaginaire, éventuellement inspiré par une lecture, mais pas d'une personne vivante. Georgina Vitay avait en effet le droit de prendre un personnage littéraire pour modèle. Le directeur déglutit bruyamment, comme s'il avait une angine, mais il ne dit rien, et l'évêque abandonna les rédactions grotesques pour passer à la table des sixième année. Par la suite, Nacák raconta qu'elle l'avait entendu discuter avec le révérend : il ne comprenait pas ce que venaient faire les pommes dans le devoir de Vitay. Était-ce un symbole biblique, une allusion à l'Antiquité païenne ou à la mythologie grecque ? Non, une réminiscence de l'Ancien Testament était plus logique à Matula.

Il ne pouvait plus rien arriver jusqu'à la fin de la méditation du soir, car l'évêque restait à l'institution et toute l'équipe pédagogique était occupée. Au dîner, les cinquième année, qui avaient d'habitude un appétit d'ogre, mangèrent du bout des dents. Toutes avaient dans leurs poches de blouse leurs devoirs « à la Vitay » déchirés en menus morceaux. Ce soir-là, l'évêque dirigea la méditation, et de tous les éducateurs, Kőnig chanta le plus fort.

Après que l'évêque eut achevé sa visite en prenant congé du pensionnat réuni au foyer, Zsuzsanna retint les cinquième année. Elle attendit que les autres classes et les professeurs fussent sortis et leur fit face sans un mot en les regardant avec tristesse et gravité. Les filles, au garde-à-vous, cœur battant, attendaient ce qui allait arriver. Elles étaient toutes d'humeur sombre, elles avaient l'impression que la tension serait plus supportable si la préfète les réprimandait, mais elle gardait le silence. Elles restèrent ainsi jusqu'à ce que le directeur revienne après avoir accompagné l'évêque jusqu'au portail. Sans entrer, il annonça depuis la porte :

– Georgina Vitay n'ira pas se coucher avant d'avoir recopié cinq cents fois à l'encre rouge cet extrait du psaume 1 : *Heureux celui qui ne s'assied pas en compagnie des moqueurs*. Et, afin de perdre le goût des descriptions en noir, Torma restera avec elle et ornera chacune des cinq cents lignes d'une initiale calligraphiée à l'encre noire.

Zsuzsanna congédia la classe d'un signe de tête ; sans un mot, elle sortit du placard des cahiers, de l'encre de Chine, de l'encre rouge, et toujours en silence, elle fit signe aux deux coupables de s'asseoir, resta près d'elles et se plongea dans sa bible.

Le jour se levait lorsqu'elles terminèrent leur punition. Torma, qui devait toujours attendre un peu que Gina ait rempli une page, s'endormit à plusieurs reprises. Gina n'avait pas sommeil, elle ne se plaignait pas, bien qu'elle fût vraiment fatiguée et qu'elle eût mal au poignet à force d'écrire. Ses sentiments étaient partagés ; à Budapest aussi on était puni quand on avait fait quelque chose de mal, mais elle savait aussi que la classe ne lui en voudrait pas d'avoir vécu à cause d'elle des minutes infernales, elle ne se souciait même pas de ce que dirait Kőnig, car s'il était bête, il n'était pas stupide, et tout comme le directeur, il savait parfaitement qui lui avait inspiré l'idée du chirurgien. Ce qui l'inquiétait vraiment, c'était l'attitude de Zsuzsanna, elle ne leur avait pas dit un seul mot de toute la nuit, levant à peine les yeux de sa bible, puis elle avait répondu à leur salut d'un simple signe de tête en ramassant enfin leurs cahiers et s'était assurée qu'elles prenaient le chemin du dortoir. Gina était réellement blessée qu'elle ne les ait pas disputées, qu'elle ne leur ait pas donné l'occasion de demander pardon. En fin de compte, ce qu'elles avaient fait n'était pas si énorme, Torma et elles avaient été sanctionnées pour leur rédaction irrespectueuse et avaient fait leur punition, et si tout le monde, hormis l'évêque et le révérend, connaissait la vérité, on ne pouvait rien leur reprocher officiellement, puisque Kőnig lui-même avait déclaré qu'elles pouvaient aussi faire un portrait grotesque. Si même Kőnig contribuait à minimiser l'affaire, pourquoi Zsuzsanna ne leur pardonnait-elle pas ? Lorsqu'elles furent hors de vue de la préfète après le tournant du couloir, Gina posa la question à Torma, mais celle-ci bredouilla quelque chose en pleurnichant, il n'y avait plus moyen d'avoir une conversation sensée avec elle, elle ne pensait qu'à se coucher. Gina pensait qu'elle s'endormirait tout de suite, mais, curieusement, elle s'agita longtemps avant de trouver le repos, et ne dormit même pas d'une traite pendant ce qui restait de la nuit. Tremblant de la tête aux pieds, Elle ne cessa de sortir d'un sommeil nerveux qui ne lui procura aucun apaisement.

Chez Kőnig. Nouveau message d'Abigaël

Le lendemain, elle eut du mal à se lever. Si Bánki ne l'avait pas aidée à se coiffer, à boutonner sa blouse et à lacer ses chaussures, elle serait arrivée en retard à la prière du matin. Torma tenait elle aussi à peine debout et fixait le vide devant elle d'un regard douloureux qui rendit le révérend pensif : cette brave enfant prend à cœur les remontrances, et Vitay a le visage bien marqué ; il n'y a pas à dire, Noël approche, c'est le temps des examens de conscience. Ni l'une ni l'autre n'avaient la moindre idée de l'objet de la prière. Si Torma chantait, c'est qu'ayant grandi à Matula il n'y avait pas un seul cantique qu'elle ne sût chanter même en dormant ; mais cette fois, Gina ne fit même pas semblant de chanter, ses paupières irritées se fermaient sans arrêt. Près d'elles, Zsuzsanna, plongée dans sa prière, n'avait d'yeux ni d'oreilles pour personne. Comme toujours, l'équipe pédagogique entière était là, ainsi que le directeur. Kőnig n'avait pas du tout l'air contrarié par le singulier portrait qu'avait fait de lui Georgina Vitay, il chantait à pleins poumons et sa voix se distinguait du chœur des professeurs.

Le premier cours était celui de Kalmár. Il avait à peine commencé à interroger quand la préfète entra. Elle s'invitait si rarement dans la classe qu'à d'autres occasions les élèves l'auraient accueillie avec ravissement, mais cette fois, elles avaient mauvaise conscience et tournèrent vers elle des visages troublés. Kalmár ne fut pas moins surpris, et il descendit précipitamment de l'estrade pour la saluer, les yeux rayonnant de joie. Toutes savaient que si Zsuzsanna venait assister au cours, les murs mêmes seraient brûlants d'émotion : Kalmár allait mêler à la leçon du jour tout ce qu'il éprouvait pour elle sans pouvoir ou vouloir le dire.

Mais Zsuzsanna ne venait pas en inspection. Elle n'adressa pas un sourire à la classe, ne s'assit pas mais resta à la porte, d'où elle dit ce qu'elle avait à dire : que l'on veuille bien l'excuser de déranger le cours, mais ce qui l'amenait ne pouvait attendre l'après-midi, il restait quelque chose à éclaircir après la visite de l'évêque. Ayant longuement réfléchi la nuit précédente à ce qu'elle devait faire, elle avait décidé de demander à monsieur Kalmár, professeur principal des cinquième année, de l'aider à élucider les regrettables événements de la veille. Si monsieur Kőnig, dans son extrême bonté, allait jusqu'à soutenir les fautives – dont on pouvait imaginer le sort si ce qui n'était toujours pas résolu l'avait été en présence de l'évêque –, il était cependant souhaitable que l'on finisse par savoir comment les choses s'étaient réellement passées, ne serait-ce que pour que la classe reprenne ses esprits, apprenne à honorer l'amour du prochain, la clémence et le pardon, et en tire une leçon exemplaire afin de savoir ce qu'il est convenable, licite et possible de faire dans un établissement scolaire.

L'air devint glacial. Zsuzsanna, adossée à la porte, tel un ange sévère à la porte du paradis, le ressentit en même temps que Gina et toutes les autres, et ce n'est pas la seule inquiétude des élèves qui fit geler l'air, mais aussi l'attitude de Kalmár. Elles sentirent que la tension, l'atmosphère du moment, la passion non exprimée dépassaient les murs de l'école ; c'est à l'extérieur, dans le monde des adultes que de telles choses devaient se produire. La classe et même les deux principales coupables, prirent conscience que la colère de Zsuzsanna n'était qu'une manifestation parallèle ; il y avait un autre motif auquel elles furent beaucoup plus sensibles, et il eût été absurde de feindre de l'ignorer : Kalmár était amoureux de Zsuzsanna mais Zsuzsanna ne le payait pas de retour, et quelque étrange et incompréhensible que ce fût, Zsuzsanna aimait Kőnig, l'impossible Kőnig avec sa casquette à oreilles, et ce qu'elle n'aurait jamais fait pour son autorité blessée, elle le faisait pour la défense de Kőnig. La classe sentit que personne ne pourrait connaître désillusion plus cruelle que Kalmár à ce moment-là, mais aussi que Zsuzsanna les avait en quelque sorte offensées elles aussi : comment pouvait-on ressentir de l'attirance pour un homme comme Kőnig ?

S'il n'avait pu dissimuler sa joie auparavant, Kalmár était assez marqué par l'esprit de Matula pour feindre de ne pas s'apercevoir qu'il venait de se faire éconduire. Seul changement perceptible, son visage cessa d'être radieux et reprit l'expression de réserve propre à un enseignant. Il pria la diaconesse de prendre place à son bureau afin d'avoir une vue d'ensemble de la classe. Tandis qu'elle montait sur l'estrade et s'asseyait en face des élèves, il eut la force de faire comme s'il s'était aussi rendu compte de ce qui pesait sur le cœur de Zsuzsanna.

Il avait aussi l'intention, dit-il, de revenir sur ce regrettable événement, notamment d'attirer l'attention de la classe sur la générosité de monsieur Kőnig, de réprimander celles qui abusaient du dévouement et de la bonté de cet homme de cœur, et d'expliquer à toutes comme il est noble et honorable, afin de sauver son prochain – bien que coupable et donc indigne de cela –, de faire par charité une déclaration à la limite de l'exactitude, en altérant quelque peu les faits. Zsuzsanna baissa la tête, mais on vit bien qu'elle rougissait. Comme toute la classe, la préfète comprit que Kalmár venait de traiter son collègue de menteur.

– Oui, poursuivit Kalmár, moi aussi je tiens à mener une enquête, alors écoutons ce qu'il en est de cette rédaction grotesque d'hier.

Ses phrases étaient si carrées, si conformes au règlement et aux principes éducatifs de Matula qu'elles auraient pu être imprimées sur un carton et accrochées à côté des citations de la Bible comme le credo de tout bon éducateur, mais en même temps, ses mots avaient un deuxième sens caché, et toutes comprirent la véritable signification de son discours exemplaire : « Tu es capable de vengeance pour cet homme, le bouffon de l'école. Mais quelle femme es-tu, Zsuzsanna, pour ne pas vouloir ce que je t'offre et prendre fait et cause pour celui qui ne le mérite pas ? »

Gina se demandait ce qu'elle devait faire. C'est elle qui avait provoqué le scandale des rédactions, elle ne pouvait pas laisser la classe en supporter les conséquences. Mais cela ne tournerait peut-être pas à la catastrophe. Si le directeur n'avait rien dit en présence de l'évêque, il n'en parlerait probablement plus et si elle devait encore être sanctionnée, cela n'irait pas jusqu'à l'exclusion. Zsuzsanna voulait manifestement les avertir de laisser Kőnig tranquille. Gina n'avait pas peur de Kalmár, c'était invraisemblable qu'il se venge sur elle à cause de Kőnig. Elle demanda la permission de parler, se leva et, comme elle l'avait fait pour Mari Kis et Torma, elle expliqua à Kalmár et Zsuzsanna ce qu'était la double rédaction de Sokoray Atala, et reconnut avoir proposé à la classe d'en faire autant ici. Zsuzsanna l'écouta sans la quitter des yeux, Kalmár triturait la craie, et réduisit le long bâton intact en si petits morceaux qu'il devint inutilisable. Lorsque Gina se tut, il demanda à la classe combien d'entre elles avaient écrit une double rédaction et toutes se levèrent. Zsuzsanna les regarda sans rien dire, Kalmár demanda qu'on lui remette ces textes, mais elles dirent qu'elles les avaient tous détruits la veille, heureuses d'y avoir pensé : il n'aurait plus manqué que de montrer à Kalmár les portraits qu'elles avaient faits de lui, ou de donner à Zsuzsanna des textes décrivant sa vie sentimentale. Kalmár dit que Vitay et Torma avaient déjà passé la nuit à faire une punition, mais il serait injuste qu'on en reste là. Pendant quinze jours, la classe tout entière, y compris bien sûr Vitay et Torma, ne pourrait emprunter d'ouvrages littéraires à la bibliothèque et serait également privée de projections de films, à la place desquelles sœur Zsuzsanna leur donnera à faire quelque chose d'utile et agréable à Dieu. Quant à l'instigatrice, Georgina Vitay, elle se rendra après le déjeuner dans l'aile des professeurs chez monsieur Kőnig, elle dira la vérité au bon professeur en présence de sœur Zsuzsanna et lui demandera pardon de l'avoir si bassement tourné en ridicule. Et afin que la réparation soit totale, lui-même, Kalmár, accompagnerait Vitay et la préfète au nom de la classe de cinquième année qu'il représenterait.

Quel plan génial ! La classe constata qu'elle avait choisi à juste titre Péter Kalmár comme troisième objet d'amour. L'idée de faire entendre à Kőnig que l'on s'était effectivement moqué de lui en personne, ce dont en fin de compte il n'était peut-être pas certain, et ce l'après-midi même, chez lui et en présence de Zsuzsanna, leur fit oublier le désagrément de la sanction. Elles attendirent la réponse de la préfète, elle devait avoir compris entre-temps ce que son enquête avait attiré sur la tête de Kőnig. Si elle n'avait rien dit, le scandale de la veille serait tombé dans l'oubli au bout de quelques jours, on aurait pu faire comme s'il ne s'était rien passé, comme si personne n'avait été blessé, comme s'il s'agissait juste de chapitrer les cinquième année à cause d'un maladroit portrait grotesque, et elles soigneraient mieux leurs rédactions à l'avenir. Bien fait pour eux ! Zsuzsanna et Kőnig allaient en prendre doublement pour leur compte, et par surcroît en présence de Kalmár !

Kalmár demanda à la préfète si elle était satisfaite de cette sanction. Le regard de Zsuzsanna s'arrêta sur le visage du professeur. Sans un mot d'approbation ni de remerciement, elle hocha la tête et sortit de la classe. Personne, pas même Kalmár probablement, ne sut comment se déroula ensuite le cours, car lorsque deux jours plus tard elles voulurent se préparer pour le cours suivant, elles ne trouvèrent dans leurs cahiers que des notes incohérentes, comme si Kalmár avait parlé sans savoir ce qu'il disait – même les dates étaient inexactes.

Grâce à la rumeur qui circulait pendant les interclasses, les grandes furent au courant avant même le déjeuner de la tradition de Sokoray Atala et de ce qu'avait obtenu Georgina Vitay en implantant cette noble coutume à Matula. Aradi, que Kerekes avait envoyée chez les deuxième année chercher le grand rapporteur, faillit se trouver mal en lisant ce qui était écrit au tableau de cette classe. Les petites faisaient une rédaction dont le sujet fut la première chose qu'elle aperçut : « Les plaisirs de Milou. Racontez d'après la lecture. » Elle fut tout juste capable de bégayer qu'elle venait chercher le rapporteur, car Milou était le surnom qu'elle avait donné à son fiancé, le docteur János Jablon, à cause de ses beaux yeux au regard affectueux de bon chien. Elle décida aussitôt, quand elle aurait un moment de libre, d'écrire les plaisirs de son Milou, qu'elle épouserait en été dès qu'il aurait une permission et pourrait revenir du front.

La punition collective ne fit pas grand-chose aux cinquième année, et Gina se prépara à sa visite dans l'aile des professeurs comme à un événement mondain. Après les cours, elle se changea et mit son uniforme bleu marine, et lorsqu'en la voyant entrer au réfectoire madame Gigus lui demanda à quoi rimait cette parade, elle répondit, assez fort pour que toutes celles qui se trouvaient à proximité l'entendent, que comme elle devait aller chez monsieur Kőnig lui demander pardon de l'avoir offensé par sa rédaction, elle avait pensé que l'uniforme serait une marque particulière de respect. Madame Gigus tourna les talons et courut à la table des professeurs comme si on lui tirait dessus à coups de fusil. Les cinquième année surent alors que dans quelques minutes, la tablée des éducateurs – à l'exception du directeur, qu'eux aussi craignaient, et bien sûr de Kőnig – allait apprendre ce qui s'était passé la veille et ce qui allait se passer l'après-midi, de même que toutes les Matuliennes l'avaient appris par elles. Tout le pensionnat guetterait le moment où le cortège funèbre constitué par Vitay, Kalmár et Zsuzsanna allait se mettre en route afin, sous prétexte de lui rendre justice, d'offenser le malheureux pédagogue comme jamais il ne l'avait été, et lui ôter même l'espoir, peut-être caressé dans un moment d'optimisme, que ce texte malveillant ne parlait pas de lui. Kőnig, d'excellente humeur, reprit trois fois des légumes, madame Gigus n'osa pas le regarder.

L'agitation fut telle pendant le repas que le directeur dut réprimander les pensionnaires, ce qui ne s'était jamais produit. La classe de septième année était chargée de la lecture ; pour son malheur, Deák eut à lire un passage de l'édifiant ouvrage helvétique où la jeune fille à la vie spirituelle exemplaire, par humilité et reconnaissance envers sa mère adoptive, décide de ne pas accorder sa main au beau Théophile mais au filleul de celle-ci, un garçon bossu et vérolé qui ne sait que bégayer et dont elle illuminera les jours moroses d'un amour prêt au sacrifice. Les pensionnaires étaient secouées d'un rire contenu. Aucune n'ignorait à présent par quel coup magistral Kalmár avait paré l'intérêt que Zsuzsanna portait à Kőnig, mais si elle était capable de tomber amoureuse par pure compassion, il était tout à fait juste de la ramener à la raison. L'atmosphère était si tendue que le directeur demanda tour à tour aux éducateurs ce qui agitait les élèves à ce point. Kőnig fut le seul à donner une réponse cohérente en expliquant naïvement que l'effet de la guerre se faisait sentir même dans un établissement aussi paisible que le leur, à moins qu'un changement de temps ne se prépare, cela rendait les filles nerveuses.

Jusqu'au moment où elle dut faire face à Kalmár devant la porte de Zsuzsanna, Gina ressentit une légère ivresse. Mais dès qu'elle prit le chemin de l'aile des professeurs, encadrée par les deux adultes, cette griserie l'abandonna. Elle n'avait plus pitié de Kőnig, elle trouvait la situation déplacée, sa sensibilité ne s'accommodait pas de jouer les figurantes avec Kőnig dans une pièce où les premiers rôles étaient en fait tenus par Zsuzsanna et Kalmár, lesquels voulaient se communiquer mutuellement quelque chose dont il ne pouvait être question. Zsuzsanna était pâle, Kalmár avait l'air à la fois offensé et triomphant. En apercevant la statue d'Abigaël par la fenêtre, Gina se demanda, en supposant que Kőnig ait su le matin ce qui l'attendait et en ait informé Abigaël par un message, si celle-ci aurait pu l'aider, et même si elle venait en aide à tous ou seulement aux élèves.

Kalmár ouvrit avec sa clé la grille du couloir, toujours verrouillée. Gina pénétra pour la première fois de sa vie dans la section réservée aux professeurs. L'idée de devoir expliquer une fois de plus l'histoire de Sokoray Atala, de dire en face à Kőnig qu'elle s'était moquée de lui n'avait plus rien de réjouissant, pourtant elle était certaine qu'il ne s'acharnerait pas sur elle pour autant, et que rien de grave ne pouvait lui arriver. Kalmár frappa, attendit que Kőnig les invite à entrer et laissa passer Zsuzsanna.

Quand Gina entra, Kőnig se leva. Il devait corriger des devoirs, car il tenait un stylo à la main, et des cahiers s'empilaient sur son bureau. Gina sentit son cœur battre la chamade, elle aurait vraiment préféré retourner auprès des autres. Kőnig avait une belle chambre, aménagée avec goût, ce qui la surprit, même en cet instant difficile, elle ne s'attendait pas à cela de lui. Les meubles et objets anciens devaient être à lui, ils ne faisaient manifestement pas partie de l'équipement que l'école pouvait mettre à la disposition des professeurs. Les deux tableaux au mur étaient des œuvres de maître, Gina avait assez fréquenté les musées et galeries avec Marcelle pour s'en rendre compte.

– Eh bien, dit Kőnig tout sourire. En voilà une surprise ! Soyez les bienvenus, asseyez-vous.

Même si cela lui avait été permis, Gina n'aurait pas pu s'asseoir, car il n'y avait que trois sièges dans la chambre de Kőnig. Elle ne pouvait pas voir l'expression de Zsuzsanna, mais sentit qu'elle voulait dire quelque chose comme : « Attention, tu vas avoir mal ! » car le sourire de Kőnig – qui, lui, la voyait bien, puisque sur l'invitation de Kalmár elle avait pris place en face de lui – s'effaça un instant, puis revint, large, toujours aussi serein. Kalmár prit la parole sur le ton avec lequel il exposait les grandes catastrophes nationales au cours d'histoire :

– Kőnig, nous sommes venus te voir au nom de la classe de cinquième année : sœur Zsuzsanna, au titre de préfète de la classe, moi, de professeur principal, et Vitay, la coupable.

– Coupable, s'étonna Kőnig en écarquillant les yeux. Coupable de quoi ?

Il n'y eut pas de réponse. Kalmár s'apprêtait à faire son importante révélation, mais avant qu'il ait pu commencer, Kőnig éclata de rire.

– Ne me dis pas que c'est à cause de la rédaction !

Mais la pauvre a déjà été punie, elle a passé toute la nuit à copier un psaume, si je suis bien informé. C'est ma faute, j'ai donné un mauvais sujet de rédaction. On peut tout mettre dans un portrait, il peut être ironique, blessant, même. Elles sont jeunes, elles manquent de maturité. Vitay m'a tout simplement décrit comme elle me voit.

C'était plus pénible que Gina ne l'avait pensé. Les yeux fixés sur le tapis, elle osait à peine respirer.

– Bien sûr, on peut me voir ainsi, mais ça ne se dit pas. Quand elle sera un peu plus âgée, elle le saura. N'est-ce pas, Vitay ?

Elle ne répondit pas. Qu'aurait-elle pu dire ?

– Monsieur Kőnig ne ressemble pas à cela, murmura Zsuzsanna qui d'habitude parlait fort et clair. Il a le cœur noble, il est indulgent et magnanime. Remercie-le, Georgina. Et demande-lui pardon.

– Merci, dit Gina dans un souffle. Et je vous demande pardon.

– Allons, ce n'est rien, rien de dramatique. Hier non plus ça ne l'était pas, mais en ces temps difficiles, j'étais soucieux de ne pas contrarier monseigneur l'évêque, ni monsieur le directeur. Oublions cela. Aimez-vous les pruneaux ?

Sa question était si inattendue que tous levèrent les yeux. Kőnig s'affairait avec un joli coffret en bois où des pruneaux bleutés s'alignaient comme de petits soldats.

– Mici est passée ce matin, Mici Horn, c'est elle qui me les a donnés. Faits maison. Je vous en prie, ma sœur.

Zsuzsanna secoua la tête, Kalmár n'en prit pas non plus, Gina ne bougea pas, elle avait vraiment envie de s'en aller. Elle avait de nouveau l'impression de jouer un rôle insignifiant dans une pièce de théâtre d'ailleurs dénuée de sens, car, dans un moment dramatique, l'un des personnages, au lieu de s'attrister, offrait des pruneaux aux autres. Constatant que personne ne voulait de ses friandises, Kőnig avala un pruneau. Il ne savait visiblement pas en quoi il pouvait être utile à ses visiteurs, pour sa part, il avait manifestement tiré un trait sur la rédaction de Vitay, cette affaire ne l'intéressait pas. Les autres se rendirent compte qu'ils étaient venus pour rien. L'appétit insatiable et l'indifférence totale de Kőnig leur semblèrent en fait blessants. Kalmár ne pouvait pas se réjouir de le voir embarrassé, il n'était pas embarrassé. Zsuzsanna pensait qu'il était inutile de faire ou dire quoi que ce soit, Kőnig ne souffrait pas de ce dont elle avait cru qu'il serait offensé, et il ne s'intéressait qu'à son ventre et peut-être à Mici Horn. « Ça ne vaut pas la peine de l'offenser, constata Gina, il est complètement insensible, il ne fait attention à rien. »

Ils prirent congé. Kalmár se retira dans sa chambre, Zsuzsanna se rendit à la salle de prière et Gina savait qu'elle allait y pleurer, même si elle ne le faisait jamais. Une fois de plus, Kőnig ne s'était manifestement pas rendu compte de ce qu'il avait fait, il n'avait peut-être même pas fait exprès de réagir ainsi à la nouvelle tentative de rapprochement de Zsuzsanna, mais il n'aurait pas pu lui faire comprendre plus clairement qu'il se sentait très bien tout seul. Gina revint à la salle commune, où elle fut pressée de questions non seulement par ses camarades, mais aussi par les messagères des classes supérieures. Les filles furent déçues lorsqu'elle décrivit à mi-voix le calme olympien de Kőnig, elles attendaient autre chose, quelque chose de triste ou de ridicule. Gina raconta le tout au moins dix fois de suite, elle en parlait encore quand elles descendirent au jardin. Au lieu d'aller en promenade en ville, elles n'eurent le droit de sortir qu'un quart d'heure au jardin où elles déambulèrent entre le portail et la statue d'Abigaël. Au moment de partir en promenade, Suba, l'appariteur de Gedeon Torma, était en effet venu les informer que selon monsieur le directeur, le jardin leur suffirait aujourd'hui pour prendre l'air et faire de l'exercice, et si la promenade en ville, les passants et le lèche-vitrine leur manquaient, elles feraient bien de penser à la visite de monseigneur l'évêque et aux rédactions grotesques. D'humeur morose, elles firent donc les cent pas dans le jardin où l'hiver approchait. Abigaël les regardait en silence.

Elle ne se manifesta que le soir. Gina trouva son message dans son cahier de textes. Un message assez peu amical :

QU'IL N'Y AIT PLUS DE SCANDALE. LES AUTRES MEMBRES DE L'ÉQUIPE PÉDAGOGIQUE ET LE DIRECTEUR NE SONT PAS KŐNIG. CECI EST UN ORDRE. ABIGAËL.

L'aquarium brisé. L'adieu au général

Ce message réveilla sa curiosité et renforça son désir de découvrir qui suivait de loin son destin avec une telle attention, qui les aidait, qui savait avec une telle exactitude tout ce qui se passait entre les murs de l'institution Matula. Pendant plusieurs jours, elle passa tous ses moments libres à proximité de la statue ; elle s'échappait au jardin aux moments les plus improbables et fut plusieurs fois réprimandée pour cela, car elle tenta des escapades même quand elle n'avait pas le droit de quitter le couloir. Elle ne vit rien, ne rencontra personne, ne put trouver trace d'Abigaël. Mari Kis lui demanda pourquoi elle allait tout le temps près de la statue ; elle lui avoua qu'elle mourait de curiosité, elle voulait savoir qui se cachait derrière.

– Ne sois pas idiote, dit Mari Kis soudain maussade. Tout le monde a essayé, personne n'a réussi. Même pas Aradi, et pourtant elle est vraiment futée. Abigaël lui a donné une bonne leçon quand elle s'est rendu compte qu'elle l'épiait, elle lui a écrit d'arrêter de se mêler de ses affaires, sinon il lui arriverait la même chose qu'à Psyché dans la légende : elle a fait tomber de l'huile brûlante de sa lampe sur Amour endormi, Amour s'est réveillé et est parti pour toujours. Bref, si Aradi continuait à traîner du côté de la statue et découvrait qui les aide, elles perdraient Abigaël pour toujours. Alors pour l'amour du ciel, laisse tomber tes recherches ! Qu'est-ce qu'on ferait sans Abigaël ?

À présent, Gina attendait son père avec impatience.

Lors de leur dernière conversation téléphonique, le général avait laissé entendre qu'il viendrait bientôt la voir. Il vint sans s'annoncer le mercredi de la semaine suivante.

Il se passa beaucoup de choses ce jour de novembre, des choses dont le sens et les relations ne lui apparurent que bien plus tard. Lorsqu'elle les évoquait, tous les épisodes et les images liés à ce fameux mercredi de novembre lui revenaient ensemble à la mémoire : des poissons à la bouche béante, un classeur à archives ouvert, le moustachu à lunettes et le général. Elle essaya d'innombrables fois de dissocier les images et les événements et d'évoquer seulement son père, mais n'y parvint jamais. La figure du général revenait toujours de telle sorte qu'auprès de son visage grave apparaissaient les traits accusés et la moustache en broussaille de monsieur Mráz, tel un étrange jumeau aux traits opposés, avec les poissons au corps de pierres précieuses désormais immobiles sur le parquet et le tapis devant le classeur à archives.

Les premiers événements s'étaient produits de bonne heure, après la prière du matin, alors que la plupart des pensionnaires étaient en classe et les enseignants dans la salle des professeurs. Comme chaque matin, le directeur avait commencé la journée avec eux ; lorsque les élèves quittèrent la salle de prière, il les accompagna, se retournant souvent pour voir si tout était impeccable, puis sortit son trousseau de clés et ouvrit la porte de son bureau. Les cinquième année n'avaient pas encore rejoint leur classe, elles arrivaient en haut de l'escalier quand un hurlement dépassant l'imagination retentit dans le bureau. Élèves, professeurs et diaconesses se figèrent, craignant le pire, aussi mortellement effrayés qu'un voyageur en Afrique qui, entendant un terrible rugissement, comprend qu'un lion rôde dans les parages et qu'il ferait bien de prendre la fuite. Suba, le seul employé présent au premier étage, se précipita dans le bureau, et les cinquième année, dont la classe se trouvait juste à côté, n'étaient pas encore toutes entrées lorsqu'il réapparut dans le couloir en appelant à grands cris une femme de ménage. S'il avait été en possession de tous ses moyens, si la frayeur ne lui avait pas fait perdre la tête, il aurait su que cela ne servait à rien : à Matula, le ménage des classes était toujours fait après les heures de cours, celui de la salle des professeurs et du bureau directorial seulement après la méditation du soir, quand plus aucun membre de l'équipe pédagogique n'était censé avoir quelque chose à faire en salle des professeurs et quand le directeur s'était retiré dans ses appartements après avoir transféré sa ligne téléphonique. À neuf heures du soir, toutes les salles de Matula étaient prêtes pour le travail du lendemain et attendaient le nouveau jour d'enseignement dans un état de propreté absolue, donc Suba aurait dû savoir qu'il s'époumonait en vain, il n'y avait aucune femme de ménage dans les parages, à cette heure-là elles aidaient à la cuisine, ou rangeaient les dortoirs et d'autres locaux de l'internat.

Mais l'appariteur ne s'arrêtait pas de crier, et les cinquième année en virent la raison : l'aquarium était brisé, tous les poissons étaient morts.

Les poissons du directeur étaient un sujet de conversation récurrent. Selon Mari Kis, le directeur n'était veuf qu'en apparence, il avait une nouvelle épouse, un poisson ou plutôt une ondine, qu'il gardait dans son aquarium. Elle n'était poisson que le jour et se métamorphosait en femme la nuit venue. Personne n'avait jamais vu le directeur regarder qui que ce soit avec tendresse, sauf ses poissons. Si Suba n'était pas ivre – ce qui bien entendu était inconcevable, comment et avec quoi se serait-il enivré dans cet établissement ? –, il s'était donc passé dans le bureau quelque chose de terrible qui justifiait ses hurlements inarticulés.

Le magnifique aquarium de Gedeon Torma avec ses poissons à queue de voile, les étonnants poissons-demoiselles bleus et d'autres espèces exotiques gisait par terre, en mille morceaux, tous les poissons étaient morts, le parquet était abîmé et le tapis ressemblait à un champ de bataille. Le tout était totalement inexplicable, car après vingt et une heures, quand le ménage était terminé partout, le directeur fermait lui-même à clé toutes les portes et vérifiait aussi que tout était en ordre dans son bureau. Et d'ailleurs, qui serait assez fou, assez pervers pour pénétrer nuitamment dans l'institution Matula et vandaliser un aquarium ? Et comment aurait-il ouvert la porte ? Avec quoi ? Personne à part Gedeon Torma n'avait la clé du bureau, seul le concierge en avait un double qu'il confiait à la femme de ménage pour une demi-heure. La veille, à neuf heures moins le quart, la veuve Botár avait, sous les yeux du concierge, raccroché la clé au tableau, où elle était restée toute la nuit parmi les autres clés.

Kalmár, de permanence ce jour-là au premier étage, tenta de calmer Suba :

– Allons, reprenez-vous, vous donnez le mauvais exemple aux élèves !

Le directeur sortit en trombe du bureau et donna l'ordre d'enlever les débris et les malheureuses victimes. À la porte de la classe, Kőnig attendait les cinquième année, auxquelles il avait annoncé un devoir de latin difficile. Suba comprit enfin qu'il criait pour rien, on ne pouvait pas aller chercher de femme de ménage, Kalmár lui promit qu'il l'aiderait. Il posa les yeux sur les cinquième année qui lui répondirent par des regards radieux et pleins d'espoir. Elles s'étaient bien préparées pour le devoir de latin, mais elles auraient quand même préféré ne pas le faire, fouiner dans le bureau du directeur promettait d'être bien plus intéressant. Oláh fit la grimace lorsque le regard de Kalmár se détourna d'elle, elle aurait dû savoir à l'avance qu'il choisirait Vitay pour cette tâche réjouissante, il la favorisait de manière scandaleuse depuis qu'elle avait démoli Kőnig.

La situation de Gina avait effectivement changé depuis la visite mémorable de l'évêque. Elle n'avait pas retrouvé l'ancien ton avec Zsuzsanna, mais Kalmár la favorisait vraiment. Ce n'est pas qu'il l'excusât si elle ne donnait pas la bonne réponse, mais il la traitait autrement, d'une manière un peu moins scolaire, comme s'ils partageaient un secret ou – dans une relation non de maître et élève, mais plutôt entre un homme relativement jeune et une adolescente – un sentiment : tous deux méprisaient ouvertement Kőnig.

Il fit signe à Gina de venir et rassura Suba : cette élève de cinquième année allait remettre le bureau en ordre. Puis lui dit d'aller vite téléphoner au vitrier : qu'il envoie Mráz, l'habile compagnon moustachu qui s'occupait des carreaux de l'école, afin de voir ce que l'on pouvait faire de l'aquarium ; et, en attendant qu'une solution soit trouvée, qu'il aille chercher dans la réserve de monsieur Éles un bel aquarium avec des poissons rouges pour monsieur le directeur.

À la porte de la classe, Kőnig écoutait Kalmár, son visage n'exprimait qu'admiration pour les idées ingénieuses de son collègue et pour la rapidité et l'énergie avec lesquelles il organisait tout. Kalmár, qui depuis sa visite avec Zsuzsanna et Gina s'adressait à lui avec une courtoisie teintée d'un léger mépris, lui demanda s'il pouvait se passer de Vitay pendant son cours. La question était formelle, en fait blessante, puisqu'il venait d'appeler Gina. Kőnig opina, naturellement, et tandis que Torma et les autres, l'air furibond, entraient dans la classe à sa suite, il donna à Cziller les cahiers à distribuer. Avant de se pencher sur le passionnant problème consistant à traduire en latin sans fautes les poignants adieux qu'Ovide adressa à Rome et à sa famille lorsqu'il dut partir en exil, Murai se dit que puisque Zsuzsanna avait indiscutablement repoussé Kalmár, si cette Vitay se débrouillait un peu mieux, elle pourrait éventuellement prendre la place de la préfète. Kalmár était jeune, Vitay jolie, et Feri était loin.

Gina fut assez futée pour ne pas trouver tout de suite un seau, une serpillière et un balai. Elle savait où chercher, il y avait dans chaque couloir une resserre pour le matériel de ménage, mais elle commença par les visiter toutes pour gagner du temps, et si quelqu'un la surprenait, elle dirait qu'elle cherchait le meilleur balai et la serpillière la plus sèche ; elle n'était pas pressée d'aller faire le thème latin quand de telles possibilités s'offraient à elle ! De retour dans le bureau, elle resta un moment seule, Suba devait encore être dans la salle des professeurs, en train de harceler le vitrier au téléphone.

C'était effectivement un spectacle affligeant. Gina ne s'intéressait guère aux aquariums, mais n'en fut pas moins émue par les petits corps luisants qui gisaient sur le tapis et le parquet inondés, leurs bouches ouvertes suppliant en silence pour un peu d'oxygène, une dernière goutte de vie. En temps normal, l'aquarium était sur un support ; qui l'avait renversé, quand, pourquoi ? C'était incompréhensible. Suba arriva enfin, Gina épongea l'eau en prenant son temps, puis, lentement et avec précaution pour ne pas se blesser, elle rassembla les morceaux de verre dans la pelle à poussière et fit de son mieux pour ramasser le sable et les cailloux répandus. Elle ne voulait pas toucher les poissons – ils ne la dégoûtaient pas, mais elle n'aimait pas trop l'idée qu'ils s'étaient asphyxiés la nuit passée. L'appariteur ne l'aida pas, il faisait les cent pas en marmonnant tout seul : le vitrier allait venir, monsieur le directeur avait dit qu'il fallait bien regarder partout, parce qu'à neuf heures tout était encore en ordre, et si l'aquarium était tombé, sachant qu'il n'avait pas de jambes pour sauter de son support, c'est que quelqu'un l'avait renversé, un cambrioleur, qui d'autre ?

Tout en s'occupant du tapis, Gina observait la pièce, elle aussi. Rien n'y semblait changé. Suba eut pitié d'elle, il attrapa les poissons par la queue et les jeta dans le seau, puis il lui dit de se dépêcher un peu et appela le directeur au téléphone pour l'informer qu'il n'y avait apparemment rien de grave, on avait nettoyé le bureau, il pouvait revenir, ce serait aussi bien qu'il vérifie par lui-même. On ne pouvait pas savoir qui était venu, il était même possible que personne ne fût venu. La porte était fermée à clé, il y avait des grilles aux fenêtres, l'armoire, le bureau, les tiroirs étaient intacts, on n'entrait pas quelque part par effraction juste pour jeter un aquarium par terre ! C'était peut-être dû à un tremblement de terre imperceptible.

Le directeur arriva à peu près en même temps que le vitrier. Il fit le tour de la pièce en examinant tout. Monsieur Mráz arriva au moment où il vidait le coffre-fort, qui contenait une grande quantité d'argent. Le tapis était presque sec, Gina continuait de le frotter mollement, tout en observant ce qui se passait, c'était bien plus intéressant que la peine d'Ovide.

– Il ne manque rien, dit Gedeon Torma.

C'est sur cette phrase que monsieur Mráz fit son entrée, comme un comédien entre en scène sur une réplique, et un sourire fit frémir sa moustache tandis qu'il souhaitait le bonjour. Il s'accroupit auprès de l'aquarium, tapota l'armature métallique où l'une des vitres était brisée. Pendant ce temps, le directeur fouilla son bureau et murmura que personne n'avait touché au tiroir, puis il ouvrit le classeur à archives et constata que les documents étaient en ordre. Monsieur Mráz retourna l'aquarium et sourit de nouveau, comme si Gedeon Torma avait dit quelque chose de drôle.

Par chance, il avait une bonne nouvelle : ils avaient justement à l'atelier une vitre avec laquelle il pourrait réparer le récipient que le directeur chérissait depuis des années. Il prit l'objet blessé sous le bras et sortit. À ce moment-là, la sonnerie retentit, Gina constata avec ravissement qu'elle était parvenue à échapper au devoir de latin, mais elle ne pouvait malheureusement pas continuer à sécher les cours, alors, prenant le seau et les ustensiles de ménage, elle emboîta le pas au vitrier. Kőnig, qui sortait de la classe avec les cahiers de latin, l'appela. Ce qu'il lui demanda n'avait aucun sens puisqu'il pouvait le voir de ses yeux, mais pouvait-on attendre autre chose de Kőnig ?

– Eh bien, Georgina Vitay, avez-vous fini ? demanda-t-il.

Au garde-à-vous comme on le lui avait appris, serrant contre elle son balai comme un soldat son fusil, Gina fit son rapport :

– Oui, monsieur, j'ai fini.

En même temps, elle vit monsieur Mráz s'arrêter, se retourner avec sa charge encombrante et la regarder très attentivement. Leurs regards se croisèrent et elle aurait bien voulu voir dans une glace la tête qu'elle faisait, car si monsieur Mráz était loin d'être beau, c'était quand même un homme, et le fait qu'il la regarde ainsi avait quelque chose de palpitant. Puis il disparut, et il ne resta que Kőnig, dont les lèvres frémirent quand il vit le contenu du seau, les petits poissons mélangés avec les débris et les ordures.

– Les pauvres, dit-il.

Et la peine que Gina éprouvait pour les queue-de-voile se dissipa dès qu'elle le vit si triste. Il ne manquerait plus qu'il se mette à pleurer au-dessus du seau ! Tout ce chagrin pour quelques malheureux poissons… Les affaires rangées dans la resserre, elle retourna en classe. Mari Kis lui raconta que ce maudit Ovide était diablement difficile, et Gina ne put jamais se pardonner de ne pas lui avoir demandé le texte, car, après le goûter et l'étude, tandis que les autres avaient quartier libre, Zsuzsanna la fit venir chez elle et posa son cahier devant elle en lui disant :

– On m'a informée que tu avais été obligée de t'absenter du cours de latin. Cela m'ennuierait qu'il te manque un devoir, alors tu vas le rattraper, voici le texte, je l'ai demandé pour toi à monsieur Kőnig.

La traduction était difficile et Gina pensa exploser, mais Zsuzsanna resta à côté d'elle tout le temps à repriser du linge, il n'y avait pas le moindre espoir de sortir sous un prétexte quelconque pour chercher son livre de latin et jeter un coup d'œil au passage en question. Elle rendit un devoir exécrable, le plus mauvais depuis qu'elle était à Matula. Elle était si furieuse d'être quand même obligée de le faire qu'elle n'avait tout simplement pas pu se concentrer.

Le général arriva pendant le dîner, il jeta un regard hésitant dans l'immense réfectoire où cette fois Aradi révélait d'autres épisodes de la vie de la pieuse jeune Helvète. Il lui fallut quelques instants pour reconnaître parmi les têtes penchées sur les assiettes celle pour laquelle il avait fait une si longue route. Le directeur fit mettre un couvert pour lui, Gina eu du mal à finir son repas, tant elle était excitée. Son père n'était jamais venu à une heure si tardive, elle aurait voulu courir vers lui, mais la discipline de Matula exigeait qu'elle attendît la fin du repas, alors seulement Zsuzsanna l'autorisa à rejoindre son père. Elle n'avait pas le droit de sortir du pensionnat à cette heure, mais le général ne le demanda pas, il avait très peu de temps, dit-il, et il lui suffirait d'échanger quelques mots avec sa fille avant la méditation du soir. Zsuzsanna leur proposa d'aller dans la salle d'étude inoccupée à ce moment-là.

Le général avait apporté une boîte de gâteaux et, de la part de tante Mimó, un joli paquet dont Gina cacha tout de suite le contenu sous sa blouse : sa tante lui envoyait un flacon de parfum, du rouge à lèvres, un crayon à paupières et une broche représentant un écureuil aux yeux de marcassite. Gina dit qu'à présent elle se sentait bien à Árkod, et raconta en détails dans quelles circonstances singulières la glace avait été rompue, et comment elle était parvenue à se réconcilier avec sa classe. Elle parlait depuis quelques minutes quand elle se rendit compte que bien qu'il l'écoutât en souriant et qu'il lui eût raconté ce que faisaient ses parents et amis de Budapest, transmis les messages des uns et des autres et annoncé qu'Ili, la femme de chambre, les quitterait au printemps parce qu'elle allait célébrer ses fiançailles à Noël, il n'était pas comme d'habitude. Sa voix n'avait pas changé, ni son attitude, mais ils avaient toujours été si proches que Gina sentit l'extrême tension de son père. Elle s'arrêta au milieu d'une phrase comme si une voix qu'elle seule percevait lui avait crié : « Laisse donc ce qui s'est passé au dernier cours de gymnastique ! Peu importe que tu aies été la seule à savoir faire l'exercice au sol à la grande satisfaction de Gertrúd Truth. En ce moment, ce n'est important pour personne. » Elle attendit, les yeux fixés sur son père, il l'observa, étonné de son soudain silence et l'encouragea à parler encore de Matula et des filles. « Il ne sait pas par où commencer, pensa-t-elle. Qu'a-t-il donc à m'annoncer ? J'ai peur de ce qu'il va dire. »

Leur conversation était de plus en plus hésitante,

et si la petite cloche n'avait pas appelé à la méditation du soir, elle serait devenue terriblement superficielle, comme entre deux bons amis dont l'un a quelque chose d'important à dire, et parle de tout et de rien pour gagner du temps en attendant de trouver la bonne formule. La sonnerie repoussa momentanément l'instant fatidique. Zsuzsanna entra, elle ne le dit pas expressément, mais toute son attitude fit clairement comprendre qu'il était temps pour le cher visiteur de partir, parce qu'elle venait chercher sa fille. Elle se détendit lorsque le général dit qu'il n'avait nullement l'intention d'abuser de son hospitalité, mais demandait seulement la permission d'assister à la méditation avec sa fille, il reprendrait ensuite la route de Budapest. Zsuzsanna fit en sorte qu'il ne soit pas placé avec les éducateurs, mais à côté de sa fille, et lorsqu'elle remarqua que même en priant, il ne lâchait pas la main de Gina, elle ferma les yeux pour ne pas être obligée d'intervenir.

Le texte du jour était l'épître de Paul aux Romains, et le révérend expliquait pourquoi la devise de l'école était précisément le verset 16 du chapitre 9, selon lequel la miséricorde n'est pas accordée à celui qui la veut, ni à celui qui s'efforce, parce que le vouloir humain ne compte pas : quoi qu'il arrive, elle ne dépend que de la volonté de Dieu. Gina, absorbée par la présence de son père, n'écoutait que d'une oreille. Bien plus tard, lorsque monsieur Mráz, les poissons du directeur, l'épître de saint Paul et le général furent des souvenirs, et qu'elle put enfin déchiffrer le motif compliqué des relations qui les liaient, elle se sentit toujours heureuse à l'idée que son père, celui qu'elle avait aimé plus que personne au monde – plus que son mari et ses enfants lorsqu'elle eut fondé son propre foyer –, son père ait manifesté sa volonté et ses efforts sans en peser les conséquences pour lui-même, et sans se demander si ce qui le faisait courir, ce à quoi il s'efforçait, coïncidait avec la volonté de Dieu. Il avait voulu et s'était battu jusqu'à l'instant de sa mort.

Elle fut autorisée à accompagner son père jusqu'au portail. Le jardin attendait la neige, il n'en était pas encore tombé, mais on la sentait dans l'air. Ils s'arrêtèrent sous la voûte du porche, assez loin de la loge du concierge pour que personne n'entende ce qu'ils disaient. Alors le général dit enfin ce à quoi il s'était préparé toute la soirée et que Gina avait pressenti.

– Maintenant, dis-moi adieu, embrasse-moi et ne pleure pas. Notre action a atteint une étape importante, et je ne pourrai pas venir te voir avant longtemps, des semaines, des mois peut-être. Pendant un certain temps, je ne pourrai même pas te téléphoner, Gina. Tu ne dois pas avoir peur, ni être triste, sois patiente et attends que je te fasse signe.

Elle regardait les dalles luisantes de propreté sous la voûte. Leurs conversations téléphoniques étaient le ressort sur lequel rebondissaient ses jours de samedi en samedi, et même si elles devaient rester banales en présence de Zsuzsanna et du directeur, elles représentaient une continuité, elle le sentait à présent. Ainsi, elle devait rester ici et ne plus entendre la voix de son père ? Peut-être pour des mois ? Mais les vacances commençaient en décembre !

– Je viendrai à Noël, s'il y a une seule possibilité, je serai avec toi la veille de Noël. Si je ne viens pas, c'est que je n'aurai pas pu, cela n'aura pas été possible. Alors je viendrai plus tard, après les fêtes, ou quelqu'un te donnera de mes nouvelles. Aussi vrai que nous nous aimons. Tu as compris ? Promets-moi que tu ne feras rien de déraisonnable et que tu m'attendras.

Gina était une Matulienne prise en main par Zsuzsanna depuis le 1er septembre. Elle se blottit contre son père et cacha son visage contre son épaule afin de ne pas laisser voir combien elle était triste. Mais elle n'eut pas à se contrôler à ce point, le général lui releva la tête en la prenant par le menton, et elle vit qu'il éprouvait la même tristesse. Son père l'embrassa puis l'éloigna tendrement, lui faisant comprendre sans le dire de ne pas l'accompagner jusqu'au portail extérieur. Elle le vit encore quelques instants de dos, puis une dernière fois de face lorsqu'il se retourna sous l'éclairage bleuté de la voûte. Son visage était grave, empli d'amour et de chagrin, presque irréel sous la lampe de défense passive. Elle croyait encore le voir lorsqu'il eut disparu dans la rue Matula. Elle ne savait pas qu'elle ne le reverrait jamais.

L'office de la Saint-Nicolas

Le 29 novembre, puisqu'elles n'avaient pas le droit de cuire des boulettes de pâte ni de faire fondre du plomb, elles avaient décidé de fabriquer au moins des étoiles en papier pour deviner le nom de leurs promis. Parmi les pratiques divinatoires de la Saint-André, Gina connaissait le plomb fondu, mais pas les petites quenelles renfermant un bout de papier – la première qui remontait à la surface de l'eau bouillante livrait le nom cherché –, ni l'étoile en papier – celle-ci devait comporter autant de branches que de noms de fiancés envisageables, et l'une devait rester vierge, afin de laisser à l'avenir et au caprice du destin le loisir d'en proposer un dont le nom était encore inconnu. Gina était inquiète à l'idée de ne pouvoir emplir son étoile de noms réels, mais Oláh la rassura : ici, chacune pouvait fournir tout au plus un nom en dehors de celui de Kalmár et inventait les autres en écrivant les prénoms masculins qu'elle préférait. Il fallait placer l'étoile sous son oreiller, arracher une branche la nuit, et on pouvait regarder seulement le lendemain matin en se levant quel nom avait été désigné par l'oracle de la Saint-André.

Les filles attendaient impatiemment le matin et, par superstition, chacune garda pour elle les noms qu'elle avait écrits sur son étoile. Mais lorsque Zsuzsanna vint éteindre la lumière, elle leur ordonna de se lever et de soulever leur oreiller afin qu'elle voie ce qu'il y avait dessous. Elles obéirent en faisant grise mine. Zsuzsanna passa de lit en lit, ramassa les étoiles, les déchira sans les lire et fourra les morceaux dans sa grande poche. Elle ne réprimanda pas les filles, mais son visage disait assez ce qu'elle pensait de cette coutume. Une fois seules dans l'obscurité, les cinquième année, dépitées, se demandèrent comment elle avait pu être au courant. Elles l'apprirent par la suite. C'est Dudás qui les avait trahies sans le vouloir, la brave Dudás qui détestait mal faire les choses et aimait tout ce qui touchait au dessin, les beaux crayons, les belles couleurs. Elle eut l'idée, puisqu'il s'agissait d'étoiles, qu'il fallait en faire de jolies, et avait proposé de demander du papier à dessin mis au rebut. Elles ne lui firent pas de reproches, d'abord cela n'avait plus d'importance, ensuite elle ne pouvait pas se douter que Zsuzsanna penserait aux coutumes populaires de la Saint-André et que rien qu'en la voyant distribuer des feuilles de papier à dessin qui ne servaient pas à noter des opérations compliquées, ni des verbes irréguliers français, elle saurait qu'il y aurait ce soir-là des étoiles divinatoires sous leurs oreillers.

Par chance, il se produisit tout de suite quelque chose qui leur fit oublier leur déconvenue. Szabó, qui s'occupait des plantes vertes de la salle des professeurs, revint de sa « surveillance des mauvaises herbes », comme elle disait, avec une nouvelle sensationnelle. Le vendredi suivant serait un jour de fête nationale, donc férié, car la Saint-Nicolas, *Szent Miklós*, était aussi la fête du régent, l'amiral Miklós Horthy. Gedeon Torma, à la fois éperdu d'orgueil et écumant de rage, fit savoir au révérend qu'en raison de la fête commune à l'État et à l'Église, leur établissement avait l'honneur d'accueillir les dirigeants de la ville à l'office religieux. Les cinquième année étaient aux anges, tout le monde savait que l'obligation de donner un jour de congé le 6 décembre à cause du prénom du régent rendait Gedeon Torma malade. Horthy aurait pu s'appeler comme il voulait, Caïphe ou Jébus, mais pas Miklós, cela donnait l'idée à ces diablesses de Matuliennes que le congé et le repas exceptionnel étaient en l'honneur du bonhomme saint Nicolas, lequel était un pur produit du paganisme et n'avait pas sa place entre les murs de Matula.

– Ça va être une cérémonie sensationnelle ! haleta Szabó. Le maire viendra prier avec nous, et croyez-le ou non, le *főispán* aussi, le préfet, pourtant dans l'administration ils sont catholiques, mais pour les fêtes nationales, ça ne compte pas. Il y aura aussi le commandant de la ville, les conseillers municipaux, les personnalités du comitat, les représentants de la garnison.

Et le directeur, bien qu'il eût le cœur brisé à l'idée de devoir cette distinction au nom abhorré de Miklós, n'en était pas moins terriblement fier : il avait prié les collègues présents dans la salle des professeurs d'expliquer à leurs élèves quel comportement on attendait d'elles le jour où le tout-Árkod leur ferait l'honneur d'assister à leur office religieux, et où leur pasteur prierait au nom de toute la ville. Selon Szabó, le révérend était aussi extasié qu'une jeune fille à son premier bal, et d'ailleurs, tous leurs éducateurs étaient galvanisés par cette distinction. Les cinquième année répandirent aussitôt la nouvelle, Matula se prépara au grand événement.

Leurs offices religieux étaient assez monotones, et lorsque les dirigeants de la ville allaient à l'église, ils n'assistaient pas aux services destinés à des élèves. La Saint-Nicolas promettait donc d'être un événement exceptionnel qui apporterait un peu de couleur dans leur grisaille. Le soir, elles étaient si excitées que Zsuzsanna eut toutes les peines du monde à obtenir le calme. La perspective des repas de fête les enthousiasmait autant que la possibilité de rencontrer ces messieurs de la ville. La cuisine était bonne à Matula, de nombreuses élèves étant des filles d'agriculteurs qui payaient leur pension en nature.

Le lendemain, le vent du nord se leva.

Gina avait toujours cru qu'aucun phénomène météorologique ne pourrait la surprendre. Elle connaissait la mer, elle avait même vécu une tempête à bord d'un bateau, avait marché au bord de l'Atlantique sous une pluie battante, elle connaissait la fournaise de la Sicile et le froid des glaciers. À Árkod, elle fit cependant une nouvelle expérience, celle du vent de l'Alföld. Plus tard, bien plus tard, chaque fois qu'elle rêvait de la forteresse et d'Árkod, le vent était présent, soufflant entre les figures noyées dans la brume de son rêve.

Ce jour-là, le vent du nord se déchaîna, apportant un froid glacial. Les radiateurs des couloirs ne servaient à rien, les filles frissonnaient sous le souffle qui entrait par les fenêtres pourtant fermées ; elles l'entendaient siffler la nuit comme le jour. Il sévit sans relâche pendant plusieurs journées. Le jeudi, veille de la fête, le sonneur de cloches se présenta au réfectoire pendant le dîner, porteur d'un message du révérend au directeur : le lendemain, les Matuliennes devaient s'habiller chaudement, car une heure auparavant, alors qu'on faisait le ménage de l'église, le vent avait brisé une fenêtre. On avait couru chercher le vitrier, mais il ne pourrait pas la réparer avant le lendemain matin, et d'ici là la température baisserait considérablement dans l'église. Ce vent était phénoménal, il aurait mieux valu qu'il neige. Le sonneur épiça son message d'une remarque personnelle : le vent soulevait la poussière dans la grande plaine et les fermes avoisinantes et la soufflait jusque dans la ville où ses tourbillons dansaient dans les rues. On se demandait comment le cantor pourrait jouer de l'orgue, il avait un œil tout rouge, enflammé par la poussière ou ce que le vent y avait soufflé.

Elles n'avaient rien à faire de l'œil de l'organiste, c'est autre chose qui les intéressait, et bien que personne ne leur eût fait la remarque, elles en parlèrent d'elles-mêmes à mi-voix pendant leur temps libre. Le vent avait libéré dans la ville quelque chose dont elles étaient trop jeunes pour savoir le nom. La grande Aradi, les yeux dans le vague, tenait un livre ouvert mais ne lisait pas, elle pensait qu'il devait faire bien froid là-bas, à l'hôpital militaire où Milou était en train de soigner un blessé, et elle se demandait quelle sorte de vent soufflait sur le front. En allant se coucher, elles entendirent encore gronder le vent de l'Alföld, mais ne tardèrent pas à s'endormir, et le lendemain il ne fallut pas les secouer comme les autres matins. Le rapport de Szabó avait fait son effet, leurs visages étaient illuminés par la rencontre avec le monde extérieur où elles n'avaient le droit de s'immerger que lors des promenades, par l'espoir de voir quelque chose d'intéressant, de vivre une journée pas comme les autres. Elles étaient de toute façon déjà de bonne humeur, puisque l'Avent commençait.

À Sokoray Atala, le dernier dimanche de novembre ne revêtait pas de signification particulière, on n'en parlait pas non plus à la maison, ni chez tante Mimó. En revanche, à Matula, l'atmosphère changeait du jour au lendemain, comme lorsqu'on augmente le chauffage : la fête encore infiniment lointaine approchait, avec la promesse de Noël. Il semblait inconcevable à Gina que son père ne trouve pas de solution pour être avec elle, même si l'importante action qu'il avait entreprise avec ses compagnons traversait à présent une période difficile. Il trouverait bien quelque chose, l'emmènerait dans un endroit neutre, peut-être chez des amis, ou il resterait au pensionnat, il était déjà arrivé que des étrangers y passent la nuit.

En se coiffant avant de partir, elle réfléchissait à ce que Szabó avait entendu : la garnison serait présente. Elle pensait souvent à ces soldats dont l'uniforme lui rappelait le général et Feri, et parmi lesquels un homme courageux sans visage œuvrait ici, à Árkod, dans le même but que son père. C'était évident, il ne pouvait être qu'un militaire, même s'il dirigeait la résistance civile.

Ce jour-là, le serpent bleu évolua dans la rue avec une discipline et une élégance sans pareilles. Il y eut un moment excitant lorsqu'elles aperçurent de loin les Cocoricos. Les élèves de l'école publique avaient leur propre service religieux, bien sûr pas dans l'église blanche, mais dans celle en briques rouges, plus petite et moins prestigieuse. Les Cocoricos virent aussi les Matuliennes, et les éducateurs des deux établissements en conçurent une grande satisfaction, car pour l'honneur de leur école, aussi bien les Cocoricos en chemin vers l'église de briques rouges que les Matuliennes en route vers leur église blanche adoptèrent alors un comportement plus exemplaire que ne l'eussent obtenu des consignes ou un ordre. Aradi et la présidente des Cocoricos portèrent leurs drapeaux avec une grâce et une prestance dignes d'être filmées.

Une foule se pressait devant l'église. Gina n'avait jamais vu autant de monde à Árkod, et constata avec joie que les militaires étaient effectivement venus. Il était formellement interdit de les regarder, mais elle jeta quand même quelques coups d'œil aux officiers et aux femmes qui les accompagnaient, et pensa avec étonnement qu'elle n'avait pas vu de personnes aussi bien vêtues depuis longtemps. Les enseignantes de Matula portaient toutes des blouses qu'elles ôtaient au moment des repas, et leurs robes – sauf parfois celles de madame Gigus – étaient la plupart du temps délibérément passées de mode, comme si elles voulaient faire comprendre que seule comptait la valeur intérieure, et que nulle tenue, nul éclat éphémère ne saurait s'y substituer. Elle voyait à présent des femmes soignées, dont les chapeaux laissaient voir des boucles entretenues par des coiffeurs, et des hommes qui ressemblaient à ceux de son ancien univers. C'était la première fois qu'elle assistait à un office exceptionnel, et elle fit réellement l'expérience de la renommée et du pouvoir de la vénérable institution Matula : elles entrèrent les premières avec leurs maîtres, et c'est seulement après qu'elles eurent franchi le porche avec le drapeau et le directeur, que les autorités laïques et les personnes extérieures à Matula entrèrent à leur tour.

Il faisait vraiment froid dans l'église, plus froid

qu'elles ne l'avaient cru, mais qui s'en souciait alors qu'elles faisaient partie d'une assemblée si exceptionnelle ! À Árkod, hommes et femmes occupaient des bancs séparés, mais les éducateurs restaient auprès de leur classe. Au lieu de prier, Gina observait l'assistance, elle vit les officiers et les invités laïcs se séparer de leurs épouses et s'installer parmi les membres du conseil presbytéral, tandis que les dames cherchaient une place de l'autre côté. De sa place, Gina voyait aussi bien les gens de l'extérieur que ceux de son institution, le révérend sur un banc à part, recueilli, le visage plongé dans les mains comme à son habitude ; à ses côtés son vicaire que les filles connaissaient bien de vue, car c'était le frère aîné du Samuka* de Salm, et elles pensaient souvent que le directeur devrait parfois l'inviter à diriger la méditation du soir – mais dans ce cas, seraient-elles attentives à la parole de Dieu ? Gedeon Torma savait bien pourquoi le révérend et lui étaient convenus que celui-ci se chargerait de l'enseignement religieux, du sermon dominical et des deux prières quotidiennes, et que s'il était malade, en déplacement ou en vacances, son remplaçant devrait être un Mathusalem de la faculté de théologie. La tête de Samuka, également plongée dans ses mains, était exactement à la même hauteur que celle du révérend.

Le cantor avait commencé à jouer de l'orgue, malheureusement pas toujours très juste, et la mélodie dérapait parfois. Mais oui, bien sûr, le bruit avait couru la veille qu'il avait quelque chose à l'œil, et malgré la longue expérience qui guidait ses doigts, l'inflammation devait l'empêcher de se concentrer.

* Cf. p. 194.

On n'en reconnut pas moins qu'il jouait *Temps de l'Avent, nous te saluons*, chant de circonstance qui annonçait la fête à venir. Gina reconnut aussi ce cantique, mais ne se souvenant pas du numéro, elle regarda le tableau d'affichage.

Il y en avait trois dans l'église blanche, un en face de la chaire, un sur la tribune surplombant l'entrée et un sur la tribune qui lui faisait face. À Budapest, on ne connaissait pas la coutume pratiquée à Árkod, où la communication solennelle des psaumes et cantiques à chanter au cours de l'office faisait partie de la cérémonie. Les tableaux à trois pans indiquant la succession des chants pour tout l'office étaient fermés lorsque les fidèles entraient dans l'église ; c'est seulement quand tous étaient assis que trois conseillers presbytéraux désignés quittaient leur place aux accents de l'orgue et, mains jointes, se dirigeaient d'un pas digne et solennel vers les escaliers de bois menant aux tribunes, puis ouvraient les tableaux en même temps d'un geste large. Tandis qu'ils regagnaient leur place, les fidèles pouvaient chercher dans leurs livres les cantiques qu'ils ne connaissaient pas, puis le cantor jouait l'introduction, l'assemblée se levait et se mettait à chanter. « Moi aussi, je te salue, cher temps de l'Avent, pensa Gina. Je t'ai vraiment attendu. Peut-être pourrai-je quand même voir mon père à Noël. »

L'orgue gronde plus fort, les conseillers se mettent en route. *Ré sol fa mi fa mi ré la si sol fa sol mi ré la...* Ils atteignent les tribunes, ouvrent les tableaux. Tous les fidèles, y compris Gina, lèvent les yeux pour voir le numéro du chant de louange ; il doit être au début du recueil, entre 20 et 30. Gina ne connaissait par cœur que la première strophe et voulut chercher la suite.

Elle eut honte en se rendant compte de son erreur. Elle croyait s'y retrouver assez bien dans les chants religieux, on l'avait assez tourmentée. Et elle se trompait encore ! Hajdú l'enverrait séance tenante au coin, s'il le savait. Confondre un psaume et un chant de louange, incroyable ! Une erreur logique pourtant, puisque les cantiques liés à une fête donnée étaient en général des chants de louange. Bon, alors c'est le psaume 72. Mais la mélodie est la même que celle de *Temps de l'Avent* ? Gina feuilleta fébrilement son psautier et l'assemblée feuilleta en même temps, sauf les deux prêtres qui continuaient de prier, recroquevillés sur leur banc. Elle n'avait jamais appris le psaume 72, heureusement elle connaissait la mélodie, c'était celle de *Sur la montagne de Sion*. Ce cantor déménage ! Pourquoi s'obstine-t-il à jouer *Temps de l'Avent* ? Encore heureux qu'elles ne l'aient pas suivi machinalement !

Les livres de chants s'ouvrirent partout, on ne connaissait pas ce psaume, et l'assemblée l'étudia attentivement. C'est ainsi que se produisit ce dont on parla encore avec effarement pendant des semaines, des mois, aussi bien dans les cercles religieux que laïques : le cantor entonna le chant d'ouverture, *Temps de l'Avent* dont il jouait la mélodie depuis plusieurs minutes, mais les Matuliennes et l'assemblée tout entière, se fiant à l'indication du tableau d'affichage, se mirent à chanter autre chose sur la mélodie de *Sur la montagne de Sion*. Les Matuliennes étaient particulièrement bien dressées dans ce domaine, et alors que l'assemblée alarmée s'était tue depuis un bon moment, elles chantaient encore dans un silence oppressant, au rythme exact et avec l'imposante puissance vocale voulus par Hajdú :

Dieu, donne au roi ton jugement,
au fils de roi le sens de ta justice.
Qu'il rende à ton armée sentence juste,
et fasse régner la justice avec lui.

Au début, personne ne se rendit compte de ce qui se passait, pourtant le révérend et Samuka l'aîné sortirent la tête de leurs mains en même temps, comme si on leur avait tapé sur les doigts, et Lengyel, qui faisait semblant de chanter parce qu'elle avait mal à la gorge et pouvait observer autour d'elle au lieu de suivre le psaume dans son livre, constata que pour décrire leur expression il eût fallu davantage que le vocabulaire d'un être humain normal. Le contenu des psaumes protestants était assez particulier, et on avait appris aux Matuliennes à ne pas se poser trop de questions à propos de Sion, d'Israël ou de harpes suspendues aux saules des rives de Babylone. Ainsi, même si elles furent surprises par les dissonances dues au fait que le cantor jouait autre chose que ce qu'indiquait le tableau, faisant monter aux cieux une étrange cacophonie, elles ne s'en préoccupèrent pas et ne quittèrent pas leur livre des yeux. Ce psaume leur était totalement inconnu, elles ne l'avaient jamais appris et tremblaient à l'idée de ce que Hajdú leur passerait si elles ne tenaient pas leur place. C'est ainsi que leur chant résonna encore *fortissimo* dans une exécution exemplaire et avec la prononciation la plus nette lorsque les officiers avaient déjà posé les livres, le directeur s'était levé d'un bond, ainsi que le maire, le commandant de la ville et le préfet du comitat. Samuka l'aîné trottina jusqu'au banc du conseil presbytéral et se mit à conférer avec les trois conseillers au visage empourpré, tandis que les diaconesses et les enseignants tentaient désespérément de faire taire les Matuliennes. En vain, car ils leur avaient eux-mêmes inculqué cette discipline de fer qui leur interdisait de lever les yeux pendant un chant, si bien que la deuxième strophe du terrible texte retentit fort et clair :

La paix sur les montagnes,
la justice sur les collines.
Il sauvera les malheureux,
écrasera leurs bourreaux.

Le volume baissa sur les derniers vers, les Matuliennes finirent par se douter qu'il se passait quelque chose d'incompréhensible et qu'il fallait peut-être arrêter de chanter. Autour d'elles, dans les bancs des adultes, le scandale avait éclaté. L'orgue se tut, et enfin, les pensionnaires aussi. Les invités qui n'avaient pas bondi de leur siège pour gagner la sortie avec une indignation ostensible restaient assis comme s'ils avaient avalé un parapluie. Gina qui s'y connaissait en grades militaires avait repéré le chef de la police, mais elle était également certaine que les deux messieurs élégants qui étaient sortis les premiers, le visage décomposé, étaient le maire et le gouverneur. Le chef de la police délégua un officier subalterne à leur suite et, restant lui-même sur place, nota dans son carnet les numéros des chants qui figuraient sur les tableaux. Le révérend était déjà en chaire, où il n'était pas monté cette fois avec sa dignité coutumière dans la noble sérénité de sa robe pastorale aux reflets moirés, mais quatre à quatre, comme sous un tir nourri. Au lieu de prononcer la formule consacrée « La grâce et la paix soient avec vous », il bredouilla d'une voix étranglée que quelqu'un avait changé les numéros des chants, et qu'il demandait à l'assemblée de se recueillir tandis que les conseillers presbytéraux allaient rétablir l'ordre sur les tableaux ; il les avait lui-même vérifiés la veille, et au moment du ménage, ils portaient encore les bonnes références.

Il régnait dans l'église le même silence que d'habitude pendant le Notre Père, un silence particulièrement tendu. Gina ouvrit avec précaution son psautier à la table des matières, elle voulait savoir, avant que les tableaux ne soient refermés, ce qui serait *encore* venu. Elle marqua d'un coup d'ongle les numéros indiqués : psaume 52, chant de louange 239, hymne national. Il était bien sûr impossible de regarder tout de suite, mais plus tard, dans l'après-midi, quand elles eurent enfin un peu de temps libre, elles trouvèrent le terrible texte du psaume 52 : *Pourquoi te glorifies-tu de ta méchanceté, tyran ? Tu aimes le mal plutôt que le bien, le mensonge plutôt que la droiture. Aussi Dieu t'abattra pour toujours…* ; quant au cantique 239, choisi comme chant principal, il couronnait le tout, car il s'agissait d'un chant destiné à un jour de deuil national, et non à une fête patriotique et encore moins à un jour de réjouissance comme la fête du Régent.

Bientôt, les tableaux corrigés par les mains tremblantes des conseillers presbytéraux indiquèrent les bonnes références. Il fallait évidemment commencer par le chant de louange 28, *Temps de l'Avent*, et le cantique principal, célébrant la fête nationale, devait être *Dieu éternel, père de ton peuple, toi qui veilles sur notre pays*. Mais à ce moment-là, elles auraient pu chanter n'importe quoi. Tous les officiers et responsables de la ville avaient peu à peu quitté l'église.

Ceux qui étaient partis les premiers, on l'apprit par la suite, étaient allés tout droit au presbytère attendre le retour du malheureux révérend qui, d'une voix méconnaissable et avec une syntaxe confuse semant le trouble parmi ceux qui l'écoutaient encore, avait relié dans son prêche le temps de l'Avent au fait réjouissant que le destin de notre nation fût entre les mains d'un si sage Régent – que Dieu lui prête longue vie ! Les professeurs firent comme si de rien n'était, mais le visage de Kalmár exprimait une indignation sincère et celui de Zsuzsanna la consternation. Exceptionnellement, Kőnig ne chanta pas à tue-tête, car ayant pris froid, il avait une vilaine toux. Le directeur, le visage couvert de larges plaques rouges, s'efforçait de découvrir ce qui s'était passé en réalité. Le pays n'avait pas de roi, le chef de l'État était le régent, c'était donc pour lui que l'inconnu qui avait changé les références des chants revendiquait la sagesse, c'est lui qu'il encourageait à respecter les lois et c'est à lui qu'il parlait des bienfaits de la paix le jour de sa fête, lequel, si l'on comprenait bien le message du tableau, n'était pas un jour de réjouissances, mais de deuil national. Quel scandale ! Pour sa part, Gina ne comprit ce qui s'était réellement passé qu'en entendant Kalmár. Son indignation l'emporta sur le réflexe qui lui interdisait de parler de choses profanes pendant un office religieux, et il ne put s'empêcher de murmurer à Zsuzsanna :

– C'est encore cette canaille, et justement pendant cette cérémonie !

« Ainsi c'était toi ? se dit Gina, le cœur battant. Un nouveau message ? Ici ? Tu as risqué ta vie sur un terrain aussi dangereux ? Si seulement je pouvais te voir ! Si seulement tu pouvais me parler, me dire où en est votre action, ce que fait mon père et quand il viendra ! »

Lorsque ce pénible office s'acheva enfin, l'assemblée chanta l'hymne national avec deux mesures d'avance sur le cantor, afin de sortir le plus vite possible. Le révérend descendit de la chaire en s'agrippant à la rampe comme s'il allait se trouver mal, et disparut aussitôt de l'église sans s'arrêter au banc sacerdotal pour une dernière prière. Au lieu de partir comme d'habitude en promenade, les Matuliennes rentrèrent directement au pensionnat et leurs accompagnateurs leur firent presser le pas comme si elles ne venaient pas d'assister à un office religieux, mais à un épouvantable spectacle.

Gina entendit Mari Kis rire sous cape à côté d'elle, et Szabó murmurer derrière elle que celui qui avait joué cette entourloupe aux conseillers et aux huiles devait être un sacré bonhomme. Elle écouta, les yeux fixés devant elle, sans regarder cette fois la vitrine de monsieur Hajda colorée de rouge par des saint Nicolas et des *Krampusz* en chocolat. Le désir de regarder dans les yeux ce personnage au courage incroyable, qui avait nargué ceux qui lui faisaient manifestement la chasse dans cette ville, la fit rougir et transpirer malgré le froid qui régnait dans l'église. Quelle poisse, cette vitre brisée la veille !

La vitre !

Brisée la veille, mais réparée seulement le matin.

Elle savait à présent ce qu'avaient découvert de leur côté les enquêteurs. Ils avaient investi le presbytère et l'église, fouillé le moindre recoin, les armoires, interrogé tout le monde : comment quelqu'un avait-il pu pénétrer dans l'église la nuit précédente par la fenêtre brisée du rez-de-chaussée, quelqu'un qui connaissait bien les habitudes de l'église blanche, la marche solennelle des conseillers presbytéraux allant ouvrir les tableaux d'affichage au début de l'office ? Et comment avait-il pu modifier les références des chants, certain qu'entre-temps personne ne toucherait aux tableaux ? Jamais elle n'avait été plus curieuse de voir un visage, que celui-ci, mystérieux, sans contours, qui existait cependant quelque part, souriant ou grave, et jamais elle n'avait autant estimé quelqu'un, excepté son père. Le retour au pensionnat fut un véritable calvaire, en particulier à cause de Kőnig qu'elle entendait se moucher sans discontinuer, puisant toujours de nouveaux mouchoirs dans ses poches ; il expliqua aussi qu'il ne comprenait vraiment pas qui pouvait prendre plaisir à des plaisanteries aussi stupides, et ne mâcha pas non plus ses mots à propos du vitrier qui n'avait pas réparé la fenêtre de l'église dès la veille au soir. Était-ce à cause de la défense passive que cela n'avait pas été possible, parce qu'il fallait de la lumière pour changer la vitre ? Allons donc, un bon vitrier est capable de poser une vitre les yeux fermés ou dans l'obscurité, sans même avoir à démonter le châssis de la fenêtre.

Documents

Plus tard, lorsqu'elle repensait aux événements de ce mois de décembre et des premiers jours de la nouvelle année jusqu'au moment où elle quitta la forteresse, fin mars 1944, elle se demandait ce qui aurait été différent si elle avait été plus forte, si elle avait mieux supporté sa solitude, si elle avait été plus disciplinée, et chaque fois elle s'accusait avec des larmes de désespoir. Abigaël l'avait toujours rassurée, cela n'était pas arrivé à cause d'elle, ni de l'amitié fidèle de Bánki, ni de son échec au concours de connaissance de la Bible, ni du Noël à l'atmosphère perturbée, ni de la fameuse nuit de mars. Ce n'était pas elle qui avait trahi son père en murmurant dans cette nuit froide où flottait un parfum de violette, le général avait été depuis longtemps dénoncé par celui qui surveillait les Vitay depuis deux ans pour le service du contre-espionnage. Lorsqu'elle fut elle aussi traquée, peu importa d'où venaient les appels téléphoniques pour le général à la villa du mont Gellért, ses ennemis savaient depuis longtemps ce qu'il préparait. De même, le fait que grâce à une certaine lettre, le bureau du contre-espionnage ait été informé depuis Noël que Gina se cachait à Árkod, n'avait plus aucune importance. La traque dont elle fut alors l'objet pendant quelques jours n'avait pas pour but de l'abattre, elle n'était qu'un petit lapin dans la tourmente de la guerre, le gros gibier, le général et les autres pour lesquels on avait sonné l'hallali, étaient déjà prisonniers et avaient même quitté la Hongrie, car les Allemands les avaient emmenés dès le 19 mars, le jour où ils avaient envahi le pays. On n'avait besoin d'elle que pour contraindre le général à révéler les noms de ses compagnons dans le combat qu'il n'avait pas pu mener à bien. Gina savait mieux que personne que le service du contre-espionnage n'y était pas parvenu et que le général était mort sans parler. Abigaël lui dit qu'il serait mort de la même manière s'il avait dû sacrifier son enfant en plus de lui-même, mais par chance, le résistant d'Árkod lui avait épargné cela, et le général avait quitté cette vie avec la certitude que sa fille était en sécurité.

Mais tout cela était encore infiniment loin. Pour l'heure, seul l'hiver vint, l'hiver de la grande plaine avec ses terribles tempêtes et ses monceaux de neige. Plus Noël approchait, plus Gina avait du mal à supporter de ne pas avoir de nouvelles de son père. Au pensionnat, toutes parlaient du train qu'elles prendraient pour rentrer chez elles, préparaient des cadeaux pour la famille aux ateliers de couture et de travaux manuels, Zsuzsanna leur alloua même de l'argent de poche pour acheter ce qu'elles ne pouvaient pas faire elles-mêmes. Bien que son père en eût évoqué la possibilité, Gina ne pouvait imaginer qu'ils ne se voient pas à Noël ; elle était de plus en plus convaincue que si la forteresse lui offrait une bonne protection, son père y serait également en sécurité, et que Gedeon Torma permettrait qu'il y soit hébergé dans la belle chambre qu'occupaient parfois des prêtres en visite ou l'inspecteur d'académie. Elle prépara aussi un cadeau de ses mains. Parmi les présents en vogue à Matula, elle ne choisit ni le couvre-livre brodé, ni la housse de coussin aux broderies folkloriques, mais un signet pour la bible. Elle n'était pas certaine que le général s'en serve, elle l'avait rarement vu avec l'Écriture sainte en main, mais elle pensa qu'il l'apprécierait puisqu'il venait d'elle et l'utiliserait dans un autre livre. Ne sachant pas quelle citation broder sur le signet, elle demanda conseil à Zsuzsanna, qui lui répondit avec la réserve qui ne la quittait plus depuis la visite de l'évêque : avant les vacances, il y aurait un concours de connaissance de la Bible ; en s'y préparant, elle trouverait certainement une phrase qui, à son avis, conviendrait au général.

Gina connaissait l'existence de ce concours annuel qui la contrariait chaque fois qu'elle y pensait, car sa connaissance de la Bible n'était rien comparée à celle des Matuliennes. Elle avait retenu un grand nombre de phrases et de citations, mais sans savoir les situer, et confondait ce que disaient Jésus, l'apôtre Paul et les évangélistes. Pourtant, elle se mit à lire la Bible dès qu'elle avait un moment de libre et un soir, dans le Livre des psaumes, elle trouva ce qu'elle allait broder sur le signet de son père. Lorsqu'elle alla demander à Zsuzsanna du tissu et des perles, la préfète calligraphia sur l'étamine : *Psaume 140, 8*, et sans avoir à regarder dans sa bible, cita aussitôt le verset en question : « Éternel, Seigneur, force de mon salut ! Tu couvres ma tête au jour du combat. »

En décembre, le temps passa parfois vite, parfois lentement. Lorsqu'elle pensait combien de temps s'était écoulé depuis qu'elle avait vu son père pour la dernière fois, il lui semblait que ce n'étaient pas des semaines, mais des mois; en revanche, lorsqu'elle considérait tout ce qu'elle avait à faire, la journée paraissait ne durer que quelques minutes. Les pensionnaires étaient toutes si occupées par la préparation du concours qu'elles en vinrent à demander à Zsuzsanna la permission de ne pas aller en promenade. La préfète les regarda comme si elles lui avaient parlé en langue étrangère et leur dit d'aller chercher leurs manteaux et leurs chapeaux. Elles ne furent même pas autorisées à veiller plus tard que le règlement le prescrivait, ni à faire leurs devoirs pendant le temps réservé au repos. Rien ne devait déroger aux habitudes, personne ne se souciait de savoir comment elles pouvaient se préparer à un concours en plus de leur emploi du temps normal. La seule chose qui leur fut accordée, c'est de lire la Bible au lieu d'œuvres littéraires pendant la demi-heure consacrée à la lecture. Si le directeur ouvrait à ce moment-là la porte de la salle A, il éprouvait une grande satisfaction à la vue des têtes penchées sur les bibles, car c'était ainsi qu'il imaginait le temps de repos d'une jeune Matulienne bien élevée. Par chance, elles purent mettre à profit l'absence de Kőnig. Après le scandaleux office, il fut en effet cloué au lit pendant une semaine par une forte fièvre due à un refroidissement. (Le fameux office fit par ailleurs encore longtemps l'objet des murmures à Matula, car les enquêteurs vinrent jusque chez le directeur. Suba fut incapable de garder pour lui cette nouvelle sensationnelle et la révéla à Aradi, sa chouchoute : l'affaire était en quelque sorte classée, le cantor lavé de tout soupçon, et tous s'accordaient à dire que même dans la maison du Seigneur, Árkod n'était pas à l'abri du mystérieux espion ou quoi qu'il fût, alors qu'il était recherché jour et nuit.) Pendant les heures de Kőnig, la surveillance était assurée soit par Zsuzsanna, soit par Erzsébet, lesquelles n'enseignaient ni le latin ni le hongrois, mais permettaient aux filles d'étudier la Bible.

Bánki était la meilleure dans ce domaine, toutes la pressaient de les interroger sur l'Écriture sainte. Au début, elle s'en acquitta volontiers, mais un soir, elle se montra nerveuse, rétive, renfrognée. Son attitude était d'autant plus incompréhensible que sa mère était venue la voir ce jour-là ; or, toute élève qui se respectait était transportée après une visite de sa famille, et son bonheur la rendait particulièrement gentille envers tout le monde. Mais pas Bánki. Elle frisa la grossièreté en disant à toutes celles qui l'approchaient avec leur bible de la laisser tranquille, puis se précipita soudain hors de la salle d'étude. Gina, qui était en train de se laver les mains tachées d'encre, ouvrit de grands yeux en voyant Bánki faire irruption aux lavabos et, ne pouvant visiblement plus contenir son chagrin, se mettre à sangloter. Elle laissa tomber sa brosse à ongles et tenta de la consoler, lui demanda ce qui n'allait pas. Bánki sanglota de plus belle sans répondre, puis sortit en courant comme si elle ne supportait pas les questions. Elle resta un moment dans le couloir puis quand elle fut quelque peu calmée, elle retourna dans la salle d'étude. Cziller lui demanda ce que sa mère lui avait apporté, elle répondit en soupirant : rien. Cziller haussa les épaules avec mépris, des parents qui viennent à

Matula sans apporter à leur fille quelque chose du fascinant monde extérieur, ça n'existait pas. Cacher les bonbons ou ce qu'elle avait reçu, quelle mesquinerie ! Bánki devait avoir perdu la tête, elle n'avait jamais fait cela. Après Bánki, Oláh était la meilleure, c'est donc elle qui fut sollicitée pour la préparation du concours, Gina aussi se rapprocha d'elle, tout en s'inquiétant du comportement incompréhensible de Bánki, qui était certes parmi elles mais ne faisait qu'ouvrir et refermer sa bible, regardant les aiguilles de la pendule, visiblement impatiente d'aller se coucher. « Il lui est arrivé quelque chose, pensa Gina. À elle ou à sa famille. Ces choses-là existent, même si Cziller est incapable de l'imaginer. Bánki a beaucoup pleuré dans les lavabos, il est peut-être arrivé malheur à sa famille, et c'est pourquoi sa mère a oublié de lui apporter quelque chose. »

Gina avait toujours été attirée par Bánki, et ces dernières semaines, elles avaient été particulièrement proches. Bánki était un peu plus sérieuse que les autres filles de la classe, un brin plus mûre, souvent pensive. Gina avait l'impression que même si elle n'avait pas de problèmes matériels comme la plupart de leurs camarades ou n'était pas orpheline comme Torma, elle portait elle aussi une lourde charge sans en parler, tout comme elle-même taisait ce que le général lui avait confié. Quand le dortoir fut silencieux, Gina resta longtemps éveillée, tendant l'oreille, mais n'entendit pas Bánki pleurer. Elle avait peut-être fini par surmonter sa peine. Gina allait s'endormir quand elle entendit quelque chose du côté du lit de Bánki. Elle la vit à la lueur de la veilleuse se lever, prendre sa robe de chambre au portemanteau, enfiler ses pantoufles et sortir sans bruit. Alors elle mit aussi son peignoir et la suivit.

Bánki était aux lavabos, où aurait-elle pu être ? Elle était assise sur le coffre à linge et releva la tête lorsque Gina entra. Elle ne pleurait pas, mais cela aurait mieux valu. Elle avait le visage aussi désespéré que certains adultes.

– Tu as mal quelque part ? demanda Gina.

Bánki secoua la tête.

– Quelque chose ne va pas ?

Hochement de tête.

– Ta mère ne t'a vraiment rien apporté ?

Cette fois, Bánki sourit. Et son sourire voulait dire : « Seigneur, comment aurait-elle pu penser à des bonbons ! »

– Est-ce que je peux faire quelque chose pour toi ?

Bánki secoua de nouveau la tête.

– Tu veux m'en parler ?

– Je ne peux pas, dit Bánki doucement.

– Tu ne peux pas ou tu ne dois pas ?

– Je ne dois pas.

– C'est grave ?

Bánki fit oui de la tête.

– Qui pourrait t'aider ?

Bánki répondit d'un geste de la main : personne.

– Même pas Abigaël ?

Elle posa cette question si naturellement qu'elle fut elle-même surprise de constater que pour elle aussi, Abigaël représentait une aide accessible, sur laquelle on pouvait compter.

Bánki réfléchit. Ses yeux reflétèrent bien des choses, mais surtout, pour la première fois une lueur d'espoir. Mais elle secoua la tête en disant qu'on ne pouvait s'adresser à Abigaël que par écrit, or elle n'oserait pas écrire ce qui la tourmentait. Ne sachant que dire, Gina lui caressa l'épaule, alors Bánki se jeta à son cou; elle ne pleura pas, mais posa sa joue contre la sienne en murmurant : « Merci », puis, curieusement, ajouta : « Dieu te bénisse ! » comme pour lui dire adieu.

Peut-être sa mère était-elle venue lui annoncer qu'elle allait la retirer définitivement de l'école avant Noël ? Mais avant que Gina eût pu le lui demander, Zsuzsanna ouvrit la porte.

Il était strictement interdit de se trouver à deux dans les lavabos la nuit. Bánki se redressa, effrayée, Gina était contrariée, elle voulait seulement réconforter sa pauvre amie, et elle allait encore avoir des ennuis. Zsuzsanna était douce, mais impitoyable.

– Allez dormir, dit-elle doucement. Anna, ne reste pas prostrée dans la salle de bains, et arrête de penser, repose-toi pour être en forme demain. Je t'ai observée ce soir, j'ai bien vu que tu avais eu une mauvaise nouvelle. En cédant au découragement et au désespoir, on perd la foi. Je croyais que tu tirais meilleur profit de la Bible que tu connais si bien.

Bánki baissa la tête. Le sermon de Zsuzsanna lui faisait du bien.

– Le livre de Daniel est une bonne lecture, reprit Zsuzsanna. Retourne au dortoir, et garde la tête haute. Vitay aussi, au lit ! D'ailleurs je ne vois vraiment pas ce qu'elle fait ici en pleine nuit. Elle a peut-être aussi une douleur particulière ?

Gina aurait voulu lui crier bien en face : « Eh bien figurez-vous que oui ! » Mais qu'est-ce qu'elle imagine, cette préfète ? Que son monde est identique au vrai, au monde extérieur, qu'il n'y a rien en dehors du pensionnat ? Oui, elle souffre, et Bánki aussi. Ce serait tellement simple de tout arranger rien qu'en ouvrant le livre de Daniel ! Alors les moqueries des Cocoricos lui revinrent à l'esprit, et pour la première fois de sa vie, elle traita en secret Zsuzsanna de sainte Saucisse.

La diaconesse les accompagna jusqu'au dortoir, et comme elle était de service cette nuit, elle parcourut plusieurs fois le couloir. S'il leur reprenait l'envie de se lever et d'aller papoter aux lavabos, elle les enfermerait le lendemain, et elles pourraient panser à loisir leurs plaies morales. Elles n'osèrent plus broncher. Une fois couchées, elles ne parlèrent pas, Bánki ne cessait de se retourner dans son lit, Gina l'écoutait avec compassion. Torma pleurnichait quand elle avait du chagrin, Cziller poussait de petits gémissements, mais Bánki s'agitait en silence comme une adulte malheureuse qui ne veut pas troubler le sommeil de ses enfants avec ses peines.

Abigaël, qui faisait des miracles !

Bánki n'osait pas exprimer son problème par écrit, mais Abigaël était au courant de tout ce qui se passait ici, elle savait peut-être ce que madame Bánki avait dit à sa fille, et ce qu'il y avait à faire. Elles n'avaient pas le droit de garder de matériel scolaire au dortoir, ni cahier, ni crayon, aussi Gina formula-t-elle seulement en pensée ce qu'elle écrirait le lendemain à Abigaël.

Chère Abigaël, il se passe quelque chose de très grave dans la famille Bánki, mais je ne sais pas quoi. Anna n'ose pas l'écrire, ni en parler. Si tu sais ce qui est arrivé, et si tu peux intervenir, aide-la. Mais vite, parce qu'elle est très, très triste. Vitay.

Le lendemain, avant la prière, elle ouvrit par curiosité le livre de Daniel, mais cela ne l'avança guère, il était question d'un roi dénommé Joachim et de plusieurs jeunes gens aux noms imprononçables, tout cela n'avait aucun sens. Lorsqu'elles allèrent chercher leurs affaires dans la salle d'étude, elle feignit d'avoir à compléter un devoir et griffonna rapidement son message à Abigaël, puis, avant de passer dans l'aile des salles de classe, courut au jardin, sans prendre son manteau, on se serait aperçu qu'elle sortait. Tout en courant, elle priait pour qu'on ne la voie pas mettre le billet dans la cruche d'Abigaël. Évidemment, ce ne fut pas le cas, mais par chance le seul professeur qui la vit fut Kőnig. Alors qu'elle revenait, il était en train d'ouvrir la porte du quartier des professeurs. Elle s'arrêta de mauvaise grâce, se mit au garde-à-vous et le salua. Kőnig remarqua ses chaussures couvertes de neige.

– Eh bien, dit-il d'une voix encore enrhumée. Que faites-vous dans le jardin au moment où les élèves se mettent en rang ? Et pourquoi n'avez-vous pas de manteau ?

Kőnig avait si peu d'importance qu'on pouvait lui mentir avec la conscience tranquille. Elle lui dit qu'elle avait fait un saut dehors pour voir quel temps il faisait.

– À cette heure-ci ? s'étonna Kőnig. Mais vous allez rester à l'intérieur jusqu'à la promenade. N'aurait-il pas été plus simple de regarder par la fenêtre ?

Et ce fut tout. Kőnig laissa Gina essuyer ses chaussures sur le paillasson des professeurs. Cette rencontre fut même avantageuse pour elle, car en la voyant revenir avec Kőnig, Zsuzsanna et la classe pensèrent qu'il l'avait convoquée sans qu'elles l'aient remarqué. Gina ne donna d'explications à personne, surtout pas à Bánki. Celle-ci était plus calme, mais aussi plus taciturne que jamais. Gina l'observa attentivement, Anna avait elle aussi un secret qui dépassait les problèmes habituels de la classe, et Gina s'étonna que les autres ne s'inquiètent pas plus de son changement d'attitude et ne se demandent pas ce qui avait pu se passer pour que sa mère ne lui ait pas apporté de gâteaux, ou si elle en avait apporté, pourquoi Anna, soudain égoïste et gloutonne, les avait mangés sans elles. Mais si elle ne pleurait plus, Bánki avait toujours un comportement singulier et disparaissait dès qu'elle le pouvait. Pendant la pause, Gina la vit chuchoter avec Krieger, de huitième année, qui changea brusquement d'expression ; après l'heure suivante, elle parla à Zelemér, de sixième année, dont le visage s'assombrit, et après le déjeuner elle alla même trouver la petite Kun, de troisième année, pourtant une grande qui se respecte ne se commet pas avec des gamines ! Gina les observa pendant le dîner et à la méditation du soir, alors qu'elles étaient toutes réunies. Curieusement, Bánki, Krieger, Zelemér et Kun se ressemblaient à présent, leur visage portait indiscutablement une expression nouvelle, celle de la maturité.

Les vacances de Noël commençaient le 22 décembre, le dernier jour de classe était le 20. Depuis qu'elle vivait à Árkod, Gina n'avait jamais eu autant de mauvaises notes que ce fameux samedi où les interrogations étaient particulièrement sévères – encore une tradition matulienne –, car même si les vacances étaient proches, les élèves devaient montrer que jusqu'au dernier moment elles n'avaient que leur travail en tête. Mais Gina ne pouvait s'empêcher de penser que les vacances commençaient en principe à midi, et comme son père savait quand finissaient les cours des écoles publiques, s'il pouvait venir la voir, il devrait être ici le jour même, le lendemain ou au plus tard le surlendemain. La dernière heure était un cours de gymnastique, elles travaillèrent enfin convenablement, comme pour se libérer par le saut ou les agrès de toute la tension accumulée. Gertrúd Truth leur rappela de donner leur tenue de gymnastique à laver.

Le matériel de gymnastique et les tenues, blouses, jupes-culottes et bas – à Matula, l'exhibition de jambes nues était jugée inconvenante, et on pratiquait le sport avec des bas, ce que les enfants de Gina ne voulurent jamais croire lorsqu'elle leur racontait ses souvenirs du pensionnat –, se trouvaient dans des placards au vestiaire. Chacune y avait un casier marqué de son matricule avec étagère et penderie, où elle pouvait ranger sa tenue ou ses vêtements quand elle se changeait pour le cours d'éducation physique. La tenue de sport était donnée à laver tous les quinze jours dans de petits sacs numérotés. Gina se changea et voulut fourrer sa tenue dans le petit sac, mais en y plongeant la main, elle sentit qu'il n'était pas vide, quelqu'un y avait mis un bout de papier, plusieurs même. Elle se demanda qui lui faisait un cadeau de cette manière mystérieuse. Il leur arrivait de cacher des choses dans leurs affaires mutuelles. Un jour Oláh avait trouvé une souris en peluche dans une de ses chaussures et avait poussé un tel cri qu'elle fut aussitôt consignée ainsi que Gáti, qui avait apporté la souris.

Gina pensa que si on lui avait fait une farce, elle n'allait pas le révéler ici, au vestiaire où on ne pouvait pas rire comme on voulait. Quand elle viderait son sac de gymnastique dans le coffre à linge, elle regarderait si ce qu'on y avait mis était un poème satirique, un dessin humoristique ou peut-être des caricatures des enseignants. Il fallait faire attention, que Gertrúd Truth ne se rende compte de rien. Elle scruta les visages de ses camarades tandis qu'elles se mettaient en rang, mais toutes avaient l'air sérieux ; pendant la semaine de pénitence, on réprimandait en effet celles dont le visage ne montrait pas que les prières supplémentaires et l'incontournable examen de conscience faisaient leur effet, et que leur attention s'était vraiment détournée du monde profane.

Les filles s'efforçaient de cacher leur excitation, mais elles étaient fébriles, parce que le programme s'intensifiait pour de bon. L'après-midi devait avoir lieu le fameux concours, la célébration de la Sainte Cène était annoncée pour le lendemain, et après l'office religieux, toutes celles que leurs parents venaient chercher pourraient rentrer chez elles et profiter des vacances jusqu'au 7 janvier.

Gina s'approcha la dernière du coffre à linge et attendit d'être seule pour vider son sac de sport et en retirer les papiers. Elle les examina, les retourna d'abord sans comprendre. Il s'agissait des certificats de baptême et des extraits de naissance de Bánki, Krieger, Zelemér et Kun, de vieux papiers déchirés par endroits, avec quelques taches d'encre. Il y avait aussi un message dont elle reconnut l'écriture. Les dernières fois, ces lettres capitales lui avaient ordonné de faire la paix et de ne plus ennuyer ses éducateurs. Cette fois, elles disaient autre chose :

LA NUIT OÙ L'AQUARIUM DE MONSIEUR LE DIRECTEUR EST TOMBÉ, QUELQU'UN A EXAMINÉ LES DOSSIERS DES ÉLÈVES ET A PRIS LES PAPIERS DE CELLES DONT L'ORIGINE, SELON UN DÉCRET IMMORAL, POUVAIT CONSTITUER

UN DÉSAVANTAGE OU UN DANGER POUR ELLES. SI ON REMARQUE L'ABSENCE DE CES DOCUMENTS ET SI LES ÉLÈVES EN QUESTION DOIVENT LES FOURNIR À NOUVEAU, IL FAUDRA REMETTRE CEUX-CI. FAIS-LES PARVENIR AUX ÉLÈVES CONCERNÉES ET DIS À BÁNKI QU'ELLES DOIVENT REVENIR ICI À LA FIN DES VACANCES, C'EST LE SEUL ENDROIT OÙ ELLES SONT EN SÉCURITÉ, DAVANTAGE MÊME QUE CHEZ LEURS PARENTS. DIS-LUI AUSSI QUE CEUX QUI LEUR ONT PROCURÉ CES NOUVEAUX PAPIERS S'OCCUPENT ÉGALEMENT DE LEURS PARENTS. FAIS TRÈS ATTENTION, SINON TU METTRAS BÁNKI, KRIEGER, ZELEMÉR ET KUN EN DANGER, ET IL N'EST PAS CERTAIN QUE JE PUISSE VOUS AIDER ENCORE. ABIGAËL

Gina ne pensait plus à ses problèmes, à son chagrin, ni à ce que serait le Noël qu'elle allait passer ici. Elle sentait s'éveiller en elle des notions présentes dans sa conscience, mais auxquelles elle n'avait jamais pensé car elles ne la concernaient pas directement. Bien sûr, maintenant la religion d'origine est d'une extrême importance, et le fait que les parents soient chrétiens ou non au moment où ils font baptiser leur enfant n'est pas indifférent non plus. S'ils le sont depuis trop peu de temps ou si l'un des parents ne l'est pas, cela peut être préjudiciable. Dangereux? Sans doute, puisque Abigaël l'a écrit. Gina lut les documents, ils attestaient que les quatre filles étaient de religion réformée, ainsi que tous leurs parents et grands-parents.

Elle courut au dortoir et chercha Bánki. Puis il lui revint à l'esprit qu'elle était de service au réfectoire, elle s'occupait du pain, elles ne pourraient donc se parler tranquillement qu'après le déjeuner. Elle glissa l'envoi d'Abigaël dans le cahier de textes que les élèves devaient toujours avoir sur elles dans la journée afin de noter ce qu'elles avaient à faire, aussi bien les devoirs qu'une consigne inattendue. Après les cours, ces cahiers restaient dans la salle d'étude jusqu'au lendemain matin, mais Gina ne voulut pas se séparer des documents. Zsuzsanna pourrait avoir l'idée de contrôler les placards ou les lits ; il était impossible de les cacher dans la jardinière de géraniums, n'importe qui pouvait entrer aux lavabos dans la journée. Elle glissa son cahier sous son chemisier et boutonna soigneusement sa blouse. Cela lui faisait une drôle de poitrine, mais sa blouse était si large et si informe que cela ne se remarquait pas.

Ce que furent le chant et la prière d'avant le repas, elle n'en eut pas la moindre idée ; elle était d'ailleurs saturée de religion. Depuis que la semaine de pénitence avait commencé, elles devaient sans cesse se recueillir et faire leur examen de conscience, mais au lieu d'être habitée de pensées pieuses, elle ne ressentait qu'impatience et tension : vite, qu'on mange et qu'on sorte d'ici ! Ce jour-là, Bánki aidait aussi à la vaisselle, et elles étaient en train de s'habiller pour partir en promenade quand elle sortit enfin de la cuisine. Gina demanda à Mari Kis et à Torma de les isoler des autres, elle avait quelque chose à dire à Bánki. Les filles s'étaient radoucies, elles croyaient à présent que Bánki n'avait pas eu de colis et que sa mère lui avait apporté une mauvaise nouvelle dont elle n'avait pas envie de parler. Mari Kis était toujours formidable quand on lui demandait ce genre de service, elle prit Torma par la main et en rapprochant leurs épaules, elles formèrent une sorte de petit paravent vivant. Elles se placèrent devant le placard ouvert de Gina, barrant le passage à quiconque approchait. Gina fit signe à Bánki de venir près d'elle puis plongea dans son placard pour déboutonner son chemisier et en sortir son cahier. Elle ne pouvait pas parler, Mari Kis et Torma étaient trop près, elle mit le cahier dans la main de Bánki et l'ouvrit à l'endroit où se trouvaient les documents, afin qu'elle les voie tout de suite, et lise le message d'Abigaël.

Comme bien des épisodes et des images de sa vie à Matula, Gina emporta aussi dans sa vie d'adulte le visage de Bánki, qui prenait peu à peu des couleurs. Elle pensait souvent aux moments et événements de cet hiver-là, puis du printemps, à la vie dans la forteresse, à Abigaël qui intervenait dans le destin d'êtres humains, et au général, qui lui avait ouvert des perspectives plus étendues que n'en voyait ou n'en pouvait voir une adolescente de quinze ans qui n'était pas en danger. Comme elles ne pouvaient pas parler, Bánki hocha la tête pour signifier qu'elle avait compris ce que Gina lui remettait, puis elle se mit à trembler de tous ses membres et s'effondra contre les étagères du placard. Elle se calma peu après et lorsque ses mains furent redevenues assez fermes, elle plia les documents et les cacha à son tour sous son chemisier. Zsuzsanna entra et demanda sévèrement si elles étaient enfin disposées à mettre leurs manteaux, comme elles devaient le savoir, elles partiraient plus tôt en promenade puisque le concours allait bientôt commencer. Mari Kis et Torma s'étaient lâché les mains dès que la diaconesse était apparue, et celle-ci resta avec la classe jusqu'au départ. Elles devaient marcher au pas, en rangs par trois. Bánki était derrière Gina, entre Szabó et Murai. Pendant toute la promenade, Gina entendit Szabó dire en bougonnant à Bánki de faire un pas chassé, elle se trompait toujours de pied, elles allaient se faire attraper à cause d'elle. « Aujourd'hui j'ai fait quelque chose de bien, pensa Gina. En fait, ce n'est pas moi, c'est Abigaël, mais quand même un peu moi aussi. Quand je lui ai écrit, je ne savais pas qu'elle était entrée dans le bureau et avait cherché qui avait besoin de son aide. Peut-être qu'en guise de récompense mon père sera là quand nous rentrerons de promenade, ou qu'au moins il me téléphonera. »

Aucun message ne l'attendait, on ne l'appela pas au téléphone, et le général n'était pas à l'institution. Dès leur retour, elles durent se changer et mettre leur uniforme de cérémonie. Zsuzsanna s'énerva parce que Bánki, d'ordinaire docile, traînait en permanence, soit vers le dortoir des troisième année, soit devant le placard de Krieger, elle la surprit aussi à chuchoter avec Zelemér. Lorsqu'elle la menaça d'une punition, Bánki la regarda avec le même bonheur serein que si elle venait de la féliciter. « Éva Kun, pensa Gina. Troisième année. Elle n'a pas encore treize ans et doit apprendre à se taire, à ne pas dire qu'elle avait été en danger, ni qu'elle avait été sauvée. Mais qu'arrivera-t-il à ceux dont l'origine pose un problème et qu'Abigaël ne peut secourir ? En fait, quel est ce danger ? » Elle n'en avait pas la moindre idée. Si elle ne l'avait pas su quand ce n'était encore qu'une menace, elle l'apprit quelques mois plus tard, lorsque ce fut l'enfer pour ceux que touchaient les lois sur les Juifs. Abigaël avait sauvé de la mort Krieger, Zelemér, Kun, Bánki et leurs parents.

Si Gina n'avait pas été aussi lamentable au concours de connaissance de la Bible, Bánki n'aurait peut-être pas eu de la peine pour elle à l'idée qu'elle serait seule pour Noël, et n'aurait pas voulu à tout prix lui faire plaisir en lui offrant ce qu'elle savait être le plus beau cadeau pour elle. Mais Gina n'avait pu rivaliser avec des concurrentes qui avaient toujours fréquenté une école religieuse, et sa participation au concours fut pire que ce que l'on pouvait imaginer. Il y avait cinquante questions, le directeur lut cinquante citations de la Bible, et après trente secondes de réflexion, elles devaient noter qui avait prononcé ces mots, et de quel livre ils étaient extraits. Les questions étaient difficiles, il y avait des passages de l'Apocalypse et de Jérémie, les candidates furent également déconcentrées par l'irruption de Suba. Il ouvrit la porte, le directeur, agacé, lui fit signe de ne pas les déranger, mais l'appariteur entra quand même et lui murmura quelque chose à l'oreille. Gedeon Torma hocha la tête : « Bon, bon, mais je n'ai pas le temps. Il ne faut pas déranger les élèves pendant le concours. »

Bánki identifia les cinquante citations, Oláh en reconnut quarante-huit, il y eut encore de très bons résultats : Aradi quarante-sept, une élève de sixième année quarante-cinq. Les deux plus petites classes n'avaient pas participé au concours, mais même toutes les élèves de troisième année reconnurent davantage de citations que Gina, qui arriva en dernière position avec seulement vingt-six bonnes réponses. Lorsque les résultats furent proclamés, Zsuzsanna lui adressa un regard de reproche. Gina fut d'autant plus contrariée lorsqu'elle se rendit compte qu'elle avait identifié une dizaine de citations de plus, mais n'avait pas osé écrire les références parce qu'elle n'en était pas sûre. Elle n'avait jamais été dernière à l'école. Bien sûr, elle ne fut pas clouée au pilori, Zsuzsanna ne lui dit rien non plus, mais l'ignoble Kőnig vint vers elle et bredouilla que tout le monde savait bien qu'elle n'avait jamais fréquenté une école confessionnelle et qu'elle ne devait pas être peinée, l'année prochaine elle serait assurément parmi les premières. Gina aurait voulu le battre, elle trouvait sa compassion insultante, elle était la dernière, soit, mais que ce bonhomme ne vienne pas en plus la plaindre !

Pour sa part, Kalmár ne la réconforta pas, au contraire. Il lui dit d'être fair-play et d'aller féliciter Bánki à qui on remettait le prix, l'œuvre de Ferdinand Ziegler décrivant une vie pieuse, dans une superbe édition en allemand qu'elle lui prêterait volontiers, elle pourrait certainement s'en passer un certain temps. Gina faillit sourire, Kalmár exprimait tout en finesse que les prix distribués à Matula étaient vraiment impossibles, et que ce concours ne valait pas la peine que l'on s'attristât de ne pas l'avoir remporté. Alors Gina alla vers Bánki, celle-ci posa bruyamment le livre sur la table en la voyant, et l'embrassa chaleureusement. Zsuzsanna dénoua sans un mot ses bras du cou de Gina, elle n'appréciait pas les effusions intempestives.

– Nous ferons mieux l'an prochain, n'est-ce pas, Vitay, dit le directeur.

Gina baissa la tête, Marcelle lui avait dit un jour où elles jouaient à un jeu de société : « Tu ne sais pas perdre. Pourtant la bonne éducation exige que l'on ne gâche pas le plaisir du vainqueur par une triste mine. Apprends à perdre avec élégance. »

Elle n'avait toujours pas appris. Elle était contrariée d'avoir en plus à écouter le sermon du directeur. La seule chose qui le rendait à peu près supportable, c'est que Gedeon Torma ignorait ce qu'elle, Bánki, Kun et Zelemér savaient : la nuit de l'aquarium, quelque chose avait disparu de son bureau. Un jour, en contrôlant ses archives, il constatera que quatre dossiers sont incomplets, et les documents qui lui seront ensuite fournis ne seront pas les mêmes que ceux qui ont disparu, mais il ne le saura pas... Sa pensée fut interrompue par ce que dit encore le directeur : Suba avait pris un message pour elle pendant le concours. Le général avait appelé pour lui souhaiter un joyeux Noël, et dit que cette fois, elle recevrait de l'argent qu'il avait laissé à la sœur lors de sa dernière visite. Il ne pouvait malheureusement pas la ramener à la maison pour les vacances, la chaudière avait explosé.

À la villa, il y avait des cheminées, et des poêles en céramique dans les plus petites pièces. Gina comprit le message de son père et se rendit compte qu'elle ne l'avait pas pris au sérieux lorsqu'il avait dit qu'ils ne pourraient probablement pas passer les fêtes ensemble. Son échec cuisant au concours, la perspective d'un Noël désolant dans le pensionnat désert, sans son père, sans ses camarades, achevèrent de la démoraliser et elle fondit en larmes. Le directeur l'expédia aussitôt dehors en disant que les manifestations hystériques n'étaient pas de mise pour une jeune protestante qui se respecte, surtout pendant la semaine de pénitence. Dans cinq minutes, elle devrait se présenter à sa préfète après s'être calmée et lavé la figure. Les cinq minutes n'étaient pas écoulées quand Gina revint, elle s'était ressaisie, ne voulant livrer sa peine et sa déception à personne. Quand il n'y aurait plus de témoins, elle pleurerait tout son soûl avec Torma, elles étaient les seules à rester à Matula.

Après le concours, la classe chuchota longtemps, puis Mari Kis vint trouver Gina. Si elle ne pouvait pas rentrer chez elle à cause de la chaudière, elle pouvait passer les vacances chez l'une d'entre elles, elle était invitée, il n'y avait pas une famille qui ne l'accueillerait avec affection. Cela valait aussi pour Torma, mais le directeur ne le permettrait pas ; étant son seul parent vivant, il tenait à passer les fêtes « en famille » avec elle, si bien que la pauvre Torma abordait la nouvelle année complètement déprimée. Que Gina décide chez qui elle voulait aller, celle-ci irait demander à Zsuzsanna de la laisser sortir et le lendemain après l'office, elles prendraient le train ensemble.

Gina regarda ses camarades l'une après l'autre, leurs visages souriants n'étaient qu'affection. Elle aurait aimé partir avec Bánki, mais elle savait que ce n'était pas possible. Elle avait promis de ne pas quitter le pensionnat, sauf en compagnie de son père ou de celui qu'il enverrait. Ses camarades s'assombrirent quelque peu lorsqu'elle leur dit qu'elle ne pouvait partir avec aucune d'entre elles. Elle ne pouvait bien sûr pas leur expliquer pourquoi et leur dit seulement que c'était la volonté de son père. L'atmosphère changea et il lui fut particulièrement pénible de sentir que ses camarades estimaient que le général était orgueilleux et devait penser qu'aucune d'elles n'était assez bien pour sa fille.

Elles compatirent encore un peu, puis leur joie prenant le dessus, elles se remirent à la préparation de la fête et de leurs cadeaux. Seules Torma et Bánki restèrent auprès d'elle. Bánki, parce qu'elles étaient liées par quelque chose de nouveau, la pauvre Torma parce qu'elle voulait partager avec elle tout ce qu'elle avait, sa qualité d'orpheline, d'autant plus pénible au moment des fêtes. Gina faisait son possible pour ne pas montrer sa tristesse, mais en vain, les filles ravalaient leurs paroles en la voyant, à quoi bon lui faire encore plus de peine en disant qu'elles n'avaient plus qu'une nuit à passer ici avant de prendre le train pour rentrer chez elles ?

Le lendemain, lors de la célébration de la Cène, au lieu de méditer sur les pieux engagements que le révérend prit en leur nom, les Matuliennes, impatientes de savoir si quelqu'un les attendait au parloir, portèrent toute leur attention vers l'extérieur. Pour sa part, Gina crut, reconnut et promit avec les autres tout ce qu'exigeait la cérémonie, mais ne ressentit de la fête qu'une pesante tristesse désemparée.

La moitié des pensionnaires quitta l'institution avant le déjeuner. Les cinquième année qui partirent embrassèrent Gina et Torma hors de la vue de Zsuzsanna ; elles promirent de leur écrire et leur donnèrent leurs adresses au cas où Zsuzsanna aurait pitié d'elles et leur permette exceptionnellement d'écrire à d'autres qu'à leur famille. Bánki partit aussi avant le déjeuner ; arrivée à la porte, elle revint en courant vers Gina et lui dit qu'elle penserait tout le temps à elle, même la veille de Noël, et qu'elle allait lui offrir quelque chose qui lui ferait certainement plaisir. Gina l'écouta sans un mot et agita la main en se forçant à sourire lorsqu'elle partit. L'autre moitié des pensionnaires disparut avant le dîner. Désormais, Torma et elle parcoururent les couloirs déserts comme deux fantômes.

Noël

Ce furent des jours singuliers.

Elle ne les vécut pas tous avec la même tristesse, certains moments furent excitants, d'autres lui procurèrent même un peu de joie, tant la vie à la forteresse était différente pendant ces vacances. Une partie du personnel fut autorisée à rentrer pour les fêtes, plusieurs professeurs et la plupart des diaconesses partirent également. L'école et l'internat furent fermés, il eût été absurde de chauffer ces grands bâtiments puisqu'il ne restait que deux pensionnaires. Elles déménagèrent avec leurs affaires dans une chambre à deux lits de l'infirmerie, ce qui était très amusant. La chambre était plus éloignée de Zsuzsanna, elles pouvaient donc se risquer à se coucher plus tard, à lire au lit ou à aller de temps en temps épier du côté des logements des professeurs. Et même si Zsuzsanna faisait quelques apparitions, elle ne pouvait les surprendre facilement, car leur chambre donnait sur un petit couloir à part, fermé par une porte qui grinçait, si bien qu'elles l'entendaient venir de loin.

Sœur Erzsébet passait aussi les vacances à Matula, avec le directeur, madame Gigus, Kalmár et Kőnig.

La cuisinière était en congé, et au cas où quelqu'un serait malade, le médecin de la santé publique viendrait suppléer la doctoresse, également partie. Zsuzsanna demanda aux deux jeunes filles si elles avaient envie de participer aux tâches ; étant en vacances, elles n'avaient aucune obligation jusqu'à la rentrée, et les journées étaient longues. Gina et Torma avaient grand besoin de s'occuper et répondirent qu'elles le feraient volontiers. Il leur resterait encore assez de temps libre.

C'est sœur Erzsébet qui faisait la cuisine, avec goût et passion, les deux filles jouaient les marmitons auprès d'elle, mettaient la table, desservaient et faisaient la vaisselle, mais seulement les jours pairs ; les jours impairs, elles aidaient à faire le ménage, ce qui était passionnant parce qu'elles s'occupaient non seulement de leur nouvelle chambre, mais aussi de celles des professeurs ; elles n'avaient rien à faire chez les diaconesses, car lorsqu'elles se levaient et descendaient prendre le petit déjeuner, Zsuzsanna avait depuis longtemps fait sa chambre et celle d'Erzsébet. Mais il y avait les appartements du directeur et des professeurs qui n'étaient pas partis ; sur les trois femmes de ménage, il en restait une qui se chargeait de balayer et d'aérer, mais elle laissait les filles épousseter. Il n'y avait pas meilleur prétexte pour examiner ce que chacun possédait. Madame Gigus avait de magnifiques porcelaines anciennes et un coffret incrusté de cuivre contenant toutes sortes de broches, bracelets et boucles d'oreilles, dont les filles se demandaient où et quand elle pouvait bien les porter. Chez Kalmár elles trouvèrent de passionnants albums de photos, de très belles prises de vue qui rappelèrent à Gina les étés qu'elle avait passés à l'étranger avec Marcelle, et Torma buvait ses paroles tandis qu'elle lui expliquait ce qu'elles représentaient : Kalmár à Londres, appuyé contre un lion en pierre à Trafalgar Square; la Sorbonne, l'université de Paris; et cette rue pavée, Torma croit la reconnaître, elle l'a vue en promenade de l'autre côté de la gare, avec les ruines de la caserne de cavalerie.

– Sottises, dit Gina, regarde, c'est le Vésuve qui fume au-dessus de ta caserne, cette rue se trouve à Pompéi.

Il y avait parfois des femmes avec Kalmár sur les photos, des femmes assez jolies qu'elles regardaient avec dégoût, Torma fit une tache d'encre sur le visage de la plus belle, qui s'en trouva aussitôt enlaidie.

Kőnig avait une grande bibliothèque, il lisait manifestement beaucoup et en plusieurs langues. Kalmár collectionnait pour sa part des ouvrages scientifiques sur l'histoire de la Hongrie. Chez le directeur, le salon aussi était noir, des têtes noires sculptées au milieu de pommes et de poires noires regardaient les filles depuis les angles de la bibliothèque. Il n'y avait pas à douter de l'occupation à laquelle Gedeon Torma consacrait ses vacances, car en époussetant chez lui, elles virent sur son bureau les devoirs de hongrois des huit classes. Torma confirma en hochant la tête, c'était son habitude, sa distraction, il soulignait à l'encre verte les fautes omises par le correcteur, ou écrivait à l'encre noire une nouvelle note au bas du devoir, si bien que les élèves reprenaient dès la rentrée de janvier avec un nœud à l'estomac. La chambre du directeur était toujours en ordre, même quand la femme de ménage n'avait pas encore fait le lit, comme s'il ne pouvait dormir que sous une couette parfaitement plane et sur un oreiller intact. Chez Kalmár et madame Gigus régnait un désordre sympathique, chez Kőnig tout était impersonnel, comme s'il n'utilisait pas ses affaires. Il ne faisait apparemment rien d'autre que regarder par la fenêtre et écouter de la musique, elles trouvèrent chez lui un gramophone et une importante collection de disques. Il était le seul à fermer son tiroir à clé, pourtant elles auraient bien voulu regarder s'il ne tenait pas un journal, Kőnig était quelqu'un que l'on pouvait imaginer écrivant de longues considérations sur la pleine lune ou la qualité du dîner. Par ailleurs, les professeurs n'étaient jamais chez eux au moment où elles venaient épousseter, et ils ne réapparaissaient qu'aux repas. Elles ne purent découvrir ce qu'ils faisaient de leurs journées, sauf un jour où les cheveux de madame Gigus révélèrent qu'elle était allée chez le coiffeur dans la matinée. C'est Kalmár qu'elles voyaient le plus souvent, flânant là où se trouvait Zsuzsanna. Elles ne voyaient presque jamais Kőnig, ni le directeur en dehors du réfectoire et de la salle de prière.

Gina avait quand même l'impression de ne pas être assez occupée, elle aurait voulu accumuler les tâches ; puisqu'elle était enfermée ici, qu'au moins elle n'ait pas le loisir de penser comment les autres passaient les fêtes. Mais Zsuzsanna avait décidé qu'elles devaient profiter des vacances, prendre l'air, lire et jouer plus que d'habitude. Elle les emmena plus souvent en promenade, et dans des endroits qu'elles ne connaissaient pas. Avant leur départ, elle avait remis aux élèves de cinquième année l'argent de poche qu'elle affectait jusqu'à Noël à l'achat de timbres ou à des aumônes, cette fois Torma et Gina reçurent aussi leur dû. Le directeur donnait tous les mois à la préfète la somme destinée à Torma, Gina trouva à côté de son argent une enveloppe que son père avait dû déposer lors de sa dernière visite, pour qu'elle s'achète un cadeau au cas où ils ne passeraient pas Noël ensemble. Zsuzsanna lui recommanda d'être raisonnable, le général avait laissé beaucoup d'argent, mais les dépenses futiles ne procuraient qu'un plaisir momentané que l'on regrettait ensuite.

Elle les emmena faire leurs achats un matin, mais afin de ne pas gâcher leur plaisir et de ne pas les influencer, ne serait-ce que par un regard désapprobateur, elle n'entra pas avec elles dans le magasin et se contenta de les suivre des yeux à travers la vitrine. En la voyant, fidèle, sous la neige qui tombait dru, Gina sentit qu'elle avait de nouveau un peu plus d'affection pour elle, presque autant qu'avant la visite de l'évêque. À l'atelier, Torma avait fabriqué un porte-livres pour son oncle, elle avait donc son cadeau principal, mais elle pensait, dit-elle à Gina, que tous ceux qui passaient Noël ensemble devaient échanger des cadeaux, alors il lui fallait trouver quelque chose pour les professeurs et les diaconesses. Elle acheta des agendas de poche, des articles bon marché qu'elle recouvrirait d'un joli papier brillant et ornerait d'un monogramme découpé dans du carton de couleur. Elle conseilla à Gina d'acheter des aiguilles, du fil et des boutons de chemise, car de la part d'une élève, ils n'accepteraient pas de cadeaux d'une plus grande valeur; elle aurait encore le temps de confectionner de petites boîtes à boutons pour les messieurs sur le modèle des cubes en carton fabriqués au cours de géométrie dans les petites classes, et d'en munir le couvercle d'une bride au crochet et d'un bouton pour le fermer. Pour les dames, elle pourrait confectionner des coussins à aiguilles, mais pas en forme de bonhomme, cela ferait hurler le directeur, qui voyait dans toute statue ou poupée un objet d'idolâtrie ; pour être convenables, ses coussins à aiguilles devraient figurer par exemple des coussins de sofa en miniature dans lesquels seraient piquées des aiguilles enfilées.

Gina eut du mal à trouver des aiguilles, mais cela n'avait rien d'étonnant, depuis qu'on était en guerre, même les objets les plus quotidiens manquaient dans les magasins. Lorsqu'elle voulut demander à Torma si elle devait acheter des aiguilles à sac, parce qu'il y en avait, elle s'aperçut que son amie n'était plus à côté d'elle, mais au rayon voisin où elle faisait emballer un chien en plâtre à la mine triste. « C'est pour moi qu'elle l'achète » pensa-t-elle, le cœur inondé de chaleur, et l'affreux chien en plâtre affublé d'un foulard noué autour du museau comme s'il avait une rage de dents lui sembla plus beau que n'importe quel objet précieux de leur villa. Torma n'avait pas beaucoup d'argent, juste quelques fillérs, mais elle avait raclé le fond de son porte-monnaie pour acheter ce chien.

Gina alla au rayon d'articles de mode. Ses achats n'avaient pas coûté grand-chose, il lui restait une grande partie de son argent de poche et l'enveloppe du général contenait un billet de cent pengős. Elle chercha ce qu'elle pourrait acheter sans ticket de restrictions et trouva une très belle chemise de nuit. Décolletée et particulièrement coquette, elle convenait à une jeune femme mondaine, mais Gina l'acheta, bien qu'elle fût assez chère. Torma ne possédait rien de ce genre puisqu'elle avait grandi à la forteresse.

Où elle la cacherait et quand elle la porterait, c'était une autre histoire, mais elle aurait désormais une chemise de nuit comme on en voyait parfois dans les revues sur le théâtre. Torma serait contente !

Chacune cacha son paquet en rejoignant Zsuzsanna. Torma déclara qu'elle n'avait plus un seul fillér, Gina rendit les billets de dix pengős qui lui restaient. La préfète la regarda d'un air sévère, jugeant qu'elle avait trop dépensé, alors Gina lui murmura à l'oreille que ce n'était pas pour elle, mais pour quelqu'un d'autre. Pas pour un éducateur, ajouta-t-elle afin que Zsuzsanna comprenne qu'il s'agissait de Torma. « Ne me demande pas ce que j'ai acheté, voulait-elle dire, prends sur toi pour une fois et n'exige pas de le voir ! » Zsuzsanna les ramena à Matula sans leur poser de questions. Gina poussa un profond soupir : c'était quand même un beau jour, Zsuzsanna s'était presque montrée humaine, ce qui arrivait rarement. Sans doute à cause de la fête.

Leurs préparatifs fébriles firent passer le temps plus vite, les agendas, les boîtes à boutons et les coussins à aiguilles devaient être prêts à temps. Zsuzsanna les faisait souvent sortir de l'atelier et les envoyait dehors où elles jouaient aux boules de neige comme les petites. Elles écoutaient parfois de la musique sur le gramophone de l'école, tremblant à l'idée de rayer un disque de Hajdú, parce qu'elles en prendraient pour leur grade ! Le matin du 24 décembre, il tomba encore beaucoup de neige, un parfum de vanille et de clou de girofle emplissait le couloir de la cuisine, Gina en eut les larmes aux yeux dès qu'elle le sentit. C'était l'odeur de Noël. Que se passait-il à la maison ? Où était son père ? Quand le reverrait-elle ?

La veillée de Noël n'en fut pas une, puisqu'elle eut

lieu l'après-midi. Un sapin était dressé dans le réfectoire, sobrement décoré, il n'en était pas moins beau et émouvant. Sœur Erzsébet alluma les bougies, Gina regarda les flammes menues en pensant qu'elle ne pouvait pas envoyer d'Árkod le signet brodé. Elle voulait le remettre personnellement, avait-elle dit à Zsuzsanna soupçonneuse. On chanta *Douce nuit, sainte nuit*, puis Zsuzsanna fit la lecture de la naissance de Jésus dans l'Évangile de saint Luc. On pria, puis Kalmár alluma la lumière et Erzsébet souffla les bougies. Tous ceux qui n'étaient pas partis étaient réunis, les professeurs sur leur trente et un. Madame Gigus portait une nouvelle robe, très élégante, aux manches et à l'encolure bordées de fourrure. Zsuzsanna la regarda longuement d'un air grave. La femme de ménage, le concierge et sa femme qui avaient assisté à la prière demandèrent la permission de partir, ils fêtaient Noël chez eux en famille et avaient invité des parents de la ville.

Les cadeaux étaient au pied du sapin, munis d'étiquettes blanches où sœur Erzsébet avait noté les noms de sa petite écriture. En voyant une étiquette au nom de *Gina*, elle sentit que ce léger adoucissement était déjà un cadeau : en temps normal, personne n'utilisait de diminutifs à Matula, Torma aussi ne s'appelait Piroska – comme l'indiquait l'étiquette – qu'à Noël. Gina chercha le chien en plâtre, mais ne le voyant pas, elle comprit que Torma voulait lui faire une surprise en gardant son cadeau secret, comme elle avec la chemise de nuit. Chacune avait aussi préparé qui un agenda, qui un coussin à aiguilles pour l'autre ; Zsuzsanna ne leur dit rien, ne leur demanda pas ce qu'elles avaient acheté au magasin, leur faisant ainsi savoir que si elles avaient prévu de fêter un autre Noël entre elles, elle n'avait rien contre.

Gina reçut une bible neuve, bien plus belle que celle qu'elle avait apportée de Budapest. Sur la page de garde, on lisait : *Pour Georgina Vitay de la part de son directeur et de ses éducateurs, Noël 1943*, et tous ceux qui étaient présents ce soir-là avaient effectivement écrit leur nom, Gedeon Torma en tête, Zsuzsanna en dernier. Gina s'étonna du plaisir que cela lui faisait, mais elle se doutait aussi que tout en étant un cadeau, cette bible était une mise en garde, elle ne devait pas être aussi lamentable au concours de l'année prochaine. Torma eut aussi un livre, une lecture passionnante sans doute choisie par son oncle, *Histoire de l'ordre des diaconesses*, également dédicacé. Les professeurs et Gedeon Torma reçurent avec reconnaissance les boîtes à boutons, le porte-livres et les agendas joliment recouverts, les dames apprécièrent les coussins à aiguilles. Les éducateurs n'échangèrent que des livres, tous apparemment plus ennuyeux les uns que les autres.

Puis ce fut le dîner de fête, sœur Erzsébet s'était surpassée, Torma faisait le service, Gina mit la table et débarrassa. Le directeur ne tarda pas à se retirer en emmenant Torma qui le suivit, la mine triste, pour commencer ses vacances dans l'appartement de son oncle et écouter toute la soirée comment était tel ou tel membre de la famille qu'elle n'avait jamais vu, jusqu'à ce que le directeur juge qu'il avait témoigné assez d'affection. Les autres adultes restèrent, Kalmár se rapprocha de Zsuzsanna, Kőnig entreprit de distraire madame Gigus, mais sans grand succès, car elle regardait sans cesse sa montre, et prit soudain congé en disant qu'elle allait près du téléphone au bureau de permanence, elle attendait un appel interurbain. Tous la suivirent des yeux avec étonnement, son visage avait quelque chose de radieux qui ne cadrait pas avec Matula. Kőnig proposa de jouer, il fit signe à Gina de les rejoindre, elle s'ennuyait près du sapin, esseulée et malheureuse, enviant même Torma à laquelle au moins quelqu'un parlait ce soir, et qui ne restait pas plantée là, abandonnée. Sœur Erzsébet secoua la tête, les jeux ne convenaient pas à la veillée de Noël, plutôt à la Saint-Sylvestre, et là, on s'amuse beaucoup. On se réunit chez Mici Horn avec l'autorisation du directeur, sauf ceux qui sont de permanence. C'est toujours très joyeux et distrayant, même si on ne reste pas jusqu'à minuit. En général, ils allaient chez Mici Horn après l'office du dernier jour de l'année, et restaient jusqu'à dix heures du soir, on avait le temps de bien rire. Gina n'avait vraiment pas envie de penser à Mici Horn, elle en avait assez d'écouter Erzsébet et pouvait à peine regarder Kőnig, Kalmár expliquait quelque chose à Zsuzsanna, cela n'avait aucun sens de traîner ici où personne n'avait besoin d'elle. Elle demanda la permission d'aller lire dans sa chambre. À sa grande surprise, Zsuzsanna se leva et dit qu'elle aussi était fatiguée et aimerait aller se reposer. Cela mit brusquement fin au semblant d'ambiance festive. Comme Zsuzsanna s'apprêtait à partir, tout le monde fit de même, Kőnig marmonna qu'il devait encore aller quelque part, Kalmár avait l'air tendu, agacé, Erzsébet réprima un bâillement. Kőnig fut le premier à disparaître vers le quartier des professeurs. Erzsébet prit la direction de la loge, elle voulait faire un saut à la fête du concierge, dit-elle, puis irait aussi dans sa chambre. Gina suivit Zsuzsanna et Kalmár. Il s'efforçait de parler aussi bas qu'il le pouvait sans avoir l'air de chuchoter, ce qui était interdit à Matula, mais Gina comprit qu'il dit quelque chose à quoi elle répondit : « Non ! », alors il leur souhaita bonne nuit et entra au foyer. « Il va passer Noël tout seul là-dedans, à écouter la radio ou des disques, pensa Gina. Il voulait sans doute parler à Zsuzsanna, peut-être même aller chez elle, mais Zsuzsanna ne s'intéresse visiblement pas à lui, et d'ailleurs, elle ne recevrait pas un homme dans sa chambre. Il doit être très amoureux pour ne plus se soucier de rien. »

Elles n'étaient plus que toutes les deux dans le couloir où leurs pas claquaient sur les dalles, en l'honneur de Noël, Zsuzsanna portait elle aussi des chaussures à semelle de cuir. En se dirigeant vers la chambre de l'infirmerie, Gina avait la même impression qu'à la maison quand le feu était éteint et que les murs commençaient à se refroidir sensiblement. Elle avait pleinement conscience qu'elle vivait dans un monde étranger, obéissait à des lois étrangères, que l'on avait dérangé le cours de sa vie, que tout ce qui était à elle, tout ce qui faisait partie d'elle était loin, et que ce soir elle n'était pas mieux lotie que cette pauvre orpheline de Torma. Elle marchait tristement aux côtés de Zsuzsanna, mais releva soudain la tête lorsque celle-ci poussa un léger cri. Un très léger cri – car Zsuzsanna manifestait sa joie comme sa peine avec la même retenue – de surprise : un petit paquet était suspendu à la poignée de sa porte. Gina, qui avait souvent reçu des bijoux de son père ou de tante Mimó, reconnut aussitôt à travers le fin papier de soie la forme d'un écrin.

– Mon Dieu, murmura Zsuzsanna, et elle rougit aussitôt d'avoir prononcé ces mots, car il était interdit d'invoquer pour rien le nom du Seigneur. Quelqu'un est venu ici en secret !

Marcelle aurait été satisfaite de Gina, car elle prit aussitôt congé de Zsuzsanna et poursuivit son chemin dans le couloir afin de la laisser vivre seule cet instant particulier de Noël. L'origine et le contenu de ce cadeau étaient sans doute bien plus mystérieux pour Zsuzsanna que pour Gina. Elle avait si souvent imaginé la main toujours affairée de la préfète portant un anneau de fiançailles offert par Kalmár qu'à peine entrée dans la chambre, malgré son chagrin et sa nostalgie, elle écrivit sur la double page que l'on pouvait arracher au milieu de son cahier de brouillon : *Péter Kalmár et Zsuzsanna Molnár sont fiancés*. Cela aurait été bien que Torma soit là, elles auraient pu commenter cet événement et aller tendre l'oreille vers la chambre de Zsuzsanna. Ne supportant pas de rester seule, elle alla jusqu'au quartier des professeurs et resta devant la grille, attendant que le directeur en ait assez de la vie de famille, mais Torma ne vint pas. Zsuzsanna ne bougea pas non plus, Gina n'entendait que les accents solennels de *Stille Nacht* diffusé à la radio, qui filtraient faiblement du foyer. Alors son excitation et sa curiosité retombèrent, elle ne s'intéressa plus ni à Zsuzsanna, ni à Kalmár. C'était le soir de Noël, chacun ici vivait sa vie, avec ses joies et ses peines, elle se débattait toute seule, abandonnée, sans son père. Si seulement elle pouvait entendre sa voix ! Elle devint aussi triste que peuvent l'être les adultes, sans larmes, presque comme une petite vieille.

Elle se retourna en entendant quelqu'un venir du bureau de permanence. Madame Gigus devait en avoir terminé avec sa conversation téléphonique et se dirigeait à pas pressés vers les logements des professeurs. Elle avait l'air de n'importe quelle amie de tante Mimó, une jolie jeune femme brune et svelte arborant un sourire de bonheur. Gina sentit qu'elle avait parlé avec un homme, elle allait se marier. Les logements des professeurs et l'aile des diaconesses étaient réservés aux célibataires, madame Gigus déménagerait l'année prochaine, elle aurait un logement en ville, et tout cela, parce qu'elle venait de parler avec quelqu'un. Savait-on au central téléphonique combien de joie le fil pouvait procurer ?

L'idée qui lui vint alors la fit presque sursauter. Le bureau où la ligne était branchée était vide à présent. Zsuzsanna était occupée avec son écrin, Erzsébet s'était couchée, Kőnig était peut-être sorti, Kalmár attendait au foyer ce que la préfète dirait de son cadeau, le directeur était en famille avec Torma. Personne dans les parages, elle se glissa dans le bureau.

Les doigts raidis d'excitation, elle eut du mal à trouver l'interrupteur. Sur un petit bloc près du téléphone étaient notés les numéros importants, premiers secours, police, pompiers, interurbain, télégraphe. Elle appela la poste principale et demanda le 557-559 à Budapest pour l'institution Matula. Elle s'assit près de l'appareil et attendit qu'il sonne. « Papa, dit-elle comme une prière, c'est toi qui décrocheras ; chez nous, quand tout le monde est en congé, tu réponds toi-même au téléphone. Je te promets de ne pas bavarder, je ne dirai rien. Je ne t'appellerai pas. Je ne dirai même pas mon nom, je ne dirai pas que c'est moi. Je veux seulement t'entendre respirer, te racler la gorge et dire "Allô", c'est tout. Cela aura l'air d'un faux numéro puisque personne ne parlera ensuite. C'est Noël. Tu comprendras. »

Gina attendait, les minutes passaient. Soudain elle entendit des pas dans le couloir, des pas qui s'arrêtèrent devant la porte. « Mon Dieu, pensa-t-elle, alarmée, ils sont deux, j'ai entendu les pas venir de deux directions. Il faut qu'ils s'en aillent, il ne faut pas qu'ils se mettent à parler ici. » Et si quelqu'un voulait téléphoner ? Ce ne serait vraiment pas de chance.

L'une des personnes devant la porte prit la parole. Gina entendait chaque mot.

– C'est vous qui me l'avez offert ? demanda Zsuzsanna.

– Quoi donc ? s'enquit Kőnig.

Pas de réponse. Si Gina n'avait pas été aussi tendue, aussi obsédée par ce qu'elle attendait, elle aurait été plus attentive. Mais elle ne fit que se désespérer parce qu'ils s'étaient justement arrêtés ici pour parler, et elle avait aussi honte pour la préfète, elle attendait mieux d'elle : comment pouvait-elle s'imaginer que Kőnig puisse lui offrir quelque chose ; Kőnig qui, il fallait le reconnaître, l'évitait ostensiblement depuis l'excursion et la visite de l'évêque.

Silence. Que font-ils là dehors ? Zsuzsanna ne répond pas, elle n'est tout de même pas en train de montrer l'écrin à Kőnig ?

Si. C'est ce qu'elle a dû faire, car Kőnig éclate de rire :

– Un anneau de fiançailles ? Moi ? Et justement à vous, Zsuzsanna ?

Quelle torture pour Gina ! Ce dont elle était témoin se produisait dans de telles circonstances qu'elle ne pouvait pas s'abandonner au plaisir d'assister à cette scène qui n'aurait absolument pas dû se passer en présence d'une élève. Au lieu de s'en délecter, il lui fallait prier pour qu'ils mettent un terme à leur conversation et disparaissent du couloir.

La diaconesse gardait le silence. Gina imagina son visage rouge de honte. Bien fait ! Tout faible et sentimental qu'il était, Kőnig était aussi capable de se montrer brutal et réfractaire. N'avait-elle pas compris la leçon quand elle l'avait suivi dans le train cet automne ?

– La seule que je voudrais pour femme, c'est Mici Horn, dit Kőnig, malheureusement elle ne veut pas. Je vais chez elle maintenant, pour la veillée de Noël. Allez au foyer réconforter Péter Kalmár, ma sœur. C'est lui qui a fait faire cette alliance pour vous, je l'ai vu entrer à la bijouterie. Vous devriez apprécier qu'il ait pu trouver assez d'or.

Un murmure, si faible qu'elle ne le comprit pas, mais la réponse de Kőnig lui permit d'en deviner la teneur.

– Mais non, je ne vous en veux pas. Je ne regrette même pas ce malentendu, il m'a au moins permis de vous parler, Zsuzsanna. Laissez-moi tranquille, ne me courez pas après, ne soyez pas si gentille avec moi. Je n'en vaux pas la peine, cela n'a aucun sens.

Il n'y avait rien à répondre à cela, du moins pas en paroles : Gina entendit les pas de Zsuzsanna. Bien que son cœur débordât de soucis et de problèmes, Gina pâlit de fureur. Le misérable, le moins que rien, le goujat ! Comment il ose parler à Zsuzsanna ! Et elle, à quoi pense-t-elle pour jeter son dévolu sur lui ? Quelle honte ! Elle tendit l'oreille, Kőnig était-il encore devant la porte ? « Qu'il s'en aille, pensa-t-elle le cœur battant. Qu'il disparaisse chez l'élue de son cœur, Mici Horn, et qu'on ne le revoie plus ! » Kőnig se mit enfin en route à son tour. Pourquoi avait-il attendu ? Voulait-il rassembler ses idées ou ses forces avant de bouger ? Soudain, le téléphone sonna, et le cœur de Gina fit un bond dans sa poitrine.

Elle décrocha le combiné, effrayée, elle ne s'attendait pas à une sonnerie aussi stridente. « Matula ? demanda une voix. L'institution Matula ? Je vous passe Budapest. Parlez. »

Elle entendit un bourdonnement, plusieurs claquements. Elle ne se rendit pas compte qu'il était entré, elle était derrière la porte et concentrée sur le téléphone. Elle ne le vit que lorsqu'il lui prit le combiné des mains et le raccrocha sur la fourche. Plus tard, bien plus tard, un jour où ils en reparlèrent, il lui dit qu'elle avait crié comme si on l'égorgeait.

– Eh bien, dit Kőnig. Qu'est-ce que cela veut dire ? Allez sagement dans votre chambre, Vitay.

Gina se débattit comme un beau diable. Elle avait de la force, Kőnig fut pris de court, il ne s'attendait pas à ce qu'elle résiste ; en outre, il tenait un bouquet de fleurs à la main. Même en cet instant irréel, Gina vit du lilas blanc dépasser du papier de soie et passa sa fureur sur les fleurs innocentes : elle lui arracha le bouquet des mains et le jeta à terre. Tandis que Kőnig le ramassait, elle saisit le combiné car le téléphone sonnait, comme désemparé, ignorant ce qui se passait. Alors Kőnig lâcha les fleurs, attrapa Gina de la main droite et le combiné de la gauche. D'une voix aussi calme et naturelle que s'il était en société, il dit au standard d'annuler la communication. La sonnerie s'arrêta enfin, alors il lâcha Gina.

Zsuzsanna était entrée, sans doute en entendant les cris de Gina, mais celle-ci ne l'avait pas remarquée. Elle l'emmena hors du bureau. Gina se laissa emmener sans rien dire, la haine qu'elle éprouvait à l'égard de Kőnig était si violente qu'elle y prenait appui, comme sur une canne. Kőnig trottinait à côté d'elles en expliquant à Zsuzsanna que la pauvre petite Vitay avait manifestement voulu appeler quelqu'un à Budapest, mais les élèves n'avaient pas le droit d'utiliser le téléphone, c'était interdit par le règlement. Zsuzsanna conduisit Gina à la chambre de l'infirmerie, s'assit auprès d'elle et lui prit la main. La jeune fille fut apaisée par ce geste, elle ressentait enfin autre chose que ses émotions, elle sentait combien les doigts de Zsuzsanna étaient froids.

Les premiers mots qu'elle fut capable de dire ne furent pas « Je vous demande pardon », mais « Je déteste monsieur Kőnig ! ».

– Un chrétien ne déteste personne, répondit Zsuzsanna en lui lâchant brusquement la main. (Elle poursuivit, en parlant comme une machine :) Ressaisis-toi, tu ne peux pas te conduire comme cela.

– Je n'en peux plus, dit Gina en pleurant, sans penser qu'elle ferait mieux de se taire au lieu de se lancer dans des explications. Je ne supporte plus rien dans cette école !

– Il faut pourtant que tu tiennes bon, il va être encore plus difficile d'attendre la fin des vacances. Tu seras punie à cause du téléphone et de ton comportement envers ton professeur. N'espère rien, Georgina, je ne peux rien pour toi, même si tu demandes pardon comme tu l'as fait tant de fois. Tu n'auras plus le droit de sortir pendant toutes les vacances, tu ne viendras pas avec nous chez Mici Horn à la Saint-Sylvestre, tu resteras toute seule avec le permanent de service. Il faut que tu apprennes à te maîtriser.

– J'ai toujours détesté Mici Horn, sanglota Gina. Et je me fiche que monsieur Kőnig me pardonne ou non. Qu'il ne le fasse pas ! Moi, je ne lui pardonnerai jamais !

– Couche-toi, Georgina. Cela me fait mal qu'une telle chose se soit passée juste le soir de Noël. Cela me fait mal de devoir être si sévère avec toi, pour ton bien. J'ai de la peine pour toi, et pour moi aussi.

Elle s'apprêta à partir. L'idée de rester seule était insupportable à Gina, encore plus que les remontrances ou la perspective de la sanction. Torma n'était pas là, personne n'était là, si au moins elle avait pu téléphoner, elle ne serait pas punie pour rien. Mais tout ce qu'elle entreprenait était voué à l'échec, et toujours à cause de Kőnig. Zsuzsanna, elle aussi, ne faisait que parler. Si elle avait vraiment de la peine, elle ne l'aurait pas laissée seule. De la peine ? Elle ne pense qu'à Kőnig, elle aussi est hypocrite. La haine que Gina ressentait envers Kőnig se répandait en elle comme un poison. Elle ne savait plus ce qu'elle disait :

– Qu'est-ce que ça peut lui faire, à cette bonne sœur, que je déteste Mici Horn ou Kőnig ? Elle aurait davantage de raisons que moi de le haïr, pourquoi le défend-elle ? C'est Mici Horn qu'il aime, pas elle. Il avait du lilas pour elle, mais j'ai écrasé son bouquet.

Zsuzsanna se tenait dans l'encadrement de la porte et la regardait, le visage aussi immobile que si elle ne comprenait rien. Mais elle avait bien compris ce que Gina avait dit. Elle hocha la tête, puis dit doucement :

– Je te pardonne, Georgina, de tout mon cœur. Mais ce qui va suivre dans les jours qui viennent, tu devras le supporter avec autant de courage que tu en as eu pour offenser des adultes alors que tu ne savais rien de leur vie.

À son retour, Torma trouva Gina dans l'obscurité. Elle revenait exténuée, toute la soirée elle s'était efforcée de ne pas irriter son oncle en répondant à ses questions, et s'étonna qu'il n'y eût pas de lumière dans la chambre. Elle alluma, et voyant que Gina ne dormait pas, posa le chien en plâtre sur sa table de nuit. Les larmes de Gina étaient taries, elle était calmée et dit à Torma de regarder sous sa couette, le petit Jésus y avait déposé quelque chose pour elle. Torma souleva la couette et en voyant l'élégante chemise de nuit, elle tomba à genoux et posa sa gentille figure ronde sur la soie. Incapable de parler, elle caressait la chemise en respirant profondément. Gina l'observait comme Zsuzsanna l'avait observée à l'instant, comme un adulte posant un regard attristé sur un petit enfant. Elle aurait donné des années de sa vie pour ne pas avoir humilié la préfète en révélant qu'elle avait entendu sa conversation avec Kőnig, et surtout pour ne pas avoir cédé à la dangereuse magie de la fête et trahi la parole donnée à son père en cherchant à le joindre. Elle avait tiré un trait sur les vacances, sur tout, mais elle était convaincue d'une chose : jamais elle ne demanderait pardon à Kőnig. Torma l'écouta, sidérée – dans quel pétrin s'était-elle encore mise ? – et hocha la tête devant l'incroyable culot de Kőnig. Puis elle enfila la chemise de nuit. Elle était un peu longue mais lui allait bien, et Torma se mit à défiler comme si elle était en robe du soir. Si Gina avait quelque chose à quoi se raccrocher ce soir de Noël, c'était le visage radieux de Torma. La chemise trouva une cachette provisoire, Torma la conserva sous celle du pensionnat, et ajusta la longueur avec un lacet de bottine noué autour de sa taille. Elle décida qu'elle la cacherait ensuite dans la réserve de matériel de dessin – elle avait enfin quelque chose à cacher ! Gina gardait ses trésors dans la jardinière ? Cela ne lui serait jamais venu à l'esprit, la salle de bains était un endroit dangereux, mais à son arrivée, Gina n'avait évidemment pu trouver mieux dans la précipitation. Dans la réserve de dessin, il y avait des maquettes en contreplaqué de volumes géométriques dont un côté était démontable; Mici Horn avait caché dans le cube un châle de soie offert par son fiancé. Ces maquettes étaient idéales pour des objets légers, la chemise était si fine qu'elle ne pesait rien, elle irait très bien dans le rhomboèdre. Gina enviait le bonheur de Torma, elle-même n'éprouvait qu'un sombre désarroi.

Le lendemain, Zsuzsanna lui interdit d'aller à la cuisine et de faire le ménage. Elle était condamnée aux vacances, comme un prisonnier est condamné à l'inactivité dans sa cellule. Elle pouvait lire ou jouer du piano toute la journée si elle le voulait, mais ni participer à la vie de la forteresse, ni en partager les soucis. Elle n'avait le droit de sortir que dans la cour, pas en ville. Erzsébet emmena Torma deux fois au cinéma, une fois au concert, elle n'emmena Gina nulle part, pourtant Torma savait grâce à Erzsébet que Kőnig avait lui-même demandé à Zsuzsanna d'oublier le malheureux épisode où la petite Vitay avait une fois de plus enfreint le règlement. « Il n'en a manifestement pas dit davantage à Erzsébet, pensa amèrement Gina. Il lui a dit que je voulais téléphoner, mais ne lui a probablement pas raconté que je l'avais entendu parler avec Zsuzsanna. Il me salue aimablement, il ne m'en veut donc plus, et pourtant je ne lui ai pas demandé pardon. Et c'est *lui* que Zsuzsanna aime, *lui* et non Kalmár! »

On ne voyait d'ailleurs pratiquement pas Kalmár, et quand il faisait une apparition, il n'échangeait pas un seul mot avec Zsuzsanna. Ni l'un ni l'autre ne portaient d'alliance, ce qui en disait assez sur leur relation. Il semblait avoir compris qu'il n'avait rien à espérer de la préfète, cela avait assez duré. Gina restait tranquille, elle ne se plaignait plus, même auprès de Torma, ne s'approchait pas du téléphone, ne demandait rien, ne critiquait rien. À la Saint-Sylvestre, c'est Erzsébet qui se joignit aux invités chez Mici Horn, et Gina resta en tête-à-tête avec Zsuzsanna, qui passa toute la soirée à lire en silence.

Torma revint en extase, elle rapportait à Gina des gâteaux de la part de Mici Horn. Elle lui raconta que la soirée avait été formidable, même le directeur avait participé aux jeux de société. Gina lui offrit les gâteaux en disant qu'elle détestait tellement Mici Horn qu'elle ne voulait rien accepter d'elle. Torma s'assit à côté d'elle, attristée, elle faisait tout pour égayer Gina au moins quand elles étaient ensemble, mais en vain. Gina acceptait toutes ses attentions de bon cœur, mais aussi avec le flegme d'une adulte désabusée. Il lui arrivait parfois même de rire, lorsque Torma enfilait sa chemise de nuit et exécutait pour elle une danse orientale, mais elle la regardait comme une grande sœur regarde sa cadette.

En revenant à la fin des vacances, les filles constatèrent que Vitay était devenue notablement plus sérieuse et qu'elle n'était plus le boute-en-train qu'elles avaient connu. Bánki revint la veille de la reprise des cours, par le dernier train de l'après-midi. Il faisait très froid ce jour-là, Bánki avait les joues rouges et était radieuse. Elle se jeta au cou de Gina et lui demanda si elle avait reçu son cadeau. Gina lui dit qu'elle ne voyait pas de quoi elle parlait. Le visage médusé d'Anna montra qu'elle lui avait vraiment fait une surprise et s'étonnait qu'elle ne soit pas arrivée. « La poste a dû le perdre, ou Zsuzsanna ne me l'a pas donné, pensa Gina. Ça n'a pas marché. Et d'ailleurs, pourquoi cela aurait-il marché ? En ce moment, tout va de travers. »

L'année scolaire reprit son cours et elle n'avait aucune nouvelle du général. Kőnig ne l'interrogeait pratiquement pas, comme s'il craignait de provoquer une nouvelle scène entre eux, pourtant elle était fermement décidée à se maîtriser désormais et à ne pas montrer ce qu'elle éprouvait à son égard. Son visage s'amenuisa et devint plus attentif, comme si elle était constamment aux aguets, dans l'attente d'une voix lointaine, mais il n'y eut plus d'appels téléphoniques du samedi, et elle n'eut aucune nouvelle, ni par la poste, ni autrement. Zsuzsanna l'envoya à la doctoresse qui lui fit passer une radio et l'examina à plusieurs reprises sans diagnostiquer de maladie, elle la trouva seulement trop maigre. Elle lui prescrivit du fer, davantage de promenades et d'exercice physique. Quand elle ne pouvait pas les entendre, ses camarades de classe se concertaient, cherchant le moyen de l'aider à retrouver le moral. Bánki fit d'étranges remarques sur ces salauds d'hommes infidèles. Mici Horn venait souvent en visite, un jour de février, elle resta même déjeuner et prit place parmi les professeurs à la table sur l'estrade. L'élève de service les entendit parler du résistant. Si lui au moins donnait des nouvelles puisque son père n'en donnait pas ! Mais rien ne se passait, Abigaël se manifestait parfois, mais pas pour elle, les autres murmuraient pour qui, toujours pour quelqu'un d'autre. À la fin de février, complètement abattue, elle eut le sentiment qu'elle ne reverrait plus son père.

Kalmár, plus sérieux, plus réservé, l'aidait beaucoup. Il avait manifestement tiré un trait sur Zsuzsanna, et semblait avoir une préférence pour Gina à cause des scènes réitérées avec Kőnig. Son antipathie à l'égard de son collègue n'avait pas diminué, pourtant il n'avait pas vraiment à craindre que celui-ci figure un jour en fiancé victorieux, car en dehors des rencontres inévitables, Zsuzsanna et lui ne se voyaient pas du tout. Kalmár confiait sans cesse à Gina des missions particulières, des tâches qui étaient presque celles d'un enseignant. Elle lui en était reconnaissante et prit totalement son parti, au lieu de celui de Zsuzsanna, qui n'était que correcte envers elle. Elle avait un grand besoin d'aimer quelqu'un, de s'attacher à l'un des adultes.

Le printemps fut précoce cette année-là. Lors de la commémoration du 15 mars *, en allant fleurir la statue de Petőfi et les tombes des combattants de l'Indépendance, les filles portaient déjà leurs manteaux de demi-saison. Des violettes fleurissaient au cimetière militaire. Mari Kis attira l'attention de Gina : le terrain était entouré de policiers.

– Regarde-les, on voit bien que ce sont des policiers, même s'ils ont des vêtements de deuil.

Aradi avait appris par Suba que le résistant inconnu s'amusait depuis peu à accrocher des pancartes au cou des statues. La veille, le lion du monument aux héros morts au combat portait autour du cou un effrayant rapport du front. En regardant les tombes des *honvéd* **, Gina pensait à son père, mais elle ne pleurait plus.

Le 19 mars fut un dimanche comme les autres.

* L'une des trois fêtes officielles de Hongrie, le 5 mars commémore le début de la révolution de 1848 qui aboutit à la guerre d'indépendance contre les Habsbourg.

** Ce terme qui signifie « défense de la patrie » désigne l'armée hongroise depuis 1848. (*NdT*)

Mais le matin du 20, il se passa quelque chose. Le directeur convoqua tous les membres de l'équipe éducative pendant la grande pause. Lorsque Kalmár entra en classe à la quatrième heure, les filles virent à son visage qu'il avait une grande nouvelle : il n'avait pas été aussi rayonnant depuis que Zsuzsanna l'avait repoussé.

– Nos alliés allemands vont désormais stationner chez nous, annonça-t-il, l'air radieux. Nous pourrons ainsi mieux nous défendre. C'est un grand soulagement. Nous entrons dans une nouvelle phase de la guerre.

« Dans ce cas, pensa Gina, il a dû se produire un changement capital. Les Allemands ne sont pas venus ici sans raison. » Elle pressentit qu'elle allait avoir des nouvelles de son père. Quelque chose était en marche, après plusieurs mois elle pouvait espérer que le silence et l'immobilité prennent fin.

Elle ne se trompait pas. À l'office du 26 mars, une semaine après l'entrée des Allemands en Hongrie, le révérend fit un sermon encore plus beau, encore plus exaltant que d'habitude. Gina l'écoutait d'une oreille en croisant et décroisant les doigts, quand elle sentit qu'on la regardait. C'était assez incompréhensible : dans son uniforme de Matulienne, elle n'avait pas un charme tel qu'un paroissien inconnu ne puisse la quitter des yeux. Elle avait l'impression qu'on l'observait d'en haut, de la tribune d'en face. Elle leva les yeux, et fut comme frappée par la foudre : à côté du tableau des cantiques, le lieutenant Kuncz la regardait.

Rendez-vous à minuit

Le visage qu'elle avait tant de fois évoqué en pensée était cette fois réellement devant elle. Elle avait tant de fois parlé de lui, tant de fois décrit la couleur de ses cheveux, la forme de ses yeux, son allure qu'en levant les yeux, n'importe laquelle de ses camarades de classe reconnaîtrait Feri. Aucune n'ignorait que Ferenc Kuncz, lieutenant de l'armée royale de Hongrie avait vingt-quatre ans, les cheveux et les yeux bruns, qu'il habitait Budapest tout près de chez tante Mimó, au 44, rue Zápor.

Quel bonheur ce serait de pousser un cri, de traverser l'église en courant, de monter quatre à quatre à la tribune et de se blottir contre lui ! Son cœur battant l'avertit : « Attention ! Ne prends aucun risque. Matula voit tout, même si on ne s'en rend pas compte. » Elle savait qu'il ne fallait pas, même d'un battement de cils, signaler à Feri qu'elle l'avait vu ; elle devait s'en remettre à lui pour organiser une rencontre, car il ne faisait aucun doute que le lieutenant fût venu pour elle dans l'église blanche. Il ne servait à rien de se demander s'il avait été muté ici ou s'il était seulement venu lui parler. Si Feri était à l'église, il savait qu'elle était à Matula, et seul son père avait pu le lui dire. « Il m'apporte des nouvelles », pensa Gina. La chaîne rompue après la dernière visite du général se reconstituait, la vie était de nouveau belle et porteuse d'espoir.

Mue par les réflexes qui lui avaient été inculqués depuis l'automne, elle se levait et s'asseyait machinalement, selon ce qu'exigeait le rituel, elle chantait aussi et nota même le passage de l'Écriture sainte qui servait de sujet au sermon, comme l'avaient demandé Zsuzsanna et le révérend, mais elle n'entendit pas un mot de ce qu'il dit, elle ne comprit même pas le Notre Père qu'elle récita pourtant avec les autres. Elle ne faisait que regarder le lieutenant Kuncz qui la regardait en retour, ils n'étaient pas très éloignés l'un de l'autre.

C'était la première fois qu'elle le voyait en civil. Elle se demanda longtemps pourquoi il n'était pas en uniforme, puis pensa qu'il ne voulait peut-être pas attirer l'attention plus que ne le faisaient déjà son apparence et son visage inconnus à Árkod. Gina connaissait ceux qui assistaient généralement aux offices des établissements scolaires, un fidèle qu'elle n'aurait jamais vu attirerait aussi son attention. Le visage de Feri ne trahissait rien, lui aussi veillait à ne pas montrer qu'il observait la jeune fille, ses yeux ne lui envoyaient aucun message, mais restaient fixés sur elle. Elle poussa un profond soupir et s'adossa à son banc, comme si elle s'éveillait d'un long sommeil ensorcelé.

Elle n'osait pas regarder continuellement Feri, mais baissait de temps en temps les yeux sur son livre de cantiques en pensant avec bonheur qu'elle pourrait de nouveau le voir quelques minutes plus tard. Ce pauvre révérend avait la voix rauque, il se fatiguait à prêcher. Gina ne savait pas ce qu'il disait, elle entendait des mots qui n'avaient aucun sens et percevait seulement que le révérend était enroué. Le directeur était là, avec sa grosse tête ronde, on se demandait vraiment pourquoi Torma avait peur de ce petit bonhomme noir, si déplaisant, si imbu de lui-même. Ceux-là, ce sont les professeurs principaux, en fait des personnes insignifiantes. Et Zsuzsanna, comme elle chante, la pauvre idiote ! La pauvre Zsuzsanna humiliée qui a si mauvais goût qu'elle a couru après Kőnig jusqu'à ce qu'il lui fasse comprendre qu'elle devait chercher ailleurs. Comparé à Feri, même Péter Kalmár semblait être un jeune homme assez quelconque, d'une élégance provinciale. Hajdú le tonitruant, Éles l'ironique, Kerekes le gardien des belles peintures… C'est d'eux qu'elle avait peur ? Eux qu'elle détestait tant depuis le début ? Elle observa Kőnig, ce qu'elle n'avait pas fait depuis longtemps. Le front plissé, il écoutait attentivement le sermon. « Espèce de lâche, vieil idiot qui arrache le téléphone des mains d'une jeune fille, tu lorgnes Mici Horn, mais elle ne veut pas de toi, tu es tellement insignifiant, tellement minable ! » Elle considérait avec commisération les enseignants et les diaconesses qui étaient témoins de sa vie et la partageaient. Elle savait qu'elle partirait d'ici tôt ou tard, tandis qu'eux resteraient et vieilliraient sous les lois noires et blanches d'Árkod, et qu'il n'y aurait ni changement ni salut pour eux. Mais pour elle, si ; la présence de Feri lui en donnait la certitude. S'il avait eu le droit de venir ici, c'est que le général avait remis le sort de sa fille entre ses mains, elle apprendrait bientôt pourquoi.

Enfin le dernier cantique, elle n'avait jamais chanté d'une voix si pure, si libre. Feri avait aussi un psautier à la main, mais il ne suivait visiblement pas, et tout de suite après la bénédiction, il se leva et disparut de la tribune. Gina ne s'inquiéta pas, elle savait qu'elle le verrait dehors.

Le cortège de Matula mit un moment à se constituer devant l'église, les professeurs principaux et les diaconesses formaient les rangs, tournant le dos au terre-plein sur lequel se tenait Feri. Gina entendit Torma l'appeler, mais elle ne lui répondit pas, elle observait Feri. Il ne l'avait pas saluée mais devait avoir une raison pour cela, de même qu'il devait avoir une raison pour brandir soudain son psautier et le lui montrer. Gina ne comprit pas le message qu'il lui adressait par ce geste, peut-être qu'ils se reverraient à l'église le dimanche suivant ? Comment supporterait-elle d'attendre si longtemps s'il ne se passait rien entre-temps ? « Tu es sourde comme un pot ! chuchota Torma. Ça fait trois fois que je te demande si tu as vu le garçon qui couve Mari Kis des yeux ! » Mari Kis ! Elle est bien bonne ! Comme cela lui aurait fait du bien de dire qu'elle l'avait vu, seulement qu'il ne regardait pas Mari, mais elle-même, à côté de Mari ! Mais elle savait qu'elle devait garder le silence si elle ne voulait pas compromettre ce qu'elle espérait.

Le cortège s'ébranla. Feri partit en même temps. Lorsqu'elles s'engagèrent dans la rue János Matula, le lieutenant cheminait à leurs côtés, mais sans les regarder, il marchait simplement au pas avec la rangée de trois formée par Torma, Mari Kis et Gina. Zsuzsanna, qui était juste derrière elles, avait remarqué le jeune homme, mais son regard avait glissé sur lui, à ses yeux c'était un passant innocent qui rentrait probablement chez lui, son psautier sous le bras, et n'importunait pas les filles. Feri s'apprêtait visiblement à couper le rang, et à l'angle de la première rue adjacente, il s'élança assez impoliment entre les élèves. Dans sa hâte, il écrasa le pied de Torma et fit tomber le psautier de Gina. Zsuzsanna lui jeta un regard sévère, Torma pouffa, Gina s'empourpra, Mari Kis prit un air de dignité triomphante. Feri souleva son chapeau, ramassa le livre de Gina et présenta ses excuses, non aux filles, mais à Zsuzsanna en expliquant qu'il avait un rendez-vous important, rendit son psautier à Gina et demanda une fois de plus que l'on excuse sa maladresse, souleva de nouveau son chapeau et s'engagea dans la rue sans un regard en arrière. Gina le suivit des yeux, interdite, Zsuzsanna la rappela à l'ordre :

– On ne regarde pas les inconnus ! Avancez ! Droit devant !

Gina ne comprenait rien, cela ne voulait rien dire, Feri n'avait même pas essayé de l'approcher, de lui parler, il ne l'avait pas saluée, ni fait un signe de connivence. Que voulait-il, à la fin ? Et comment allaient-ils se rencontrer ? Elle pensait que ce n'était pas par hasard s'il l'avait bousculée et fait tomber son livre, mais apparemment, il avait prévu autre chose. Alors quel était son plan ?

Le psautier ! Bien que toutes ses pensées fussent tournées vers Feri, elle n'en oubliait pas pour autant les lois de Matula. Elle aurait des ennuis si son psautier était sali. Elle voulut l'examiner de plus près, mais laissa aussitôt retomber sa main et pressa le livre contre son manteau avec la même force que si la main vivante de Feri la ramenait à son père. Ce n'était pas son livre de cantiques qu'elle tenait, mais un psautier inconnu dans lequel un papier était glissé. Feri avait échangé leurs psautiers et la feuille dont un coin dépassait n'était pas celle où elle avait pris des notes, mais un message du lieutenant. Elle n'entendit pas ce que Mari Kis et Torma chuchotaient à côté d'elle. De retour au pensionnant, elle se précipita aux lavabos avant même de ranger son manteau, ouvrit le psautier inconnu et lut les lignes de Feri :

Jiny (personne ne l'avait plus appelée ainsi depuis que Marcelle était partie), *le général est gravement malade. Je dois vous emmener auprès de lui, mais ce n'est pas simple. Depuis plusieurs jours, j'essaie de venir vous voir dans ce maudit couvent réformé, mais on ne me laisse pas entrer. Je ferai une nouvelle tentative cet après-midi, mais si on ne me permet pas de vous parler, soyez à minuit à la petite porte du jardin, qui n'a qu'une serrure sans poignée. Je vous y attendrai à l'extérieur du mur. Je vous baise la main. Feri.*

Elle déchira le message en menus morceaux, cela lui brisa le cœur, mais elle en avait assez appris à Matula pour ne pas prendre de risques. Quelle bande d'hypocrites, personne ne lui avait dit que Feri cherchait à la voir depuis plusieurs jours. Et son père, que pouvait-il bien avoir? S'il était gravement malade, ce n'était donc pas à cause de sa dangereuse activité qu'il n'était plus venu, mais pour une raison plus banale et plus triste. Si son père avait demandé à Feri de la ramener auprès de lui, elle n'avait plus à respecter ses interdictions. Mais comment faire comprendre à ces saints butés qu'elle devait partir, tout de suite, pour rejoindre celui qui subissait Dieu sait quelles souffrances sans avoir son unique enfant auprès de lui.

Mais comment y parvenir ?

Feri ne connaissait pas Matula, ces gens n'étaient pas humains, en guise d'âme ils avaient des livres et des lois, une collection de règles scolaires. Le lieutenant avait promis de refaire une tentative l'après-midi, mais il n'y avait pas grand espoir qu'ils puissent se rencontrer. Elle décida malgré tout de ne pas aller en promenade et raconta à Zsuzsanna qu'elle avait des vertiges. La doctoresse ne trouva évidemment pas d'autre explication à son malaise que les troubles de la puberté, et la préfète, à son grand regret, laissa Gina au pensionnat ; il ne lui vint même pas à l'esprit que celle-ci avait menti, la promenade était le moment le plus attendu par les Matuliennes. Gina resta dans la salle d'étude avec ses livres ouverts, mais elle regardait dehors. Presque tous les professeurs et même le directeur traversèrent une ou deux fois la salle d'étude, le téléphone n'arrêtait pas de sonner dans le bureau de permanence. Personne ne l'appela, on ne la fit pas venir au parloir où les visiteurs étaient reçus. Quand la classe revint de promenade, Mari Kis parlait encore du jeune homme de ce matin, elles l'avaient revu sur le trottoir en face de l'école, il les avait regardées. Est-ce que ce n'était pas formidable que quelqu'un soit aussi amoureux d'elle ?

« Il n'a donc pas réussi », pensa Gina. Alors c'était à elle de jouer le prochain coup de cette difficile partie d'échecs ; elle devrait se trouver à minuit à la porte du jardin qui n'avait qu'une serrure, mais pas de poignée. Cela semblait irréalisable, la nuit, la préfète entrait dans le dortoir aux moments les plus imprévisibles, et n'importe quoi pouvait survenir, un nouvel exercice d'alerte, ou une attaque surprise. Et même si c'était une nuit comme les autres, comment ferait-elle pour sortir du dortoir à minuit et rester plus d'un quart d'heure dans le jardin sans qu'on le remarque, et surtout comment ouvrir la porte du couloir fermée à clé ? Si elle sortait par la fenêtre, elle ne pourrait pas la refermer derrière elle. Quelqu'un pourrait remarquer la fenêtre ouverte et, croyant à un oubli, la refermerait, si bien qu'elle ne pourrait plus rentrer et devrait se cacher au jardin jusqu'au matin.

La pensée d'avoir des amies prêtes à tout pour elle la rassura quelque peu. Lorsque Zsuzsanna permit les activités libres, elle prit à part Torma, Bánki et Mari Kis et leur dit à voix basse de faire marcher leurs cervelles et de l'aider à trouver le moyen d'être à minuit précise dans le jardin où elle devait rencontrer quelqu'un. L'effet dépassa l'imagination. Mari Kis, le moulin à paroles, ne trouva plus ses mots et avala sa salive à grands coups, Torma se mit à trembler et bégaya :

– Qui ? Mais qui donc ?

La plus surprenante fut Bánki, car elle ne s'exclama pas, ne se montra pas étonnée, mais demanda posément :

– Est-ce que par hasard Feri Kuncz se serait enfin manifesté ?

Gina la regarda en écarquillant les yeux. Si elle avait beaucoup parlé du lieutenant, il ne devait tout de même pas être aussi évident qu'il fût son visiteur nocturne. Il pouvait s'agir de tante Mimó, elle était assez romantique pour cela, ou d'une amie de Budapest, ou encore du général lui-même. Pourquoi justement Feri ? D'où Bánki tenait-elle cette idée ? Elles avaient bien vu un jeune homme ce matin, mais elles avaient cru qu'il regardait Mari Kis, et aucune d'elles n'avait remarqué l'échange de psautiers. Bánki ne la laissa pas longtemps dans l'expectative, elle donna l'explication sans qu'on le lui demande :

– Alors il a reçu ma lettre.

Tout était clair. Mari Kis et Torma, surexcitées, assistèrent à un spectacle inattendu : Gina-Juliette attendant la visite de son Roméo, lequel recevrait à Matula le même accueil que le jeune Montaigu dans la maison des Capulet, si ses intentions étaient connues, et Bánki, la nourrice de l'amour, compatissant au sort de la pauvre jeune fille esseulée pendant les vacances de Noël. Une fois revenue avec sa mère dans la petite ville où elles vivaient, Bánki avait adressé une lettre au lieutenant Ferenc Kuncz, Budapest, 44 rue Zápor :

Très honoré lieutenant, je vous informe que Georgina Vitay se trouve à l'institution János Matula à Árkod. Elle est très malheureuse parce qu'elle n'a pas le droit de correspondre avec vous et qu'elle ne rentre pas chez elle à Noël. Cela lui ferait certainement plaisir si vous trouviez le moyen de venir la voir. Sincères salutations. Quelqu'un qui vous veut du bien.

Elle n'avait pas osé signer de son nom, dit-elle, craignant que ce Kuncz ne soit pas assez discret, on remonterait alors jusqu'à elle et le directeur la renverrait. Mais elle espérait que sa lettre amène le lieutenant à se manifester, c'était le fameux cadeau de Noël auquel elle avait fait allusion au retour des vacances. Elle avait été vraiment déçue en apprenant qu'il n'était pas venu, et si elle n'avait pas parlé de sa lettre, c'est qu'elle avait d'abord pensé que les hommes étaient infidèles et que Kuncz en aimait une autre. Ensuite, et elle en demandait pardon, elle avait cru que Gina racontait que le lieutenant l'adorait alors qu'il n'avait que faire de la petite lycéenne de cinquième année qu'elle était ; mais à présent, elle voyait bien que leur histoire était sérieuse. Sinon, elle s'était bien débrouillée, n'est-ce pas, pour réunir les amoureux ?

Torma fut véritablement émue par tant d'ingéniosité, quant à l'altruiste Mari Kis, radieuse, elle félicita Bánki et ne sembla pas attristée d'apprendre que ce n'était pas elle que l'on regardait à la sortie de l'église, mais Vitay. Gina leur révéla le message du lieutenant, et comment il le lui avait fait parvenir. Comme Feri avait écrit qu'il devait la ramener auprès de son père, elle était secrètement heureuse qu'il soit venu à la demande de celui-ci, et non à cause de la lettre de Bánki. Ainsi, elle n'avait pas à regretter que Bánki ait révélé pour son bien le lieu où elle vivait, qu'elle-même ne devait indiquer à personne et hélas, pas même à Feri. Mais la visite du jeune homme n'avait donc rien à voir avec la lettre de Bánki. Le lieutenant voulait qu'ils se retrouvent à minuit au jardin, redit-elle aux filles, elle ne pouvait y parvenir seule, elle avait besoin de leur aide.

Plus tard, bien plus tard, lorsque cet après-midi ne fut plus qu'un souvenir, Gina repensa souvent combien elles lui étaient chères, la blonde Bánki au visage fier et rieur, Mari Kis, l'enthousiaste prête à tout, et Torma aux immenses yeux bleus, dont la petite bouche étonnée s'ouvrit dès qu'elle comprit ce qu'elles allaient faire, mais qui assuma sa part aussi bien que les deux autres. Elles établirent ensemble un plan simple et réalisable. Torma, la plus timorée, fut chargée de tomber malade. À onze heures et demie, Bánki ira chercher Zsuzsanna en disant que Torma ne se sent pas bien. Zsuzsanna accompagnera

Torma à l'infirmerie où elle agonisera jusqu'à une heure et demie en poussant des cris et des gémissements tels que Zsuzsanna et la doctoresse resteront près d'elle. Torma avait jusqu'au soir pour trouver ce qu'elle aurait, quelque chose qui ne soit pas visible : elle pourrait avoir des crampes d'estomac, ou des symptômes d'appendicite, suggéra Bánki qui avait été opérée. Quelques minutes avant minuit, Gina se glissera par la fenêtre du couloir, Mari Kis la refermera derrière elle et montera la garde à la porte du dortoir. Au même moment, Bánki sera postée dans le couloir de l'infirmerie pour signaler éventuellement que Zsuzsanna revient, ou l'en empêcher si nécessaire en simulant des crampes et en se jetant à terre, comme en proie à une crise violente. À minuit et quart, Mari Kis rouvrira la fenêtre, et aidera Gina à remonter du jardin. Gina devra se trouver sous la fenêtre à cette heure précise, car elles ne peuvent se permettre de risquer davantage en prenant plus de temps. Après avoir défini ce qu'elles feraient, les quatre filles n'eurent plus envie de parler ni de rire. Même Mari, pourtant toujours prête à s'esclaffer, était sérieuse comme si au-delà de leur aventure elles pressentaient autre chose qu'elles n'auraient pas su nommer. Elles avalèrent leur dîner avec peine, aucune d'elles n'avait faim. Zsuzsanna les observa pendant la prière, toute la classe priait, mais ces quatre-là avec une telle ferveur que Bánki en avait les larmes aux yeux.

La lumière fut éteinte à neuf heures, mais la classe mit beaucoup de temps à se calmer. Le dimanche, après avoir vu les gens de la ville à l'église et côtoyé ceux qui vivaient à l'extérieur, ne fût-ce que dans le cadre restreint d'un office religieux, elles étaient toujours plus agitées. Cependant, toutes étaient endormies à onze heures et à l'exception des quatre conjurées, aucune ne s'éveilla lorsqu'à onze heures et demie Bánki alla dire à Zsuzsanna que Torma n'allait pas bien. La préfète, encore habillée, vint tout de suite au dortoir où Torma poussait de grands soupirs, elle lui fit signe de la suivre et avertit Bánki de ne pas déranger celles qui dormaient.

Gina et Mari Kis se faisaient toutes petites sous leur couette. À présent, tout dépendait de Torma : allait-elle tenir son rôle ? Bánki sortit du dortoir au bout de quelques minutes et ne tarda pas à revenir, rapportant qu'elle s'était glissée jusqu'à l'infirmerie, où Torma produisait des bruits épouvantables, on l'avait probablement fait vomir. Malgré son inquiétude, Mari Kis pouffa, la pauvre Torma se voyait systématiquement administrer un émétique ou un laxatif, c'était son destin. Elles se tordaient de rire, serrées l'une contre l'autre sur le lit de Gina, les autres dormaient, aucune ne s'était réveillée lorsque Torma était sortie. Elles regardèrent leurs montres à la lueur de la veilleuse et descendirent du lit deux minutes avant minuit. Comme elles n'avaient ni le temps, ni la possibilité de s'habiller, Gina avait gardé ses sous-vêtements et ses bas sous sa chemise de nuit. Mari Kis lui mit sa propre robe de chambre afin qu'elle ne prenne pas froid au jardin. Elles se glissèrent hors du dortoir, Bánki se posta à l'angle du couloir, Mari Kis ouvrit la fenêtre et Gina enjamba l'appui. Elle tendit le bras en arrière et elles s'embrassèrent sans un mot, puis elle se laissa glisser au-dehors et la fenêtre aux vitres obturées par le papier de défense passive se referma derrière elle. À ce moment-là, l'horloge du clocher sonna les premiers coups de minuit. Au dernier,

Gina passa en courant devant la statue d'Abigaël. C'était une belle nuit de printemps baignée de clair de lune, elle voyait bien son chemin. Une fois arrivée devant la porte sans poignée, elle ne sut que faire et attendit un signal. Son attente ne fut pas longue. Quand le clocher cessa de sonner, elle entendit de petits coups frappés sur la porte métallique. Elle frappa doucement à son tour sans pouvoir dire un mot, elle sentit que son cœur allait exploser.

Quelqu'un fourgonnait de l'autre côté de la porte et fit pivoter la languette protégeant le trou de la serrure. Gina fit de même de son côté et pressa l'oreille sur la petite ouverture. Elle entendit murmurer :

– Jiny, petite Jiny, C'est vous ? Vous m'entendez ?

– Oui, c'est moi, souffla-t-elle par le trou de la serrure. (Son murmure lui sembla tout à fait étranger, comme si quelqu'un d'autre parlait par sa bouche.) De quoi souffre mon père ?

– C'est le cœur, répondit la voix par le trou de la serrure, mais ne craignez rien, il est hors de danger. Seulement, il veut absolument vous voir, aussi m'a-t-il demandé d'aller vous chercher à Matula et de vous ramener le plus vite possible à la maison.

Le cœur. Son père n'avait jamais eu de problème cardiaque. Mais il avait dit à Feri où elle était, et s'il lui avait demandé d'aller la chercher à Matula, cela signifiait que le lieutenant était aussi dans la résistance. Quel bonheur de savoir qu'il se battait aux côtés de son père ! Elle avait beaucoup d'estime pour le résistant d'Árkod, mais c'était encore mieux si elle pouvait partir avec Feri. À moins qu'il ne les accompagne ? Il était peut-être ici même, avec Feri, seulement elle ne pouvait pas le voir.

– Êtes-vous seul ? demanda-t-elle.

– Bien sûr. Avec qui voulez-vous que je sois ?

– Mon père m'a dit que s'il ne pouvait pas venir me chercher lui-même, il enverrait le résistant d'Árkod. J'ai pensé qu'il était là aussi.

– Le résistant d'Árkod ?

– Celui qui a changé les tableaux de cantiques à l'église et qui colle des affiches sur les monuments. Mon père a dit que je ne devais quitter Matula qu'avec lui.

– Mais c'est moi, murmura le trou de la serrure.

Gina ne sut que répondre. Après un instant de silence, la voix reprit de l'autre côté :

– Je suis à Árkod depuis plusieurs mois, le général m'y a fait muter afin que je veille sur vous. Je fais ici la même chose que lui à Budapest. N'avez-vous pas senti ma présence ?

Gina s'appuya des deux mains sur la porte en fer, ses jambes se dérobaient sous elle. Son père lui avait dit qu'elle connaissait le résistant d'Árkod sans savoir que c'était lui. C'était donc Feri ? Tout ce temps, c'était lui ? Alors il n'avait pas pu recevoir la lettre de Bánki puisqu'il accomplissait son service ici depuis des mois, et si on la lui avait fait suivre, elle ne lui avait rien appris de nouveau. Gina avait toujours pressenti que ce courageux héros ne pouvait être qu'un militaire. Et c'était son Feri ! Tout était clair à présent, tout était si merveilleux ! Il ne manquait que la guérison de son père, mais il guérirait, c'était sûr. Feri avait dit qu'il était hors de danger.

– Je n'ai pas vu mon père depuis le mois de novembre, murmura-t-elle dans le trou de serrure. Au début, je n'avais pas peur, il m'avait dit qu'il ne pourrait peut-être pas revenir avant longtemps. Ensuite j'ai senti que quelque chose n'allait pas, mais je pensais à un problème en rapport avec son activité. Mais il n'en a pas, n'est-ce pas, Feri ?

La voix de l'autre côté murmura :

– Non.

– Le plan a-t-il réussi ?

– Évidemment.

– Pourquoi les Allemands sont-ils ici ?

– Ils ne resteront pas. Ils vont bientôt repartir. Ne vous inquiétez pas pour cela.

Ils ne resteront pas. Il n'y a aucun danger.

– Écoutez, Jiny. Demain, je reviendrai ici à la même heure. Soyez prête, nous partirons aussitôt. D'ici là je me procurerai la clé pour ouvrir cette porte, et au matin, nous serons à Budapest auprès de votre père. Ce qui m'oblige à cet enlèvement romantique, c'est que ces fous ne veulent pas me parler, je n'ai même pas pu voir le directeur. J'ai eu beau dire au concierge que je venais à la demande de votre père, il m'a répondu qu'il n'en avait rien à faire. Je n'ai jamais vu une école comme celle-ci, une vraie prison !

Oh oui, celle qui y vivait depuis le mois de septembre ne le savait que trop bien.

– La voiture attendra devant cette porte, nous partirons dès que vous sortirez. Au bout d'un quart d'heure, vous aurez oublié votre séjour ici.

« Je ne l'oublierai jamais », pensa la jeune fille, étonnée, à cette heure inhabituelle, dans le jardin glacial éclairé par la lune et déjà parfumé de senteurs printanières, de se rendre compte qu'elle n'oublierait jamais Matula. Elle attendit que le lieutenant parle, et bien qu'elle eût honte de se l'avouer, elle espérait qu'il lui dise enfin quelque chose de personnel au lieu de lui transmettre les consignes de son père. Mais peut-être les hommes de la résistance qui accomplissaient en permanence des actes héroïques ne parlaient-ils pas d'amour en de tels instants ?

– Demain à la même heure, Jiny. Soyez ponctuelle.

Et Feri partit sans un au revoir. Elle entendit ses pas s'éloigner. Elle attendit un moment, mais il ne revint pas, elle ne tarda pas à comprendre pourquoi. Des pas résonnèrent de nouveau de l'autre côté, quelqu'un longeait le mur, un passant tardif à la démarche ferme. C'est probablement lui qui avait fait partir le lieutenant. Qu'importe, ils s'étaient dit l'essentiel. Elle traversa le jardin en courant, frappa à la fenêtre qui s'ouvrit aussitôt. Mari Kis se pencha au-dehors et l'aida à remonter dans le couloir. Une minute plus tard, elles étaient de retour au dortoir.

Elles ne se couchèrent pas, mais attendirent que Bánki revienne. Gina tremblait d'excitation et de froid, cette nuit de mars était glaciale.

– Il t'a embrassée ? demanda fébrilement Mari Kis, qui regretta aussitôt sa question, comment auraient-ils pu s'embrasser avec un mur entre eux ? Il est venu à cause de la lettre de Bánki ? Il t'adore ? Vous vous êtes fiancés ? Dis-moi tout !

Gina n'osa pas avouer que Feri n'avait pas parlé d'amour et qu'il n'avait été question que de son père et de la résistance. L'intervention de Bánki n'avait servi à rien, Feri accomplissait son service à Árkod depuis qu'elle y était, mais il n'avait manifestement pas eu le droit de le lui faire savoir ; et lors de l'office scandaleux, elle ne l'avait même pas vu parmi les hommes de la garnison, pourtant c'était lui qui avait modifié les tableaux de cantiques. Alors elle les laissa croire qu'il était venu après avoir reçu la lettre de Bánki, au moins cela faisait plaisir à celle-ci. « Je vais vous quitter définitivement demain, mais je ne mettrai personne au courant. Je ne peux pas vous demander votre aide, il ne faudrait pas que vous ayez des ennuis lorsque ma fuite sera découverte. Demain à minuit, la porte du jardin sera ouverte, et même si Zsuzsanna sort de sa chambre au moment où je sors par la fenêtre, elle ne me rattrapera pas, avec sa longue jupe elle ne pourra pas courir aussi vite que moi. »

Bánki revint à minuit et demi et dit qu'on n'entendait plus rien à l'infirmerie, Torma ne gémissait plus, mais Zsuzsanna et la doctoresse y étaient encore. Afin qu'elle n'eût pas l'impression d'avoir fait le guet pour rien dans le couloir, Gina dut encore raconter pour elle qu'elle avait parlé d'amour avec Feri et que tout cela était arrivé grâce à elle. Les filles ne se lassaient pas de l'entendre, elle dut répéter encore et encore les phrases tendres qui n'avaient jamais été prononcées. Elle leur devait bien ce plaisir en échange de tous les risques qu'elles avaient pris cette nuit pour elle. Quand elles s'endormirent enfin, Gina resta encore longtemps éveillée à réfléchir à la manière étrange et inattendue dont les événements les plus importants surviennent dans notre vie. Ils ne se produisent pas comme on l'imaginait, ni au moment où on les attend, mais autrement, dans d'autres circonstances, en quelque sorte sans aucune logique. Un beau jour, quelqu'un se tient à la tribune de l'église, deux regards se croisent et tout change.

C'était sa dernière nuit au pensionnat. Le lendemain, ceux qui y vivaient seraient encore là avec leurs illusions et leurs lois particulières en noir et blanc, tandis qu'elle serait le matin même auprès de son père. Il ira mieux dès qu'elle accourra à son chevet. N'avait-il pas dit que s'il ne pouvait pas venir la chercher, et qu'elle se rendrait compte qu'elle connaissait depuis longtemps celui qu'il enverrait à sa place ? Comment ne connaîtrait-elle pas Feri, son bien-aimé ? Que de dissimulation, que de mystère autour de l'activité de son père ! Pour la façade, il allait jusqu'à feindre de ne pas aimer le lieutenant Kuncz, il ne voulait même pas le voir chez lui, alors que c'était son meilleur ami, son compagnon le plus fidèle, puisqu'il lui confiait ce qu'il avait de plus cher au monde.

La porte s'entrouvrit, Zsuzsanna passa la tête, Gina l'observa sous ses paupières mi-closes. La préfète passa le dortoir en revue, et quand elle fut convaincue que tout était en ordre, elle referma la porte et disparut. Gina se sentit alors adulte, tandis que Zsuzsanna était l'enfant, la pensionnaire dans ses limites en noir et blanc. Qu'importe, le temps de l'exil était fini, dès le lendemain le monde s'ouvrirait de nouveau à elle, elle y retournerait, tandis que cette petite sotte de Zsuzsanna resterait ici, prisonnière à jamais de la forteresse.

Le résistant d'Árkod

La veille, en échafaudant leur plan pour la rencontre avec Feri, elles avaient longuement débattu s'il fallait mettre toute la classe au courant de ce qu'elles s'apprêtaient à faire la nuit. Mari Kis y était le plus favorable : il ne pouvait y avoir de traître parmi elles, elles vivaient ensemble depuis cinq ans comme de vraies sœurs, il fallait tout dire à la classe ; tout de même, Bánki était parvenue à faire venir Feri Kuncz, et une rencontre romantique aurait lieu cette nuit, on ne pouvait leur cacher cette nouvelle sensationnelle. Torma, la timorée, était contre. À son avis, aider une amie à aller à un rendez-vous était une chose si capitale qu'il était tout simplement impossible de mettre toute la classe au courant. Certaines élèves avaient des sœurs dans d'autres classes, elles pourraient leur en parler et la nouvelle finirait par se répandre, alors que deviendraient-elles ? Les quatre complices garderaient le secret, mais il ne fallait pas que d'autres soient initiées. Bánki était du même avis, alors elles en étaient restées là, et le lendemain avait aussi commencé par un mensonge, non pas parce qu'elles ne dirent rien à leurs camarades de classe, mais comme elles voulurent entendre encore et encore le récit du rendez-vous nocturne, Gina fut bien obligée d'inventer : ils s'étaient mutuellement assurés de leur amour, le lieutenant avait promis de l'attendre parce qu'il l'aimait, il n'en voulait pas d'autre qu'elle, mais ils ne se rencontreraient plus, parce que Feri allait quitter Árkod le jour même, et ils ne s'écriraient pas non plus ; s'il pouvait revenir, ce serait encore un dimanche, à l'office, comme il l'avait fait cette fois. En classe, Bánki et Mari Kis ne cessèrent d'échanger des regards par lesquels elles se rappelaient de quel grand événement elles avaient été témoins la nuit passée.

Lorsqu'elle était petite, il lui arrivait d'être fâchée avec Marcelle ou le général parce que l'un ou l'autre était mécontent d'elle ou avait des reproches à lui faire, et une fois que les nuages s'étaient dissipés, elle éprouvait un désir intense de faire le bien et d'être particulièrement gentille envers tout le monde. Elle descendait à la cuisine, demandait qui avait besoin d'aide, s'affairait au ménage, rangeait les vitrines sans qu'on le lui demande, époussetait la bibliothèque ou, sacrifice suprême, proposait à son père d'aller voir la vieille grand-mère qu'il aimait tant mais qu'elle-même trouvait si ennuyeuse, et chez qui elle avait du mal à supporter de rester assise au salon, empli d'étranges senteurs et presque toujours baigné de lumière artificielle.

Elle savait qu'elle avait péché contre l'ordre de Matula, même si elle ne croyait pas à la légitimité d'un tel ordre, et si elle ressentait comme inévitable ce qu'elle avait fait et s'apprêtait à faire. Cependant, le sentiment de devoir être bonne envers tous s'empara à nouveau d'elle. À la première heure de cours, tandis qu'elles faisaient un thème français, madame Gigus la fit comme d'habitude asseoir à son bureau, sur l'estrade, afin qu'elle n'aide pas les autres, et Gina eut l'incroyable témérité de glisser dans la poche du professeur un brouillon préparé à l'intention de Szabó, qui avait toujours autant de difficultés avec les langues. Celle-ci écarquilla les yeux et suivit son geste avec le regard d'un charmeur de serpents. Madame Gigus déambulait rêveusement entre les rangées, apportant de plus en plus près le brouillon dans sa poche, et arrivée à la hauteur de Szabó, elle se pencha comme d'habitude sur son cahier pour voir où elle en était, alors d'une main tremblante Szabó sortit le papier de la poche du professeur. Ce jour-là, la traduction de Gina présentait des tournures étonnantes, son français, appris de Marcelle, était bien plus naturel et familier que celui des Matuliennes formées par les classiques, dont les meilleures rédigeaient dans une langue en usage à l'époque de la Révolution. Gina avait imité ce style archaïque, et la traduction qu'elle envoya à Szabó était assez classique pour être l'œuvre de madame Gigus elle-même. C'est au cours de Kőnig que l'intensité de son désir d'être bonne envers tout le monde se mesura le mieux. Gina ne fit rien de mal, elle n'écrivit pas de message, ne dessina pas, ne griffonna pas, ne bâilla pas, ne regarda pas par la fenêtre, mais pour la première fois écouta attentivement le cours et fut même surprise de le trouver étonnamment intéressant, vivant, convaincant. Elle regretta même, mais ne put s'empêcher d'en rire, de ne pas entendre la suite le lendemain. Kőnig dut remarquer qu'elle était plus attentive, car pour la première fois depuis qu'elle était à Matula, Gina proposa sans qu'il le lui demande de participer à la préparation de la version latine du lendemain. Grâce au français, le latin était facile pour elle, la ressemblance des mots lui permettait de deviner le sens de ceux qu'elle ne connaissait pas. Kőnig la félicita et la regarda à plusieurs reprises d'un air pensif, comme s'il se demandait ce qu'elle avait ce jour-là. Ensuite, au cours de musique, elle chanta à pleins poumons, exécutant avec bonheur le chant de louange 186 qu'elle avait à préparer, et Hajdú, satisfait, lui donna une bonne note. Mais il envoya Bánki et Mari Kis au piquet parce qu'elles ne purent s'empêcher de rire pendant qu'elle chantait. Hajdú ne comprenait pas la plaisanterie. Gina avait chanté avec sérieux, bien qu'elle eût aussi senti l'effet comique résultant de la concordance du texte et des événements de la nuit : *Le soleil disparu, le ciel s'assombrit, la nature apaisée se repose. Mon corps las et mon âme cherchent aussi le repos, et régénérés par le sommeil, sont prêts à faire le bien.* Hajdú faillit avoir une attaque en voyant que, même punies, cette misérable Bánki et cette effrontée de Mari Kis continuaient à glousser. Qu'y avait-il donc de si drôle à ce que Vitay soit pour la première fois capable de chanter proprement ce beau chant du soir ? Mais Kis et Bánki savaient ce qui s'était passé dans le jardin de Matula une fois le soleil disparu, elles savaient bien que vers minuit, l'âme et le corps las de Georgina Vitay ne reposaient pas, non seulement le corps et l'âme de Vitay, mais les leurs aussi, puisqu'elles avaient monté la garde, Bánki dans le couloir de l'infirmerie et Mari Kis près de la fenêtre, en chemise de nuit parce qu'elle avait prêté sa robe de chambre à celle qui chantait comme un rossignol ivre, alors qu'à minuit elle chuchotait avec son chéri à la porte du jardin.

Le quatrième cours était celui de Kalmár, Gina aurait voulu être particulièrement brillante ce jour-là, mais elle n'en eut pas l'occasion car il ne l'interrogea pas, il ne lui adressa même pas la parole et tint un cours magistral jusqu'à la sonnerie. Elle ne put que faire preuve d'un comportement exemplaire, et en sortant, empocha en guise de souvenir la craie que Kalmár avait utilisée. La cinquième heure était un cours de Kerekes. Depuis le mois de septembre, il reprochait à Gina de ne pas écrire correctement le chiffre 4, mais Gina n'avait pas essayé d'y remédier, elle trouvait absurde et exaspérant que quelqu'un n'eût d'autre préoccupation dans la vie que la forme d'un malheureux chiffre. Appelée au tableau, elle traça cette fois ses plus beaux 4. Kerekes la regarda d'un air incrédule et écrivit dans le registre de notes : « Georgina Vitay a écrit ce jour des chiffres de forme correcte. Je l'en félicite. András Kerekes. » En d'autres circonstances, Gina en aurait été d'autant plus contente qu'il ne félicitait pratiquement jamais personne, mais elle rougit quand même de plaisir, bien que cela n'eût plus aucune importance. Après la cinquième heure, Kalmár revint demander qui avait le mieux travaillé, la responsable du jour répondit :

– Vitay.

C'était la première fois de l'année scolaire. Kalmár contrôla les notes et les appréciations dans le registre puis il hocha la tête et Gina comprit ce que cela signifiait : le directeur citerait son nom. Le déjeuner se terminait toujours par l'annonce des meilleurs résultats de la journée. Il est vrai que Gedeon Torma énumérait aussi de sa voix noire les noms de celles qui s'étaient attiré des ennuis. Combien de fois avait-elle été ainsi mortifiée ! Maintenant, elle serait pour la première fois à l'honneur. C'était en fait aussi triste que ridicule.

À présent, sachant qu'elle n'avait plus que quelques heures à passer à Matula, elle aurait aimé ne laisser que de bons souvenirs. Elle avait envie que tous se souviennent d'elle comme d'une fille intelligente, cultivée, agréable, une véritable amie, obligeante et généreuse. Avant le déjeuner, elle alla demander à Zsuzsanna de la laisser pendant la promenade acheter un cadeau pour la classe avec l'argent qu'elle n'avait pas utilisé à Noël, et de lui permettre d'aller voir la pauvre Torma à l'infirmerie. Zsuzsanna ouvrit son tiroir sans un mot et lui tendit l'enveloppe portant l'inscription *Cadeau de Noël.* Gina vit dans le tiroir plusieurs autres enveloppes au nom de Vitay et en conclut qu'en l'inscrivant ici le général avait non seulement versé les frais de scolarité et de pension, mais avait aussi prévu son argent de poche pour toute l'année. Zsuzsanna lui dit qu'elle pouvait aller voir Torma, mais quelques minutes seulement, elle était encore en observation. Si son état ne s'aggravait pas d'ici le soir, c'est qu'elle avait sans doute eu une irritation du foie la nuit passée, mais s'il s'aggravait, on l'emmènerait le lendemain à l'hôpital faire une radiographie de l'estomac. Il ne fallait pas la fatiguer, elle avait passé une mauvaise nuit et avait dû prendre de nombreux remèdes aux effets désagréables.

Au déjeuner, le directeur cita effectivement son nom.

La coutume voulait que les élèves félicitées aillent jusqu'à la table des professeurs et s'inclinent d'abord devant eux, puis devant leurs camarades. En arrivant au pensionnat, Gina avait trouvé cela ridicule, mais elle s'y était habituée, et lorsqu'elle fit ses deux révérences, cela ne lui sembla pas risible, mais plutôt enviable. En avançant entre les tables, elle fut étonnée de constater que ces félicitations lui faisaient plaisir, et lorsqu'elle s'inclina devant la table du directeur, en voyant avec quelle attention Kőnig la regardait, elle lui sourit, cette fois sans ironie ni agacement.

Ce jour-là, elle était heureuse, libérée, insouciante, tout scintillait autour d'elle. Elle savait que le soir venu elle serait libre, Feri la ramènerait à la maison, et chez eux, il n'y avait rien de grave puisque son père avait surmonté le plus gros de la maladie ; l'invasion des Allemands ne signifiait manifestement pas grand-chose, et la guerre allait sans doute finir bientôt. Alors Gina était bienveillante, douce et gaie comme seule peut l'être une personne comblée. Elle sentit le regard de Kőnig pendant tout le repas, il ne la quitta littéralement pas des yeux. Il était visiblement surpris qu'il existât aussi une Vitay souriante que l'on félicitait.

L'après-midi, Zsuzsanna et la classe patientèrent pendant qu'elle faisait ses achats chez monsieur Hajda, et attendirent encore lorsqu'elle entra avec ses derniers fillérs dans le magasin de fleurs voisin où elle acheta un joli pot de jacinthes.

Au retour de la promenade, la classe se vit offrir les merveilles de monsieur Hajda pour le goûter, et Zsuzsanna trouva sa place égayée par le pot de fleurs blanches. Elle se pencha pour respirer le parfum des jacinthes et dit à Gina :

– Tu es de bonne humeur aujourd'hui. Tu as toutes les raisons d'être heureuse, tu es enfin parvenue à faire partie des élèves exemplaires, et c'est pour cela que tu veux faire des cadeaux à tout le monde. Mais je n'accepte pas ces fleurs, parce que rien ne justifie que tu me les offres, en revanche, elles feront certainement plaisir à monsieur le directeur si tu lui en fais la surprise en lui souhaitant une bonne fête au nom de la cinquième année. Monsieur le directeur s'appelle Gedeon, c'est demain sa fête.

Cela avait quelque chose de grisant, d'étourdissant, même si Zsuzsanna lui faisait comprendre tout en finesse qu'elle n'accepterait rien d'elle, qu'elle lui pardonnait certes, comme sa foi l'exigeait, mais ne voulait rien de sa part, pas même un modeste pot de jacinthes. C'était peut-être ainsi que les choses seraient parfaites : aller voir l'homme en noir, lui offrir ces fleurs et disparaître le lendemain matin, ils pourraient la chercher, il ne resterait rien d'elle, sauf les jacinthes sur le bureau du directeur. Elle avait décidé que Torma serait son héritière, elle la préférait même à Bánki, non à cause du chien en plâtre ou des vacances qu'elles avaient passées ensemble, mais parce qu'isolée des siens au pensionnat, elle se sentait très proche de l'orpheline. Elle refit ses nattes, se mit en grande tenue comme il convenait pour aller présenter des vœux. Bánki et Mari Kis se tordaient de rire à l'idée qu'elle avait le culot de rendre visite au directeur après ce qu'elle avait fait la nuit précédente, et qui le ferait tomber raide mort de sa chaise s'il l'apprenait. En vérifiant sa coiffure dans la minuscule glace des lavabos, elle pensa aux bigoudis qui étaient restés dans le tiroir de sa table de nuit à la maison. Cela faisait bien longtemps qu'elle n'avait pas fait ses anglaises, il lui faudrait du temps pour retrouver les bons gestes.

En chemin vers le quartier des enseignants avec le pot de fleurs dont elle avait joliment refait l'emballage, elle se surprit à fredonner. La grille était fermée, mais elle n'eut pas besoin de sonner, Gertrúd Truth était dans le couloir, elle la vit venir et lui ouvrit. Le directeur n'était pas seul, Kőnig, Kalmár et madame Gigus étaient chez lui, mais penchés sur les registres de notes, ils ne donnaient pas l'impression d'être une joyeuse compagnie. « La dernière image que j'aurai d'eux est bien caractéristique, pensa Gina. Le directeur en train de discipliner les professeurs : Madame Gigus et Kalmár oublient souvent de noter leur cours dans le registre de classe, Kőnig est si distrait qu'il inscrit presque toujours son nom dans la colonne d'une matière qu'il n'enseigne pas. »

Elle posa sur eux le regard que poserait un adulte sur trois petits garçons et une petite fille qui jouent aux billes. Le directeur ouvrit de grands yeux tandis que sans aucun trac, elle lui souhaitait une bonne fête au nom de la classe de cinquième année, puis il se leva et lui tendit la main. Gina vit alors avec stupéfaction qu'il rougissait. Elle s'était fait une opinion du directeur : Gedeon Torma, massif et noir, était le gardien d'interdits stupides. Qui l'eût imaginé capable d'être ému parce qu'une élève lui souhaitait une bonne fête et lui offrait des fleurs ? Il lui proposa de s'asseoir, ce qu'elle n'aurait jamais attendu de sa part, mais elle répondit qu'elle ne voulait pas rester longtemps, elle devait se dépêcher d'aller voir Torma qui était malade.

Le directeur recevait tous les matins un rapport de l'infirmerie, il savait que sa nièce avait été malade la nuit et lui avait fait dire qu'il irait la voir dans la journée. Cela l'avait vraiment surpris, elle avait une santé de fer, depuis qu'elle vivait à Matula elle n'avait pas manqué un seul jour. Gina prit congé et, chose incroyable, Gedeon Torma lui tendit derechef la main. Elle regarda une dernière fois la pièce noire, le groupe morne des professeurs autour des registres, s'inclina, comme Zsuzsanna le lui avait appris, et courut vers l'infirmerie.

Torma était seule. Elle était allongée, mais se redressa dès qu'elle vit Gina et lui demanda si elle avait quelque chose à manger, parce qu'on l'avait mise à la diète et elle mourait de faim. Gina avait dans sa sacoche un gâteau qu'elle avait fait emballer à part pour elle et le lui tendit. La pauvre petite qui avait mal à l'estomac l'engloutit sans mâcher, tout en la pressant, la bouche pleine, de lui raconter enfin pour l'amour du ciel ce qui s'était passé la nuit dernière, parce que Mari Kis et Bánki, qui étaient déjà passées la voir, n'arrêtaient pas de rire, et avant qu'elles aient pu raconter quoi que ce soit, l'infirmière était entrée et les avait fait partir. Gina lui servit la même version qu'à Bánki et Mari Kis, les mots d'amour échangés avec le lieutenant, Torma constata avec un profond soupir qu'elle n'avait pas ingurgité pour rien le laxatif et l'émétique, mais que quand même, elle avait bien souffert.

Cela se voyait à ses traits tirés, ce gentil visage devenu au fil des mois plus cher à Gina que tous ceux de ses amies de Budapest. Elle avait aussi dans sa sacoche tous ses trésors, ceux qu'elle avait cachés dans la jardinière et ce que son père lui avait apporté lors de sa dernière visite, ainsi que les cadeaux de tante Mimó, qui avaient fait plaisir à toute la classe mais qui étaient à elle seule et que personne ne pouvait utiliser sans sa permission : le flacon de parfum qu'elles se contentaient de humer sans oser en mettre, la broche en forme d'écureuil aux magnifiques yeux de marcassite, que le général avait apportée tout en sachant qu'elle n'aurait pas le droit de la porter, le bâton de rouge à lèvres et, objet de l'admiration constante des filles, le crayon magique d'où l'on pouvait faire sortir des mines de différentes couleurs, bleue, verte, rouge ou noire, et qu'il aurait été si agréable d'utiliser s'il n'était pas interdit qu'une Matulienne riche et une Matulienne pauvre se distinguent, ne fût-ce que par un crayon ; les unes comme les autres devaient se débrouiller avec les mêmes crayons de fabrication hongroise, des produits de guerre dont les mines étaient faites d'ersatz de mauvaise qualité.

Torma ouvrait de grands yeux à mesure que ces petites choses atterrissaient sur sa couverture. Elle ne comprenait pas ce que Gina voulait faire de ce qu'elle étalait devant elle. On ne pouvait pas jouer ici, elles se feraient prendre, à chaque instant quelqu'un entrait à l'infirmerie.

– C'est pour toi, dit Gina. Je te donne tout. Pour toujours.

– Tu es malade ? demanda Torma stupéfaite. Tu as perdu la tête ? Tous ces trésors ? Mais qu'est-ce qu'il te reste ?

Gina ne pouvait pas lui dire qu'il lui restait la liberté, Budapest, l'amour de son père, sa maison, elle ne pouvait rien dire, mais elle était heureuse d'avoir pensé à aller chercher ses affaires avant de partir et à faire en sorte qu'elles appartiennent à la pauvre petite orpheline qui ne possédait rien à part une coquette chemise de nuit.

– Je n'en ai plus besoin, dit-elle. Je n'ai plus besoin d'aucun de ces objets. Je te les donne.

Si Torma, timorée et toujours prudente, n'avait perdu l'esprit sous l'effet du peigne à monture d'argent, du rouge à lèvres, du crayon à quatre couleurs et des autres trésors, au point d'avoir l'air d'un ivrogne incontrôlable ; si elle n'avait pas protesté quand Gina lui proposa de les enfermer dans un grand mouchoir et d'aller les cacher avec la chemise de nuit dans le rhomboèdre de la réserve de dessin ; si elles ne s'étaient pas disputées, parce que Gina voulait seulement lui montrer ce qu'elle lui léguait, voir sa joie et aussitôt remballer le tout et le cacher à nouveau, alors que Torma avait envie de prendre tout de suite possession de ses nouveaux biens – elles auraient entendu plus tôt la porte s'ouvrir. Mais c'est seulement en l'entendant se racler la gorge qu'elles se rendirent compte que Kőnig était entré avec l'infirmière. Torma leva les yeux, Gina se retourna. Kőnig apportait une pomme sur une assiette. L'infirmière avait l'air d'un ciel d'orage.

– Une bonne petite pomme, dit Kőnig. Le meilleur remède quand on a mal à l'estomac, tout le monde le dit. Comment vous sentez-vous, Piroska ?

Torma ne put répondre, elle s'efforçait maladroitement de recouvrir de ses deux mains le bazar étalé sur son lit. Kőnig approcha du lit son regard de myope, prit le bâton de rouge qui rutilait librement sans capuchon, le huma, puis il prit le peigne qui lui plut beaucoup, et fit glisser son ongle sur les dents blanches. Une fois de plus, Gina eut l'impression qu'il n'était sur Terre que pour faire de la vie des autres un enfer. La sœur infirmière ne disait toujours rien, mais respirait à grands coups comme si elle étouffait.

– S'il vous plaît, ne me les enlevez pas, dit Torma d'une petite voix larmoyante – cette voix que Gina, adulte, entendait encore souvent lorsque sa fille, habituée à tout avoir depuis sa naissance, repoussait d'une chiquenaude un objet vraiment précieux qui ne lui faisait pas particulièrement plaisir. S'il vous plaît, monsieur, ne les prenez pas ! Ma sœur, ne me les enlevez pas !

Les lèvres de Kőnig frémirent, il reposa le peigne et le bâton de rouge. L'infirmière prit la serviette accrochée au bord du lit et, les lèvres pincées afin de ne pas laisser échapper par indignation des paroles qui déplairaient au Seigneur, et sans prêter attention aux sanglots de Torma, emballa le tout dans la serviette et sortit en courant.

« Elle les apporte à Zsuzsanna, pensa Gina. Maintenant, ils ne sont plus à moi, ni à elle, et ça va encore mal finir. Mais s'ils décident d'une sanction, c'est moi qui dois être punie, puisqu'on ne peut plus rien m'interdire. » Torma se cacha sous la couverture pour pleurer, Kőnig ne quittait pas Gina des yeux. Elle attendait la suite, presque amusée, mais elle avait de la peine pour Torma. Pauvre petit chou, elle avait vu toutes ces choses qui auraient pu être à elle et les avait perdues avant d'avoir pu s'en servir. Zsuzsanna ne tarda pas à arriver avec la serviette contenant les pièces à conviction, elle lança à Kőnig un regard qui aurait dû lui faire comprendre qu'il devait sortir, mais il ne saisit pas le message et resta planté là, ce qui était en soi inconvenant selon les conceptions matuliennes : un homme, fût-il un professeur, n'a rien à faire dans la chambre d'une jeune fille.

Zsuzsanna voulut d'abord interroger Torma, mais celle-ci ne répondit pas, elle ne sortit même pas de sous la couette. Gina répondit à sa place que Piroska était totalement innocente, toutes ces choses étaient à elle, elle les lui avait apportées pour jouer. La préfète, abasourdie, lui demanda comment il se faisait qu'elle n'ait pas encore vu toutes ces vaines babioles qui déplaisaient assurément à Dieu ; Gina expliqua qu'elle les avait cachées dans divers endroits, tandis que Kőnig s'étonnait du flegme avec lequel elle répondait à la préfète. Zsuzsanna était exaspérée, rien ne la faisait davantage sortir de ses gonds que lorsqu'elle se rendait compte qu'elle s'était fait avoir. Elle dit qu'elle ne savait pas encore quelle punition elle infligerait cette fois à Gina, mais ce serait une sanction exemplaire qu'elle n'oublierait pas de sitôt. Gina inclina la tête en souriant comme si on venait de la féliciter, Kőnig ne la quittait pas des yeux. Zsuzsanna s'apprêtait à sortir lorsque sous sa couette, Torma – à qui son amie avait déjà donné une merveilleuse chemise de nuit et à présent, même pour quelques minutes, tout un trésor – fut révoltée que Gina soit punie pour avoir été d'une bonté surhumaine. Et surmontant sa peur pour la première fois de sa vie, elle surgit brusquement de sous la couette et bégaya que Vitay s'accusait, mais ce n'était pas vrai, Vitay était l'élève la plus généreuse de tout le pensionnat, elle lui avait donné toutes ses affaires cet après-midi. Ces objets étaient maintenant à elle, alors c'était elle, Torma, qu'il fallait punir et non Vitay qui les lui avait donnés.

La diaconesse était à présent si furieuse contre elles deux qu'elle se maîtrisait à peine. Elle déclara à Torma que si elle revendiquait d'être punie elle aussi, rien ne s'y opposait, puis elle lança à Kőnig un regard tel qu'il comprit enfin et s'apprêta à sortir. Elle fit alors signe à Gina de s'en aller, mais la jeune fille, consciente qu'elle voyait peut-être Torma pour la dernière fois, se pencha vers elle, la prit par le cou, l'embrassa affectueusement – ce qui aurait déjà été un scandale dans la salle d'étude, à plus forte raison dans la chambre de l'infirmerie – et lui dit :

– Dieu te bénisse, ma chère amie !

Restée sans voix, Zsuzsanna montra la porte, et Gina sortit tranquillement sans oublier de saluer tour à tour Kőnig et Zsuzsanna de la plus convenable, la plus matulienne des révérences.

Elle retourna dans la salle d'étude et entreprit d'apprendre ses leçons, sur lesquelles elle était pourtant certaine de ne jamais être interrogée. Elle regardait parfois l'heure et s'étonna que le temps passât si vite ce jour-là. Elle n'avait pas encore eu à raconter l'épisode de l'infirmerie, mais de toute façon elle n'avait pas envie d'en parler à la classe ; Zsuzsanna lui avait promis une punition pour le lendemain, mais elle serait loin, alors à quoi bon blesser ses camarades en leur disant qu'elle avait voulu donner toutes ses affaires à Torma, à quoi bon les inciter à se demander d'où lui venait ce soudain élan de générosité tel qu'elle n'avait rien gardé pour elle-même ?

Pendant le temps libre, Mari Kis et Bánki revinrent à la charge à propos de la nuit précédente, Gina, qui commençait à en avoir assez de devoir répéter les mêmes mensonges, vit avec satisfaction arriver l'heure du dîner. Cette fois encore, elle sentit le regard de Kőnig et le lui rendit non sans une certaine coquetterie. « Tu te creuses la cervelle, hein ? Tu voudrais bien savoir pourquoi je ne suis pas davantage préoccupée ou morose à l'idée de la punition qui m'attend. Demain tu sauras ce qui me donne de la force et me met de si bonne humeur. » En revanche, pendant la méditation du soir, consciente que c'était la dernière fois qu'elle y participait, elle fut surprise de se sentir émue. Son aversion envers la rigueur de ce monde en noir et blanc se fit moins violente. Zsuzsanna était particulièrement belle ce soir, belle et triste. Et ces mois depuis l'automne ! Ils n'avaient pas été qu'amertume, non. Ils lui avaient apporté tant de lumière, de joie, d'affection, de rires ! Ce qu'elle ressentit alors, ce dont elle prit conscience, elle ne put se l'expliquer que plus tard, quand l'ensemble massif d'Árkod et de Matula surgit dans ses souvenirs, tels des rochers qui deviennent visibles lorsque la mer se retire.

Une fois couchée, elle n'eut pas à bavarder longtemps, les autres avaient sommeil, surtout Bánki et Mari Kis. À dix heures, elles dormaient toutes, elle put alors se préparer à partir. Elle n'avait pas la moindre inquiétude, elle faisait confiance à Feri et ne pensa pas un instant que leur plan puisse échouer. Elle avait caché sa tenue d'école et son manteau sous son matelas pendant que les autres faisaient leur toilette, cette fois elle s'habillerait normalement, elle ne pouvait pas voyager en robe de chambre jusqu'à Budapest avec Feri. À minuit moins le quart, elle s'habilla. En laçant ses affreuses bottines noires, elle sourit à l'idée de ce que le lieutenant dirait en la voyant dans sa tenue de Matulienne. Avant de sortir dans le couloir, elle jeta un dernier regard à celles qui dormaient, faiblement éclairées par la veilleuse. Elle aurait voulu leur dire au revoir, les embrasser une dernière fois, elle les aimait toutes. Mais elle ne devait pas compromettre sa fuite.

Elle inspecta le couloir du côté de la chambre de Zsuzsanna, puis vers les logements des professeurs, mais rien ne bougea. On sait parfois que ce que l'on entreprend réussira. Gina sentit qu'elle parviendrait sans encombre au jardin. Elle ouvrit la fenêtre, se glissa au-dehors et remit tant bien que mal les battants en place. De toute façon, si on s'apercevait de son absence, on la chercherait d'abord à l'intérieur, sans songer à lui courir après au jardin, qu'irait donc y faire une Matulienne dans le froid à cette heure tardive ?

Les premiers coups de minuit sonnèrent en effet, graves et solennels, au clocher de l'église blanche, tandis qu'au clair de lune Gina passait en courant devant la statue d'Abigaël. Elle ne ressentait aucune inquiétude, à la différence de la nuit précédente, lorsqu'elle ne savait pas encore ce qui l'attendait. Elle courait cette fois vers son ancienne vie, vers sa maison, vers tante Mimó, Feri et son père : elle revenait à la vie. Parvenue à la porte métallique, elle attendit qu'elle s'ouvre. Elle n'entendait aucun bruit de l'autre côté, mais tout son être sentait qu'elle n'était pas seule. Au douzième coup de minuit, elle regarda en arrière pour dire adieu au bâtiment endormi, au jardin empli de l'odeur presque glaciale de mars, senteurs de terre et de violettes. La lune éclairait son visage tandis qu'elle attendait devant la porte.

On frappa de l'autre côté. Gina répondit en toquant doucement à son tour.

– Jiny, chuchota Feri. Il faut attendre un peu. Il y a des gens dans la rue. Vous m'entendez ?

– Oui, murmura-t-elle.

– Deux hommes discutent sur l'autre trottoir, juste en face de l'école. Heureusement qu'il n'y a pas d'éclairage.

Elle ne répondit pas, mais fut un peu plus inquiète, tendue. Elle ne pouvait pas encore partir, son esprit le comprenait, mais pas son instinct, qui la pressait de s'enfuir.

– La voiture nous attend dans la rue voisine, je n'ai pas osé la garer ici pour ne pas attirer l'attention. J'ai bien fait, vous voyez. Mais quelle ville, Árkod, je n'ai jamais rien vu de pareil ! Comment avez-vous pu supporter cela, ma pauvre chérie ?

– Difficilement, chuchota Gina. Pouvons-nous partir, maintenant ?

– Bientôt. Ils sont en train de se dire au revoir, j'entends leurs voix. Je n'aurais jamais cru que dans ce trou de province il y ait encore des gens dans les rues à cette heure. Bon, allons-y. Attention, Jiny, j'ouvre la porte.

Elle était littéralement plaquée contre le battant métallique. Chaque inspiration lui faisait mal. Elle entendit Feri mettre la clé dans la serrure. Elle tournait difficilement, Gina appuyait de tout son corps sur la porte, mais celle-ci ne bougea pas, elle semblait fermée à double tour. La clé tourna de nouveau, mais le bruit s'interrompit soudain, des pas résonnèrent, des pas rapides venant de deux directions, et il y eut un éclair lumineux.

– Hé là ! fit une voix inconnue. Restez ici. Que faites-vous avec cette clé ? Qu'est-ce que vous essayiez d'ouvrir là-bas ?

– Ôtez-moi cette lumière des yeux, espèce d'idiot ! Vous allez attirer la défense passive. Rangez votre lampe de poche, chuchota Feri. Qu'est-ce que vous faites ici ?

– Ce que nous faisons ? s'indigna la voix inconnue. Et vous ? Qui vous envoie ? Quelqu'un de chez les Cocoricos ? Ou êtes-vous un cambrioleur ? Attendez voir, on va chez le directeur. Quoi, vous voulez vous battre ? Viens, mon vieux, tiens-le bien pendant que je donne l'alerte à Matula.

La sonnette, cette sonnette que personne ne tirait jamais, pourtant suspendue depuis des siècles près de la porte en fer, tinta soudain. Gina l'entendit, pétrifiée, puis il y eut un juron et des pas qui s'éloignaient rapidement, suivis d'autres pas précipités, et ce fut le silence, un silence surnaturel. Affolée, elle fut incapable de penser pendant un instant, puis le réflexe de survie remit son esprit en marche. Elle revint en courant, devant la statue d'Abigaël au sourire immuable, vers la fenêtre où elle dut se hisser cette fois sans l'aide de Mari Kis, et se retrouva enfin dans le couloir, hors d'haleine. La porte de Zsuzsanna était grande ouverte, la lumière allumée, la diaconesse avait dû se précipiter au portail ou au quartier des professeurs. Pourvu qu'elle ne soit pas au dortoir ! Pourvu que les autres ne se soient pas réveillées !

Tout le monde dormait. Elle arracha ses vêtements, se remit en chemise de nuit et jeta sa robe et son manteau sous son lit. Elle tremblait de tous ses membres en se glissant sous la couette. Elle sentit quelque chose dans son dos mais ne s'en préoccupa pas, ses larmes ruisselaient. Feri avait été surpris, il avait dû s'enfuir, elle ne savait plus s'il y aurait une issue pour elle. Comme il avait tenté d'entrer par le jardin, cette porte risquait d'être désormais surveillée, ou renforcée d'une barre transversale et d'un cadenas, ici, tout était possible. Elle pleurait à chaudes larmes, Mari Kis l'entendit, mais elle avait trop sommeil et marmonna indistinctement avant de se retourner. Cependant, quelqu'un sentit de loin qu'elle n'allait pas bien et ne tarda pas à entrer : Zsuzsanna.

Elle était habillée, comme si on n'était pas en pleine nuit. Elle remit en place la chaise de travers près du lit de Gina et s'assit, puis posa la main sur le front de la jeune fille en pleurs ; ses doigts qui sentaient le savon étaient frais, réconfortants.

– Je trouverai le moyen de te rendre la vie plus facile ici, dit-elle doucement. Je crains de manquer de patience à ton égard, parce que tu es tellement différente de toutes celles que j'ai vues jusqu'à présent, tu es si entêtée, si rebelle. Encore aujourd'hui, cette collection d'objets interdits ! Sois enfin sage, Gina ! J'étais très en colère contre toi, mais maintenant, je ne t'en veux plus, et même si monsieur le directeur te punit aussi, la sanction ne sera pas grave au point de t'empêcher de dormir parce que tu as peur et que tu pleures.

« Tu ne t'imagines tout de même pas que j'ai peur de toi et du directeur, pensa Gina tout en versant des flots de larmes. Qu'est-il arrivé à Feri ? Que vais-je devenir ? »

Comme si elle avait lu dans ses pensées, Zsuzsanna reprit :

– Tu as entendu la sonnette ? C'était monsieur Mráz, quelqu'un a voulu forcer la porte du jardin, sans doute un voleur, mais le vitrier et son ami l'ont dérangé et il a pris la fuite en laissant la clé dans la serrure. Il ne faut pas le dire aux petites classes, elles auraient peur, mais il ne peut rien nous arriver. Les gens sont braves, ils veillent sur nous.

Elle s'arrêta, attendant manifestement que Gina dise quelque chose, la remercie de lui avoir pardonné ou simplement d'être venue la voir. Mais Gina garda le silence, elle était épuisée, désespérée. Zsuzsanna se leva, lui dit de prier et sortit du dortoir.

Les larmes de Gina finirent par se tarir et elle retrouva des forces. Elle descendit de son lit pour aller remettre sa robe et son manteau dans son placard afin qu'on ne les trouve pas tout chiffonnés sous son lit quand la petite cloche sonnerait le réveil.

En revenant du couloir, fatiguée et amère, elle ôta sa couette pour refaire son lit avant de se recoucher. Alors elle vit à la lueur de la veilleuse ce qu'elle avait senti auparavant dans son dos. Elle le regarda longtemps d'un air incrédule comme si une étoile était tombée dans son lit, c'était si stupéfiant de voir briller sur le drap un cendrier d'argent, le même qu'elle avait acheté pour son père lorsqu'il l'avait amenée à Árkod. Il était posé sur une feuille de papier couverte de l'écriture familière. Après avoir lu le message, elle fixa le vide devant elle. Ce qu'elle éprouvait, elle ne pouvait s'en libérer ni par des larmes, ni par des cris.

CE CENDRIER QUE TU AS ACHETÉ POUR LUI À SZOLNOK EN ÉCHANGE D'UNE PETITE LUNE, TON PÈRE ME L'A LAISSÉ AFIN QUE TU ME RECONNAISSES ET QUE TU SACHES QU'IL M'A PARLÉ ET A REMIS TA VIE ENTRE MES MAINS. DÉSORMAIS, C'EST MOI QUI M'OCCUPERAI DE TOI, PARCE QUE TON PÈRE A ÉTÉ L'UN DES PREMIERS ARRÊTÉS PAR LES ALLEMANDS LE 19. LE LIEUTENANT KUNCZ EST VENU À ÁRKOD LE 20 POUR TE FAIRE SORTIR DU PENSIONNAT, ILS ESPÉRAIENT À TRAVERS TOI AMENER TON PÈRE À LIVRER LES NOMS DE SES COMPAGNONS. SI JE N'AVAIS PAS VEILLÉ SUR TOI, TU SERAIS EN CE MOMENT LEUR OTAGE ET ILS EXERCERAIENT UN CHANTAGE SUR LE GÉNÉRAL.

Dorénavant, c'est moi qui décide ce que tu dois faire, et un message de ma part doit avoir la même valeur pour toi qu'un ordre de ton père. Ne bouge pas, ne cherche pas à comprendre, fais attention à toi. Reste tranquille en attendant mon prochain message. Abigaël

Feri Kuncz à Matula

Ce fut un matin comme les autres, les filles couraient, se bousculaient aux lavabos, se pressaient mutuellement, aucune d'elles n'eut le temps de s'intéresser à la mine de Vitay. Entre tout ce qu'elles avaient à faire et la pression des cours, elles ne se seraient sans doute rendu compte de rien avant le déjeuner si la doctoresse n'avait pas remarqué la pâleur de Gina en traversant le couloir avant la prière. Elle l'arrêta, lui prit le pouls, regarda sa gorge, lui demanda si elle ne se sentait pas malade et lui dit de passer à l'infirmerie pendant la grande récréation afin qu'elle l'examine. Alors Mari Kis et les autres virent aussi combien elle était pâle, mais Gina répondit à leur sollicitude en secouant la tête et leur dit, comme à la doctoresse, qu'elle ne se sentait pas malade. Par ailleurs, elles entendirent la doctoresse qui s'entretenait non loin de là avec Zsuzsanna, plaindre la pauvre Torma qui avait eu une si forte fièvre la nuit. On se demandait bien d'où cela pouvait venir, la veille elle n'avait pris que de la tisane et se sentait parfaitement bien, mais ce matin elle présentait de nouveau les symptômes d'une grave indigestion, et il n'était pas question de la laisser reprendre les cours.

Gina écoutait sans sourire les deux femmes tenir conseil à propos de l'inexplicable rechute de Torma, elle savait bien que son amie avait englouti les gâteaux à la crème de monsieur Hajda l'estomac vide. À présent, tout cela lui semblait très loin, même la forteresse où elle était contrainte de vivre, et les adultes qui l'entouraient n'étaient pas plus réels que des ombres. Zsuzsanna ne fit aucune allusion à leur conversation de la nuit passée, ni à la scène de la veille près du lit de Torma, Gina elle-même n'y pensait plus, la découverte de ses trésors cachés était si peu de chose au regard du véritable motif de sa peine. C'est seulement après la prière, en voyant la sœur infirmière s'approcher du directeur, lui expliquer quelque chose, et l'homme en noir poser sur elle un regard effaré, qu'elle repensa à la faute dont on l'accusait, et comprit aussi que Zsuzsanna avait décidé de taire ce qui s'était passé, ou au moins de le modifier en le rapportant à Gedeon Torma. Mais le sens de l'équité de la sœur infirmière exigeait des représailles immédiates, si bien que la journée commencerait probablement par une punition. Lorsque, après la prière on signifia à Gina qu'elle ne devrait pas aller en classe mais tout de suite chez le directeur, elle en fut presque heureuse. Tout valait mieux à présent que de rester seule avec ses pensées, à rassembler des bribes de souvenirs pour comprendre ce que jusqu'à présent elle n'avait pas considéré comme une énigme, et dont la solution ne l'avait pas préoccupée. Elle n'eut pas le temps de dire au revoir à ses camarades, ni de leur expliquer ce qu'il lui arrivait encore. Leurs regards anxieux la suivirent tandis qu'elle se dirigeait vers le bureau. Gedeon Torma avait également convoqué Kalmár, qui n'était pas de service entre huit et neuf heures, Gina en conclut qu'il voulait l'interroger en présence de son professeur principal et décider avec lui de la sanction à appliquer. Cela lui était égal, c'était même presque mieux ainsi. Quelque chose de concret, de massif, d'habituel dans l'horreur diffuse.

En attendant qu'on lui dise d'entrer, elle considéra la porte avec un attachement qu'elle n'avait pas ressenti jusque-là. Les impeccables chiffres quatre de Kerekes, l'exigence de Hajdú de bien suivre la mesure des cantiques, l'ordre qu'il fallait respecter, les interdits qu'il ne fallait pas transgresser, la vie quotidienne de la forteresse, tout cela lui semblait à présent bienfaisant et sécurisant. Ce monde en noir et blanc était un monde propre, rigoureux, qui n'avait rien à voir avec l'indignité et la traîtrise, l'infamie, la mort ou le danger. À cet instant, elle était Georgina Vitay, élève de cinquième année dans l'attente d'une punition bien méritée pour avoir caché toutes sortes d'objets interdits à l'internat et enfreint le règlement intérieur ; une petite cinquième année désobéissante que l'école traitait avec sévérité ; on la félicitait si elle se comportait bien, on la punissait si elle était indisciplinée. Et cette petite lycéenne pouvait oublier Jiny, la nièce de tante Mimó, cette idiote vaniteuse qui s'imaginait être une jeune fille parce qu'elle était en compagnie de grandes personnes. Lorsque sur ordre du service de contre-espionnage du ministère de la Guerre, un beau lieutenant lui avait fait la cour et l'avait flattée dans le but d'approcher le général Vitay et de retrouver la trace de ceux qui se battaient avec lui sur un front invisible pour mettre fin à une guerre meurtrière pour les soldats et destructrice pour le pays, alors cette Jiny avait cru que le lieutenant Kuncz trouvait son plus grand plaisir dans ses boucles à l'anglaise, qu'il était vraiment amoureux d'elle et que son seul désir était de se fiancer avec elle. Son père l'avait envoyée à Árkod, craignant qu'elle ne fût surveillée, et elle avait compromis sa sécurité par ses tentatives d'évasion et son comportement insensé, la malheureuse Bánki avait trahi le secret de ce refuge, et Feri Kuncz serait parvenu à la faire sortir par ruse si Abigaël n'avait pas veillé sur elle.

Lorsqu'on la fit entrer, elle vit sur le bureau la serviette qui contenait ses trésors. Le directeur avait étalé les objets du délit afin que Kalmár les voie bien. Celui-ci se tenait près de la fenêtre, l'air contrarié, non par le déballage, mais parce qu'il fallait de nouveau punir Vitay, sa préférée. Il hocha la tête d'un air réprobateur et Gina baissa les yeux, comme il convenait à Matula.

Le directeur prit le peigne à monture d'argent et le rejeta avec dégoût, puis se lança dans un sermon. En guise d'introduction, il décrivit le caractère de sa malheureuse nièce, une enfant difficile à maîtriser car c'était une nature faible. Il en voulait particulièrement à Georgina Vitay d'avoir exposé à la tentation cette enfant déjà superficielle et encline aux futilités, et pour cette raison, il lui infligerait une punition encore plus sévère qu'il ne l'aurait fait en temps normal. Il en était là de sa période cicéronienne quand le téléphone sonna. Kalmár s'apprêta à décrocher, mais Gedeon Torma le retint en secouant la tête. Il n'aimait pas être dérangé au milieu d'une mercuriale. Mais le téléphone qui sonnait sans relâche l'empêchait d'exposer avec toute l'éloquence requise quel avenir pouvait espérer une élève entêtée, menteuse, hypocrite, indisciplinée, qui dissimulait des fanfreluches, alors il se résigna et fit signe à Kalmár de décrocher, qu'on ait enfin la paix. Kalmár écouta un instant, puis dit : « Oui, tout de suite ! » et tendit le combiné à Gedeon Torma.

– Je n'ai pas le temps, dit le directeur. Dites-leur de rappeler plus tard.

– C'est Kázmér Szenttamássy, murmura Kalmár. Il veut vous parler personnellement.

Le directeur grommela qu'il n'était pas question d'installer un lazaret à Matula, le lycée Pál Kokas n'était pas un établissement confessionnel et s'y prêtait bien mieux, puis il prit le combiné de mauvaise grâce. En regardant ses anciens biens sur le bureau, Gina pensa que des siècles auparavant, lorsque des séminaristes étudiaient dans ces lieux, les indociles étaient jetés dans un cachot ; celui-ci existait toujours, mais ce n'était plus une prison, on y cultivait des champignons que la cuisine utilisait de temps en temps. « Cela ne serait pas plus mal qu'on m'enferme dans ce cachot à cause du rouge à lèvres et des autres objets, pensa-t-elle. Personne ne pourrait m'y retrouver. J'aurais peut-être peur, mais les filles auraient bien une idée, et Abigaël serait aussi capable d'y venir. Au moins, je serais à l'abri de Feri. » C'était vraiment bizarre d'avoir envie de se retrouver dans ce cachot.

Le directeur parlait par monosyllabes, il était impossible de comprendre de quoi il était question, sinon qu'il donna son accord. Mais cela n'intéressait pas Gina, elle avait autre chose en tête, bien plus terrible que de savoir qui était le correspondant de Gedeon Torma. Le directeur lui mit sous le nez un à un ses malheureux trésors et elle dut raconter l'histoire de chaque objet, où, quand et par quel moyen il était parvenu à Matula, qu'elle l'ait apporté ou que son père le lui ait donné par la suite. Elle dut aussi révéler où elle les avait cachés, mais elle ne parla que de la jardinière et ne dit pas un mot des maquettes de la salle de dessin, qu'au moins Torma puisse garder sa chemise de nuit. Le directeur lui demanda aussi quel rôle avait joué cette dévergondée de Piroska Torma, ce qui l'intriguait visiblement plus. Kalmár ne lui demanda rien, il la regardait seulement d'un air navré. Il était question de l'écureuil aux yeux de marcassite quand le téléphone sonna de nouveau. Cette fois encore Kalmár décrocha, c'était le concierge. Le directeur grommela dans le combiné de laisser entrer le visiteur, il était au courant. Il fit sortir Gina en lui disant qu'il devait interrompre l'interrogatoire parce qu'il avait quelqu'un à recevoir. Qu'elle n'aille pas en classe mais attende dans le couloir, il la rappellerait dès qu'il en aurait fini avec son visiteur.

Kalmár resta dans le bureau, Gina sortit. Sous le blason de Matula étaient affichées les photos d'anciennes classes terminales, elle regarda les nombreux visages. Tout ce qu'hier encore elle trouvait ennuyeux, puéril, parfois détestable, lui semblait à présent merveilleux, sûr, paisible. Elle se demanda qui le directeur recevait à titre exceptionnel, sans doute un personnage important. Cela l'effraya. S'il appartenait au rectorat, la première chose qu'il demanderait en arrivant à l'étage serait ce que cette jeune fille fait dans le couloir au lieu d'être en classe. Elle s'éloigna du bureau, vers l'endroit où une porte battante fermait la section des dépôts. Une fois passée de l'autre côté, elle entrouvrit les battants afin d'épier le bureau. Si on l'appelait, elle l'entendrait et pourrait revenir aussitôt, en revanche le visiteur ne la verrait pas, elle ne serait pas humiliée devant lui.

Il arrivait en haut de l'escalier. En voyant de qui il s'agissait, elle fut si effrayée qu'elle faillit lâcher la porte. Le lieutenant Kuncz était à présent en uniforme, il rajusta son baudrier puis frappa à la porte du bureau sans regarder ni à droite ni à gauche.

Si elle n'avait pas reçu le message d'Abigaël, elle aurait couru vers lui pour se pendre à son bras et rien n'aurait pu l'arracher à lui, elle l'aurait suivi sans se méfier. Elle se tapit contre la porte jusqu'à ce qu'il eût disparu, puis revint en courant vers le bureau et, le cœur battant, écouta ce qui se disait à l'intérieur. Elle comprenait tout aussi nettement que si elle était dans la pièce. Les présentations devaient être faites, le directeur parlait :

– Le commandant Szenttamássy m'a informé de votre venue. Permettez-moi d'attirer votre attention sur ceci : en tant que monument historique, le lycée Matula est dispensé de toute réquisition, en particulier militaire, et si vous êtes à la recherche d'hébergement ou de toute autre possibilité, je suis au regret de vous dire que cette exemption est garantie par une ordonnance ministérielle, bien que, selon les dispositions de la défense nationale, il soit de mon devoir d'apporter toute l'assistance possible aux forces armées.

– Soyez sans crainte, monsieur le directeur, dit la voix, la même qui, la nuit passée, chuchotait par le trou de la serrure. (« Jiny, petite Jiny, vous m'entendez ? ») Il s'agit de tout autre chose. J'ai ordre de conduire une de vos élèves, Georgina Vitay, auprès de son père, qui est gravement malade.

« Mon Dieu, pensa Gina, même son sourire, son souffle mentent. Pourvu qu'il ne le croie pas ! » Elle prit peur, il était tellement invraisemblable que Gedeon Torma, pour qui la dissimulation d'un bâton de rouge à lèvres était le comble de la bassesse humaine, comprenne dans quelle pièce on voulait lui faire jouer un rôle. Pourquoi soupçonnerait-il le lieutenant, un officier qui se présentait à lui porteur d'un ordre, de ne pas dire la vérité ? Dans le monde du directeur, seules les élèves mentaient.

– Je suis vraiment désolé, dit Kalmár. Qu'est-il arrivé au général ?

– Il a eu un accident, dit Feri Kuncz. Un accident de voiture. Il est dans un état grave, je dirais même critique.

« Pour le coup, c'est vrai, pensa Gina. Tous les prisonniers sont dans une situation critique. Hier il avait eu une crise cardiaque, aujourd'hui un accident de voiture. Je me demande bien ce que mon père aura la prochaine fois qu'il en parlera. »

Si le directeur l'appelle et la remet entre les mains de Feri, elle est perdue, elle aussi. Si elle se cache quelque part dans l'école, on la retrouvera, il n'y a pas un endroit que Gedeon Torma ne connaisse, et elle ne peut pas sortir de Matula, d'ailleurs, même si on la laissait sortir, où irait-elle à Árkod ? Elle ne peut pas compter sur Abigaël, Dieu seul sait où elle est, ce qu'elle fait en ce moment. Peut-être ne se doute-t-elle même pas que Gina est en danger, c'est en vain qu'elle lui a promis son aide la nuit dernière. Le directeur va dire : « L'élève en question est là, dans le couloir, je la fais venir tout de suite. » Et si en entrant, elle lance à la face du lieutenant qu'il ment parce que son père est prisonnier, comment le prouver ? Avec la lettre d'Abigaël ?

– Je crains que cela ne soit pas possible, dit le directeur. (Il parlait en général plus lentement que quiconque, mais son débit n'avait jamais été aussi lent que cette fois.) Le général Vitay et moi sommes convenus que je ne remette l'enfant qu'à lui personnellement et ce dans le cadre de notre règlement. Ce n'est de toute façon pas d'actualité maintenant, puisque l'année scolaire est en cours, et nous n'avons pas pour habitude d'accorder de congés exceptionnels.

– Mais si le général est malade… objecta Kalmár.

Feri Kuncz lui coupa la parole :

– Il va très mal. Son était est si grave, je le répète, qu'il ne peut venir lui-même chercher sa fille. Monsieur le directeur, vous ne pouvez prendre la responsabilité que cette enfant ne voie plus jamais son père, au cas où le général ne se rétablirait pas.

– J'en serais désolé, répondit le directeur. Dans ce cas, ce serait à moi d'en répondre devant le tribunal de Dieu. Le général Vitay m'a en effet donné pour consigne de ne remettre son enfant à personne à part lui, même s'il est à l'article de la mort, et s'il venait à décéder, il souhaite que sa fille n'assiste pas à ses obsèques. C'est ce qu'il souhaite, et ce dont nous sommes convenus. En l'absence de son père, cette jeune fille ne pourra pas quitter l'institution avant trois ans et trois mois, quand elle aura passé le baccalauréat. Ses frais de scolarité et d'internat sont réglés pour cette période.

« Alors mon père s'est occupé de moi, songea Gina, bouleversée de penser à lui pour la première fois comme à un défunt dont on apprend les dernières volontés. J'aurai donc un appui, même si notre foyer est balayé par la tempête ? »

– Vous semblez oublier, monsieur le directeur, que j'ai reçu l'ordre d'accompagner la fille du général Vitay à Budapest.

– Absolument pas, répondit Gedeon Torma. (Sa voix, qui la faisait parfois trembler de peur, parfois rire, qu'elle trouvait souvent ennuyeuse, mais aussi comique, était à présent sérieuse, ferme, comme la ville d'Árkod, comme l'institution Matula.) Je n'oublie rien, lieutenant. Mais cet ordre n'en est pas un pour moi. Mes supérieurs visibles sont l'évêque d'Árkod et le ministre de l'Éducation, et mon supérieur invisible, auquel je dois rendre compte de ma parole donnée, le Christ Rédempteur lui-même.

– Réfléchissez bien, dit la voix qui, la nuit passée, était si enjôleuse, si douce près de la porte du jardin, et à présent cassante, d'une véhémence à la limite de l'irrespect. Je n'aimerais pas avoir recours à des moyens plus drastiques. Je dois emmener à tout prix la fille du général Vitay.

– Vous ne le ferez pas, lieutenant, répondit Gedeon Torma. (Au bruit, Gina comprit qu'il se levait.) Vous ne le ferez pas, parce que, par ma personne, mon établissement a garanti à son père qu'il ne la livrerait pas à un inconnu, et ce d'autant moins que depuis peu on s'intéresse beaucoup à cette enfant, ces derniers jours le téléphone du concierge est pris d'assaut. Mais j'ai malheureusement à faire, nous étions en train de régler une affaire de discipline. Si vous le permettez, mettons un terme à cette conversation oiseuse.

– Prenez bien note de ce que je vous dis, monsieur le directeur : vous me livrerez Georgina Vitay. Et je ne vous promets pas que cet établissement ne pâtira pas de ce que son directeur ait fait obstruction au travail de l'armée.

– Jusqu'à présent, je croyais seulement empêcher un malade de voir sa fille, dit Gedeon Torma. Mais qu'en cela j'entrave le travail de l'armée, voilà qui est nouveau et regrettable. Néanmoins, je ne vous confierai pas la jeune fille, parce que je ne peux pas le faire, et si vous voulez dire que j'en porte la responsabilité, vous avez raison, et je suis prêt à en assumer les conséquences. Mais il ne peut rien m'arriver à l'avenir que Dieu n'ait décidé. Ravi d'avoir fait votre connaissance, lieutenant. Une dernière chose…

Gina était prête à se réfugier de l'autre côté de la porte battante, mais elle attendit la suite, pleurant presque de bonheur, et soudain envahie d'une affection débordante envers Árkod et l'homme en noir, ce dont elle ne se serait jamais crue capable.

– … Je serais extrêmement heureux de vous livrer Georgina Vitay, car en trente-cinq ans de carrière, je n'ai jamais vu d'élève plus désagréable et indisciplinée. Mais je ne peux pas le faire parce que j'ai donné ma parole. Bonne journée, lieutenant.

Elle repartit en courant sans entendre la réponse de Feri. Mais elle le vit sortir, tiraillant sur son baudrier d'un geste de colère, et l'observa en tremblant, tandis qu'il se dirigeait à pas pressés vers l'escalier, comme si elle ne l'avait jamais vu auparavant. Lorsqu'elle entendit grincer le portail, elle revint à la porte du bureau qui s'ouvrit aussitôt. Si elle n'avait pas entendu la conversation qui venait de se dérouler, elle aurait pu croire qu'il ne s'était rien passé de particulier. Kalmár était un peu plus rouge que d'habitude, mais le directeur, tel qu'en lui-même, tendit un doigt boudiné vers les pièces à conviction étalées sur son bureau.

– Avez-vous réfléchi à la manière de réparer votre faute ? demanda-t-il en la scrutant du regard qu'il réservait aux fautives, comme si rien d'autre ne l'intéressait que d'apprendre où diable Vitay avait bien pu cacher son écureuil aux yeux de marcassite. Non, bien sûr ! Il fallait s'y attendre. Monsieur Kalmár, jusqu'à nouvel ordre, Georgina Vitay n'est pas autorisée à sortir, et au titre de la plus grave sanction qu'une élève puisse recevoir, je lui interdis même d'aller à l'église assister à l'office. Vitay est prisonnière.

« Je te comprends, pensa Gina, si tu savais comme je te comprends ! Tant que je ne peux pas sortir, je suis en sécurité. Si seulement tu m'enfermais dans le cachot, si profond et si sombre qu'il soit ! Les champignons sont une meilleure compagnie que Feri Kuncz. »

– Vous pouvez aller en cours, disparaissez de ma vue. Je baisse votre note de conduite. Monsieur Kalmár, veuillez noter que quel que soit le comportement de Georgina Vitay jusqu'à la fin de l'année, elle ne pourra obtenir une bonne appréciation de conduite.

– C'est noté, opina Kalmár sans regarder Gina.

– Allez-vous-en, dit Gedeon Torma, je ne peux plus supporter la vue d'une élève telle que vous. (Il rassembla les trésors de Torma et les jeta dans la corbeille à papiers avec la serviette.) Quel dommage que nous n'ayons pas de poêle, je vous aurais obligée à y brûler vos babioles. Mais elles iront dans la chaudière, vous pouvez en être sûre. Restez un instant, monsieur Kalmár. Ah ! quoi encore ?

Le téléphone sonnait de nouveau, Kalmár décrocha, et on entendit la voix criarde du concierge comme s'il était dans la pièce.

– Monsieur le directeur, le lieutenant m'a demandé où se trouvait Son Excellence l'évêque, et quel était le plus court chemin pour s'y rendre.

– J'espère que vous le lui avez dit, grommela Gedeon Torma.

En partant, Gina l'entendit dire à Kalmár que l'évêque faisait la tournée des paroisses isolées dans le comitat voisin et ne serait pas de retour avant le surlendemain. « Ils peuvent le suivre de village en village, il a laissé son itinéraire avant de partir ! » Elle prit le chemin de sa classe sans entendre la réponse de Kalmár.

Lorsqu'elle entra, il régnait dans la salle un calme paradisiaque. Comme elle dérangeait le cours, madame Gigus lui lança un regard de reproche et lui demanda la raison de son retard.

– J'étais chez monsieur le directeur, et il m'a punie, déclara Gina. Il m'a interdit d'aller en promenade et même à l'église.

– Elle est cinglée, murmura Mari Kis à Bánki. C'est toutes ces punitions qui lui tapent sur le système. Elle ne se sent plus de joie parce que le vieux matou noir lui en a encore collé une.

La Saint-Gedeon

Gina avait l'intention d'être attentive en classe, mais elle en fut incapable. Elle se demandait si elle devait écrire à Abigaël ou présumer que celle-ci avait été avertie à temps de la visite du lieutenant. Elle réfléchissait au message qu'elle glisserait dans la cruche, quand elle se rendit compte que cela n'aurait aucun sens. Kalmár avait dû apprendre avant le déjeuner à tous les adultes de Matula qui était venu et dans quel but, car pendant le repas, les yeux des enseignants se tournaient vers elle depuis la table directoriale, et les diaconesses qui mangeaient près de leurs classes la considéraient avec inquiétude. Ce jour-là, elle dut se présenter devant tout le pensionnat parmi les élèves punies et le directeur annonça qu'elle avait été convaincue d'une faute grave, en l'occurrence d'avoir dissimulé des objets proscrits. Elle écoutait, impassible, comme si elle n'était pas concernée. Et c'est seulement après le repas qu'elle put donner des détails aux cinquième année qui venaient d'apprendre ce qui s'était passé la veille à l'infirmerie, et leur expliquer qu'elle avait été surprise alors qu'elle apportait ses trésors à Torma.

La moitié de la classe fut au comble de la compassion et de la tristesse : toutes ces merveilles perdues! L'autre moitié la condamna encore plus sévèrement que le directeur : quelle sottise de leur gâcher le plaisir et de les priver de leurs amusements clandestins en donnant tout à Torma, qui plus est en apportant ces trésors à l'infirmerie qui n'était vraiment pas un lieu sûr!

Quand vint l'heure de la promenade, Gina resta seule dans la salle d'étude. Le silence régnait dans le bâtiment, un silence béni, paisible. Elle lisait sa leçon sans en comprendre un mot, elle pensait à son père, essayant de deviner ce qu'il attendait d'elle, car elle sentait qu'il pensait à elle aussi bien qu'elle sentait la chaleur des radiateurs. Ce message venu de Dieu sait où, peut-être de l'autre côté de la frontière, lui disait : « Sois forte, toi que j'aime plus que tout au monde. Sois forte afin que je puisse l'être autant qu'il le faut. Sois forte, non pour t'entêter, ni pour protester, ni pour échafauder des plans chimériques, mais pour te maîtriser et écouter les bons conseils, afin que ceux à qui je t'ai confiée puissent t'aider. Si tu pleures, si tu te brises comme une perle sous les coups qui t'atteignent, alors il ne sert à rien que nous nous aimions. Ne sois pas triste, mange ton dîner! Sois brave! Sois joyeuse! Nous nous reverrons peut-être, ne compromets pas cette rencontre et donne-moi aussi la force par l'espoir que je peux avoir confiance en toi. »

Au retour de la promenade, Mari Kis et Bánki lui racontèrent qu'à la boutique de mode à côté de la pâtisserie Hajda il y avait d'incroyables foulards, si beaux qu'ils faisaient douter qu'on fût en guerre. Elle les écouta en hochant la tête de temps en temps, les filles pensèrent que son mutisme était dû aux ennuis qu'elle s'était encore attirés par une incroyable malchance. L'après-midi il y eut beaucoup de remue-ménage, les professeurs et les diaconesses disparurent tour à tour dans le quartier des enseignants, Szabó en donna la raison : le 21 mars, jour de la Saint-Gedeon, tout le monde allait féliciter le monstre en noir. S'il était de bonne humeur, il resterait plus longtemps après le dîner, la prière aurait lieu plus tard que d'habitude; s'il était inhabituellement ému, il pourrait faire réciter quelques-uns des meilleurs poèmes religieux issus du cercle de poésie, Mais on ne pouvait pas savoir ce qu'il déciderait pour ce soir, car au déjeuner, il arborait une mine assez sombre que le bazar de Gina n'avait guère contribué à éclairer, si bien que les manifestations particulières de la Saint-Gedeon dépendaient exclusivement de ce qu'aucune ombre ne vienne en troubler la célébration. Mais il était peu vraisemblable qu'il fût d'humeur festive après l'affaire de l'infirmerie, le seul fait d'avoir vu un bâton de rouge à lèvres pouvait le déprimer pendant plusieurs jours.

Le dîner se déroula dans le calme, rien n'indiquait que la soirée allait tourner à la fête. Le directeur parlait à peine, juste pour corriger de temps en temps d'un ton agacé la lectrice du jour, une septième année qui lisait mal, d'une voix monotone. Soudain, la porte du réfectoire s'ouvrit avec fracas, et comme si un vent printanier s'était engouffré dans la salle, des rires s'élevèrent, un mouvement s'amorça, tout le pensionnat se leva et se mit au garde-à-vous, les yeux brillants. Lorsqu'un visiteur inattendu interrompait la lecture, seule la lectrice avait le droit de le saluer, ainsi la septième année Huszár claironna-t-elle au nom de toutes :

– Bonsoir, Dieu vous bénisse !

Mici Horn se tenait sur le seuil avec une brassée de rameaux de saule couverts de chatons, suivie de sa vieille servante chargée d'énormes paquets et d'une dame-jeanne.

– Matula, on s'asseoit ! dit Gedeon Torma qui, tout de suite un peu plus détendu, s'était levé en même temps que les autres messieurs afin de saluer Mici Horn.

– Que Dieu vous prête longue vie, s'exclama celle-ci en déposant son fagot de rameaux dans les bras du directeur. Je viens faire la fête. Ce soir, je suis particulièrement de bonne humeur !

– Pas moi, dit le directeur, je ne célèbre pas ma fête, Mici.

– Allons donc, dit Mici en riant. J'ai épuisé cet après-midi toute ma réserve de farine pour ces enfants. Il y aura de tout ce soir, Gedeon, on va danser à Matula, manger de succulents gâteaux et s'amuser. Je peux m'inviter à dîner ?

Avant que Gedeon Torma ait pu répondre, elle traversa le réfectoire en courant d'une manière encore plus inconvenante qu'une petite de première année, tambourina sur la trappe du passe-plats, si bien que la sœur cuisinière, qui n'avait rien vu, ouvrit le panneau de bois et regarda d'un air effaré Mici Horn qui clamait :

– Je n'ai pas dîné, donnez-moi quelque chose à manger, s'il vous plaît.

Toute l'école se mit en mouvement pour lui apporter un couvert, les préfètes eurent du mal à faire revenir les élèves à leur place. Zsuzsanna alla chercher elle-même assiette et couverts, de la belle démarche lente et digne qui était celle de toutes les diaconesses. On poussa les chaises à la table directoriale, Hajdú céda sa place à Mici Horn auprès de Gedeon Torma et alla s'asseoir au bout de la table, si bien que l'invitée se retrouva entre le directeur et Kőnig. Lorsque Zsuzsanna vint avec son plateau et mit le couvert devant elle, elle ne la regarda pas, mais regarda Kőnig qui ne s'en rendit pas compte. Il y avait quelque chose d'ahurissant, et Gina le remarqua aussi, même dans l'état d'esprit particulier où elle se trouvait, au fait que Kőnig n'ait d'yeux que pour Mici Horn. Il se mit aussitôt à lui murmurer à l'oreille. Zsuzsanna revint à la table des cinquième année, le visage rouge comme si elle avait reçu une gifle. « Elle n'aime pas cette femme, pensa Gina. Elle est jalouse, et comme elle en a honte, elle lutte contre ce sentiment. Mais en vain. »

Soudain, l'ordre fut chamboulé. L'invitée proclama que la lectrice devait aussi célébrer la fête de leur bon directeur :

– Laisse tomber l'histoire de cette vertueuse Helvète et cours aider à la cuisine, il y a des pâtisseries à distribuer. Le gros gâteau que j'ai fait exprès pour monsieur le directeur doit être apporté à notre table, et tout de suite !

Huszár se précipita avec ravissement, tandis que le directeur considérait Mici Horn d'un air sidéré. Et, ô miracle, il ouvrit deux fois la bouche pour lui intimer l'ordre de rappeler Huszár afin qu'elle reprenne sa lecture édifiante, mais ne dit rien. Il sentait une chaleur bienfaisante se répandre dans la salle, les yeux brillants lui disaient à quel point tous ceux qui l'entouraient étaient heureux, même Vitay, la dissimulatrice de rouge à lèvres, avait perdu pour un instant son expression préoccupée. Cette Mici Horn était décidément une magicienne ! La voilà qui se lève pour faire un discours, comme un homme ; la vieille femme qu'elle a amenée promène sa dame-jeanne au-dessus de la table et emplit les verres, même les élèves ont droit à un doigt de vin.

– Dieu vous bénisse, monsieur le directeur, et vous accorde encore de nombreux jours de fête, afin que vous restiez jusqu'aux dernières limites de la vie humaine à la tête de cette institution, car elle dispense une éducation si enrichissante que toutes celles qu'elle a élevées conservent à jamais les souvenirs de leur enfance.

« C'est assurément une sorcière, même moi elle arrive à m'émouvoir. Mais jusqu'aux dernières limites de la vie humaine, c'est exagéré. Et d'ailleurs, combien de temps resterai-je à mon poste si je ne livre pas Georgina Vitay ? » se demanda Gedeon Torma. Levant son verre, il remercia Mici Horn, inclina la tête vers les professeurs principaux et même vers les élèves. Alors tout le pensionnat vida les verres du même geste, puis se recueillit, même la plus turbulente des première année n'eut pas un sourire. Cet instant d'émotion ne dura que jusqu'à ce que Mici Horn déclare que l'on ferait bien de se dépêcher car elle avait prévu toutes sortes de divertissements pour la soirée, alors les Matuliennes engouffrèrent de si grosses bouchées que les préfètes s'évertuèrent vainement à les réprimander. Mici Horn agitait le bras en criant, comme lors d'une compétition sportive :

– Plus vite ! Plus vite !

La doctoresse elle-même faillit s'étouffer en mangeant, elle qui pourtant, aux cours d'hygiène, leur expliquait pourquoi il fallait manger lentement, et pourquoi une bonne mastication était importante pour l'estomac. C'était un spectacle hallucinant, Mici Horn battant la mesure et tous les professeurs rivalisant de vitesse pour finir de manger.

Kőnig ne dissimulait rien de ses sentiments, il bavardait sans relâche avec sa bien-aimée. Zsuzsanna levait à peine les yeux, et quand elle le faisait elle évitait la table des professeurs. Plus sensible que d'habitude, Gina aurait aimé lui caresser le bras, lui dire que son cœur était aussi empli de tristesse et qu'elle avait beaucoup de peine pour elle, mais tout contact avec les éducateurs était interdit, et d'ailleurs que dirait la préfète si cette entêtée de Vitay qui venait encore de se faire punir tentait de la réconforter? Mici Horn écouta un moment ce que lui murmurait Kőnig, puis elle se tourna vers le directeur et toute la tablée se secoua de rire, elle disait des choses si drôles, elle était si amusante! Elle eut bien évidemment la permission de faire ce qu'elle souhaitait, elle obtenait toujours ce qu'elle voulait. Zsuzsanna l'aida, en détournant la tête, à pousser les tables, Hajdú, lui aussi sous le charme, alla chercher le gramophone, et madame Gigus prêta ses disques de musique de danse, à la stupéfaction de Gedeon Torma, sidéré en apprenant qu'elle avait de telles choses dans sa chambre. Mici Horn claironna :

– C'est la guerre, qui sait ce que demain leur réserve, les pauvres!

Personne n'eut rien à répondre à cela, et peu après une musique profane emplit la salle, une mélodie bien différente de la musique classique ou des cantiques. Les diaconesses et les professeurs furent surpris de voir comme les plus grandes des Matuliennes dansaient bien. Ce n'était pas le cas des petites qui, désemparées, piétinaient gauchement en rougissant, alors Gertrúd Truth les emmena jouer au foyer pendant que les grandes dansaient. Elle se retourna à la porte pour leur dire de danser avec leur partenaire des cours de gymnastique, sinon ce serait le chaos. La partenaire de Gina était Torma, elle avait récemment remplacé Bánki qui avait grandi trop vite. Mais Torma n'était pas là, et cela convenait parfaitement à Gina car elle n'avait pas envie de danser. Elle se retira dans un coin et regarda les filles. Elle ne les enviait pas, elle n'avait envie de participer à rien. Elles étaient deux près des chaises et des tables regroupées, comme deux filles restées en dehors de la vie sans espoir d'y revenir.

– Il y a une élève qui ne danse pas, dit Mici Horn. La petite de Budapest. Où est sa partenaire ?

– Elle est malade, dit Gedeon Torma soudain attristé. Mais même si elle était là, Vitay ne danserait pas. Je l'ai punie.

– Vous la punirez demain, s'écria Mici Horn, aujourd'hui est un jour de fête ! Fermez les yeux si vous ne voulez pas voir comment je vais la faire danser, la pauvrette, puisqu'elle n'a pas de partenaire.

« Je ne danserai pas », pensa Gina. Tout en ressentant la puissante attraction qui émanait de Mici Horn, elle refusait d'y céder. « Je ne veux pas qu'elle me touche, ni qu'elle essaie de me distraire. » Gedeon Torma répondit quelque chose que personne n'entendit, mais Mici Horn descendait déjà en courant de l'estrade et vint s'incliner plaisamment devant Gina pour l'inviter à danser.

– Cette élève n'a pas le droit de danser, dit posément Zsuzsanna. Vous l'avez bien entendu, Micike.

– Oh là là, pourquoi êtes-vous plus sévères que Jésus-Christ ? dit Mici Horn. Une seule danse, deux minutes. Viens, petite Budapestoise.

Et elle emmena Gina. Elle était forte et adroite, elle l'entraîna à l'écart aux accents d'une valse lente. Gina ne la regardait pas, elle la laissait s'amuser avec elle, de toute façon elle s'amusait avec tout et tout le monde, comme avec des marionnettes.

– C'est ce soir que tu vas t'échapper, murmura Mici Horn en souriant et en faisant signe de la main vers la table des professeurs. Ce soir, pendant que nous ferons la fête. À neuf heures, avant le début de la prière, tu iras dans la chambre de Zsuzsanna et mettras son habit de cérémonie. Ne sors pas par le portail, mais par la porte du jardin où tu as attendu le lieutenant, elle sera ouverte à neuf heures. Une fois sortie, tu devras marcher lentement et éviter les réverbères. Ne t'arrête pas de danser, et ne me regarde pas comme ça. Souris !

Gina ne pouvait pas sourire, elle regardait Mici Horn bouche bée.

– Ces braves peuvent te protéger du lieutenant Kuncz tout au plus quelques jours. Ensuite, le commandement de la ville obligera l'évêque à laisser les militaires entrer à Matula. C'est la guerre, ils diront que tu dois être livrée dans l'intérêt de l'armée et de la nation. On ne peut pas dire non aux Allemands qui ont arrêté ton père. Si tu tombes entre leurs mains malgré la résistance de l'institution, c'en sera fini de Matula, Gedeon sera arrêté, les éducateurs seront dispersés. Souris !

Elle ne pouvait toujours pas sourire, elle regardait Mici Horn, les yeux écarquillés. Hajdú mit un autre disque, une femme à la voix grave chanta : *Au revoir, lieutenant, au revoir. Quand vous serez au front, pensez parfois à moi.*

– Il ne faut pas que le lieutenant te retrouve, ton père a bien assez de soucis. Tu dois disparaître tout de suite et ne pas mettre Gedeon en danger. Si tu t'enfuis et qu'on ne te retrouve pas, personne ne pourra être mis en cause, tu as toujours été une élève rebelle et indisciplinée. Va chez moi, la maison sera vide, je resterai ici avec la vieille femme pour couvrir ta fuite. Tu ouvriras toi-même la porte, je viens de mettre la clé dans ta main. Tu la tiens ?

Gina fit oui de la tête.

– Sois prudente, ta sécurité en dépend, mais celle d'autres aussi. Tu quitteras la salle quelques minutes avant neuf heures, je ferai diversion pour qu'on ne le remarque pas. La porte de Zsuzsanna est toujours ouverte, fais comme je te l'ai dit, cache tes vêtements sous le lit afin qu'elle ne s'aperçoive pas tout de suite que tu as pris son habit. Arrête de me regarder comme ça, je te l'ai déjà dit !

– Vous êtes Abigaël ?

Mici Horn éclata d'un rire bruyant, tous les regards se tournèrent vers elle. Gedeon Torma déglutit de honte, en fin de compte elle avait été élevée ici, selon les même principes, avec la même rigueur que les Matuliennes d'aujourd'hui, et voilà comment elle se comportait ! À quarante-huit ans, elle mettait encore du rouge à lèvres ! Elle ne répondit pas à Gina, mais dit qu'elles avaient assez dansé et la fit virevolter jusqu'aux tables. Gina s'appuya sur une chaise, elle tenait à peine debout. Mici Horn regagna la table des professeurs pour inviter quelqu'un à danser, mais le directeur protesta vertueusement, alors elle renonça avec un grand éclat de rire. Elle bavarda encore un moment puis se mit soudain à taper dans ses mains, si fort que les filles s'arrêtèrent de danser, et elle déclara :

– Assez d'exercice ! Nous allons jouer. Formez deux grands cercles avec les chaises, quelqu'un va au bureau de permanence demander de quoi écrire pour la moitié de l'assemblée et quelques feuilles de papier, mais vite, vite, le temps passe !

Murai se précipita, le directeur voulut lui dire que la fête était finie, on n'avait pas besoin de papier, elle n'avait pas à aller chercher quoi que ce soit, mais avant qu'il eût ouvert la bouche, Murai avait disparu en laissant la porte ouverte, évidemment. Le directeur se leva et réclama le silence, sa terrible voix qu'elles connaissaient si bien fit taire les Matuliennes. Mais à la place de leurs rires, on entendit autre chose. Pour tromper son ennui, la sœur de service devait écouter les nouvelles dans le bureau de permanence dont l'impétueuse Murai avait aussi oublié de refermer la porte, si bien que la radio s'entendait jusqu'au réfectoire : « Nous avons réorganisé et rectifié la ligne de front de nos troupes. » Gedeon Torma examinait attentivement ses ongles au lieu de regarder ses collègues, il savait aussi bien que tous les adultes présents dans la salle ce que cela signifiait : l'armée battait en retraite, le front se rapprochait.

– Bon, on joue ! dit-il à contrecœur.

Et les visages s'illuminèrent tandis que l'homme en noir se rasseyait. Le regard pétillant que Mici Horn posa sur lui n'était ni ironique, ni rieur, il exprimait une profonde et sincère compassion, il n'y avait pas à Matula de murs assez épais, de cave assez sûre pour les préserver des horreurs de la guerre si le front atteignait Árkod. « Ça ira, mon vieux Gedeon ! » pensa

Mici Horn, mais sans le dire. Après avoir vérifié que les deux cercles de chaises étaient formés, elle en assigna un aux deux classes supérieures, l'autre aux cinquième et sixième année, alla se placer au milieu de ce dernier, et invita Zsuzsanna à faire de même dans l'autre. Zsuzsanna se dirigea d'un air impassible vers la chaise que Mici Horn lui indiquait. « C'est par humilité, pensa Gina, et pour réfréner sa jalousie. Elle croit qu'en donnant des ordres Mici Horn veut faire étalage de sa supériorité, elle ne sait pas qu'Abigaël lui a demandé d'être la meneuse de jeu des deux classes supérieures afin qu'elle ne puisse pas quitter sa place avant que j'aie franchi la porte du jardin. »

Mici Horn avait pensé à tout, elle avait apporté un recueil de jeux qui n'avaient pas grand-chose à voir avec l'esprit de Matula, et le remit à Zsuzsanna. Celle-ci devait jouer aux questions-réponses avec son groupe. Le livre contenait des questions et leurs cent réponses possibles, assorties d'un numéro. La meneuse de jeu posait une question à laquelle on devait répondre en donnant seulement un numéro, alors elle lisait la réponse correspondante. Cela donnait des résultats surprenants. À la première question : « Comment peut-on gagner votre cœur? », la grande Aradi répondit au petit bonheur : « Vingt-neuf » – c'était l'âge de Milou. Zsuzsanna chercha la réponse portant ce numéro et lut : « Avec de la purée à l'oseille. » Les huitième année se couvrirent la bouche de la main pour ne pas éclater de rire, mais la cuisinière, passant la tête par le passe-plat, participa bruyamment à l'hilarité générale : personne à Matula n'ignorait l'aversion d'Aradi pour les légumes verts. « Comment peut-on gagner votre cœur? » demanda Zsuzsanna d'un ton triste et posé à Tenk, l'amie d'Aradi. « Neuf. » Elle chercha la réponse : « Avec un train de marchandises. » Au grand étonnement des professeurs, Tenk devint rouge comme une pivoine tandis que ses camarades se tordaient sur leurs chaises. Qu'y avait-il de si drôle ? Les cinquième année n'auraient pas su le dire, les grandes ne les avaient pas mises dans la confidence : dans le monde lointain où il y avait des jeunes gens, le soupirant de Tenk était cheminot.

Les cinquième et sixième année jouaient avec Mici Horn. Murai avait rapporté de la permanence du papier et de quoi écrire, mais aussi un message : sœur Erzsébet demandait s'il était possible de faire venir monsieur le directeur au téléphone, parce que monsieur le directeur Ruppert était à l'appareil. Lorsque Murai eut délivré dans un murmure le message qu'on lui avait confié, la tablée directoriale la regarda comme si elle venait d'annoncer l'approche d'une météorite. Ruppert était le directeur du lycée Cocorico, chaque fois qu'il appelait Matula cela finissait mal. C'était toujours pour critiquer, annoncer, dénoncer, se plaindre qu'une Matulienne avait encore dépassé les bornes. Depuis que cet établissement public existait, il y avait en permanence des frictions entre les deux écoles. On renvoya Murai dire à sœur Erzsébet que monsieur le directeur n'était pas joignable ce soir, et qu'il rappellerait le lycée Pál Kokas le lendemain. « Cette soirée, pensa Gedeon Torma, doit être telle que l'a prévu cette gentille sorcière, rien ne doit me déranger ni m'énerver. »

Le jeu proposé par Mici Horn était si amusant que les adultes demandèrent à y jouer aussi. Afin que le groupe de Zsuzsanna ne se sentît pas défavorisé, les enseignants se scindèrent en deux groupes et tous jouèrent avec les élèves, à l'exception du directeur qui resta tout seul sur l'estrade à couver d'un regard d'affection pudique son peuple qui riait aux éclats. Kőnig se joignit au groupe de Zsuzsanna avec Éles et Kalmár, Kerekes, Hajdú et madame Gigus à celui de Mici Horn. Le jeu reposait sur une idée très originale : on faisait circuler une feuille de papier, le premier joueur devait y écrire quelque chose puis la passer à son voisin. Celui-ci ne devait pas écrire, mais dessiner ce qui était écrit. Quand il avait fini, il repliait le haut du papier afin qu'on ne voie pas la phrase qu'il avait illustrée, et le joueur suivant devait écrire ce qu'à son avis le dessin représentait. Le quatrième illustrait la nouvelle phrase, le cinquième décrivait ce dernier dessin, le sixième illustrait, le septième écrivait…

– Et vous verrez, promit Mici Horn, vous serez bien étonnés en comparant la dernière légende et la phrase initiale !

Elle donna la feuille vierge à Gina qui écrivit : *Dans la vallée au pied du château-fort marche une petite troupe.* Mari Kis, la suivante, dessina un château fort au sommet d'une montagne et tout en bas, de petits bonshommes comme les font les enfants, avec des bâtons en guise de bras et jambes. Elle replia le papier pour cacher la phrase de Gina et passa la feuille à Bánki. Celle-ci regarda longuement son dessin, et lorsqu'elle crut avoir deviné ce qu'il représentait, elle écrivit : *Nous faisons une randonnée en montagne.* Szabó illustra cette expression en dessinant deux filles à la tête exagérément grossie pour que le chapeau des Matuliennes soit bien reconnaissable, et afin qu'il n'y ait pas d'erreur, elle ajouta devant elles une voie ferrée et un panneau indicateur où on lisait *Monts Mátra*. Salm réfléchit longuement devant ce dessin, puis elle eut une illumination en se souvenant qu'à l'école primaire, Cziller et Gáti avaient été punies en même temps parce qu'elles avaient été incapables de présenter correctement le massif du Mátra. Elle écrivit alors sous les deux gamines hydrocéphales : *Cziller et Gáti ont une mauvaise note en géographie*. Madame Gigus n'avait pas la tâche facile pour illustrer cette phrase. Mais elle dessinait assez bien et observa longuement Cziller et Gáti afin d'en faire un portrait ressemblant.

Leur cercle était relativement calme, soit elles devaient dessiner, soit réfléchir pour deviner ce qui était représenté. En revanche, autour de Zsuzsanna les rires fusaient sans discontinuer. C'était le tour de Kőnig. À la question : « Que faudrait-il pour gagner votre cœur ? » il répondit : « Cinquante ! » La voix de Zsuzsanna ne trembla pas lorsqu'elle lut la réponse numéro cinquante : « Rien. Jamais. » Sœur Erzsébet passa la tête par la porte et dit que monsieur le directeur Ruppert insistait pour que monsieur le directeur Torma veuille bien prendre la peine de venir lui parler au téléphone. L'homme en noir poussa un soupir excédé et dit : « Demain. » Sur quoi Erzsébet disparut.

C'est ce que Gina garda en mémoire un certain temps, puisqu'il s'écoula exactement un an avant qu'elle ne retrouve son ancienne place en classe entre Torma et Mari Kis. Elle ne revit pas Kalmár, il fut mobilisé quelques jours plus tard et tué dans les Carpates. Elle ne revit pas non plus Aradi, qui portait si crânement le drapeau de l'école, la grande Aradi périt l'été suivant dans un bombardement. Elle ne revit pas sœur Erzsébet qui leur avait concocté un si bon repas de Noël, car elle disparut dans l'incendie de l'aile nord de Matula, en essayant de sauver la bibliothèque. Une fois adulte, Gina repensa souvent à ce dernier soir, non seulement parce qu'il avait signifié la liberté pour elle, mais parce qu'elle était désormais capable de saisir la singulière ambivalence de cette Saint-Gedeon : les éclats de rire, la gaieté déferlant entre les murs massifs, et dehors, les rues obscures, la menace pesant sur une adolescente qui doit absolument parvenir à la maison de Mici Horn.

Zsuzsanna en était à la deuxième question : « Qu'est-ce qui vous rend heureux ? » Igger, de septième année, proposa « Quarante et un », et la réponse du livre fut : « La roulette. » Dans le groupe de Mici Horn, madame Gigus produisit deux portraits passables. Szabó ne les reconnut évidemment pas, et écrivit qu'il s'agissait de deux têtes de jeunes filles du musée d'Árkod. « J'ai peur, pensa Gina. J'ai peur de ce que je dois faire, même avec l'aide d'Abigaël. »

Le temps filait à une vitesse incroyable. Déjà huit heures et demie, bientôt neuf heures moins le quart, mais nul besoin de s'inquiéter, tout le monde était tellement absorbé par le jeu qu'elle pouvait sortir sans se faire remarquer. La feuille qu'elle avait inaugurée en écrivant *Au fond de la vallée…* était à présent loin d'elle, une autre fut mise en circulation. Salm avait rédigé la première phrase, c'était à Gina de l'illustrer. Elle griffonna sans y faire attention un dessin maladroit et passa la feuille. Seuls le directeur et elle n'étaient pas attentifs au jeu et voyaient tout d'un regard extérieur, si bien qu'ils furent les seuls à remarquer que quelqu'un entrait dans le réfectoire. Les professeurs ne s'en rendirent compte que lorsque

Gedeon Torma, surmontant son accablement grâce à l'éternelle discipline matulienne, se leva et se dirigea vers la porte. Gina ne connaissait pas l'homme maigre qui se tenait sur le seuil, mais elle lut sur le visage du directeur qu'il devait s'agir d'un personnage important. Son cœur se serra d'angoisse : et s'il venait la chercher ?

– Matula, garde à vous ! s'écria Gedeon Torma avec l'amertume de celui dont l'ambition suprême est de gouverner son domaine avec une main de fer, et qui reçoit la toute première visite de son ennemi juré, Ruppert, le directeur de Cocorico, au moment précis où la sorcière Mici Horn a mis sa maison sens dessus dessous, où d'impudiques dames-jeannes traînent dans les coins et où les diaconesses jouent à des jeux frivoles aves les élèves.

Il dut répéter son ordre avant que toutes fussent debout. Mici Horn se leva aussi et fixa le nouveau venu d'un regard brillant et intelligent.

– Bonsoir, directeur, dit Ruppert. Quelle ambiance conviviale ici, une véritable île des Bienheureux après les ténèbres de l'extérieur. Je vois que tu es déjà au courant puisque vous organisez une fête d'adieu, mon intrusion n'a donc aucune raison d'être. Ta secrétaire ou je ne sais qui m'a bien averti de ne pas te déranger, mais j'ai cru que tu ignorais la nouvelle et que tu ne l'apprendrais que demain, alors j'ai pensé…

Il s'interrompit, mais même la plus distraite des cinquième année avait compris ce qu'il s'empêcha de dire : « J'ai pensé que dans ces conditions, peu importait que nos établissements s'affrontent depuis des générations parce que nous sommes une école publique et vous une école confessionnelle. »

– Donne-toi la peine d'entrer, dit Gedeon Torma. Je peux t'offrir quelque chose ? Tu as dîné ?

– Oh oui. Merci, je ne veux rien. Si j'avais encore une école, je t'inviterais à me rendre visite le plus tôt possible pour te montrer que l'ordre règne aussi chez nous. Mais avec tout ça…

Il se tut de nouveau, et cette fois encore tout le monde comprit ce qu'il ne disait pas : « Écoute, Torma, nos hostilités n'ont aucun sens. Tu te rappelles qui a commencé et pour quelle raison ? Moi non. C'était il y a tellement longtemps que j'ai oublié. »

– Comment cela, si tu avais encore une école ? s'étonna l'homme en noir.

Il régnait dans la salle le même silence qu'à la méditation du soir.

– Eh bien, si vous célébrez une fête d'adieu, c'est que toi aussi tu sais ce que j'ai appris aujourd'hui à Budapest : le ministre a décidé de fermer tous les établissements d'enseignement le 31 mars, l'année scolaire se termine dans deux jours. Les résultats seront communiqués le 4 avril, tous les pensionnaires rentrent chez eux, sauf les terminales qui restent jusqu'à l'examen.

Gedeon Torma prit le bras de Ruppert et l'entraîna sans un mot vers la porte du réfectoire. Il ne salua pas, les classes ne saluèrent pas non plus, personne ne donna d'ordre, les Matuliennes, désemparées, restèrent figées sur place, et elles qui avaient rêvé toute l'année scolaire de rentrer enfin chez elles suivirent d'un regard angoissé les deux hommes qui s'éloignaient.

« C'est fini, pensa Gina. Il est presque neuf heures, il faudrait que je parte. Mais on s'est arrêté de jouer, tout le monde est attentif. Comment sortir d'ici ? Comment ? »

– Eh bien, s'écria Mici Horn, je ne vous reconnais plus ! Est-ce que vous ne serez pas bien à la maison, avec votre maman ? Mais que vous êtes sottes !

Les visages se tournèrent vers elle, des visages mornes où se lisait la peur.

– Vous serez bien contentes d'être chez vous, poursuivit Mici Horn. Pourquoi faites-vous ces têtes de six pieds de long ? Puisque nous devons nous quitter bientôt, amusons-nous une dernière fois. Demain ce ne sera plus possible, parce qu'entre-temps monsieur le directeur aura recouvré ses esprits ! Allons !

Elle regarda l'un après l'autre les professeurs et les diaconesses, et tous comprirent son message : « Aidez-moi, faites quelque chose pour les empêcher d'avoir peur ! »

– Une autre question, s'écria Zsuzsanna. Qu'aimez-vous le plus, monsieur Éles ? « Trente », répondit le professeur de sciences, et Zsuzsanna lut le plus sérieusement du monde : « Les jupons brodés ! », puis rougit de ce qu'elle venait de dire. Cela ne fit rire personne.

– Mais vous êtes épouvantables ! s'exclama Mici Horn. De mon temps, si on nous avait dit : « L'école est finie, examen gratuit, notes gratuites » parce qu'il ne pouvait en être autrement dans de telles circonstances, nous aurions toutes été folles de joie, mais vous, vous faites grise mine ! Quelle jeunesse dégénérée ! Est-ce qu'il ne vaut pas mieux s'amuser à la maison plutôt que d'être coincées ici à prier toute la journée ?

Le plus terrible, c'est qu'aucun professeur ne lui dit : « Allons, Mici, vous dites des bêtises ! »

« Elle a beau faire, c'est fichu, pensa Gina. Il n'y a plus d'ambiance, tout le monde est attentif, vigilant. Je ne peux pas faire ce que tu as dit, Abigaël. J'ai perdu. C'est fini. »

Les têtes se rapprochèrent, les Matuliennes se mirent à chuchoter.

– Matula, garde à vous ! s'écria Hajdú. Qui vous a permis de bavarder ?

Cela leur fit du bien, enfin quelque chose de familier, de rassurant. Le ton cassant de Hajdú, l'ordre, la sévérité coutumière. Elles se levèrent à nouveau, se redressèrent, Hajdú les toisa d'un regard mauvais, comme lorsqu'elles chantaient mal. Gina comprit, comme si elle aussi était adulte et voyait l'institution de loin, d'une autre planète : n'importe quoi plutôt que la panique. Il valait mieux feindre la colère, l'incompréhension, la rudesse, pour les empêcher d'être aussi angoissées et désemparées.

Les filles se tenaient coites, Zsuzsanna laissa tomber le recueil de jeux.

– Ces demoiselles se lassent bien vite, dit Mici Horn. Même Vitay reste plantée là comme si elle avait les pieds collés au sol. Elle est pourtant capable de courir quand il s'agit de faire des bêtises. Bon, eh bien si ces jeux ne vous plaisent plus, jouons à autre chose.

– Matula, jouez ! commanda Kerekes comme au cours de mathématiques.

Mici Horn virevolta autour des cercles en disant :

– Voilà à quoi nous allons jouer : tout le monde se place face au mur, une personne aura les yeux bandés et devra tâtonner le long de la rangée, celle qu'elle touchera produira un son quelconque, et la joueuse aux yeux bandés devra deviner qui elle a touché. Si elle trouve, elles échangent leurs places, sinon, elle continue jusqu'à ce qu'elle reconnaisse quelqu'un.

Personne ne sourit. Madame Gigus demanda pourquoi on devait se tenir face au mur, puisque celle qui avait les yeux bandés ne pouvait de toute façon pas voir devant qui elle se trouvait.

– Elle pourrait la reconnaître à son nez ou à la forme de son front, expliqua Mici Horn. Mais en ne touchant que la nuque ou les épaules, c'est plus difficile de deviner.

– Matula, en rang, et demi-tour ! s'écria Éles.

C'était de nouveau l'école, la fête était finie, l'apparition de Ruppert avait dissipé l'atmosphère détendue. Les élèves se rangèrent en silence, Mici Horn courait çà et là, rectifiait les intervalles et demanda même aux professeurs de participer au jeu. Ils rejoignirent la rangée le long du mur. Gina se retourna en hésitant et regarda Mici Horn. Celle-ci l'apostropha :

– Qu'est-ce qu'elle a à se retourner, la petite Budapestoise ? Qu'est-ce qu'elle attend ? Elle prend son temps et il est presque neuf heures.

Gina traduisit ces paroles dans leur nouvelle langue secrète : « Tout cela est pour toi, je les fais mettre face au mur pour qu'elles ne te voient pas sortir. Le temps presse, vas-y dès que possible ! » Et elle fixa le mur comme on le lui avait ordonné, elle n'avait pas la moindre idée de la manière dont elle pouvait sortir. Si Torma était absente, les autres étaient là, près d'elle, Mari Kis d'un côté, Bánki de l'autre, et elles s'apercevraient qu'elle quitte la rangée.

– Qui est la brune à côté de la petite Budapestoise ? Comment s'appelle-t-elle ? demanda Mici Horn. C'est elle qui aura les yeux bandés.

Mari se retourna, furieuse, et se présenta. Elle détestait ce jeu auquel ne jouaient que les petites, et n'avait pas la moindre envie d'avancer à tâtons pendant Dieu sait combien de temps. Comment deviner qui miaule ou hennit ? Qu'elle aille se faire voir, cette

Mici Horn, qu'elle les laisse aller à la méditation du soir et se coucher, elles ont des millions de choses à se dire, la fin de l'année est dans deux jours, elles vont se quitter. Et Mari resta à sa place dans l'espoir d'y échapper.

– Alors, dit Mici Horn. Quand vas-tu prendre la peine de venir jusqu'ici ?

– Mária Kis, en avant, marche ! commanda Kalmár. Qu'est-ce que cela veut dire ? On retarde le divertissement ?

« Tu parles d'un divertissement ! » fulmina Mari Kis dans son for intérieur en avançant vers Mici Horn. Gina avait compris son plan : Mari partie, elle n'avait pas de voisine à gauche. Elle s'éloigna avec précaution de Bánki, centimètre par centimètre, jusqu'à ce que celle-ci ne puisse plus percevoir ses mouvements. Mici Horn annonça qu'elle jouait aussi pour que cela soit encore plus drôle. Après avoir enveloppé de son châle la tête de Mari Kis, elle se banda les yeux avec un mouchoir qu'elle courut emprunter à Éles.

– C'est parti ! s'écria-t-elle.

Sur quoi elles furent trois à se mettre en mouvement : Mari Kis tituba en direction des pensionnaires, Mici Horn avança tout droit vers Bánki, d'un pas dont la fermeté pouvait suggérer que le mouchoir d'Éles ne lui couvrait pas tout à fait les yeux, et Gina sortit à reculons de la rangée. Sa place vide était alors masquée par Mici Horn qui tirailla les nattes de Bánki, et celle-ci fit à plusieurs reprises : « Cot-cot-codett ! » en déguisant sa voix. Mari Kis parvint enfin à la rangée et toucha du bout des doigts une élève qui se mit à glousser de rire, tandis que Gina, sur la pointe des pieds, arrivait à la sortie. « Encore une fois ! » dit

Mici Horn et Bánki répéta : « Cot-cot-codett ! » Gina profita de l'éclat de rire qui suivit pour ouvrir la porte, si bien que personne ne s'en rendit compte. C'est ainsi qu'elle vit pour la dernière fois les éducateurs comme les pensionnaires de dos, et Mari sans visage ni cheveux. Celle qui gloussait fit enfin : « Grouik, grouik ! » La terrible ambivalence de cette situation que Gina était trop jeune pour comprendre, mais qu'elle percevait cependant, lui faisait battre le cœur tandis qu'elle courait dans le couloir désert, évitant soigneusement la porte entrouverte du bureau de permanence. « Matula, garde à vous ! » « Matula, jouez ! » La guerre. La mort. Cocorico.

Les deux directeurs se trouvaient soit dans le bureau de Gedeon Torma, soit chez lui, elle pourrait leur échapper si elle était assez rapide. Il ne manquerait plus qu'en raccompagnant Ruppert au portail le directeur la voie sortir par la fenêtre ! Elle parvint sans encombre à la chambre de Zsuzsanna où régnait un ordre méticuleux qui sentait bon. La clé était sur l'armoire. Elle arracha sa blouse et sa robe, les envoya sous le lit d'un coup de pied, ses doigts tétanisés par l'énervement lui obéissaient à peine. Elle décrocha du cintre la tenue de cérémonie de Zsuzsanna et enfila rapidement la robe, mais comme elle ne réussissait pas à attacher la coiffe, elle se mit à pleurer d'impuissance : elle n'avait jamais eu l'occasion de regarder comment faisait Zsuzsanna. Elle trouva deux pinces à cheveux sur la toile amidonnée, et s'en servit pour la fixer, mais eut du mal à faire entrer ses nattes sous le bonnet. La robe était trop longue pour elle, trop large aussi, il n'y avait pas de glace dans la chambre de Zsuzsanna, Gina ne put voir de quoi elle avait l'air.

Au moment où elle aurait vraiment dû se mettre en route, la peur l'envahit au point qu'elle se mit à trembler de la tête aux pieds et fut obligée de s'asseoir. Et elle resta là, au bord du lit, à pleurer, elle savait bien qu'elle devrait déjà être dans la rue, mais elle ne pouvait se décider à sortir dans le couloir avec l'habit de Zsuzsanna. On s'était peut-être rendu compte de son absence et on la cherchait ? Elle essaya de réciter le Notre Père, mais fut incapable de continuer après « que votre nom soit sanctifié », ce qui la surprit au point que ses réactions hystériques commencèrent à diminuer, alors elle se leva et se mit en route afin de suivre les consignes de Mici Horn.

Il n'y avait personne dans le couloir. Les portes menant au jardin étaient évidemment verrouillées, elle dut une fois de plus passer par la fenêtre, ce que l'encombrant habit monacal rendit encore plus malaisé. Pour la troisième fois, elle s'enfuit à travers le jardin nocturne, froid, au parfum de violette, en passant devant la statue d'Abigaël; pour la troisième fois, elle courut vers la porte en fer derrière laquelle une voix si belle, si douce, l'avait séduite l'avant-veille. Que se passera-t-il si la porte n'est pas ouverte comme Mici Horn l'a promis ? Si quelqu'un l'avait refermée ? Si elle ne peut pas sortir ? L'horloge de l'église blanche sonna neuf heures de sa voix grave. Gina poussa avec précaution la porte métallique qui s'ouvrit sans bruit. Elle sortit, puis se figea sur place.

De l'autre côté du mur, dans la rue Matula, un homme se tenait près de la porte du jardin et lui barrait le chemin.

Gina éclata en sanglots et voulut faire demi-tour, préférant que ce qui semblait inéluctable se déroule à l'intérieur et que les complices de Feri Kuncz ne l'enlèvent pas dans la rue. Mais elle ne put s'échapper, l'homme lui attrapa le bras ; alors prenant conscience d'avoir tout fait en vain et d'avoir échoué, elle cessa de pleurer. À présent, tout lui était égal, complètement égal. Elle resta immobile, attendit d'être jetée dans une voiture, ou emmenée à pied au quartier général de la ville, vers Feri.

– N'y retournez pas, ma sœur, murmura l'homme qui lui serrait le bras. (Elle ne l'avait jamais vu, ne connaissait pas sa voix.) Allons, comment une pieuse diaconesse peut-elle avoir si peur ? Je monte la garde ici, parce que vous devez prendre un autre chemin pour aller chez Mici Horn, le lieutenant et ses hommes surveillent les abords du pensionnat, ils sont juste dans la rue Teleki, par où vous seriez passée. Continuez tout droit, dans la première rue à droite, vous trouverez un bistrot, mon ami y sera et il vous guidera. Bonne chance !

Gina suivit la rue Matula jusqu'à la première rue à droite comme l'inconnu le lui avait dit, ne se rendant pas compte qu'elle avait la démarche incertaine de quelqu'un qui relève d'une longue maladie. Wallner, de la fabrique de wagons, la suivit des yeux, puis il se dirigea vers la rue Teleki en chantant à grand-peine : « Neuf heures ont sonné. C'est le soir. »

Quand il passa près du lieutenant Kuncz, celui-ci s'écarta avec dégoût en regrettant que la production de l'industrie de guerre ne puisse être exclusivement assurée par des machines. Quelle honte qu'à l'époque de cette sainte guerre on puisse voir des ouvriers ivres brailler dans une rue tranquille !

Abigaël

Gina savait aller chez Mici Horn en passant devant le monument de la Douleur ; à présent elle devait prendre un autre chemin, et pour autant que la peur lui permît de penser, elle se rendit compte que cela représentait un grand détour. Elle trouva sans peine le café, un jeune homme fumait, adossé à la porte. Sans la regarder, il dit, comme s'il s'adressait à des ombres dans l'obscurité :

– Continuez tout droit jusqu'à la pharmacie, mais en marchant beaucoup plus lentement.

C'était le plus éprouvant, lutter contre l'instinct qui la poussait à courir, marcher à petits pas dans l'habit de Zsuzsanna afin qu'un éventuel passant ne remarque rien de particulier. Le rideau de la pharmacie était baissé, seul un petit carré éclairé indiquait qu'on délivrait des médicaments, elle s'approcha en hésitant, ne vit personne et ne se sentit pas le courage de s'arrêter et d'attendre qu'il se passe quelque chose. Mais elle n'eut pas à attendre, car en arrivant devant la porte cochère elle entendit une voix, juste une voix, loin d'être aussi flatteuse que celle du lieutenant Kuncz :

– Deuxième rue à droite, jusqu'au bout, la maison de Mici Horn est en face. Et ne cours pas comme ça !

Elle s'efforça de ralentir encore. La deuxième rue à droite était incroyablement longue, mais elle parvint à l'autre bout et vit de loin sa destination : la lune éclairait le toit mansardé et les étroites fenêtres de la maison de Mici Horn. Elle décida d'attendre un moment afin de s'assurer que personne n'approchait, puis, comme Mici Horn l'avait dit, elle ouvrirait la porte sur un petit couloir d'où quelques marches menaient vers le hall, et entrerait.

Soudain, la terreur la figea sur place, et elle se sentit si faible qu'elle pensa s'effondrer. La clé ! La clé de Mici Horn à l'extrémité en forme de petite tête rieuse, elle l'avait laissée dans la poche de sa blouse, sous le lit de Zsuzsanna !

Neuf heures et demie sonnèrent au clocher de l'église blanche. Gina s'appuya contre le mur de la maison, regarda le ciel, les nuages légers qui jouaient à cache-cache avec la lune. Elle s'étonna d'avoir moins de peine pour elle-même que pour Mici Horn et ceux qui l'avaient aidée, et d'éprouver une sorte d'amertume objective au lieu de se désespérer. L'espoir d'être libérée s'évanouissait de nouveau, tout redevenait risqué, probablement insoluble. Si elle avait eu toute sa tête, si elle avait été plus attentive, elle n'aurait pas oublié la clé et serait à présent en sécurité chez Abigaël. Que faire ?

Avec la tenue de cérémonie de Zsuzsanna, elle attirera autant l'attention que si elle se promenait en robe de bal, à cette heure-ci les diaconesses ne traînent pas seules dans les rues d'Árkod. Où aller ? Où attendre Mici Horn ? La grande Aradi avait dit qu'il y avait souvent des soldats dans les rues la nuit, et d'après le concierge, ils recherchaient toujours celui qui accrochait des pancartes aux statues et contrôlaient l'identité de tous ceux qu'ils croisaient. S'ils la trouvaient ici, ils se rendraient compte en l'éclairant avec leurs lampes torches qu'elle n'était pas une adulte, mais une jeune fille déguisée dans un habit trop grand pour elle. Elle n'avait pas de papiers, elle pourrait refuser de parler, mais où cela la mènerait-il ? Dans cette ville, seules les éducatrices de Matula portaient le costume des diaconesses, au bout d'un quart d'heure elle serait ramenée devant le directeur.

La porte de la maison devant laquelle elle s'était immobilisée se trouvait dans un profond renfoncement voûté. Les fenêtres étaient obturées comme il se devait depuis que la défense passive avait décrété le black-out, on ne pouvait pas savoir s'il y avait quelqu'un ou non. Elle se retira dans l'encoignure de la porte pour observer la maison de Mici. La rue était déserte, elle ne vit aucun véhicule, mais entendait des moteurs au loin et de temps en temps un sifflet de locomotive. Elle pensa aller à la gare comme pour partir en voyage, mais le quartier général s'y trouvait aussi, un des hommes de Feri Kuncz pourrait la repérer. Elle était là, immobile, quand elle entendit des pas venant de la même direction qu'elle, une seule personne, et elle reconnut un pas d'homme. Elle se tapit contre la porte, l'homme passa devant elle, dépassa la maison, puis s'arrêta et regarda autour de lui. « Il n'a pas pu entendre ma respiration, pensa Gina. C'est impossible de l'entendre d'aussi loin. » Elle constata avec surprise qu'elle désirait deux choses contradictoires : elle voulait que cet homme disparaisse, et en même temps qu'il revienne sur ses pas, la découvre, et il vaudrait encore mieux qu'il la tue tout de suite, parce qu'elle ne pouvait plus supporter ni la peur, ni l'espoir.

L'homme se pencha et ramassa quelque chose par terre. Au clair de lune, elle vit ce qu'il tenait. « Mon Dieu, je vais m'évanouir, pensa Gina et voulut porter une main à son front, mais sa main, engourdie, retomba sans qu'elle ait pu achever son geste. Elle savait à présent ce que l'inconnu avait trouvé et qu'il observait avec intérêt. La coiffe de Zsuzsanna qu'elle avait mal fixée n'était plus sur sa tête, elle l'avait perdue près de la maison de Mici Horn.

L'homme revint sur ses pas, Gina savait qu'il la cherchait, qu'il la trouverait dans deux secondes. Il agissait méthodiquement, inspectant chaque porche. Quand il fut effectivement devant elle, la jeune fille ne dit rien, n'essaya pas de s'enfuir, mais se laissa prendre le bras et tirer à l'extérieur du porche. Elle était à bout de forces.

– Tu as perdu l'esprit, Vitay ? demanda une voix qu'elle avait déjà entendue, mais qu'elle ne reconnut pas. Tu as balancé cette coiffe pour qu'on la trouve demain et qu'on l'apporte en cadeau à Gedeon ? Et d'ailleurs, pourquoi n'es-tu pas dans la maison, petite ?

Il lui prit la main et l'emmena vers la maison de Mici Horn. Son visage éclairé par la lune ne lui était pas inconnu, mais elle ne parvint pas à trouver de qui il s'agissait. Elle comprit à ses paroles qu'elle était en sécurité, cet homme n'était pas un ennemi, mais elle tremblait si fort qu'elle était incapable de parler et de lui demander qui il était.

Au carrefour, l'inconnu s'assura que personne n'approchait, traversa la rue avec la jeune fille jusqu'à la maison aux mansardes et ouvrit la porte. « Lui aussi a une clé, pensa Gina. Combien y a-t-il de clés pour la maison de Mici Horn ? »

Ils entrèrent. L'inconnu insista pour savoir pourquoi elle n'était pas entrée plus tôt, elle n'osa pas lui dire la vérité, et murmura qu'elle avait eu peur.

– Tu as eu peur d'entrer, mais pas de rester dehors ? dit l'homme en secouant la tête. Quelle idée géniale de traîner dans la rue ! Et quand aurais-tu daigné entrer, vas-tu me le dire ? Quand Mici s'évanouirait en ne te trouvant pas chez elle à son retour ? Voilà tes papiers, apprends qui tu es censée être.

Il lui remit des documents. D'après le faux extrait de naissance, elle s'appelait Anna Makó. Elle était née la même année, mais à une date différente. Son père, Antal Makó, était outilleur, sa mère Rozália Tirpák, sans profession. Ils étaient tous deux catholiques, nés à Bolita, comitat de Csongrád.

L'homme prit une bouteille de cognac dans le bar de Mici Horn et se servit un verre. Plus tard, bien plus tard, lorsque le compagnon vitrier Mráz fut devenu un vieil homme au dos voûté et Georgina Vitay une belle jeune femme, Mráz lui dit qu'il n'avait jamais vu plus émouvant qu'elle, prostrée dans le salon de Mici Horn, les yeux embués de larmes, avec ses nattes brunes tombant sur les épaules raides de l'habit de diaconesse. Il avait laissé la porte entrouverte et, de temps en temps, tendait l'oreille vers le hall. Soudain il lui fit signe de ne pas faire de bruit, Gina entendit quelqu'un manœuvrer la serrure de la porte d'entrée. L'inconnu referma la porte du salon et lui fit à nouveau signe de se taire. Ils entendirent des voix dans le hall, Mici Horn était de retour avec la vieille femme.

– C'est tout pour aujourd'hui, entendit Gina. Allez

vite vous coucher, Róza, je n'ai besoin de rien cette nuit. Merci de votre aide. Ce fut une belle soirée, n'est-ce pas ?

– Oui, dit la vieille femme. On s'amuse toujours à Matula. Mais les élèves d'aujourd'hui ne valent pas mieux que vous. Où a-t-elle bien pu passer, cette vilaine petite de Budapest ?

– Oh, au grenier, à la cave. Elle réapparaîtra quand elle aura fini de pleurer. La vie ici n'est pas si simple pour une fille de la capitale, il faut avoir les nerfs solides pour supporter le règlement de Matula. Bonne nuit, Róza.

– Bonne nuit, Micike.

Les pas de la vieille femme résonnèrent dans l'escalier du sous-sol. Mici Horn attendit quelques instants dans le hall, puis entra au salon. Elle avait les joues rouges et les yeux brillants.

– Bonsoir, Mráz, dit-elle à l'homme.

Alors les bribes de souvenirs s'assemblèrent en images dans la conscience de Gina ; les poissons rouges sur le tapis, l'aquarium brisé, l'échange des documents de Bánki, Kun, Zelemér et Krieger et Mráz, avec ses lunettes, qui entre dans le bureau au moment où elle éponge l'eau répandue.

– Qui est arrivé en premier, toi ou la sœur ? Salut, ma jolie !

– Nous sommes venus ensemble, dit Mráz. La sœur est craintive comme un lièvre, c'est moi qui lui ai ouvert la porte. Elle était toute tremblante sous un porche au bout de la rue Árpád, elle avait même perdu sa coiffe.

– Il n'y a pas que de vieux conspirateurs comme nous. Allez, viens, petite.

Gina avait tant de fois lutté contre la singulière

attraction qu'exerçait Mici Horn, tant de fois cru la détester, mais elle se précipita vers elle et se blottit dans ses bras. Mici sentit qu'elle tremblait, elle la serra contre elle, et Gina lui dit en silence tout ce qu'elle n'avait pas la force d'exprimer : « Abigaël, fil d'or dans le labyrinthe d'interdits, Abigaël, gardienne de mes joies d'enfant, Abigaël, courageuse résistante, alliée de mon père, merci, merveilleuse Abigaël. Merci ! »

– Quand l'emmènes-tu, Mráz? demanda Mici Horn.

– Peut-être demain soir, quand tout le monde sera au courant de sa fuite, même la police et le lieutenant. La petite Wallner doit être arrivée à la gare, elle prendra le train de Budapest dans quelques minutes et se sera si bien fait remarquer en achetant son billet que l'employé ne risquera pas de l'oublier. Elle a même promis d'essayer de pleurer, ce qui est une performance pour elle, trop heureuse qu'elle est d'aller à tes frais chez sa marraine et de voir Budapest pour la première fois de sa vie. Mais elle a quatorze ans passés, les yeux gris, les cheveux bruns, et Kuncz se lancera à sa poursuite. J'aimerais seulement voir la tête qu'il fera en ne la trouvant pas à la villa Vitay. Dès que je serai informé que Kuncz a quitté Árkod, je me mettrai en route avec Anna Makó.

– Alors je l'envoie se coucher maintenant, dit Mici Horn.

Elle conduisit Gina à l'étage où se trouvaient les chambres. Celle où elle la fit entrer était une chambre de garçon. Des gants d'escrime étaient posés sur la cheminée, dans une grande vitrine une collection de minéraux étalait ses couleurs comme dans un musée, et au milieu de la pièce se trouvait un énorme globe terrestre sur un support en cuivre, entouré comme une table de deux chaises aux pieds griffus.

– Tu as une salle de bains particulière, dit Mici Horn. Personne ne t'entendra d'en bas. Nous n'entendions jamais mon fils.

Il y avait même sur le lit une robe de chambre et une chemise de nuit rappelant celle qu'elle avait offerte à Torma.

– Déshabille-toi et repose-toi bien. Je te réveillerai demain matin, ne te montre pas avant que je ne vienne te chercher. J'enverrai Róza de bonne heure au verger, elle y restera toute la journée, tu pourras bouger librement quand elle sera partie. Bonne nuit.

Gina resta immobile, Mici Horn lui dit doucement : « Ne dis rien. Je sais », puis la laissa seule. La jeune fille s'assit près de la mappemonde. Ses pensées étaient confuses, la seule chose qu'elle ressentait avec certitude, c'est qu'elle supportait difficilement d'être seule, elle avait beau être en sécurité dans cette maison, la présence d'Abigaël lui manquait. Elle ressentait autre chose aussi. Elle n'avait mangé que la moitié de son déjeuner, n'avait pas touché à son goûter et pratiquement rien avalé au dîner; maintenant qu'elle était en sécurité, elle avait une faim de loup qui la fit sourire, et s'étonna que ceux qui l'avaient sauvée aient tout prévu dans les moindres détails, mais n'avaient pas pensé à lui donner ne serait-ce qu'une pomme. « Dans une grande œuvre littéraire, ce sont toujours les détails qui sont les plus intéressants, leur avait enseigné Kőnig. N'oubliez jamais de prêter attention aux détails. » Kőnig, ce froussard, cet empoté, s'il savait qui était celle qu'il adorait ! S'il savait à quel point son amour pour Mici Horn était sans espoir ! Abigaël ne pouvait aimer qu'un autre héros, non un professeur maladroit et sentimental. Mais il avait quand même raison pour les détails, cette fois elle comprenait vraiment ce qu'il avait voulu dire. Le fait qu'elle eût faim était effectivement un détail, ce n'était rien comparé à tout ce qu'elle avait vécu ce jour-là, mais c'est pourtant ce détail qui l'obligea à descendre furtivement l'escalier et à gratter timidement à la porte entrouverte du salon. La conversation s'arrêta, Mici Horn vint voir ce que c'était, Gina bredouilla d'un air gêné qu'elle n'avait pratiquement rien mangé de la journée, est-ce qu'elle pourrait avoir un petit bout de pain ? Mici Horn éclata de rire et la fit entrer. Mráz était en train de dîner, Mici Horn apporta un autre couvert.

– Mange, pauvre petite affamée.

– Quelqu'un d'autre doit venir, avertit Mráz.

– Je sais, répondit Mici Horn, c'est pour cela que je l'ai envoyée se coucher, mais tu vois bien qu'elle a faim, la pauvre petite, et sa journée n'a pas été une sinécure, alors laissons-la manger quelque chose avec nous, ensuite elle dormira tranquillement.

– D'accord, mais vite, dit Mráz.

Gina se dépêcha tellement qu'elle mâchait à peine. Elle avait encore la bouche pleine quand Mráz fit signe : il avait entendu quelqu'un fourrager dans la serrure.

– Qu'est-ce que j'avais dit ? Je l'attendais. Disparais, fillette !

– Vite ! dit Mici Horn, et Gina monta l'escalier quatre à quatre.

Une fois entrée dans sa chambre, elle entendit marcher dans le hall et Mici Horn pousser un cri. Terrifiée, elle n'osa pas bouger et colla l'oreille à la porte : si Mici Horn a crié, c'est que l'arrivant n'est pas celui qu'ils attendaient. Quel que soit ce visiteur, qu'en fera Mici Horn ? Monsieur Mráz est au salon, et elle en haut.

Abigaël demanda enfin :

– Comment avez-vous eu la clé de ma maison ?

– Je l'ai trouvée dans la poche d'une blouse, répondit la voix de Zsuzsanna, froide et posée comme à l'accoutumée. La blouse était sous mon lit avec d'autres vêtements. Seriez-vous assez aimable pour me rendre mon habit de cérémonie ?

– Avez-vous bu, Zsuzsanna ? demanda Mici Horn en riant. De quelle blouse parlez-vous ?

« Mon Dieu, pensa Gina, je ne lui ai pas dit. Je n'ai pas osé en parler à monsieur Mráz et j'ai oublié de le lui dire, à elle. Elle ignore que je n'avais pas emporté sa clé. Qu'est-ce que j'ai encore fait ? »

– Je savais que vous prépariez quelque chose, j'ai cherché toute la soirée ce que vous pouviez bien manigancer. Je n'ai pas compris pourquoi nous devions nous tenir face au mur, et lorsqu'on s'est rendu compte de la disparition de Vitay, vous avez plaisanté en disant qu'il ne fallait pas la chercher, elle reviendrait bien, et vous avez tout embrouillé. C'est vous qui avez permis à cette jeune fille de s'enfuir, c'est vous qui tirez toutes les ficelles. Vous êtes venue pour fêter la Saint-Gedeon. Quelle belle fête pour monsieur le directeur !

– Vous avez bu, répéta Mici Horn. Vertueuse comme vous êtes, un doigt de vin vous monte à la tête ! Dites-moi donc comment j'ai fait évader Vitay, alors que je jouais encore avec vous il n'y a pas un quart d'heure ! Et si, comme vous le dites, vous avez trouvé ma clé dans la poche d'une blouse, alors Vitay n'a pas pu s'en servir, même si on me l'a volée.

– Je ne sais pas comment elle s'y est prise, mais le

fait est qu'elle s'est enfuie, dit amèrement Zsuzsanna. Quelqu'un à Matula lui a facilité les choses. Ne croyez pas que j'ignore ce dont Abigaël est capable.

À ces mots Mici Horn resta un bref instant sans voix, puis elle éclata de rire :

– La statue a posé sa cruche, elle en avait assez de la porter, puis elle est descendue de son piédestal et a pris Vitay par la main pour la faire sortir du pensionnat. Eh bien, Zsuzsanna, je ne me doutais pas que vous connaissiez cette superstition de gamines. Ne me dites pas que vous y croyez ! Comment cela est-il compatible avec votre vocation ?

– Cela fait huit ans que je sais qu'il y a quelqu'un derrière cette statue, dit Zsuzsanna. C'était ma troisième année à Matula, Gabi Sarkadi, qui a passé le baccalauréat l'an dernier, était alors en première année. Elle est tombée gravement malade, et c'est moi qui l'ai soignée, je la veillais la nuit. Un matin, elle s'est mise à pleurer, a réclamé du papier et un crayon et a griffonné : *Maman, maman,* puis elle m'a suppliée de déposer le papier dans la cruche de la statue pour qu'Abigaël fasse venir sa mère. Rien ne justifiait que nous inquiétions ses parents, la doctoresse nous avait dit qu'elle s'en remettrait. Mais elle allait très mal, elle avait beaucoup de fièvre et était agitée, alors, tout en ayant honte de mon geste, j'ai mis son message dans la cruche. Elle a été si rassurée qu'elle s'est endormie aussitôt. Le lendemain soir, madame Sarkadi est venue, elle avait reçu un télégramme du pensionnat l'informant que sa fille était malade. Monsieur le directeur a cru que je l'avais prévenue, j'ai accepté ses reproches parce qu'en fin de compte je sentais que sa colère était justifiée, si je n'avais pas cédé, ce télégramme n'aurait jamais été envoyé, quel qu'en fût l'expéditeur.

Gina eut l'impression qu'elle allait mourir si elle ne pouvait pas les voir, au moment même où son destin était scellé. Non seulement le sien, mais celui d'Abigaël, et peut-être aussi de Zsuzsanna. Elle entrouvrit la porte et vit Mici Horn de dos, face à Zsuzsanna dont le visage était en feu.

– Je ne trahirai pas Abigaël, soyez-en assurée. Seulement, rendez-moi mon habit et l'enfant dont je suis responsable, et je m'en irai.

– C'est vous, l'enfant, lui dit Mici Horn presque sur le même ton qu'à Gina. Vous me haïssez à un point tel que cela vous rend complètement idiote. J'aime assez la plaisanterie, mais ce que vous venez de raconter à propos de la statue et de la petite Sarkadi, c'est un peu trop. Abigaël! Vous n'avez pas honte, Zsuzsanna? Votre habit n'est pas chez moi, je vous l'ai dit, Vitay encore moins, je ne sais rien de rien. En revanche, puisque vous avez trouvé ma clé, je vous serais reconnaissante de me la rendre. Mon sac à main est resté toute la soirée sur une chaise au réfectoire pendant que nous jouions, n'importe qui a pu y fouiller. Mais je ne sais vraiment pas pourquoi on a pris ma clé, pour finir par la mettre dans une blouse sous votre lit. Allez, rentrez bien sagement, les pieuses jeunes filles ne traînent pas dans les rues en pleine nuit.

Zsuzsanna jeta la clé sur la table. Par la porte entrebâillée, Gina voyait nettement son visage. Par deux fois, la préfète voulut dire quelque chose, mais elle se ravisa, inclina la tête et se dirigea vers la sortie. Mici Horn la rappela. La diaconesse s'arrêta. Gina vit de nouveau son visage, mais pas celui d'Abigaël.

– Je n'ai pas revu Vitay depuis qu'elle a participé aux jeux à Matula. Cette histoire de clé est pour moi un mystère, et ce que vous avez raconté est un tissu d'âneries. Mais il y a quelque chose que je voulais vous dire depuis longtemps. Je n'ai absolument rien à voir avec celui que vous croyez.

– Bonne nuit.

– Attendez ! Rien à voir, pour rien au monde, vous ne comprenez pas ? Même s'il vous raconte que c'est le cas. Il vous aime depuis des années, demandez-lui sa main, il se fait tant de soucis pour vous qu'il n'ose pas se déclarer.

Zsuzsanna ne répondit pas, elle regarda Mici Horn puis sursauta, et Gina sursauta aussi derrière la porte entrouverte. Elles avaient entendu des coups de feu.

– Je dois m'en aller, dit Zsuzsanna, il est très tard. Mais comment vais-je rentrer ? Qu'est-ce que c'était, dehors ?

– Des coups de feu, vous avez bien entendu, répondit Mici Horn. Peut-être la patrouille. Cela ne me plaît pas de vous laisser sortir, bien que je ne croie pas que l'on puisse molester une diaconesse. Mais si vous ne voulez pas dormir chez moi, je crains qu'il ne vous faille partir.

– Vous savez bien que je n'ai pas le droit de dormir ailleurs qu'au couvent, dit Zsuzsanna. Mais avec l'aide de Dieu, je rentrerai peut-être sans encombre.

– Vous, il vous aidera sûrement, dit Mici Horn. (Puis Gina entendit sa voix rieuse redevenir grave.) Et n'oubliez pas ce que je vous ai dit. Je n'ai rien à voir avec lui. Avez-vous enfin compris ? Et s'il vous plaît, ne parlez pas de la clé à l'école, même si vous devez dire que vous avez perdu votre habit. Vous m'offenseriez et ne feriez que perturber Gedeon.

Regardez, je la range, et elle ne retombera pas entre des mains non qualifiées. Et ne rendez pas la vie plus difficile à Vitay, quand elle réapparaîtra.

– Seulement si on ne me demande pas si j'ai trouvé quelque chose dans ses vêtements. Si on me le demande, je serai obligée de parler de cette clé. Je ne peux pas faire autrement, il m'est interdit de mentir.

La préfète s'apprêta à sortir. Mici Horn la suivit pour ouvrir la porte. C'était inutile, car, lorsqu'elles arrivèrent en haut des marches, Kőnig apparut sur le seuil, tenant la clé qui lui avait permis d'entrer chez Mici Horn. Il resta figé sur place en voyant Zsuzsanna.

« Abigaël a menti », pensa Gina en se demandant pourquoi elle en souffrait. Abigaël l'avait toujours aidée, elle venait encore de la secourir, alors que Zsuzsanna ne faisait que la punir. Cela n'aurait pas dû la déranger qu'Abigaël veuille duper Zsuzsanna. Par ailleurs celle-ci n'avait pas fait beaucoup de difficultés cette fois, et n'avait pas posé de questions gênantes. Quel dommage de lui faire croire qu'Abigaël n'avait rien à voir avec Kőnig, alors que lui aussi avait la clé de chez elle ! Abigaël est vraiment incompréhensible. Elle ne craint donc pas que Kőnig la trahisse, qu'il trahisse Mráz et tous les autres ? Il est pourtant tellement peureux qu'il serait capable de s'effondrer en larmes dès qu'on lui crie dessus. Le fait qu'Abigaël soit assez proche de Kőnig pour le considérer comme un homme et lui permettre d'entrer chez elle de nuit comme de jour avait quelque chose de déshonorant pour elle.

Tous restèrent un moment immobiles, muets, puis Kőnig referma la porte du hall derrière lui. Il était rouge, tête nue, ses épais cheveux grisonnants s'emmêlaient sur son front. Zsuzsanna fixait le sol, puis elle leva soudain les yeux vers Mici Horn et lui dit posément :

– Cela ne fait rien, Micike.

– Que faites-vous ici ? demanda Kőnig, en l'empêchant de passer. Vous ne pouvez pas sortir maintenant. Quelqu'un a accroché une pancarte au cou de la statue de Lajos Kossuth, la patrouille l'a aperçu alors qu'il descendait du piédestal et a fait feu sur lui. Ce n'est pas recommandé de se promener dehors en ce moment. Mais qu'aviez-vous en tête en sortant de Matula ? Torma a décidé que seuls les hommes iraient à la recherche de Vitay.

– Je devais la chercher, moi aussi, dit Zsuzsanna sans regarder Kőnig. J'étais sa préfète. Poussez-vous, je ne resterai pas une minute de plus avec vous. Poussez-vous, j'ai dit !

– Non !

– Laissez-moi sortir, pour l'amour de Dieu.

Et Zsuzsanna fondit en larmes comme une petite fille. Mici Horn haussa les épaules, fouilla dans sa poche, sortit son étui à cigarettes et se mit à fumer. Kőnig ne bougea pas, et Gina remarqua le regard interrogateur qu'il lui lança. Mici Horn indiqua du menton le premier étage, puis le salon, et Gina prit peur. Maintenant, lui aussi sait tout, Abigaël lui a révélé qu'ils étaient plusieurs dans la maison, et qu'elle s'y trouvait aussi.

– Dans ce cas, cela ne fait plus rien, dit Kőnig, puis il prit la cigarette de Mici et la fuma.

À ce moment, ils entendirent sonner et tambouriner à la porte. « Mon Dieu, pensa Gina, que va-t-il se passer, si c'est Feri ? S'il me trouve ? Que va-t-il nous arriver, non seulement à moi, mais à nous tous ? Et à Abigaël qui m'a cachée ? »

– Ouvre, dit Kőnig à Mici Horn.

Elle descendit les marches du perron couvert, ouvrit la porte. Des soldats se précipitèrent. Ils étaient sous les ordres d'un homme plus âgé que Feri, mais d'un grade inférieur, un caporal de réserve.

– Pardon pour le dérangement, madame, mais avec votre permission nous devons fouiller la maison. Mes hommes ont vu disparaître par ici le salaud qui a accroché une ignoble pancarte à la statue de Kossuth sur la place de la gare. Nous montions la garde près du monument et nous l'avons pris sur le fait, mais il s'en est fallu de quelques secondes, et il nous a échappé. Il s'est engagé dans cette rue, nous l'avons entendu courir, et soudain, plus rien. Il a dû se réfugier dans une des maisons. Permettez qu'on jette un coup d'œil ?

– Je vous en prie, dit Mici Horn en souriant. Mais personne n'est entré, nous sommes ici depuis un moment à parler avec sœur Zsuzsanna et monsieur le professeur. Ils sont d'ailleurs assez inquiets, car eux aussi recherchent quelqu'un, une jeune fille qui a disparu de l'institution Matula. N'auriez-vous pas vu une élève en uniforme par ici ?

– Non, dit le caporal, seulement l'homme que nous poursuivions. Quand êtes-vous arrivée ici, ma sœur ?

– Il y a un bon quart d'heure, murmura Zsuzsanna.

– Et monsieur le professeur ?

Zsuzsanna hésita, puis répondit :

– Il est arrivé avec moi.

– Et vous êtes restés ici, dans le hall, à parler près de la porte ?

– Oui, dit Zsuzsanna.

– Il y a une assez grande fenêtre au sous-sol. Pouvons-nous y descendre ?

– Mais certainement ! dit Mici Horn. Elle se dirigea vers l'escalier et cria : Róza, n'ayez pas peur, il y a chez nous des soldats qui recherchent quelqu'un. Ouvrez-leur la porte s'ils veulent regarder dans votre chambre !

Zsuzsanna, appuyée contre le mur, ferma les yeux, Kőnig bâilla, l'air épuisé. Gina ne voyait pas le visage de Mici Horn, mais sa nuque et son dos droit. « Abigaël, pensa-t-elle, le cœur battant. Et s'ils montent ici ? Qu'est-ce que je dois dire ? Qu'est-ce que je dois faire ? Aide-moi, Abigaël ! »

Les soldats remontèrent bientôt du sous-sol en disant que tout était vide, ils n'avaient trouvé qu'une vieille femme qui venait de sortir de son lit. Mais le caporal n'était pas disposé à partir.

– Je suis vraiment désolé, mais nous devons fouiller aussi le grenier et les autres pièces. Nous recherchons un homme de grande taille aux cheveux clairs, un peu comme monsieur le professeur qui est arrivé avec la sœur.

– Faites comme bon vous semble, dit Mici Horn. Vous trouverez au salon mon beau-frère en train de dîner, mais il est petit et a les cheveux noirs, et dans l'une des chambres à l'étage une autre diaconesse. Ma sœur, vous m'entendez ? Sortez de votre chambre, ne soyez pas si pudique. Ces messieurs doivent perquisitionner partout. Je vous promets qu'ils ne vous feront pas la cour.

– Je vous en prie, fit le caporal d'un air offensé. Une diaconesse ! Je suis vraiment désolé. Que fait cette sœur là-haut ?

Il avait adressé la question à Zsuzsanna qui se mordit les lèvres. « Il m'est interdit de mentir », ce souvenir revint à l'oreille de Gina, terrifiée. Tout est fini. Zsuzsanna ne ment jamais. À aucun sujet.

– Elle est allée se reposer, murmura la diaconesse. Elle est encore très jeune et a du mal à assumer tout ce que nous avons à faire.

Gina sortit de la chambre, s'arrêta dans l'encadrement de la porte et tous les yeux se tournèrent vers elle depuis le hall. « Ben vrai, pensa le caporal. C'est encore une gamine, comment ont-ils le cœur de lui faire porter cet uniforme noir ? » Il n'était pas non plus satisfait du beau-frère de la maîtresse de maison : celui-ci était effectivement en train de dîner au salon en compagnie d'une grande bouteille de cognac, mais il portait une espèce de robe de chambre en soie, et, si cela n'avait pas été absurde de la part d'un homme de bien, on aurait pu penser qu'il s'agissait d'un déshabillé féminin. Cependant, il était indiscutablement brun et de petite taille, il ne ressemblait pas à l'individu sur lequel ils avaient tiré.

Il prit congé de la maîtresse de maison et partit avec ses hommes. Gina les entendit frapper à la porte voisine aussi fort qu'à celle de Mici Horn. Kőnig les suivit des yeux et dit qu'il y avait des gardes devant les deux maisons voisines, ainsi qu'au carrefour. Le soulagement fit chanceler Gina, elle prit appui sur le montant de la porte.

En bas, personne ne faisait attention à elle, Kőnig et Mici Horn regardaient Zsuzsanna, et, curieusement, tous deux avaient la même expression, à la fois amusée et émue.

– Bonjour, dit Mici Horn, bien que cela n'eût aucun sens. Cela n'a pas été sans mal, mais vous avez enfin compris. Maintenant que vous êtes aussi impliquée jusqu'au cou, il ne pourra plus prétendre vous attirer des ennuis s'il vous épouse.

Zsuzsanna tremblait si fort que Gina pouvait le voir d'en haut. Mráz, qui avait remis sa veste, les rejoignit dans le hall en apportant un verre, Kőnig le lui prit et fit boire Zsuzsanna. Elle vida le verre puis toussa.

– Ça fait du bien, le cognac, dit Mráz. Ça se laisse boire, surtout quand on a menti. Vous aurez de quoi raconter pour la prochaine Sainte Cène. Quand vous retournerez à Matula, j'espère que ces saints personnages ne renifleront pas votre haleine, ils pourraient tomber dans les pommes !

– Viens, Mráz, dit doucement Mici Horn en l'entraînant au salon.

Elle referma la porte derrière eux. Gina sentit qu'elle devrait aussi se retirer, comme Abigaël venait de le faire, mais elle ne pouvait pas, c'était si beau, si touchant, si merveilleux de voir que Zsuzsanna l'aimait au point de mentir pour lui, de ne pas le trahir. Elle n'avait aucun sens du temps, puisque Kőnig était arrivé à peine une minute avant les soldats, et il n'était évidemment pas venu avec elle, mais qu'importe, elle ne l'avait pas dénoncé, c'était l'essentiel. Chère douce Zsuzsanna ! Ils ne voyaient pas Gina, ne faisaient pas attention à elle, ils n'avaient d'yeux que l'un pour l'autre.

– J'en savais la moitié, dit Zsuzsanna sur un ton que Gina ne lui connaissait pas, elle n'aurait jamais imaginé qu'elle pût parler ainsi. J'en savais déjà la moitié depuis de longues années. Je savais que quelqu'un agissait en cachette entre nos murs, et là où cette personne passait, les pleurs cessaient. Oui, j'en savais la moitié depuis bien longtemps.

Elle parle de Mici Horn, d'Abigaël.

– Vous connaissez à présent l'autre moitié, dit Kőnig. La première moitié était un jeu entre vos sacro-saints interdits, il avait commencé lors de ma première année d'enseignement, à mes débuts, j'avais vingt-deux ans. Mici Horn, alors en huitième année, suppliait désespérément une statue ancienne de lui venir en aide. Abigaël, l'invention de Mici, méritait de prendre vie. Par la suite, son champ d'action s'est étendu au-delà des demandes des enfants. Le risque n'était plus seulement d'être découvert par Gedeon Torma. Sœur Zsuzsanna n'a pas été mise dans le secret, Abigaël l'aimait trop et depuis trop longtemps, et avait peur de la mettre en danger. Pourquoi avez-vous cru que je venais cette nuit chez Mici Horn ?

Zsuzsanna baissa la tête sans répondre.

– Vous devriez avoir honte et expier pour cela toute votre vie, dit Kőnig. (Il garda le silence un instant, puis reprit :) Puisque nous avons tous deux cherché en vain Georgina Vitay, allons-nous-en, sœur Zsuzsanna. Je vous reconduis à Matula. Nous partons, Mici.

Mráz et Mici Horn revinrent dans le hall. Mráz avait entre-temps remis sa cravate et était aussi prêt à partir.

– Nous ferons un bout de chemin ensemble, dit-il. Vu qu'on a déjà eu droit à leur cirque, ils nous laisseront passer. Je reviendrai demain soir chercher la petite, et je lui apporterai des vêtements de la fille de Wallner.

– Vitay, appela Mici Horn, dépêche-toi d'ôter ton habit, la sœur l'emporte. Il y a une robe de chambre sur le lit, enfile-la et viens dire au revoir à ton professeur.

Lorsqu'elle descendit avec la robe de diaconesse sur le bras, elle posa sur Mici Horn un regard d'adoration. « Abigaël, toi qui vois tout, qui trouves une solution à tout, qui arranges tout, tu as même su faire quelqu'un de l'impossible Kőnig. Merci à toi, à monsieur Mráz et à sœur Zsuzsanna, merci à toi aussi, Kőnig le peureux, pour être à mes côtés et m'avoir protégée contre Feri Kuncz. » Pour la première fois de sa vie, elle prit congé convenablement de Kőnig. Celui-ci s'inclina devant Mici Horn et l'embrassa, puis alla ouvrir la porte d'entrée. Zsuzsanna, puis Mráz embrassèrent Mici Horn et quand ils furent partis, Gina resta seule avec Abigaël.

Mici Horn poussa le verrou et se laissa tomber sur un siège du hall. La gaieté avait disparu de son visage, on voyait à présent qu'elle avait quarante-huit ans passés, qu'elle était fatiguée et peut-être qu'elle aussi avait eu peur ce soir. Gina se blottit contre elle, elle voulait lui dire combien elle l'aimait, mais tandis qu'elle cherchait ses mots, Mici Horn prit la parole :

– J'ai d'abord perdu mon mari, puis mon fils. Je ne veux pas que d'autres perdent leurs hommes dans une guerre aussi absurde et dont le but nous est étranger. C'est bien assez que je sois seule et malheureuse.

La « sorcière » avait à présent un visage fermé, inconnu, amer. Gina posa la main sur son bras.

– Abigaël n'est pas seule, même si son mari… son fils… si elle n'a plus de véritable famille. Tout le monde aime Abigaël, moi plus que quiconque.

Mici Horn tourna vers elle ses grands yeux et se mit à rire, de ce rire folâtre que Gina abhorrait tant au début.

– Toi ? En es-tu sûre ? Tu n'aimes que les héros, petite Vitay, les beaux lieutenants, les femmes enjouées et extravagantes qui dansent, qui sont impertinentes avec le directeur et n'obéissent à personne. Zsuzsanna, elle, aime Abigaël, vois-tu Vitay, elle l'a reconnu et s'est inquiétée pour lui alors que tout le monde croyait encore à sa comédie et le prenait pour un vieil âne sentimental.

Elle se tut, trop émue pour continuer. Gina resta figée devant elle. Ce qu'elle venait enfin de comprendre était plus énorme, plus bouleversant que tout ce qu'elle avait vécu au cours de ces six terribles et merveilleux mois.

– *Toi*, tu aimes Abigaël ? poursuivit Mici Horn. Alors que jusqu'à cet instant tu croyais que c'était moi. Moi, et non l'homme le plus valeureux et au cœur le plus pur que j'aie jamais connu.

Elle se leva, s'étira, fit quelques pas comme pour se libérer de la tension qui s'était emparée d'elle contre sa volonté. Lorsqu'elle se retourna vers Gina, elle avait retrouvé son sourire.

– Va dormir, Anna Makó, ces heures ont été difficiles. Non seulement pour toi, mais pour chacun d'entre nous.

Elle l'accompagna à sa chambre, comme la première fois. Comme elle s'apprêtait à sortir, Gina s'arrêta devant elle, cherchant ses mots.

– Ne dis rien, dit Mici Horn en secouant la tête, ce n'est pas la peine de toujours tout exprimer. Essaie de dormir.

Quand elle fut seule, Gina éteignit la lumière pour ouvrir la fenêtre. Elle sentit entrer à flots le même parfum de violette que chez elle – chez elle ? – dans le jardin de Matula. La lune était haute, elle regarda le ciel et s'emplit les poumons de cette nuit de printemps où l'on pouvait tout espérer et tout redouter.

« Mon père, dit-elle pour elle-même. Mon véritable père dont j'abandonnerai le nom à partir de demain, puisque je deviendrai Anna Makó, née à Bolita ; père, mon vrai père, j'ai écrit qu'il était lâche et stupide, j'ai osé écrire cela dans la rédaction que même l'évêque a lue. Père, mon vrai père qui est au loin, je l'ai offensé chaque fois que j'en ai eu l'occasion, comment pourrai-je jamais réparer le fait de n'avoir pas compris jusqu'à maintenant que monsieur Kőnig était Abigaël ? »

Les littératures étrangères aux éditions Viviane Hamy
Extraits du catalogue

Traduit du hongrois
Robert Hász
Le Passage de Vénus
Le Prince et le Moine
La Forteresse
Le Jardin de Diogène

Dezsö Kostolányi
Alouette
Anna la douce
Le Cerf-volant d'or
Le Traducteur cleptomane

Frigyes Karinthy
Voyage autour de mon crâne
Je dénonce l'humanité

Kálmán Mikszath
Le Parapluie de saint Pierre

Traduit du serbe
Filip David
Le Prince du feu
La Maison des souvenirs et de l'oubli

Mira Popovic
D'une terrasse l'autre

Traduit de l'anglais
Yelena Moskovich
Les Natasha

John Glassco
Mémoires de Montparnasse

Denton Welch
Soleils brillants de la jeunesse
Voyage initiatique

Traduit de l'hébreu
Le Hibou

Traduit du portugais
Gonçalo M. Tavares
Monsieur Valéry
Monsieur Calvino
Monsieur Kraus
Monsieur Brecht
Monsieur Walser
Monsieur Swedenborg
Jérusalem
Apprendre à prier à l'ère de la technique
Un voyage en Inde
Un homme : Klaus Klump et la machine de Joseph Walser
Matteo a perdu son emploi

Joâo Ricardo Pedro
La Main de Joseph Castorp

Traduit du russe
Gaïto Gazdanov
Chemins nocturnes
Le Retour du Bouddha
Éveils
Le Spectre d'Alexandre Wolf

Traduit du grec
Dimitris Stefanakis
Jours d'Alexandrie
Film noir

Traduit de l'allemand

Erwin Chargaff

Le Feu d'Héraclite

Ruth Klüger

Refus de témoigner

Perdu en chemin

Ernst Jünger

Lieutenant Sturm

Ricarda Huch

Le Dernier Été

L'Affaire Deruga

Puisque la lecture d'un grand livre est un dialogue
– comme l'a si bien dit Léon Werth –,
nous vous invitons à le poursuivre
avec un autre titre de notre catalogue :

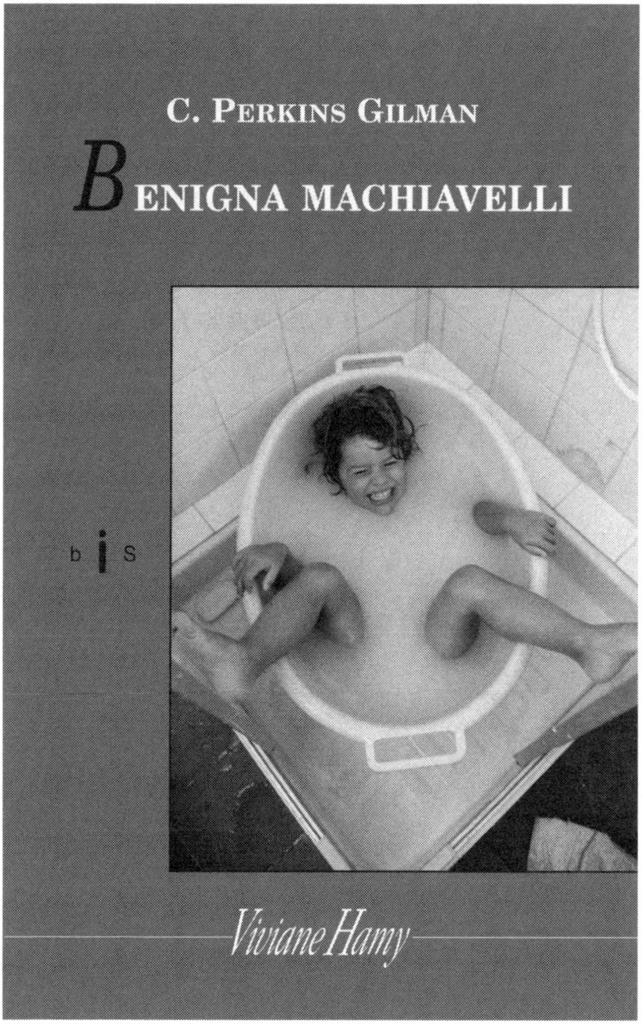

CET OUVRAGE
A ÉTÉ ACHEVÉ D'IMPRIMER
PAR L'IMPRIMERIE FLOCH
À MAYENNE EN SEPTEMBRE 2017

N° d'éd. 300. N° d'impr. 91595
D.L. septembre 2017
(Imprimé en France)